Laura Imai Messina • Das verborgene Leben der Farben

Laura Imai Messina

Das verborgene Leben der Farben

Roman

Aus dem Italienischen von
Judith Schwaab

btb

Für Emilio, der wächst

Prolog

In einer nicht näher bestimmten Zeit dieser Geschichte, an zwei verschiedenen Orten in Kantō, fertigen zwei Kinder von vier und sechs Jahren eine Zeichnung an.

Mio, das kleine Mädchen, liegt bäuchlings auf dem Boden und wippt dabei mit den Beinen. Sie hat ordentlich geflochtene Zöpfe, feuchte dunkle Augen und trägt ein himmelblaues Kleidchen. Sie zeichnet ein Blatt, ein einzelnes Blatt, und tupft mit den Fingerkuppen Dutzende von verschiedenen Grüntönen auf; sie mischt das Grün von Buntstiften, von Wachsmalkreiden, von Tempera- und Ölfarben. Wenn sie die Farbe nicht mit Pigmenten erreicht, verändert sie das Material. Sie klebt Papierstückchen auf, kratzt mit den kleinen Fingern an der Oberfläche; sie hat sogar eine alte Handtasche ihrer Mutter aus Kunstleder abgewetzt, um ein weiteres Grün zu gewinnen. Noch sieht es fürchterlich aus, aber das Ergebnis – davon ist sie überzeugt – wird wunderschön sein.

Aoi, der Junge, sitzt hingegen artig am Wohnzimmertisch. Er hat schwarze Augen, groß und ruhig, sein Mund ist schmal wie ein Strich, seine Stirn entspannt. Er zeichnet einen Baum, kein Blatt. Die Mutter geht am Tisch vorbei und wirft einen Blick auf die Zeichnung ihres Sohnes: Die Rinde des Baumes ist grün, seine Krone rosarot. Sie legt Aoi die Hände auf die Schultern, und ruft gerührt: »Das hast du aber gut gemacht!«

Erster Teil

灰桜 *Aschgrau und Kirschrosa*

Und in gewissen Momenten dieses außergewöhnliche Gefühl, dass nichts verloren gegangen ist; nichts verloren geht.

Giannis Ritsos

Unter gleich vollkommenen Farben wird sich die als die vorzüglichere zeigen, die in Gesellschaft ihres directen Gegentheiles gesehen wird … Azur zu Goldgelb, Grün zu Roth. Jede Farbe wird besser inmitten ihres Gegentheiles erkannt als inmitten ihresgleichen.

Leonardo da Vinci

Eins

Wer ihre Tochter war, ahnte Kaneko Yoshida zum ersten Mal an einem Maimorgen, als die Kleine erst ein paar Wochen alt war. In einer Gasse des Kagurazaka-Viertels in Tokio gleißte das Grün, und die Blätter der Teepflanzen konnte man mit dem Schriftzeichen *shinryoku* 新緑 ausdrücken: Es war das neue und leuchtendste Grün des Jahres.

Die Mutter beobachtete sie wie verzaubert beim Spielen auf dem Bett, als sie am Eingang eine Stimme hörte: Die Nachbarin brachte ihr ein paar kleine, frisch gestampfte *mochi*. Obwohl auch ihr Ehemann und irgendwo im Haus ihre Eltern zu Hause waren, wäre es als unhöflich betrachtet worden, wenn Kaneko nicht höchstpersönlich an die Tür gegangen wäre, um für die Gabe zu danken. Und so verließ sie das Zimmer und ließ Mio zurück, die mit der ganzen Freude eines Kindes ihre kleinen Füße und Hände in der Sonne bewegte.

Als die Frau jedoch nur wenige Augenblicke später das Zimmer wieder betrat, war das Bett leer. Es war mucksmäuschenstill.

Kanekos Körper erfuhr eine extreme Beschleunigung. Eine Erfahrung, die sie in den folgenden Jahren als etwas beschreiben würde, was einer Zeitreise am nächsten kam.

In den nächsten dreißig Minuten, in denen das Haus von Laufen und Rufen erfüllt war, waren alle davon überzeugt, das

Kind sei entführt worden: Das Fenster stand weit offen, der Wind bauschte den Vorhang wie ein Segel. Großmutter Yōko lief eilig nach draußen, wegen des engen Kimonos mit kurzen Schritten; Großvater Mamoru beobachtete sie von der Tür aus, wie sie in Richtung *kōban* lief. Mios Vater hingegen war außer sich vor Angst. Ohne ein Wort zu sagen, stellte er das ganze Haus auf den Kopf. Er durchwühlte die Stoffe auf dem Bett, riss Schubladen und Schränke auf, schaute unter dem kleinen Küchentisch. Fast war es, als wäre ihm ein Lungenflügel oder die Milz abhandengekommen.

Das gesamte Viertel wurde in die hektische Suche einbezogen: Die Frauen holten ihre Männer aus den Läden und Büros, der Stadtteilpolizist wurde zu Hilfe gerufen: Ein neugeborenes Mädchen sei der Mutter entrissen worden! Man folge jener Frau, deren Schatten jemand hinter einer Tür verschwinden gesehen hatte! Und man verfolge jenen Mann, der die Hauptstraße von Kagurazaka hinuntergelaufen war! Ja, das hatte Shimizu-san gesehen, und auch Abe-san hatte hinter einer Platane eine verdächtige Person wahrgenommen, ach nein, hinter einer Eiche! In der allgemeinen Aufregung, die die Häuser der Nachbarschaft erfasste, begannen die Kinder auf der Straße auf und ab zu laufen. Ohne den Grund für die Erregung zu begreifen. Für sie war es ein Grund zum Feiern.

Nur Mios Mutter war immer noch überzeugt, sie könne ihre kleine Tochter nur dort wiederfinden, wo sie sie zurückgelassen hatte.

So wie man unzählige Male auf der Suche nach verloren gegangenen Hausschlüsseln eine Tasche auf den Kopf stellt, kehrte Kaneko wieder und wieder zu dem Bett zurück, wo ihre Tochter zuvor gelegen hatte. Erneut sah sie sie dort spielen, sah den Wäscheständer aus Metall am Fenster schimmern und Messingreflexe ins Zimmer schicken.

In Tränen warf sich Kaneko auf den Boden, niedergeschmettert von einem Schmerz, der so gewaltig war, dass er ihr fast obszön erschien.

Es war in genau diesem Moment, dass sie inmitten des Stoffes, den sie so oft durchwühlt hatte, eine Bewegung wahrnahm. Der Wind war es nicht gewesen, sondern etwas Lebendiges, das sich rührte. Vielleicht die Katze? Nein, die sonnte sich auf der Veranda.

Die Mutter bückte sich.

Dort unter dem Bett, am Boden, lag eine Art Blume mit Blütenblättern aus Leinen, Hanf und Seide, und in ihrer Mitte sah man etwas gänzlich Neues.

Mit einer Langsamkeit, mit der man manchmal unerklärlicherweise die Lösung eines Problems hinauszögert, streckte sie schließlich die Finger aus. Und zupfte ganz behutsam die Blütenblätter der Rose auseinander.

Da lag ihre Tochter.

Sie schlief. Ihre Augen waren geschlossen und zuckten, kaum wahrnehmbar, als bemühte sich Mio im Traum zu schauen, so wie Hunde im Schlaf manchmal laufen und die Pfoten bewegen. Was sie vor allem betrachtete, waren Farben, verschiedene Kleckse, die für ihre Pupillen noch gar nicht erkennbar waren.

Reglos und stumm stand die Frau da. Wie war es nur möglich, dass ihre Tochter vom Aufruhr der Suche nicht geweckt worden war? Wie war es möglich, dass sie selbst mehrfach das Bettzeug und die Stoffe durchwühlt und sie doch nicht gefunden hatte? Wie konnte es sein, dass niemand auf die Kleine getreten war? Dass sie beim Fallen nicht geweint hatte? War es vielleicht wirklich eine Entführung gewesen, die unterbrochen wurde? Und weshalb?

Sie nahm ihre Tochter in die Arme und legte sie ins Bett zurück. Auf Zehenspitzen ging sie hinaus, um denjenigen, die immer noch schreiend auf der Straße suchten, Bescheid zu geben: dem Polizisten, der inmitten einer kleinen Menschenmenge, von Großmutter Yōko angeführt, gerade wieder ins Haus wollte; ihrem Mann, dessen Gesicht noch immer von Angst gezeichnet war; und Großvater Mamoru, der reglos auf der Schwelle stand.

Von jenem Tag an, der als Tag des Großen Schreckens in die Geschichte einging, legten sie Mio immer in eine Wiege, wo sie von feinstem Holz und Strohgeflecht gut geschützt war. Und die Mutter begann das Mädchen mit jener Mischung aus Bewunderung und Zweifel zu betrachten, die sie nie wieder loswurde.

Wer war ihre Tochter?

Mio war inmitten von Kimonos zur Welt gekommen, im Durcheinander eines Novembermorgens.

An jenem Tag hatte es ein großes Gewusel von Kindern gegeben, denn es war *shichi-go-san,* das Fest, mit dem ihr Heranwachsen geehrt wurde, alle trugen bunte Stoffe mit Motiven wie Falken, Helmen, Rasseln oder Pfingstrosen. Im Tempel von Akagi fand eine Hochzeit statt, und die Stoffe, die ihr Großvater gefärbt hatte, leuchteten auf der Haut der Braut in den herrlichsten Farben. Mios Familie hatte ihre gesamte Existenz den Stoffen gewidmet, ihrer Färbung und den traditionellen Motiven, die für die *shiromuku,* die Hochzeitskimonos, typisch sind.

Es war ein großes Fest, und zugleich ein Tag schrecklichen Leidens.

Seit nunmehr vierundzwanzig Stunden drückte Mios Mutter in Abständen, die immer kürzer aufeinander folgten, ein Taschentuch in ihren Fäusten. Ein quadratisches Handtuch steckte zwischen ihren Zähnen, das sie nur zwischen den Wehen losließ, um große Bissen *onigiri* zu sich zu nehmen.

Ab und zu ergoss sich Blut auf den Stoff, ohne dass jemand ein Wort darüber verlor. Es wurde von dem Stamm des Kirschbaums aufgesogen, der auf einem ausrangierten Kimono aufgemalt war. Mios Großmutter erinnerte sich, ihn jeden Frühling getragen zu haben, als sie noch ein junges Mädchen war. Ihre Wahl war nicht zufällig auf ihn gefallen: Der Stoff dieses Kimonos wusste von der Liebe und von der Eile.

Es handelte sich um eine Familientradition, die jeder andere für bizarr, wenn nicht gar für abstoßend gehalten hätte, doch unter den Frauen der Familie Yoshida wurde sie bereits seit mindestens drei Generationen befolgt – dass nämlich eine Geburt immer auf einem abgelegten Kleidungsstück stattfand und man diese besudelten Stoffe bis zum Tode der Frau aufbewahrte; der Ritus sah vor, dass die befleckten Streifen erst nach der Bestattung zusammen mit ihr verbrannt wurden.

Nur eine Minute nach vier ertönte der Schrei. Nun betrat das elfenbeinfarbene Handtuch die Bühne, jemand rief: »Das Kind kommt jeden Moment!«, was ebenso eine Feststellung wie auch eine Vorhersage war.

Nachdem man sie aus dem angespannten Körper ihrer Mutter gezogen hatte, legte man die Kleine auf ein Stück Baumwolle von der Farbe, die man *hai-zakura* nennt, ein Aschgrau mit einem Hauch Kirschrosa.

In dieser Farbe – so flüsterten es sich die drei Frauen zu, die bei der Geburt anwesend waren: die Mutter, die Großmutter und die Hebamme – vereinten sich das Leben und auch der Tod. In ihr waren der Anfang und das Ende.

Mio, die noch nicht dazu in der Lage war, das Sprudeln der gedämpften Stimmen zu hören, nahm dennoch alles in sich auf. Asche und Kirsche, würde sie eines schönen Tages denken, und von jenem Tag an würde sie fest daran glauben: Genau das war es, was es bedeutete, auf die Welt zu kommen.

Als Mio geboren wurde, machte der Stoff, der ihren Blick verhüllte, sie ruhig.

»Sie ist ein sehr entspanntes Kind«, brüstete sich die Mutter. »Nachts schläft sie manchmal zehn Stunden am Stück, und bei Tage mindestens sechs.«

Kaneko behielt sie in ihrer Wiege bei sich, während sie die Stoffe verarbeitete oder den jungen Bräuten den *shiromuku* um den Leib schlang. Wenn sie einkaufen ging, wenn sie aufräumte oder kochte, oder auch wenn sie Gäste hatten, band sie sich die Kleine auf den Rücken. Dort auf der Rückseite der Mutter hängend, war Mio damit zufrieden, nichts zu sehen. Einfach nur da zu sein genügte ihr vorerst.

Das Kind begnügte sich damit, zu trinken und zu schlafen; es weinte wenig, nur um anzuzeigen, dass es Hunger hatte oder dass ihm ein bisschen Luft in der Kehle stecken geblieben war.

Die Verwandlung fand erst statt, als das kleine Mädchen zu sehen begann. Sicherlich nahm sie damals noch nicht die Formen wahr, nur die vielfarbigen Schatten, die sich in ihrem eingeschränkten Gesichtsfeld bewegten. Doch sie genügten bereits, um dafür zu sorgen, dass Mio plötzlich – und nur in diesen Momenten – die Stimme erhob. Noch waren es nur Klänge, keine vollständigen Worte. Vielmehr war es so, dass sie in die Farbe *eindrang*, sie hatte so etwas wie eine körperliche Reaktion auf die Dinge, denen sie erst eines Tages, viel später Namen geben würde.

Und man konnte sich sicher sein, wenn jener ganz besondere Tag erst einmal gekommen war, dann würde Mio jede einzelne Farbe auf der Welt benennen können.

Hätte man sie ganz unvermittelt – vielleicht bei einer der vielen Befragungen, die in den Straßen von Tokio gemacht wurden – darum gebeten, ein paar Geräusche aufzuzählen, an die sie sich aus ihrer Kindheit erinnerte, so hätte Mio über das Rascheln der Kimonos gesprochen, die man aus einem einzigen, ellenlangen Stoffstreifen fertigte, über ihre Großmutter, die diese langen Bahnen streichelte, weil sie sie als etwas Lebendiges betrachtete, und sie so lobte, wie man kleine Kinder lobt (»Wie schön du bist!« »Du siehst toll aus!« oder »Du wirst bei der Hochzeit Eindruck machen!«); sie würde vom Knistern der *obi* sprechen, die eng um die Taille saßen und einen aufrecht hielten, oder von den Stoffballen, die in den *oshiire*, den Schränken, im ersten Stock gerollt und gestapelt wurden wie Zuckerstangen. Die kreisrunden Löcher in den Stoffballen, wie Augen, fingen am Boden an und reichten bis an die Decke.

»Ach, und was ich noch vergessen habe«, würde Mio zu dem Mann sagen, der ihr das Mikrofon vor die Nase hielt. Die Kamera wurde von hinten, von einer jungen Frau, gehalten. »Da war auch noch das Seidenpapier, das die Kimonos in den Schubladen der Kommode schützte. Sein feines Rascheln machte mich verrückt. Und dann … ach, lassen Sie mich auch noch das Plätschern der Farbe in den großen Farbbehältern erwähnen. Das ging vom Eisenblau bis zu Türkis, von Aprikosenfarben bis zu Violett.«

Der Interviewer würde sie bewundernd anschauen und über all die Einzelheiten staunen, die die junge Frau hinzufügte. Doch er würde auch der Kamerafrau einen Blick zuwerfen: Allmählich bereitete ihm die Länge des Interviews Sorge.

Rund um den Bahnhof von Yurakuchō, wo Mio an diesem Morgen für eine Beratung ausgestiegen war, versammelte sich indessen eine Menschentraube. Touristen mit gelben Hütchen, mit Anstecknadeln an der Brust, eine kleine Fahne, von der Reiseleiterin geschwenkt wie eine Peitsche.

»Und dann war da das Plaudern der Frauen im Haus nebenan, rund um einen *shiromuku*, Sie wissen, was das ist, oder? Dieses blendende Weiß, die Reiher, die Pflaumenbäume, die Umrisse der Kiefern ... Für mich ist das der schönste Kimono der Welt. Die Menschen sehen nur das Weiß, doch es gibt Dutzende von Weißtönen. Es ist wie die halbe Skala einer einzigen Farbe, etwas Wunderbares ... Können Sie es sich vorstellen?«

Ohne etwas zu erwidern, würde sich der Mann beeilen, ihr für die Zeit danken, die sie ihm gewährt hatte. Es genüge. Und würde sich fast ein wenig brüsk von ihr verabschieden.

Während der Interviewer und die Kamerafrau sich fragten, ob es wohl angebracht sei, noch ein paar andere Leute anzuhalten oder zuerst in dem kleinen Rāmen-Restaurant unter den Bögen des Bahnhofs einen Teller Nudelsuppe zu essen, würde Mio ihren Weg in Richtung Ginza fortsetzen. Während sie mit langen Schritten am elfenbeinfarbenen Schrein der Ginzadōri vorbeiging, an den Megastores von Dior, Chanel, Gucci und Prada – und an den blendend aussehenden Security-Männern, die stocksteif die Eingänge bewachten –, dachte sie, um den Generalbass ihrer Kindheit zu erklären, hätte es im Grunde genügt, einfach nur eine rasche Liste von Verben aufzustellen: das Sieben der Pflanzen, das Zerstückeln der Blätter, das vorsichtige Eintauchen. Und dann langsames Filtern, energisches Abgießen, Auswringen, Pressen, Drücken, das Blasen des Windes oder der Ventilatoren, um zu trocknen. Das Aufhängen an der Sonne. Und immer wieder das Nähen, das Bügeln, das Knoten der Gewänder.

Und dann am Ende »Oh!«: das Bewundern.

Trotz der großen Erwartungen hatte Mio bis zu ihrem vierten Lebensjahr noch kein einziges Wort gesprochen.

Angesichts des Mysteriums, das ihre Tochter war, hatte die Mutter, wenn eine Nachbarin oder ein entfernter Verwandter sich bei ihr erkundigte, wie die Kleine denn so sei, begonnen, sie laut als »eigensinnig«, »ungewöhnlich« oder auch »außergewöhnlich« zu bezeichnen. Innerhalb der Familie hingegen schlug Kaneko leisere Töne an und nannte sie »anders« oder auch »etwas eigen«. Doch in jenem *etwas* versuchte sie, soweit es möglich war, die Angst zu begrenzen, die sie doch von innen auffraß: dass Mio eines Tages sonderbar würde, ein Original. Eine Frau, die man nicht heiratete.

Was zur Besorgnis der Eltern und ihren Schuldgefühlen (denn sie hatten in der Tat nur sehr wenig Zeit, die sie ihrer Tochter widmen konnten) beitrug, war die Tatsache, dass Mio, um auf etwas hinzuweisen, einfach mit dem Finger darauf zeigte.

Trotz der Versicherungen der Ärzte, die davon überzeugt waren, dass es sich nur um eine besonders lange andauernde Sprechfaulheit handelte, hatte sich die Familie mittlerweile mit dem Gedanken abgefunden, dass das Mädchen für den Rest seines Lebens stumm bleiben würde. Eine wunderschöne, kaputte Puppe.

Insgeheim verhätschelte Großmutter Yōko Mio. Sie brachte sie in ihr Zimmer, öffnete für sie die Kommode, ließ sie die Kimonos streicheln, betrachtete sie dabei, wie sie mit ihren kleinen Fingern die Linien der Stickereien nachfuhr. Dann erklärte sie ihr, was es mit dem Panzer der Schildkröte auf sich hatte, mit *akikusa*, dem Herbstkraut, und warum früher das *murasaki* 紫 Violett nur dem Adel vorbehalten gewesen war.

Mio lauschte ihrer Großmutter, legte sich vorsichtig mit weit ausgestreckten Beinen und Armen auf das riesige Stoff-T der Kimonos. Und es ging ihr durch den Kopf, wie lange es wohl noch dauern würde, bis sie endlich erwachsen war.

Erst mit etwa viereinhalb begann sie zu sprechen.

Dennoch zögerte sie, das genau gleiche Wort für zwei verschiedene Dinge zu verwenden, als könnte sie nur dann *gelb* sagen, wenn sie ein Objekt aus exakt dem Gelb vor sich hatte, zu dem sie sich dieses Wort zum allerersten Male gemerkt hatte.

Mio wunderte sich, dass sich um sie herum ständig falsche Entsprechungen bildeten. Jedes Mal, wenn sie den Erwachsenen zuhörte, empfand sie die Verpflichtung, all das, was sie bis zu jenem Moment begriffen hatte, neu formulieren zu müssen. So, wie wenn man zu seinem großen Erstaunen feststellt, dass zwei Menschen, die rein gar nichts gemeinsam haben, denselben Namen tragen.

Zwar geschah dies Mio bei allen Dingen (ob es sich nun um eine Tasse, einen Hund oder ein Paar Stäbchen handelte), doch es bestand kein Zweifel daran, dass es ihr vor allem bei den Farben so ging. Wo ein anderer einfach nur ein schlichtes Rot sah, kannte Mio von einem Farbton mindestens zehn verschiedene Abstufungen. Und sie alle mit einem einzigen Wort zu bezeichnen, erschien ihr ein Fehler.

An einem gewissen Punkt musste sie allerdings erkennen, dass man, um zu kommunizieren, auf Präzision verzichten muss. Und so sagte sie eben: »Ich möchte essen«, »Mir ist warm«, »Ich will nicht mehr aus dem Haus« oder »Hilfst du mir, mein Zimmer aufzuräumen?«

In der Familie war die Freude so groß, so riesengroß, dass Kaneko dazu überging, Mio jedes Mal, wenn sie etwas sagte, ein Bonbon schenkte. Das war nur ein kleiner Preis dafür, dass sie ihr eine riesige Sorge abgenommen hatte, schon die zweite nach dem Tag des Großen Schreckens, als das Mädchen auf rätselhafte Weise verschwunden war, um dann inmitten einer Stoffblume wieder aufzutauchen.

Und so kam es, dass Mio in ihrem vierten und fünften Lebensjahr immer die Backen voller Bonbons hatte.

Der Zahnarzt schimpfte sie und die Mutter: »Dieser ganze Zucker macht dir die Zähne kaputt. Bonbons sind ein Anschlag auf das schöne Gebiss eines Mädchens, und schlechte Angewohnheiten rächen sich, Frau Yoshida!«

Doch Mio bekam keine Karies, im Gegenteil: Ihre Zähnchen waren kerzengerade, ohne Löcher, und wuchsen alle in die richtige Richtung, und ihre Farbe war jenes emailfarbene Weiß, dessen Namen sie eines Tages genussvoll auf der Zunge zergehen lassen würde: *enpaku,* 鉛白, das uralte Bleiweiß, das die Menschen so lange an ihre Körper gelassen hatten, bis sie entdeckten, wie giftig es war.

Sicher zögerte die Kleine noch immer, weil sie davon überzeugt war, dass sie niemals exakt das würde ausdrücken können, was sie wirklich sagen wollte. Doch dann ließ sie die Wörter alle auf einmal los, es war wie eine Kapitulation. Und ihre Mutter war darüber so entzückt, dass Mio regelrecht abhängig davon wurde, sie glücklich zu machen.

Kaneko freute sich und ging neue Bonbontüten kaufen.

»Yoshida-san, guten Tag! Aber Mio-chan ist ja wirklich verrückt nach diesem Zuckerzeug!«

»Ja, Sano-san, sie liebt es über alles ... und wenn Sie nur wüssten, was sie heute Morgen zu mir gesagt hat.«

»Was denn?«

»Dass sie das Zebra und die Giraffe sowie alle Tiere aus dem Zoo zu ihrem Fest einladen will. Vergangene Woche waren wir mit ihr im Park von Ueno ...«

»Ach, wie witzig! Wie alt ist sie noch mal?«

»Fünf, im November wird sie fünf.«

Die Mutter hatte schließlich damit aufgehört, ihre Tochter als »eigensinnig« oder »außergewöhnlich« zu bezeichnen. Mittlerweile wusste sie, dass Mio das wirklich war, und schwelgte mit unerhörter Freude in jeder Banalität, die das kleine Mädchen von sich gab: Ihre Tochter war in Sicherheit, nur das zählte.

Auch der zweite Raub, der ihr geschehen war – der Raub der Worte –, war nun beendet.

Nur eine Sache blieb, ein winziger Makel, der allerdings in jenem Jahr der Verwandlung immer größer wurde: Farben benannte Mio niemals, das verweigerte sie.

Sie hielten es für etwas Vorübergehendes (zumindest am Anfang), einen Zufall.

Nur die Mutter hatte ihre Zweifel.

Sie begann, die leckersten Bonbons beiseitezulegen, und versuchte ihre kleine Tochter, wie bei einem Hund, der nicht Pfötchen geben will, zu trainieren, indem sie ihr wieder und wieder die Frage stellte: »Was für eine Farbe hat das?« Und wenn die Tochter dann zögerte, hakte sie nach: »Welche Farbe ist das?«

Doch das kleine Mädchen wich ihr aus, benannte zwar den Gegenstand, beschrieb auf ihre Weise Form und Verwendung, erfand manchmal sogar noch eine kleine Geschichte dazu.

Doch ihre Mutter wollte die Farbe hören, diesen Aspekt, der im Alltag ihrer Familie eine so große Rolle spielte: filtern, ausspülen, auswringen, an die Sonne hängen, nähen, bügeln, mit »Oh!« bewundern.

Die bunte Tüte, randvoll mit Bonbons, hing wie eine Ermahnung deutlich sichtbar in der Küche.

Und wieder fragte Kaneko sich besorgt: Wer war ihre Tochter?

Wenn Mio nicht sagte, welche Farbe ein Gegenstand hatte, dann existierte dieser Gegenstand für die Mutter nicht.

»Mama, hilfst du mir, bei dem Kleid den Reißverschluss zuzumachen?«

»Was für eine Farbe hat das Kleid?«

»Mama, die Knete!«

»Welche Farbe soll sie haben, die Knete?«

Nur beim Essen hielt sie sich zurück, weil der Gedanke, das Mädchen sei so dickköpfig, dass es verhungern könnte, ihr Angst machte.

»Hier im Haus gibt es so viele verschiedene Farben, vielleicht ist sie einfach nur verwirrt«, versuchte Großmutter Yōko, ihre Enkelin zu rechtfertigen; sie hatte von Anfang an nicht den Drang verspürt, Mio sprechen zu hören. Ja, wäre es nach ihr gegangen, hätte sie dem Mädchen noch eine Weile länger seine Kindheit gegönnt.

»Aber das ist doch absurd«, erwiderte Kaneko. »Warum kennt sie den Namen von jedem Gemüse und jedem Obst, sagt aber nicht, dass der Apfel rot ist? Er ist *groß, glatt*, vielleicht auch *saftig*, genau das hat sie gestern gesagt, *saftig!*, aber dass er rot ist, bringt sie nicht heraus. Das ist ungezogen, sie macht es absichtlich!«

»In diesem Alter sind Kinder nicht ungezogen, Kaneko. Lass sie in Ruhe, du wirst sehen, irgendwann sagt sie alles«, riet ihr die Großmutter.

Allerdings hatte Kaneko in einer Hinsicht recht: Mio machte es tatsächlich absichtlich. Aber sie tat es nicht, um sie vor den Kopf zu stoßen; ihre Mutter traurig zu machen, war das Letzte, was sie wollte.

Es kommt häufig vor, dass wir gerade die Dinge, die wir besonders lieben, in Schutz nehmen wollen. Und manchmal entsteht dabei auch eine Art Widerstand gegenüber der Art und Weise, wie alle anderen sie verstehen.

Und genau auf diese nervöse Weise verstand Mio die Farben. Sie lernte sogar die Wörter dafür, aber es waren nicht die Wörter, die andere Kinder verwendeten. Sie schienen bereits jetzt auf etwas gerichtet, das viel größer war.

Der großen Menge an gängigen Substantiven und Adjektiven fügte Mio ausgefallene Vokabeln hinzu. Unzufrieden mit der Wirkung eines »mehr« oder eines »weniger«, eines »hell« oder eines »dunkel«, versah sie die Farbbezeichnungen mit Ausdrücken, die für andere Menschen keinen Sinn ergaben – *ein junges Grün, ein sechs Jahre altes Himmelblau, ein Gelb, das Ringelreihen tanzt, das Blau des Himmels um sieben Uhr abends.* Es waren Worte, die mit ihr heranwuchsen und die die Erwachsenen der fröhlichen Unordnung eines kleinen Menschen zuschrieben, der eine andere Sprache lernt als die seiner Mutter.

»Verblüffend«, murmelten einige der Nachbarn, an Kaneko und ihre Mutter gerichtet, »dass sie in ihrem Alter das Japanisch so gut beherrscht.«

Von einer kleinen Stummen hatte sich das Mädchen zur wortgewandtesten Person des ganzen Viertels entwickelt.

Kanekos Erleichterung hielt nur ein paar Tage an. Sie hatte wieder damit begonnen, Mio Bonbons zu geben, doch jetzt nahm das Mädchen sie auf der Handfläche entgegen, dankte mit einem leichten Nicken und schob die Süßigkeit sofort in ihre Tasche, ohne sie in den Mund zu stecken. Fast schien es, als freute sie sich gar nicht über das Geschenk, weil sie es als eine Art Erpressung empfand.

Niemand ahnte es, doch für Mio war es schon der zweite große Kompromiss in ihrem noch winzig kleinen Leben. An diesem Punkt hatte sie nämlich bereits entdeckt, dass ein einziges Wort zwar zum Verzweifeln viele verschiedene Bedeutungen haben konnte, aber sie hatte auch eine Methode gefunden, es zu befreien: Man musste ihm einfach nur weitere Worte an die Seite stellen, mit denen es eine kleine Gruppe bildete.

Wenn ein Satz oder Ausdruck schief begann, konnte er durch einen kleinen Zusatz immer noch gerettet werden.

So wie es im Grunde auch beim Färben von Stoffen war: Man konnte die Farbe eindicken und intensiver machen oder sie durch Verdünnung mit Wasser verändern.

»Was hat das für eine Farbe, Mio?«

»Die Farbe einer reifen Traube mit zarter Schale.«

»Und das hier?«

»Das ist mitternachtsschwarz mit ein bisschen Mondschein.«

Über diese Zusätze für *Gelb* oder *Grau* amüsierten sich alle köstlich, aber die Mutter machten sie verrückt.

Es hatte ein Krieg begonnen.

Für Mio war der allerliebste Moment des Tages der, wenn sich das Haus zur Ruhe begab. Das Atelier schloss, der Geruch der Farben, mit denen Familie Yoshida die kleinen Accessoires zu den *shiromuku* einfärbte, blieb draußen vor der Veranda, die Sticknadeln wurden in die Nadelkissen gesteckt, der Strohduft der *tatami* erfüllte den Raum. Man rollte die Futons aus, die den ganzen Morgen an der Luft gehangen hatten, damit sie den Duft und die Wärme der Sonne in sich aufnahmen. Man deckte den Abend auf.

Dann streckte sich Mio auf dem Boden aus. Sie spürte die Kühle der Holzrahmen, die mit Reisstrohbinsen gefüttert waren, strich mit den Fingerkuppen über die Ränder, folgte den bunten Bändern wie auf Straßen. Genau so hatte Großvater Mamoru sie entworfen, nach der Tradition der alten *daimyō:* ein Luxus, den sich eine Familie von Textilhandwerkern problemlos erlauben konnte.

Sie dachte an die Streitereien zwischen den Großeltern zurück. Die alte Yōko, die so laut die Stimme erhob, als würde ihr Mann nicht direkt neben ihr sitzen: Sie hielt diese bunten Bänder für gewöhnlich, hätte sie lieber einfarbig gehabt, höchstens mit einem Hauch Indigo oder Zabaione-Gelb darin. Der Großvater gab zurück, sie habe eben keinen Geschmack und man müsse sich über die starren Vorstellungen der Leute hinwegsetzen.

Außerdem sei die Farbe immer schon ein Privileg und ein Zeichen für die Kaste gewesen.

Eines Tages würde Mio auf der Schulbank von den zwölf Schichten der Kimonos erfahren, die von den Damen des Kaiserhofes getragen wurden: Sie nannten sich *jūnihotoe.* Und sie würde alles über das System der *kan'i jūnikai* erfahren, das zu Beginn des sechsten Jahrhunderts nach Christus eine präzise gesellschaftliche Aufteilung herstellte, je nach dem Farbton der langen, schmalen Kopfbedeckungen, die man am Hofe trug. In beiden Fällen existierten zwölf Farbtöne, durch die man die Machtstruktur erkannte und wusste, an wen man sich zu wenden hatte und wie. Mit der Zeit würde sich Mio voller Bewunderung jene Epoche vorstellen, in der das Recht aus Farben und Abstufungen bestand. Sie würde davon träumen, dass die Welt eines Tages wieder so sein würde. Mit Farben, die ihr sagten, wie sie sich zu verhalten und die Beziehungen zwischen den Menschen zu deuten habe.

Am Tag gab es einen Moment, in dem sich der Vater einzig und allein mit der Tochter beschäftigte und in dem diese lernte, wer dieser Vater war.

Es war am Abend, kurz bevor man schlafen ging, wenn das Märchenbuch – immer dasselbe – aufgeschlagen wurde: Dann befeuchtete Yōsuke seinen Zeigefinger und las ihr eine neue Geschichte vor, gefolgt von einer zweiten, bei der es sich gewöhnlich um eine der beiden Lieblingsgeschichten von Mio handelte – *Urihime und Amanojaku* oder *Des Kaisers neue Kleider.*

Dann schmiegte sich das Mädchen an seinen Vater, legte den Kopf an den Übergang zwischen Bauch und Oberschenkeln. Irgendwann ging Mio dann dazu über, sich neben ihn zu setzen und die stacheligen Arme ihres Erzeugers nicht zu berühren.

Jenes Buch war nicht bebildert, doch das machte ihr nichts aus. Ganz im Gegenteil: Im Geiste entwickelte sich das alles mit einem ganzen Berg von Details, die keine Zeichnung jemals hätte darstellen können. Dinge abgebildet zu sehen war für Mio oft eine Enttäuschung.

Viel lieber war es ihr, den Vater zu unterbrechen und ihn zum Beispiel zu fragen, welche Farbe Momotarōs Lätzchen hatte, und wie das Fell des Hundes gefärbt sei, der sich ihm bei seiner Reise ins Land der Ungeheuer anschloss (war es *kogecha* 焦茶, das Braun verbrannter Teeblätter, oder *tobi-iro*鳶色, das rötliche Braun des Gefieders der Milane), oder wie der Kimono der Prinzessin Kahuya aussah, die aus einem Bambusrohr geboren wurde (wenn er rot war, handelte es sich dann etwa um *akabeni-iro* 赤紅色, das Geranienrot der hochstehenden Damen Kyōtos?).

Dann lachte der Vater, ihn amüsierten die Fragen der Tochter.

Die Mutter hingegen weigerte sich sogar, im selben Zimmer zu bleiben. So sehr, dass Mio Kaneko, wenn die Mutter ihr (was zugegebenermaßen nur sehr selten geschah) eine Geschichte vorlas, niemals Fragen stellte. Dann lauschte sie mucksmäuschenstill ihrer Stimme, als würde Kaneko ein besonders langes *sutra* vortragen.

Großmutter Yōko beobachtete die Szenerie aus der Ferne: Sie war froh, dass ihr Schwiegersohn zu Mio nachgiebiger war als ihre Tochter. Abgesehen davon war auch ihr Mann so mit Kaneko gewesen, als sie klein war: Großvater Mamoru gehörte noch der Generation an, die ihre Kinder kaum wahrnimmt.

Als sie schließlich lesen gelernt hatte, sollte Mio leidenschaftlich gern Romane mit vielen Beschreibungen lesen: Salgaris sinnlicher und undurchdringlicher Dschungel, Stevensons geheimnisvolle Südsee oder die verschneiten Landschaften Kawabatas. Alles, worauf sich andere Menschen Hals über Kopf stürzten, darauf verwendete sie genüsslich viel Zeit.

Es ging nie um das *Was.* Für sie war es immer das *Wie.*

Das ging bis zu dem Morgen, der sie ins Weiße stürzen ließ. Damals war Mio etwa fünf Jahre alt.

Im Garten schrien die Katzen wie Neugeborene, und der Wind strich träge mit den Zweigen über die Fenster.

Aus Gunma war ein befreundetes Landwirtepaar gekommen. Seit Jahrzehnten füllten sie die jährlichen Vorräte der Yoshidas mit den kostbaren Blättern der Indigopflanze auf. Von der Augusthitze geplagt, saßen die Eheleute auf dem *tatami* und schlürften fröhlich ein Glas *soba-cha* auf Eis.

Als Geschenk hatten sie Mio vom Frühlingsfest eine Puppe mitgebracht, und das Mädchen war, ermuntert von der Gabe, geblieben, um zwischen den Beinen der Erwachsenen zu spielen. Während diese über das laufende Jahr sprachen – wie die Erträge waren und was es mit dem neuen kapillaren Bewässerungssystem auf sich hatte, das praktisch, aber nicht allzu effizient war – rollte die Kleine auf dem Tatami herum, spielte mit den *sora-mame*-Bohnen und sortierte die Krümel der *senbei*.

Dann auf einmal, vielleicht weil die Stunde der Heimfahrt nahte, versiegten die Gespräche und das Hauptaugenmerk richtete sich auf das kleine Mädchen.

»Was ist denn eigentlich deine Lieblingsfarbe, Mio-chan?«

Eine Frage, eigentlich belanglos, die aber doch eine Spannung schuf, die sich wie ein strammer Faden von einer Seite zur anderen durchs Zimmer zog.

Mio war daran gewöhnt; sie war mittlerweile in einem Alter, in dem Dinge ihr ganz offensichtlich erschienen, die dies doch ganz und gar nicht waren. Dinge wie die Wut der Mutter, wie die Bonbons, die aus der Tüte geholt oder dorthin zurückgelegt wurden, wenn sie die richtigen Worte sagte (oder nicht sagte), wie das Gebiss, das der Großvater auf den Tisch legte, bevor er seinen *umeshu*-Pflaumenlikör trank.

»Mir gefallen viele Farben, nicht nur eine.«

»Und gefällt dir denn Indigo, Mio-chan? Findest du unser Indigo schön?«

»Sehr.«

Es folgte ein allgemeines Lächeln der Erleichterung, als hätte das ganze Haus aufgeatmet.

»Aber noch mehr als alle anderen Farben«, fuhr sie fort, »gefällt mir die, die nach Heidelbeere schmeckt und ein bisschen feucht ist.«

»Heidelbeere?«, fragte die Frau, neugierig geworden. Sie blickte zur Großmutter hinüber: Hatte sie richtig gehört?

»Und dann mag ich Orange ... das Orange des Sonnenuntergangs. Das von sechs Uhr nachmittags.«

»Das Orange des Sonnenuntergangs von sechs Uhr nachmittags«, wiederholte die Frau amüsiert. »Das ist ein sehr schönes Bild.«

»Und das Gelb?«, erkundigte sich ihr Ehemann lachend. Das musste ein Spiel sein, ganz bestimmt war es das.

Niemand hatte den Ausdruck bemerkt, der sich auf Kanekos Gesicht breitmachte. Nicht einmal Mio, die ansonsten immer auf die Stimmungen ihrer Mutter achtete, wurde seiner gewahr. Sie genoss es zu sehr, auf einmal im Mittelpunkt des Interesses zu stehen, nach all den Stunden, in denen sie sich wie das fünfte Rad am Wagen gefühlt hatte.

»Das Gelb, es muss ...«

Plötzlich durchfuhr eine Hand die Luft wie ein Beil, von oben nach unten: »Jetzt reicht's«, unterbrach sie die Mutter. »Es reicht!«

Niemand reagierte, so groß war die Überraschung.

Kaneko packte ihre Tochter an der Schulter. »Es reicht, Mio!«, schrie sie. »Es reicht mit diesen idiotischen Wörtern!«

Die Großmutter erhob sich, um ihr Einhalt zu gebieten. In Kaneko sah sie immer sich selbst: die Verwirrung über etwas, was im eigenen Körper entsteht, sich jedoch auf unvorhersehbare Weise entwickelt.

»Gelb ist Gelb«, schrie Kaneko weiter und schüttelte das Mädchen. »Es ist hell oder dunkel, nichts anderes! Hast du verstanden?«

Alle sprangen auf, und es war in diesem Moment, in dem alle so aufgeschreckt waren, dass Kaneko losließ. Vielleicht war es ihr peinlich, die Kontrolle verloren zu haben – jedenfalls brach die Frau zusammen und ging in die Knie.

Der Krieg war verloren.

An jenem Abend stürzte Mio Hals über Kopf ins Weiße.

Es war die erste Ohnmacht in einer ganzen Reihe von Vorfällen dieser Art, die sie im Lauf der Jahre ereilen würden, wie milchige Pausen, in denen das Leben stillstand.

Einige Stunden später, als sich die Gäste verabschiedet hatten, wurde das Mädchen auf dem Futon wieder wach. Mio hatte alles vergessen – das Zimmer, in dem sie sich befand, wer da gewesen war, die Mutter, die auf sie losging, ihr Gesicht, ganz nah, die Farben im Mund, die Großmutter, die ihr zu Hilfe kam, die Erwachsenen, die auf dem *tatami* erst saßen und dann standen, wie ein seit dem Morgen gewachsener Wald.

Sie vergaß alles. Alles außer dem dringlichen Verlangen, die Worte für das Gelb zu finden, so wie es war. Und das zusammen mit einer neuen, nachdrücklichen Vorsicht: der Entscheidung, niemals wieder jemanden in ihre Suche einzuweihen.

In der Werkstatt der Familie zeigte sich ihr der praktische Teil der Angelegenheit, als riefe die Poesie die Prosa zur Ordnung.

In der Normalität ihres Alltags tauchte Mio oft in den Arbeitsräumen auf und brachte Vater und Großvater ein Tablett mit Teetassen. Vorsichtig durchquerte sie mit ihrer kleinen Stimme das Lager, randvoll mit Materialien; und während sich der Vater mit fleckigen Fingern den Schweiß abwischte, blätterte sie wie in Bilderbüchern in den schweren Bänden mit den traditionellen Mustern, auf *washi*-Papier gedruckt. Manchmal hörte sie ihrem Vater zu, der von der (sogleich wieder unterdrückten) Versuchung sprach, neue Muster zu entwickeln. Großvater Mamoru hingegen schwieg, beschränkte sich darauf, den Tee in kleinen Schlucken zu schlürfen: Mit zunehmendem Alter schien ihm jeden Tag ein Wort mehr abhandenzukommen.

Das Mädchen machte sich mit den Pigmenten vertraut, so wie es in der Textilverarbeitung üblich ist, lernte die besonderen Bezeichnungen für die Kräuter. Noch bevor sie ihren eigenen Namen schreiben konnte, kannte sie den genauen Siedepunkt für die *azuki*-Bohnen, die Hände runzlig vom kalten

Winterwind, wusste um den Indigo, den die allerersten fremden Besucher des Landes *Japan Blue* getauft hatten.

»Du musst den gesamten Prozess kennen, jeden Schritt darin, um den Wert des Endergebnisses schätzen zu können«, sagte der Vater zu ihr. »Das ist so, wie wenn man sich einen Weg merkt, um ihn auch im Dunkeln zu finden.«

Yōsuke Yoshida liebte es, in Bildern zu sprechen, aber es schwirrte einem auch tatsächlich der Kopf, wenn man bedachte, durch wie viele Hände ein Hochzeitskimono ging, bis er fertig war. Das, was am Ende sorgfältig in Seidenpapier und Stoff gewickelt wurde, bereit, getragen zu werden, war das Ergebnis einer unglaublichen Reise kreuz und quer durch Japan.

Beim Betreten des Ateliers spürte Mio deutlich den Zugang zu einer anderen Welt.

Um sich an den Ort zu begeben, an dem sich die Reise des *shiromuku* auf ihr Ziel zubewegte, musste sie nur den Hof durchqueren, einen Treppenabsatz hinter sich bringen, mehrere Türen beiseiteschieben, prüfen, ob sie makellos sauber war, den zigsten *shōji* durchschreiten und leise *»sumimasen«* flüstern und dabei den Kopf so neigen, wie ihre Großmutter es ihr beigebracht hatte.

Diesen Ort liebte das kleine Mädchen vor allem wegen seiner Unschuld, seiner Anmut, die vor allem moralischer Art war. Er strahlte Reichtum aus, und in diesem Reichtum schien die Illusion enthalten, mit einem Hochzeitskimono könne man auch das Glück mit nach Hause nehmen.

Das Atelier war in der ganzen Gegend bekannt und geschätzt, und die meisten Mädchen aus der Nachbarschaft hatten früher oder später die beiden Holztüren durchquert, um sich den kundigen Händen der Yoshida-Frauen anzuvertrauen. Von

Generation zu Generation bewahrten sie den gleichen munteren Wortschatz, zeigten Effizienz beim Anprobieren und Beraten und sprachen dabei ebenso von praktischen Dingen, wie sie die zukünftigen Bräute von der Poesie der Ehe überzeugten.

Unendlich viele Male hatte Mio die Geschichte des *shiromuku* gehört, hatte vernommen, wie die kostbarsten Stoffe ebenso zu seiner Entstehung beitrugen wie das Talent der allerbesten Handwerker des Landes. Es war eine Erzählung, die die jungen Frauen faszinierte, wenn sie das Atelier verließen, im Kopf ein Kaleidoskop aus Kranichen mit ausgebreiteten Schwingen, aus Schildkröten, aus Nebel und Symbolen wie dem *goshoguruma*, dem von Ochsen gezogenen Wagen. Während sie einen *obi* banden oder mit Stoff die sinnliche Kurve eines weiblichen Schlüsselbeins betonten, versäumten die Yoshida-Frauen es nie, auch Ratschläge für den Hochzeitstag zu geben: zum Beispiel, wie eine Braut zu gehen habe, damit ihr die Perücke nicht vom Kopf rutschte, mit leicht nach innen gedrehten Füßen und einem Blick, der nicht mehr und nicht weniger als drei Meter weit reichte. Und sie zeigten ihr den genauen Punkt, an dem man das Gewand mit Zeige- und Mittelfinger der rechten Hand zu halten hat, damit es auf dem Weg zum Tempel nicht über die Steine schleifte.

Doch mehr noch als diese Themen bezauberte Mio die große Bandbreite von Weißtönen des Stoffes, von denen ein jeder einen eigenen Namen hatte: Die Palette reichte von Elfenbein (*zōge-iro* 象牙色) zum gebrochenen Weiß (*kinari-iro* 生成色), von Muschelweiß (*gofun-iro* 胡粉色) zu Deutzienweiß (*unohana-iro* 卯の花色). Und es erstaunte sie jedes Mal, wie man einen wunderschönen Kimono verderben konnte, wenn er von einer Frau mit einem bestimmten Teint getragen wurde, ebenso, wie ein Stoff es selbstverständlich schaffen kann, die Unvollkommenheit eines Körpers zu kaschieren.

Fasziniert betrachtete sie die von Nadeln zerstochenen Finger, die Stickereien, die Monate dauerten, verfolgte die Anprobe, für die man Stunden veranschlagen musste. Ja, genau, dachte Mio, Schönheit hat für jeden einen Preis. Ihrer Mutter und Großmutter hatte sie die Augen verdorben, ihrem Vater und Großvater die Haut an den Fingern. Nein, mit der Schönheit hatte man es nicht leicht.

Das Atelier durfte sie nur unter der Bedingung betreten, dass niemand sie bemerkte. »Wenn du schauen willst, darfst du nicht gesehen werden, und wenn du zuhören willst, darf niemand wissen, dass du da bist.« Die Kimonos zu berühren war ihr kategorisch verboten, ebenso wie sie sich weder der Kundschaft nähern, noch das Wort an sie richten durfte.

Mucksmäuschenstill, den Rücken an die Wand gedrückt, um sich unsichtbar zu machen, schaute sie sich die zukünftigen Bräute an und musterte ihre Gesichter. Alle wirkten sie wunderschön, und doch verstand Mio nicht, was diese Frauen empfanden. Hatten sie Angst oder waren sie glücklich? Und wenn sie sich freuten, warum war da in ihren Augen dieser Wunsch zu fliehen? Konnte es denn sein, dass im Glück auch all diese Angst enthalten war?

»Aber das ist ganz normal, Mio«, sagte eines Tages die Großmutter. »Sie kommen, um sich einen *shiromuku* auszusuchen, aber ein wenig bereiten sie sich auch auf den Tod vor.«

»Den Tod?«, erwiderte sie verwirrt.

»Du weißt, was das Weiß in unserer Geschichte bedeutet, oder? Weiß ist die reinste Farbe von allen, die heilige Farbe *par excellence.* Doch seit der Antike ist sie mehr der Trauer verbunden als dem Leben. Weiß war immer die Farbe des Endes, während Rot die des Anfangs war.«

Mio war noch nie bei einem Begräbnis gewesen. Nur einmal hatte sie eines Morgens eine schwarz gekleidete Menschenmenge gesehen, die langsam und dicht gedrängt die Straße entlangging. Man hatte ihr erklärt, es sei ein Mann gestorben, der alte Abe-san von der *wagashi*-Konditorei.

»Früher war ein Bekleidungsstück für eine Beerdigung nicht schwarz, sondern weiß«, erklärte ihr damals geduldig Großmutter Yōko. »So weiß wie ein Brautkimono.«

Das Mädchen war verblüfft.

»Denk doch nur, in beiden Fällen bleibt die Vergangenheit stehen, sei es, dass man vom Leben in den Tod übergeht, sei es, dass man nicht mehr ledig, sondern verheiratet ist. Man verlässt das Haus des Vaters und hört auf, Teil jener Familie zu sein. Das heißt, man stirbt als Tochter und wird als Ehefrau in einem neuen Zuhause geboren.«

»Und das Rot?«, fragte Mio.

Das Rot kam traditionsgemäß direkt nach der Zeremonie am Schrein, wenn die Braut den *shiromuku* auszieht, sich umkleidet und in einem Kimono aus Karmesinrot und Gold beim Hochzeitsmahl die Gäste empfängt. Es war in genau dieser Welle aus Blut, in der sich ihre neue Existenz zeigte.

Sich ins Weiß stürzen, im Rot untergehen: An jenem Nachmittag ihres sechsten Lebensjahres fragte sich Mio – oder besser, sie ahnte es, ohne dass der Gedanke Form annahm –, ob es wirklich die Mühe wert war, für einen Mann zu sterben.

Mio grauste es vor den Händen ihres Vaters.

An das leuchtende Weiß der *shiromuku* gewöhnt, an die unabdingbare Pflicht, selbst die kleinste Verunreinigung abzuwaschen, bevor man auch nur die Nase ins Atelier steckte, riefen seine gedrungenen, mit Farbe beschmierten Finger weniger Liebe hervor, als dass sie eine Drohung darstellten.

Dennoch hatten sie eine außergewöhnliche Macht: Sie konnten Dinge reparieren.

Oft klingelten irgendwelche unbekannten Nachbarn an der Tür, denen man von Yoshida-sans Fähigkeit, einen Ofen oder eine Waschmaschine, ein Transistorradio oder einen Bilderrahmen in Stand zu setzen, erzählt hatte: »Man hat uns gesagt, das könnten Sie hervorragend«, behaupteten sie dann nach der kurzen Begrüßungsformel. Gewiss, sie boten auch an, ihn dafür zu bezahlen, doch da er sagte: »Nein, das ist nicht nötig, für mich ist das keine Arbeit«, trafen am Ende des Jahres allerlei kleine Geschenke ein: *mochi*-Küchlein, ein Kasten Bier, Säcke mit Kartoffeln oder Tomaten. Das Haus füllte sich mit Blumen.

Indessen, zu anderen Tageszeiten, stellten sich auch die Kinder des Viertels ein und baten ihn, Spielzeug zu richten, das ihre Eltern als kaputt abgetan hatten.

Yōsuke Yoshida ließ sich die Teile bringen, sagte knapp: »Ist gut« oder »Komm morgen wieder«, und wenn dann am Abend alle schliefen, breitete er auf dem Küchentisch ein reiches Sortiment an Schraubenziehern, Feilen, Rohrzangen, Zahnstochern und anderen, höchst eigenwillig geformten Werkzeugen aus. Am nächsten Tag dann, wenn die Kinder, die oft vergaßen, ihm zu danken – so groß war ihre Freude, ihre Schätze wiederzuhaben, die sie doch für immer verloren geglaubt hatten –, wieder weg waren, lächelte der Mann auf seine ganz eigene, verschmitzte Weise, die er sich nur gestattete, wenn ihn niemand ansah.

Seine Tochter entdeckte das erst mit der Zeit. Zum allerersten Mal sollte es eines Morgens sein, als sie in ihrem Zimmer war und sich anzog – einen rosa-orangefarbenen Kimono anlässlich ihres achten Geburtstages – und dieses Lächeln im Flur wahrnahm. Beim zweiten Mal würde Mio es wiedersehen, während sie auf dem Nachhauseweg von der Schule die Straße überquerte und Yōsuke, an der Tür stehend, lachend sah, während ein kleiner Junge denselben Plastikdrachen, der noch am Abend vorher ohne eine einzige Schwinge auf dem Küchentisch gelegen hatte, steigen ließ.

Hätte man sie gebeten, ihre Eltern zu malen – eine Aufgabe, die bei Kindern oft sehr viel über die hierarchischen Strukturen in einer Familie aussagt – hätte Mio ihre Mutter als gewaltigen Ginkgobaum gezeichnet, der im Garten wuchs, und ihren Vater als ein winziges, spontan gesprossenes Blümchen.

Sie hätte ihn sich entschlossener gewünscht, mehr auf ihrer Seite. Während der stürmischen Diskussionen zwischen Mio und ihrer Mutter begriff man zwar, dass der Mann mit seiner Tochter übereinstimmte, doch Yōsuke schien immer darauf zu verzichten, seine eigene Meinung einzubringen. Er blieb stumm, offenbar überzeugt davon, ganz gleich, was er sagen würde, könnte er die Dinge sowieso nicht ändern. Hätten sie ihm doch nur in die Augen geblickt! Mio wunderte es, dass niemand im Haus in diese glänzenden Augen schaute, die die Farbe von Baumrinde hatten und auf beinahe kindliche Weise erzählten, was ihm durch den Kopf ging. Mios Frustration, wenn die Mutter sie angriff, war riesig. Warum sagte er nie etwas zu ihrer Verteidigung?

Doch dann zog der Vater auf einmal einen winzigen Kreisel aus der Tasche, und Mio war, statt die konzentrischen, bunten Kreise auf dem Spielzeug zu betrachten, wie hypnotisiert vom Antlitz ihres Vaters. Die Schönheit all dieser praktischen Spielsachen, die alle zusammen verwenden konnten, ohne ein Wort zu sagen, machte jedes Ungemach wieder wett. So wie Großvater Mamoru schien auch ihr Vater den Worten nur wenig Bedeutung beizumessen. Er verwendete sie, doch nur sparsam, als vertraute er ihnen nicht.

An jenem Abend, als das Atelier geschlossen und das Abendessen verspeist war, ließ sich Mio lange in der Wanne einweichen. Zusammen mit Mutter und Großmutter im großen *ofuro* liegend, lauschte sie ihrem Geplauder, bis das Wasser wieder kalt wurde.

Als Mio noch sehr klein gewesen war, hatte sie gewöhnlich mit dem Vater und Großvater gebadet. Man zog sich im Vorzimmer aus, und dann striegelten sich die Männer mit aller Kraft in dem kleinen Raum, der mit himmelblauen Emaillefliesen ausgelegt war, um die Farben aus den Haaren und den Nägeln zu entfernen. Dann goss sich der Vater einen randvollen Eimer Wasser über dem Kopf aus und ließ sich lachend in die Wanne hinab. Von unten gesehen sah der *ofuro* in Mios Augen wie ein dampfender Kochtopf aus, in dem eine riesige Suppe siedete.

Mio sah, wie Papa Yōsuke und Großvater Mamoru sich an den Rand der Wanne lehnten, die Augen schlossen, das Handtuch auf den Kopf gelegt. Ihr komprimiertes Schweigen schien ihr ein Mysterium zu sein, als streckten die beiden Männer mühevoll die Finger nach ihrer eigenen Mitte aus: Dort im Wasser befreiten sie sich nicht nur vom Schmutz, sondern vom ganzen Tag. Von allen Tagen der Welt. Im heißen Wasser wurden Vater und Großvater in Mios Augen zu Göttern ohne Erinnerung.

Im Gegensatz zu den Männern plauderten die Frauen im *ofuro* viel. Und sie ließen den Tag nicht hinter sich, sondern formten ihn mit ihren Händen neu.

So entdeckte sie, dass das Leben ihrer Familienmitglieder, obwohl sie zusammenlebten, doch nur zu einem Teil übereinstimmte.

Mal schienen sie alle vereint zu sein, doch dann gab es Momente, wenn einer von ihnen ein Zimmer verließ und sich einer anderen Arbeit zuwandte, in denen einer Pause machte, um ins Bad oder an die Tür zu gehen. Kaneko trennte sich von der Mutter, um Küchenarbeit zu machen, der Großvater nahm sich die Zeit, mit den Helfern ein paar *senbei* und ein Bier zu sich zu nehmen, der Vater rauchte eine Zigarette.

Und vor allem war da noch das andere Leben, ganz intim und geheim, das in jedem Mitglied der Familie präsent war. Jenes Leben, das dazu führte, dass Mios Großmutter und Mutter oft einen Satz begannen mit: »Als ich heute eine Zwiebel schnitt, ging mir durch den Kopf, dass …« »Während ich den Stoff ausbreitete, habe ich mir überlegt …« »Gerade hatte ich die Stickerei auf Yoshiko-sans Gewand beendet, als ich mich daran erinnerte …«

Dort in der heißen Wanne entspannte sich das Antlitz der Frauen, und Mio konnte die Verwandlung miterleben. Ganz langsam erweiterten sich die Poren, und das Mädchen ahnte, dass das Baden im Lauf der Jahre auch ihre eigene Leidenschaft sein würde.

Von jenem Moment an und bis ans Ende ihrer Tage, an dem auch sie verbrennen würde – eingehüllt in Kimonos, die mit dem Blut ihrer Geburt befleckt waren –, würde Mio immer nach den geheimen Farben der Menschen suchen.

Nach der ganz eigenen und exakten Nuance, die ihn oder sie ausmachte.

Vielleicht war es der unbeschreibliche Gesichtsausdruck des Mädchens, während die Grillen des Sommers laut zirpten. Oder womöglich lag es einfach daran, dass Mio wuchs und der Fluss der Jahre sie mitzog. Jedenfalls wurde sie an jenem Tag auf einen Schlag erwachsen.

Überzeugt davon, ihre Tochter sei bereits im Atelier, stand Großmutter Yōko reglos am Küchentisch, die Hände auf dem Gesicht. Sie weinte um eine Freundin, die gestorben war. Indessen hielt sich Kaneko, ihrerseits sicher, dass die Mutter bereits im Laden sei, noch im Bad auf, wie so oft von Migräne geplagt.

Die Kundin, die sich im Laden gut auskannte, war in die Stille des Ateliers eingetreten. Selbstsicher war sie zu dem mit einem Vorhang abgetrennten Raum gegangen, der als Umkleidekabine fungierte, und hatte sich in der Erwartung, dass gleich jemand kommen würde, ausgezogen. Die Bräute, die sich hier einen *shiromoku* anfertigen ließen, kamen immer mehrmals, um die Details, das Material, den Schnitt zu überprüfen.

Als Mio eintrat, bemerkte sie als Erstes, dass der Ventilator eingeschaltet war. Der Luftstrom richtete sich auf den Vorhang, bauschte ihn auf und bedeckte und enthüllte abwechselnd den halbnackten Körper einer jungen Frau. Das beeindruckte sie so sehr, dass sie sich nicht einmal fragte, wo ihre Mutter und die Großmutter waren.

Es war das erste Mal, dass Mio eine derart gezeichnete Haut sah: Sie sah aus wie ein Blatt Papier, auf dem jemand lange und sorgfältig gemalt hatte, und wo danach mit einem spitzen Bleistift kreuz und quer alles durchgestrichen wurde.

Verblüfft betrachtete das kleine Mädchen das Muster der Narben und der Bilder, die erstaunlichen Farben.

Ihr Blick war so intensiv, dass ihr ein leiser Schrei entfuhr: Erschrocken drehte sich die Braut um. Dann sah sie, wie klein der Eindringling war, und beruhigte sich wieder.

»Komm her«, sagte sie zu Mio und winkte sie heran. »Komm ruhig näher.«

Mio hob verwirrt die Augenbrauen.

»Hast du denn noch nie eine Tätowierung gesehen?« Die Frau hatte bemerkt, wie begierig das kleine Mädchen ihre Haut betrachtet hatte, und ging auf Mio zu, damit sie sie berühren konnte. »Möchtest du mal anfassen?«, flüsterte sie und hielt ihr die Hand hin.

Da streckte Mio ihre kleine Hand aus, und die Frau ergriff sie. Eine Bewegung, die ganz schnell und natürlich war.

Die Braut führte die Fingerspitzen des Mädchens über ihre nackte Seite, wo eine Flut aus Pfingstrosen der knochigen Linie des Brustkorbs folgte. Dann schloss sie die kleine Hand zu einer Faust und ließ nur den Zeigefinger übrig, damit er allein über die Rippen einer Schlange fahren konnte, die sich um den linken Schenkel wand; sie fuhr den Körper des Tieres entlang, das sich bis zum Fußknöchel schlang. Zusammen wanderten sie zum rechten Fuß und folgten in Gegenrichtung den Kirschblüten, die an einem knotigen Zweig wuchsen und sich quer über den Bauch erstreckten.

Obwohl sie Mio bereits alt erschien, konnte die Unbekannte nicht älter sein als zwanzig.

Sie ging vor dem Mädchen in die Knie und drehte sich um,

entblößte ihren Rücken. »Und das hier ist das kostbarste Tattoo«, sagte sie. »Das Wappen meiner Familie.«

Auf der linken Seite des Rückens entfaltete sich eine gewaltige Zeichnung in verschiedenen Schwarztönen. In der Mitte standen sich zwei nach innen geneigte Eichenblätter kriegerisch gegenüber.

»Aber … entfernen kann man sie nicht, oder?«, fragte Mio erstaunt. Ihre Finger bewegten sich selbstständig über die Haut der Braut.

»Wenn ich es will, vielleicht, eines Tages.«

Über ihre Narben sagte sie hingegen nichts, und sie ließ die Finger der Kleinen auch höchstens zufällig darübergleiten.

Damals ahnte Mio noch nicht, dass erst viele Jahre später etwas anderes sie ähnlich schwer beeindrucken würde, und zwar eine Fotografie von Andy Warhol. In einer französischen Zeitschrift, die ihr in die Hände fiel, zeigte der Künstler die Narben an seiner Brust, die die Kugeln aus der Pistole von Valerie Solanas hinterlassen hatten, das Einschussloch und die Nähte, die ihn gerettet und in die Welt zurückgeholt hatten. Liebe und Wut – würde Mio dann denken – hinterlassen ihre Spuren.

Jenen Sommernachmittag ihres siebten Lebensjahres würde Mio niemals vergessen. Nicht nur, weil jene Tätowierungen sie so sehr erstaunten, sondern weil ihr zum ersten Mal der Gedanke gekommen war, dass Farbe nicht nur *auf* den Dingen existieren konnte, sondern auch *unter* der Haut. Was sie jedoch am allermeisten beeindruckte, das war ein Schatten, den sie auf dem Körper der Frau wahrnahm.

Es handelte sich um einen unbestimmten Farbton zwischen dem Lila einer Aubergine, dem Schwarz von Lakritz und von

Lauge. Eine nie zuvor gesehene Farbe, zwischen dem unteren Rücken und dem Gesäß.

Für Mio war es eine Offenbarung: Dann hatte also jedes Körperteil verschiedene Farbnuancen! Es existierte ein Punkt, der wahrer war als andere und dazu in der Lage, vom Intimsten eines Mannes oder einer Frau zu erzählen.

Es war genau in diesem Moment, als sie den Finger ausstreckte, um jenen Schatten zu berühren, als sie Schritte hörte, die sich eilig näherten.

Dann stand Kaneko atemlos da. »Bitte verzeihen Sie mir, die Kleine belästigt Sie«, sagte sie und zog ihre Tochter von der Braut weg.

Mio wich mit einer Verbeugung zurück. »*Sumimasen, gomennasai, mōshiwakearimasen deshita.*«

»Nein, sie hat mich gar nicht belästigt«, sagte die junge Frau in ruhigem, aber bestimmtem Ton. »Vielmehr sollten Sie ihr dankbar sein. Sie hat mir Gesellschaft geleistet, während ich hier alleine wartete.«

»Es ist mir sehr, sehr peinlich«, erwiderte Kaneko. Sie senkte den Kopf so tief, dass man ihr Gesicht nicht mehr sah.

Bevor sie durch die Tür ging, die das Atelier mit dem Haus verband, sah Mio, wie ihre Mutter die Augen schloss, fast, als hätte sie Angst. Für sie sah sie so aus wie die Plastikpuppe, die sie zum Geburtstag erhalten hatte und die von selbst die Augen zuklappte, wenn man sie hinlegte, und sie beim Aufrichten wieder öffnete.

»Ich bringe Ihnen sofort den Kimono«, fuhr Kaneko fort. »Die Stickerei, die Sie bei uns vergangene Woche in Auftrag gegeben haben, ist sehr gut geworden.«

»Davon werde ich mich persönlich überzeugen.«

Der auf einmal eisige Ton der jungen Frau erstaunte Mio. Ein letztes Mal drehte sie sich um, weil sie wissen wollte, ob es sich um dieselbe Person handelte, die sie noch vor wenigen Momenten voller Behutsamkeit mit der Landschaft ihres Rückens vertraut gemacht hatte.

Doch ihre Mutter, die wahrscheinlich daran gewöhnt war, in dieser Weise von ihrer Kundin behandelt zu werden, ließ sich nichts anmerken. Sie erwiderte, es sei ganz gewiss so, wie sie sagte, und sie könne es kaum erwarten zu hören, wie sie die Stickerei fand. Dann ging sie den Kimono holen und machte sich an der Braut zu schaffen.

Die Neugier zu erfahren, welche Farbe denn nun jeder einzelne Teil eines Körpers hatte, ließ Mio nicht mehr los.

Als sie größer war – etwa vierzehn – würde sie sich lange selbst betrachten.

Vollkommen nackt, den Kopf nach unten hängend, schaute sie zwischen den Knien hindurch in den langen Spiegel an der Badezimmerwand und betrachtete den Übergang von den Beinen zum Gesäß, die verborgene Biegung des Fleisches, das pralle Braun ihres Geschlechts, die Behaarung, die jedes Jahr mehr wurde, den dunkelroten Ring des Anus.

Eines Tages, als sie wieder einmal mit diesem Selbststudium beschäftigt war, betrat ihre Mutter das Bad. Sie war erschüttert von dem, was sie sah. Nicht vom Anblick ihrer Tochter, so konzentriert in dieser Zirkuspose verhaftet (ohne Scham ihre Gesäßhälften betrachtend, die sie gespreizt hatte wie einen Pfirsich), sondern von der Natürlichkeit, mit der Mio ihr erklärte, sie sei auf der Suche nach jener Farbe.

Nicht also nach dem Entwicklungsstatus ihres Körpers – eine Neugier, die gewiss jeder einmal hatte –, sondern nach der Farbe.

Nur das suchte sie. *Nur* die Farbe.

Wer war ihre Tochter?

Ein anderes Mal, mit fünfzehn, wurde sie heftig ausgeschimpft, weil man sie zusammen mit einem Jungen gesehen hatte, von dem die Mutter nicht einmal den Namen kannte. Mio begehrte auf und erhob so sehr die Stimme, dass Kaneko ihr als ultimative Strafe verbot, das *matsuri*-Fest des Viertels zu besuchen, das schon seit Sommerbeginn vorbereitet wurde.

Mio reagierte hysterisch, doch je mehr sie schluchzte, desto mehr verhärtete sich ihre Mutter. Großmutter Yōko versuchte wie immer, sie zu beschwichtigen, doch Kaneko war nicht zu erweichen: »Misch du dich nicht ein! Es ist meine Tochter, nicht deine. Und ich weiß, wie ich sie zu erziehen habe!«

Genervt von dem Aufruhr hatte sich Großvater Mamoru in sein Zimmer zurückgezogen, während Yōsuke den Kampf verfolgte, ohne etwas ausrichten zu können. Die Anspannung des Mannes lag in den Händen, die er reglos zwischen den Beinen hielt, in den ausdruckslosen Augen, die in die bereits kalte Miso-Suppe gerichtet waren.

Da wandte Mio sich an ihren Vater. »Aber warum sagst eigentlich du nie etwas?«

Alle drehten sich zuerst zu Mio um, dann zu Yōsuke, der erstaunt den Blick hob.

»Du verteidigst mich nie«, sagte Mio mit leiser, zorniger Stimme. »Aber bist du eigentlich mein Vater oder ihr Diener, ihr Sklave?«, zischte sie und zeigte auf die Mutter. »Du machst doch immer nur das, was sie sagt!«

Es war nicht der Mann, der reagierte, sondern Kaneko. Sie packte mit der einen Hand das Handgelenk ihrer Tochter und gab ihr mit der anderen eine Ohrfeige.

Was danach genau passierte, das wusste hinterher niemand mehr. Mio stürzte wieder ins Weiße und vergaß alles.

Allerdings lernte die Tochter mit der Zeit, sich selbst zu verteidigen und dem Vater zu vergeben. Er nahm sie nach wie vor nicht in Schutz, doch mittlerweile wusste Mio es zu schätzen, dass er sie immer so akzeptiert hatte, wie sie war, während die Mutter jedes Mal die Länge ihres Rockes prüfte, wenn Mio das Haus verließ, ihr Gesicht einer Prüfung unterzog, um zu kontrollieren, ob sie zu stark geschminkt war, und ihr das Essen von der Gabel schob, wenn sie es nicht richtig zum Munde führte. Die Oase des Nichts, in der der Vater sie dagegen empfing, erschien ihr auf einmal kostbar. Es gab keinen richtigen Weg. Und selbst wenn es ihn gab, kannte er ihn beim besten Willen einfach nicht.

Trotz all der Differenzen liebten die Eltern sie sehr. An manchen Morgen kam es vor, dass Yōsuke mit träumerischem Blick erwachte. Dann flüsterte Kaneko Mio zu: »Gestern Abend war dein Vater im Kino.« Seine Frau machte sich nicht über ihn lustig, und ganz gewiss verstand sie ihn nicht, aber im Grunde gefiel es ihr, dass ihr Mann sich ab und zu von ihrem Haus und dann auch von ihrem Leben entfernte. Ihr schien, er besitze etwas, das sie selbst nicht hatte.

Manchmal begab sich Yōsuke in Richtung Ginza, wechselte mehrfach die Züge und kehrte dann mit den *wagashi* der Konditorei Akebono zurück, bei denen die Blicke der Eltern, allein von der Erwähnung, sehnsüchtig wurden. Es waren die Lieblingssüßigkeiten der Mutter und Großmutter, und er liebte es, ihnen kleine Geschenke mitzubringen und ihnen eine Freude zu bereiten.

»Im Grunde ist es genau das, was du *nicht* über einen Menschen weißt, das dazu führt, dass du dich in ihn verliebst«, sagte die Mutter lachend zu ihr. »Mio, versuch auch du, jemanden zu finden, von dem du fast gar nichts weißt. In ihn wirst du dein ganzes Leben lang verliebt sein.«

Erst ein Dutzend Jahre später erfuhren die Yoshidas von einer Theorie, die allerdings schon seit Jahrzehnten unter Neurologen bekannt war; darin hieß es, dass es unter der Weltbevölkerung einen bestimmten Anteil von Menschen weiblichen Geschlechts gebe, die aufgrund einer genetischen Mutation eine höhere Anzahl Rezeptoren auf der Netzhaut hätten.

Erst in diesem Moment wusste jeder – oder er ahnte es zumindest –, dass Mios Augen Millionen Farben mehr erkannten als andere. Denn jeder dieser Rezeptoren – die man auch Zapfen nannte und von denen es drei Typen gab – war dazu in der Lage, etwa hundert Farbnuancen zu erkennen. Und wenn ein normal begabter Mensch etwa hunderttausend verschiedene Farben erkennen konnte, so hatte einer mit vier Zapfen – der folglich eine »vierchromatische« Sicht besaß – eine visuelle Wahrnehmung im Quadrat.

Erst als sie von dem Begriff der tetrachromatischen Sicht erfuhren, erinnerten sich die Yoshidas daran, dass Mio seit ihrer Kindheit immer und ständig erregt war. Auch auf der Straße oder auf dem Markt schien es, als befände sie sich im Zuschauerraum eines Theaters und auf der Bühne vor ihr würden die sieben Weltwunder aufgeführt.

Hätten sie das vorher gewusst, wäre ihnen so manche Aufregung erspart geblieben.

Zur Zeit dieser Geschichte hier und in dieser Familie glaubte man, Kinder wüssten gar nichts. Dass sie wie Gefäße seien, die man vom Krimskrams befreien und dann mit dem füllen könnte, das wirklich *wichtig* war.

Und auf diese Weise wäre es vermutlich tatsächlich geschehen, wäre Mio nicht überzeugt davon gewesen, recht zu haben. Das Mädchen ließ sich nicht leeren. Instinktiv ließ Mio eine kleine, gut sichtbare Lücke, in die die Erwachsenen all das einfüllen konnten, was sie für unverzichtbar hielten.

Dabei war Mio ganz woanders. Manchmal in einem Wandschrank, in einem Mauerriss, irgendeinem Raum, von dem sie sich vorstellte, sie könne darin sich und ihre außergewöhnliche Wahrnehmung in Sicherheit bringen.

Und genau dort nahm ihr verborgenes Leben seinen Anfang.

Zwei

Wenn er als Kind gefragt wurde, welchen Beruf sein Vater ausübe, antwortete Aoi, er sei Zauberer.

Anders hätte er das Gefühl der Verwunderung nicht ausdrücken können, das sich seiner ermächtigte, wenn er die schnelle Bewegung seiner Finger sah, die einen Apfel schälten und dabei einen einzigen langen Streifen Schale produzierten, oder wenn er aus einer Mandarinenschale einen Elefanten oder einen Frosch entstehen ließ. Andere Male versammelte er die Familie am Küchentisch und zauberte aus dem Nichts einen detaillierten Plan fürs Wochenende. Verblüfft fragte sich Aoi, wann er dafür wohl die Eintrittskarten besorgt und wie er die Zeit gefunden hatte, das alles zu organisieren.

Doch vor allem waren es die Gefühle, die Aoi verzauberten. Wie ein Magier zog sein Vater immer neue Dinge aus seinem Zylinder und ersetzte sie mit solcher Leichtigkeit, dass er in einem Moment ganz ruhig und im nächsten am Boden zerstört wirken konnte. Da war Freude, einen Augenblick später sogar Euphorie; doch dann klopfte der Schmerz an die Tür, und Verzweiflung rammte die Tür ein. Gewiss, es war ein Verhalten, das das Gleichgewicht der Familie in Gefahr brachte, aber Aoi begriff schnell, dass man Mut brauchte, wenn man Normen brechen wollte. Und den hatte sein Vater.

Wer weiß, vielleicht würde man irgendwann sagen, dass Aoi beim Aufwachsen als Reaktion auf seinen Erzeuger – dessen Stimmungsschwankungen ihm immer als etwas Schreckliches erschienen und doch von der Zuneigung, die er für ihn empfand, nicht trennbar waren – so vorsichtig in seinen Gefühlen geworden war.

Als Aoi fünf Jahre alt war, pflanzte sein Vater den ersten von drei Keimen in ihm, die seine Kindheit prägen sollten.

Es war Samstag, und das Institut würde erst am Nachmittag öffnen.

»Gehen wir raus?«, forderte sein Vater ihn überraschend auf.

Der Kleine kletterte selig auf seinen Fahrradsitz und ließ sich zum Park chauffieren. Diese Grünanlage hatten sie schon oft besucht, doch bis dahin war Aois Blick niemals über den leeren Platz zwischen den Seilen der Schaukel hinausgegangen, noch hatte er die Steinstufen wahrgenommen, die zum Tempel führten.

An jenem Tag stand der Sommer in schönster Blüte, es war dampfig und feucht, die Kamakura-Berge glatt und klar.

Als sie das Parkgelände betraten, hielt der Mann die kleine Hand seines Sohnes fest. Und er stoppte ihn, als Aoi schnurstracks zum Spielplatz wollte, führte ihn stattdessen zu einer Blumenrabatte: »Schau mal, hier.«

Er ging in die Hocke und zeigte ihm ein krauses Kraut mit einem einzigen, winzigen Blümchen.

»Schau«, sagte er noch einmal zu dem Kleinen.

Trotz seines jungen Alters hatte Aoi die Feierlichkeit dieser Aufforderung verstanden, denn zum allerersten Mal verkniff er sich den Wunsch, Hals über Kopf zu den Spielgeräten zu stürzen. Den Rücken an die Brust des Vaters gelehnt, ließ er sich von ihm die Rapsblüte erklären, die Hyazinthe, lauschte, als der Vater von dem Pulver erzählte, das man aus der Wurzel der Wunderblume gewinnt.

Er folgte dem Finger des Vaters, lachte, staunte und machte unzählige Male »Oh!«.

So entdeckte Aoi die Gärten, Dschungel und Wälder, die man an einem Topf Veilchen zu erkennen vermochte. Ihn verblüffte die Vielfalt der Dinge, die ein einziger Quadratmeter Erde enthalten konnte. Durch die Leidenschaft seines Vaters – diese starke Neigung, ihm etwas beizubringen und mitzugeben – kamen Dutzende von Pflanzen zu ihm, zu denen er rasch auch einen Namen brauchte und sich Frucht und Blatt merkte.

Mit sechs Jahren und mit Hilfe der Schule und seiner Neigung, alle Dinge der Welt zu klassifizieren, begann Aoi, Pflanzen statistisch zu erfassen. Er ordnete sie in der einzigen Weise, die er kannte: Er zeichnete sie in die Kladde, die er immer bei sich hatte.

Als sein Vater erkannte, welche Genauigkeit sein Sohn dabei an den Tag legte, zeigte er ihm im Schlafzimmer eine Staffelei, sowie wenige Bücher, in denen seine sowieso sehr eingeschränkte Welt enthalten war. Außerdem die Bildbände mit Honzō Zufus botanischen Aquarellen, die Gemälde von Ernst Haeckel.

Es war nicht nötig, ihm zu erzählen, dass auch er selbst sich bereits als Kind in Ōdawara in den häuslichen Garten verliebt hatte. Außerdem kannte Aoi bereits die Freude, der Welt dabei zu helfen, sich fortzupflanzen. Was er nun lernte, war jedoch ein Glück, das noch größer war: Er entdeckte eines der wenigen Dinge auf der Welt, die es schafften, das nervöse Gesicht seines Vaters zu entspannen.

Aoi begriff, welche Arbeit sein Vater in Wirklichkeit machte – und warum sie ihn selbst dafür in der Schule hänselten –, an dem Tag, an dem er sieben Jahre alt wurde und aus reinem Zufall die Mutter eines seiner Klassenkameraden bestattet wurde.

Bis dahin hatte Aoi jeden Tag, bis auf die Stunden, die er in der Schule war, in den Räumlichkeiten des Bestattungsinstitutes verbracht. Er spielte mit seinen Spielzeugautos und lief zwischen den Beinen der Eltern und denen ihrer Mitarbeiter herum, die pünktlich am Morgen kamen und ebenso pünktlich abends nach Hause gingen.

Vor allem schaute er sich diejenigen an, die das Institut betraten und »die Hinterbliebenen« genannt wurden. Alle waren schwarz und weiß gekleidet und bewegten sich sehr kontrolliert und ordentlich. Aoi gefiel ganz besonders die Art und Weise, wie sie sich bereitmachten, als würden sie einer Tischetikette folgen: Sie kamen einzeln oder in kleinen Gruppen, im Taxi oder zu Fuß, oft von zu Hause, manchmal auch vom Bahnhof; sie hängten ihre Jacken über den Stuhl, nahmen Platz. Doch fast immer gab es auch welche, die gleich wieder aufstanden; verloren schauten sie sich um und suchten nach jemandem, der ihnen erklären könnte, wie sie sich zu verhalten hätten.

»Was machen sie eigentlich?«, hatte Aoi sich einmal erkundigt.

»Sie warten darauf, bereit zu sein«, hatte seine Mutter erwidert, und von da an blieb das der einzige Satz, mit dem sie auf die Fragen antwortete, die der Junge ihr stellte. *Sie warten darauf, bereit zu sein.*

Doch dann betrat sein Vater den Saal, mit seinem Zauberstab und dem Zylinder, und auf einmal wusste jeder der Hinterbliebenen, wo er hinmusste, was er in die Hand nehmen sollte – ob nun ein Räucherstäbchen oder eine Blume –, in welchem Moment man sich setzte oder ging, wann man weinte oder auch seufzte, denn an einem gewissen Punkt, »mein kleiner Aoi, bleibt einem nichts, als sich zu verabschieden.«

Von jener Zeit, die von nun an jeden Tag wiederkehrte, liebte Aoi mehr als alles andere den Moment, wenn ihm am Ende der Zeremonie heimlich gestattet wurde, an den Sarg zu treten und hineinzuschauen. Der Vater sagte, darin könne man alles Mögliche finden: Im Grunde sei er auch nichts anderes als ein Reisekoffer.

»Aber wohin reisen sie?«

»Ach, wer weiß das schon. Da hat jeder seine eigene Vorstellung.«

Und dieser Koffer – so hatte er ihm erklärt – würde erhitzt, zum Teil verflüssigt und dann getrocknet, bis er zu Staub würde. Nichts würde bleiben, weder die beigegebenen Süßigkeiten noch die Bücher, keine Teebeutel und kein Kaffee, kein Flipflop, keine Buntstifte, und auch der Lieblingsanzug oder das Taschentuch, das jahrelang Hände und Münder gesäubert hatte, würde übrig bleiben.

Ja, betonte der Vater, wenn er den entgeisterten Blick des Jungen sah, es sei wichtig, dass das genau auf diese Weise geschehe: »Bis auf ein paar Knochen darf nichts übrig bleiben.«

Bis dahin war für Aoi alles ein Spiel gewesen: die Spielzeugautos, die er von der Treppe vor dem Eingang des Institutes losschickte, die endlosen Mengen Blumen, das Bonbon, das ihm der Fahrer des Leichenwagens jedes Mal gab, wenn er ihn sah.

Doch an jenem Tag, als er sieben Jahre alt wurde, sah er seinen Klassenkameraden in die Aufbahrungskammer treten. Matsuda Takeru hieß er. Er war schwarz gekleidet und von einer Gruppe Erwachsener umgeben, wie von einem Heiligenschein.

Alle näherten sich dem Altar, der von einem Blumenmeer umgeben war. Viele weinten, wie immer, wenn jemand vor seiner Zeit starb.

Aoi hatte seinen Klassenkameraden erkannt und ihm zugenickt, doch der hatte ihn nicht bemerkt.

Alle nahmen Platz. Nach einem Moment, in dem er sich vor den Sarg hatte ziehen lassen, zupfte der Junge am Arm des Vaters. Er wollte in die allerletzte Reihe, so weit wie möglich von seiner toten Mutter entfernt.

In genau diesem Moment war Aoi auf Takeru zugetreten. Er klopfte ihm leicht auf die Schulter, und Takeru drehte sich, das Gesicht hart und verweint. Ringsum bemerkte niemand etwas.

Aoi hielt ihm seinen kleinen roten Flitzer hin, eins seiner drei Lieblingsautos, die er so gern auf dem Flur des Bestattungsinstitutes fahren ließ, auf einer imaginären Piste, deren Verlauf er mit den Jahren perfektioniert hatte.

Als er ihm den kleinen Wagen reichte, erinnerte sich Aoi daran, dass er eigentlich noch nicht bereit dafür war, sich von dem Wagen zu trennen, ihn aber dem Klassenkameraden doch überlassen würde, wenn der ihn wollte. Er sah so traurig aus.

Takeru hingegen wirkte weniger dankbar als überrascht und schien sofort gekränkt. Er ließ den Blick auf das rote Metallteil sinken, mit der Aufschrift SUPER FAST an der Seite. Und er gab Aoi, wie bei einem Mechanismus, der blockiert war und sich wieder löste, einen Klaps auf die Hand. Das Spielzeugauto flog an die Wand.

Dann drehte er sich um, ohne ihn anzuschauen.

Seit jenem Tag im Bestattungsinstitut wollte der Klassenkamerad, der immer freundlich gewesen war, nicht mehr mit Aoi reden. In der Schule ging er ihm aus dem Weg, und nur wenn er zum Kontakt gezwungen war – durch eine gemeinsame Aufgabe oder bei einem Klassenausflug –, ließ er die Nähe zu. Wenn sich dann ihre Blicke zufällig kreuzten, erkannte Aoi in seinen Augen wieder diese Mischung aus Hass, Scham und

Hilflosigkeit, die er an jenem Nachmittag auf sich gespürt hatte.

Takeru hasste ihn, weil er gesehen hatte, wie er litt.

Genau das meinte auch Aois Vater, wenn er ihm sagte, dass seine Arbeit hart sei, und dass die Menschen das oft nicht begriffen.

»Aber es ist doch nicht deine Schuld, oder? Du hast doch diese Leute nicht umgebracht!«

»Nein, sicher nicht, aber den Schmerz interessiert es nicht, was richtig und was falsch ist.«

Den reglosen Körper der Mutter erst zu betrachten, dann gehen zu lassen und als Häuflein schneeweißer Knochen zurückkehren zu sehen, musste Takeru als ungeheuerlicher Vorgang erschienen sein. Jahre später würde sich Aoi fragen, ob sein Klassenkamerad nicht noch eher die Verwesung der Leiche ertragen hätte als ihr Verschwinden im Ofen.

Und so kam es, dass Aoi an seinem siebten Geburtstag den zweiten Samen in sich pflanzte: Endlich wusste er, was für einen Beruf sein Vater hatte, und er kam zu der Überzeugung, dass derjenige, der glaubte, dass er den Tod zu einem Geschäft machte, einen großen Irrtum beging. Gewiss war es nicht der Tod, sondern das Leben, das schmerzte.

Seit Jahren wünschte sich Morioka-san, Aois Vater, ein größeres Haus.

Nicht um mehr Platz für Dinge zu haben, sondern weil er sich einen Garten wünschte, der um ihn herum wuchs und gedieh. Nach einem seiner Nervenzusammenbrüche – Momente, in denen ihm der abstrakte Wille kam, mit allem Schluss zu machen – nahm Aois Mutter ihren Mann beiseite. So entschlossen, wie sie es nie gewesen war, sagte die Frau zu ihm, sie hätten genug Geld, um sich etwas zu kaufen, und er solle sich auf die Suche nach einem Haus machen.

Doch alles, was Aois Vater fand, überstieg an Kosten bei weitem das, was er bereit war zu zahlen. Der Mann wollte Obstbäume, Jasminsträucher, er wollte einen Kirschbaum, der Ende März seine Blätter über den Garten streute. Auf Kompromisse wollte er sich nicht einlassen.

Frau Morioka begann bereits zu denken, ihr Mann habe endgültig den Gedanken ans Umziehen aufgegeben, als Aois Vater eines Tages zufällig mit einem alten Mann sprach und der ihm von einem dreieckigen, unbebauten Stück Land berichtete, das sich kurioserweise am Verkehrsknotenpunkt zwischen Kamakura und Zushi, direkt an einem Bahnübergang, befand. An genau diesem Punkt spalteten sich die beiden Gleise auf und führten getrennt in die Tunnel, die in den Berg eingelassen waren.

»Wie zwei Beine, sozusagen!«, lachte der Alte etwas ordinär, als sie sich das Grundstück anschauten.

Noch bevor das Signal für einen einfahrenden Zug ertönte, die Schranke herunterging und sie den vorbeirauschenden Zug sahen, hatte Aois Vater seine Entscheidung getroffen: Er brauchte gar kein neues Haus – was er brauchte, war genau dieser Garten.

Aois Mutter hatte Angst davor, ihr Sohn könne den Vater dorthin begleiten. Die Idee war gut, aber die Lage des Gartens eine Katastrophe. Ein Kind war etwas ganz anderes als ein Erwachsener: Man weiß nie, was ihm durch den Kopf geht, es kennt die Farben der Ampel noch nicht, und die Züge sind so schnell, dass man sie gar nicht kommen hört.

Nein, versicherte ihr Mann, sie könne ganz beruhigt sein: Er würde ihn keinen Moment lang aus den Augen lassen.

An einem Tag im April wurde in Aoi der dritte und letzte Samen gepflanzt.

Die Zeit des Planens war vorüber: Vater und Sohn weihten den Garten ein und nahmen Gottes Rolle ein. Nachdem er vom Tod erfahren hatte, würde der Junge nun lernen, wie es sich anfühlte, den Dingen Leben einzuhauchen.

Morioka-san, ein Mann, der normalerweise nicht sehr physisch war, hielt das Versprechen ein, das er seiner Frau gegeben hatte: Jedes Mal, wenn ein Zug vorüberfuhr, nahm er seinen Sohn in die Arme, damit er in Sicherheit war. Das kam so oft vor, dass Aoi an manchen Tagen ganze fünfzehn Mal pro Stunde die Arme seines Vaters um sich spürte.

Als Aoi etwas älter war, hörte Morioka-san damit auf, ihn an sich drücken, wenn ein Zug vorbeifuhr, streckte jedoch instinktiv den Arm aus und legte ihm eine Hand auf die Schulter. Nach acht Jahren dann beschränkte er sich darauf, ihm so lange ins Gesicht zu schauen, bis der Zug ganz vorbeigefahren war.

Auch wenn die Umarmung nie wieder vorkam, mischte sich in Aoi der geliebte körperliche Kontakt mit seinem Vater untrennbar mit dem Gedanken des Hegens und Pflegens. Nicht nur, was Pflanzen anging, sondern auch Menschen. Genauer gesagt, die Pflege ihres Herzens.

Morioka-san kaufte zwei Hacken, eine große für sich und eine kleine für Aoi. Er erwarb Säcke mit Dünger, ein Bewässerungssystem, Bücher über das Licht und wie man es am besten nutzte, über den Wind und über die Erschütterungen durch die vorbeifahrenden Züge. Er bereitete den Boden vor, unterteilte das Grundstück, als folgte er einem Rezept. Auch nicht anders, dachte Aoi, als wenn man eine Torte bäckt.

Von der Begeisterung des Vaters angesteckt, begann der Junge Samen zu sammeln: die des Apfels, den seine Mutter in der Küche schälte, die der Kiwi, die er zum Frühstück verspeiste, die der *yuzu*, die im Badewasser schwamm und die er heimlich schälte.

Es waren glückliche Jahre.

In seinem Zeichenbuch, von dem er sich niemals trennte, dokumentierte Aoi die Gestaltung des Gartens. Manchmal, wenn er in der Erde buddelte, sprach der Vater über das Ausmaß von Trauer zu ihm. Dass es achtzehn Monate dauere, über den Tod von Eltern hinwegzukommen, und dass am Ende einer Liebesgeschichte etwa die gleiche Zeit benötigt wurde.

Aoi war so sehr an diese Erwachsenengespräche gewöhnt, dass es ihm gar nicht mehr auffiel. »Wann kommen die Tomaten raus?«, fragte er ungeduldig, eine Frage, die er bei jedem Samen, den er gesät hatte, stellte.

»Die haben wir gerade erst gepflanzt, es dauert also noch.«

»Morgen?«

»Es dauert.«

»Was muss ich machen?«

»Du kannst ihnen Wasser geben, du kannst dafür sorgen, dass sie genug Sonne bekommen, aber ansonsten musst du warten«, schloss der Mann das Gespräch. »Du machst bestimmte Dinge, und die Zeit macht den Rest.«

»Und dann?«

»Und dann nichts. Es genügt zu warten«, antwortete der Vater ruhig.

Im Sommer, der üppigsten aller Jahreszeiten, kamen die grünen Bohnen und die Auberginen. Die Gurken rankten sich mit ihren langen Früchten am Stamm entlang, die Blätter voller Äderchen wie auf dem Gesicht ihrer Nachbarin, die zum Zähneputzen immer auf den Balkon ging.

Und während er der Miniaturnatur dieses Gartens dabei zusah, wie sie sich entwickelte, kam Aoi schließlich zu der Überzeugung, dass sein Vater recht hatte: Man musste einfach nur abwarten, bis etwas geschah.

Wenn der Vater seinen Sohn mit einer Pflanze verglich, so sah er in ihm den zunächst langsamen und dann explosiven Wuchs des Oleanders, diese kleinen Schübe, die ihn am Abend ganz anders aussehen ließen als am nächsten Morgen. Aois Mutter hingegen sah in ihrem Sohn vor allem ein Wesen, das beschützt werden musste.

Von seinen Eltern auf diese unterschiedlichen Weisen geliebt, die jeder von ihnen eben zur Verfügung hatte, bestand die Liebe zu Aoi aus Gegensätzen. Vom Vater lernte er alles über die Zeit der Toten und der Pflanzen, von der Mutter hingegen erfuhr er, wie man an kleinen Dingen Freude hatte. Und so war er ausgelassen und überschwänglich, wenn er mit ihm zusammen war, und ruhig und gemessen bei ihr.

Frau Morioka war eine fröhliche Frau. Als Aoi auf die Welt kam, hatte sie sich vorgenommen, keine nervöse Mutter zu werden, doch so ganz war ihr das nicht gelungen. Stattdessen hatte sie bemerkt, dass sie eine Lücke geboren hatte, einen Teil von sich, der von dem Tage an allein in der Welt unterwegs sein würde. Um diese Leerstelle zu kompensieren, die sich oft in übermäßiger Strenge äußerte, stopfte sie ihren Sohn gern mit Süßigkeiten voll.

Zum ersten Mal hatte sie Aoi in den *dagashi*-Laden gebracht, als er drei Jahre alt war. Das Schild außen war verblasst, und der alte Besitzer war hinter der Kasse eingenickt. Von ihm sah man nur den Kopf, der Rest war hinter Bonbonbüchsen, Marshmallow-Schachteln, Glasbehältern und Blechdosen voller Süßkram versteckt. Alles an diesem Ort war die reine Magie, und man brauchte nicht mehr pro Süßigkeit zu zahlen als ein paar Yen.

Am Eingang drückte ihm die Mutter einen kleinen Einkaufskorb in die Hand, und Aoi machte sich zwischen den Regalen zu schaffen, um schließlich einen daumengroßen Pudding und eine Zuckerstange mit Schokostreuseln auszuwählen.

Die große Revolution war gekommen, als Aoi die Chupa Chups entdeckte. Die Mutter hatte in der Zeitung einmal über einen grotesken Zwischenfall gelesen und fürchtete, der Lolli könnte sich vom Stäbchen lösen und in der Kehle ihres Sohnes stecken bleiben.

»Du musst warten, bis wir zu Hause sind, und du musst ihn lutschen, ohne ihn zu zerbeißen«, befahl sie ihm verängstigt. »Und pass auf, dass er sich nicht vom Stäbchen löst. Hast du verstanden?«

Als er mit kleinen Schritten aus dem *dagashi*-Laden auf die Komachi-dōri kam, wickelte er einen der Chupa Chups aus und nahm die Kirschkugel zwischen die Lippen. Es war eine Geschmacksexplosion.

Manchmal blieb er in seiner ganzen Begeisterung stehen, hob den Blick zu seiner Mutter, zeigte ihr die Lollikugel und fragte sie: »Darf ich *kracks* machen?«

Ohne sich dessen wirklich bewusst zu sein, verband Aoi die Chupa Chups mit einer wichtigen Lektion: Er lernte mit seiner Mutter, wie lange Glück dauert. Es war süß wie ihre bernsteinbraunen Augen, und einer solchen Kugel aus Zucker, Glukosesirup und Fruchtmark würde er niemals widerstehen.

Es gab eine fixe Idee, die, wenn auch in verschiedensten Varianten, wuchs und zu einer Konstante in Aois Leben wurde: »Es ist wichtig, mit einer gut vorbereiteten Seele loszulegen. Man muss sich gegen die Angst rüsten, gegen den Aberglauben, gegen andere Hindernisse des Herzens.«

Wer diesen Satz gesagt hatte, war nicht wichtig. Überhaupt spielte es keine große Rolle für ihn, wer etwas gesagt hatte.

Doch in der Erinnerung des Sohnes war es Aois Vater, der ihn zum ersten Mal gesagt hatte.

Als junger Mann hatte Morioka-san gegen die Vorbehalte seiner Familie ankämpfen müssen, vor allem die des Onkels mütterlicherseits. Den Vater hatte er schon mit sechzehn verloren, seine Mutter war kurz darauf gestorben, und um gegen die desaströse finanzielle Situation der Familie anzukämpfen, hatte er voller Dankbarkeit diese wenig angesehene, aber gut bezahlte Arbeit angenommen. Auch wenn es in den Augen vieler eine schreckliche Tätigkeit war, hatte sie Aois Vater sofort gefallen.

»Wir haben es mit dem empfindlichsten Teil unserer Existenz zu tun, das ist nichts, was man mit Leichtigkeit tun kann«, sagte er sich und wiederholte diesen Satz im Lauf der Jahre auch seinen Kindern gegenüber. »Aber man kann auch stolz darauf sein.«

Und doch kam die Leichtigkeit, von der Aois Vater glaubte, man müsse sie auf sein Banner schreiben, aus dem Leib seiner Frau zu ihm. Sie kam mit ihrem Sohn, der in den Räumen des Bestattungsinstitutes herumrannte, in dem er selbst stolz und streng, stets makellos in Anzug und Krawatte, zugange war. Morioka-san brachte es einfach nicht über sich, Aoi zu schimpfen. Nach so vielen Jahren in diesem schönen, aber auch harten Beruf war er sich dessen bewusst, dass Jugend vor nichts schützte. Man konnte genauso gut auch nach nur einem Monat Leben sterben.

Und dann war etwas geschehen, was für Morioka-san wie ein Wunder war: Aoi begann seinen Vater zu lieben.

Wie gewinnt man die Liebe seines Kindes?

Das war eine Frage, die sich Morioka-san nie gestellt hatte, so sehr war er davon überzeugt, dass eine derartige Sache ihm niemals passieren würde. Was war denn an ihm Besonderes, dass ein Kind ihn liebte? Nein, besser, er kümmerte sich um seine Familie, verdiente das Essen für sie und hielt sie alle auf Abstand, wenn ihn eine seiner nervösen Krisen ereilte.

Doch Aois ungestüme Zuneigung kam mit solcher Natürlichkeit, dass der Mann am Ende davon überzeugt war, auf die Frage, wie man die Liebe seines Kindes gewinnt, gebe es nur eine einzige Antwort: *durch Zufall.*

Mit Aoi, der den ganzen Tag um ihn herum war, fühlte sich Morioka-san zuerst verwirrt und dann von einem ganz neuen Glück erfüllt. Der Kleine machte ihm die Kleidung schmutzig und bedeckte sein Gesicht mit cremeverschmierten Küssen. Und er wurde nicht wütend, nahm ihn sogar in Schutz, wenn die Mutter kam und den Jungen zur Ordnung rufen wollte.

Nach all den Jahren, in denen er geglaubt hatte, um seinen Beruf gut auszuüben, brauche es vor allem Standhaftigkeit, und es sei wichtig, nach außen hin gleichmütig zu bleiben, um dem Schmerz anderer am besten zu begegnen, eröffnete ihm Aoi eine ganz andere Idee.

Und so betrachtete er diesen kleinen Mann, wie er zwischen den Särgen herumlief, wie er erstarrte Wangen streichelte und mit winzigen Fingern über Nägel strich, entdeckte – wenn er sich einen Moment entfernte –, wie der Junge die entstellten Gesichter der unbekannten Toten aufmerksam betrachtete und ihnen von seinem Tag im Kindergarten erzählte, und dank dieser winzigen Portion Menschlichkeit kehrte auch die Leichtigkeit wieder zu ihm zurück.

Und sein Beruf wurde ihm lieber denn je.

Morioka-san schaffte es, den Tod leichter zu machen, den Schmerz, den die Menschen vor, während und nach der Bestattung empfanden, zu lindern. Es handelte sich nicht einfach nur um eine Gewohnheit – es war ein Akt echter Liebe. Er hörte auf damit, ein Weinen zu unterdrücken, wenn gelegentlich ein kleiner Sarg kam, oder wenn die Eltern ihn stumm anschauten, von einem Schmerz erfasst, dem sie noch nicht einmal einen Namen geben konnten. Er streckte die Hand aus, wenn er spürte, die Geste würde ankommen, und drückte ihnen die Finger. Er nahm diejenigen in den Arm, bei denen er das Bedürfnis spürte, umarmt zu werden, oder er versuchte bei anderen, sie aus ihrer Verstörtheit zu befreien.

Vor allem aber hörte er zu, denn das Zuhören ist immer die größte Form der Liebe. »Man muss nicht so tun, als wäre man traurig, nein, und man muss auch nicht glauben, jeder Tote sei ein wunderbarer Mensch gewesen«, sagte er.

Bei den Hinterbliebenen war es wichtig, menschlich zu bleiben. Ihnen zuzuhören und den Zugang zu einem gemeinsamen emotionalen Bereich zu geben, dem Gefühl, »eine Erfahrung zu teilen, die größer war, das Leben an sich«, sagte er mit seiner ruhigen, feierlichen Stimme, »denn niemand sagt es, doch alle wissen, dass man zwar *jetzt* um einen geliebten Menschen weint und leidet, doch dass es *irgendwann* allen so ergeht: dem Menschen, der jetzt in diesem Raum ist, oder in dieser Stadt, irgendwo auf der Welt.«

Die Geburt von Aois Schwester war eine Revolution, aus genau dem Grunde, dass es gar keine Revolution gab. Oder besser, weil diese Geburt als etwas Riesengroßes angekündigt worden war, an dem Sayaka jedoch selbst als Neugeborene nicht gewillt war teilzunehmen.

Bis zum Abwinken würde die Mutter Aoi gegenüber die Zauberformel wiederholen, nach der sie fest auf ihn zählte: »Könntest du als braver großer Bruder ein Auge auf Sayaka haben, während ich einkaufen gehe?« »Wenn Sayaka von der Schule kommt, könntest du ihr als braver großer Bruder ein bisschen Reis mit *furikake* geben?« »Du bist meine Rettung, Aoi: Wenn du nicht wärst, als braver großer Bruder, wie würde ich das nur schaffen?«

Doch Sayaka brauchte ihn gar nicht und zeigte gegenüber dem Bruder bestenfalls distanzierte Neugier.

Mit drei Jahren saß sie selbstständig auf der Toilettenschüssel, mit vier konnte sie bereits das *hiragana.* Sie gab einfach vor, unabhängig in all dem zu sein, was ihr widerfuhr, jeweils ein paar Jahre voraus. Sayaka war frühreif, und sie war anders.

Frau Morioka liebte es, riesige Portionen Essen zuzubereiten, die sie dann unter den Nachbarn und den Mitarbeitern des Bestattungsinstitutes verteilte. Aoi fiel oft die Aufgabe zu, Teller und Tabletts zurückzuholen; dann klingelte er bei den Nachbarn und rief schüchtern *»sumimasen«* durch die zugezogenen Vorhänge am Eingang.

Als Sayaka alt genug war, um dem Bruder zur Hand zu gehen, war Aoi froh, diese peinliche Aufgabe mit ihr teilen zu können.

Von Beginn an schien Sayaka das Beobachten dem Handeln vorzuziehen. Sie wusste immer, was man zu sagen hatte, verspürte aber offenbar kein Bedürfnis, ihre Meinung zu äußern. Nicht, weil sie sich selbst nicht für intelligent hielt, sondern weil man, um zu sprechen, an dem interessiert sein muss, was die anderen denken, und sie interessierte nur das, was sie selbst anging. Sie liebte es, in Bewegung zu sein, und wenn sie auf ihren kleinen Beinchen unterwegs war, schien sie weder Hunger noch Durst zu bekommen. Das Essen liebte sie nicht; sie betrachtete die Welt mit geringer Anteilnahme, stürzte sich dann aber urplötzlich ins Geschehen, wie Aoi später sagen würde, als sie größer wurde: Wenn man sie anschaute, war es, als würde man einen dieser Dokumentarfilme sehen, bei denen in der trägen Stille der Savanne eine Löwin urplötzlich den Kopf hebt, ihre Beute fixiert und einen Augenblick später die Jagd aufnimmt.

In der Schule begeisterte sich Sayaka für Menschen. Wenige ausgewählte Menschen, bei denen sie sich das merkte, was sie als »Ausdrücke dazwischen« bezeichnete, Gesichter also, die auf halber Strecke zwischen den reinsten Gefühlen waren, solche, die nur der erkennen kann, der lernt, voller Ergebenheit zu lieben. Und sie richtete diese Liebe auf einige Klassenkameradinnen, vor allem aber auf ihren Onkel, den Bruder der Mutter, der oft zu Besuch kam. Gegenüber Aoi hingegen empfand Sayaka, obwohl er der Ältere war, immer das Bedürfnis, ihn zu beschützen.

Mit achteinhalb Jahren, als er bereits seit einer Weile begriffen hatte, dass all seine gemalten Bilder falsch waren, verlor Aoi den Mut.

Murmeln, Blüten, herumliegende Patronenhülsen, saftige Kugeln, Globen, leere *hozuki*-Glocken. Und dann Blumentopf, Behälter, Einweckglas, Kanal, Bewässerungssystem, kleine Hüllen aus weißem Nylon, wie Strümpfe, die man empfindlichen Pflänzchen überzieht, um sie vor der Kälte zu schützen.

Alles wunderschön, aber irgendwie *falsch*. Es genügte, seine Kladde mit dem Album seiner Schwester zu vergleichen, um zu einem gnadenlosen Urteil zu gelangen: Seines war ein wirrer Mischmasch aus Farben, Ungenauigkeiten überall.

Aoi hörte auf zu zeichnen. Frau Morioka bemerkte es sofort und versuchte alles, um ihrem Sohn zu helfen, besser zu werden. Doch je mehr sie sich bemühte, desto mehr verschloss sich Aoi, ja, vielleicht war es gerade ihre Sorge, die ihn in noch größere Verwirrung stürzte.

Wie ernst es um seinen Sehfehler stand, das begriff Aoi noch nicht, doch der schmerzlich verzogene Blick seiner Mutter und ihr Bemühen, um jeden Preis darüber zu sprechen, schien ihm schon Antwort genug zu sein.

Im Gegensatz zu seiner Frau machte sich der Vater keine Sorgen, und auch nicht der Onkel mütterlicherseits, der ihn darin bestätigte, dass alles perfekt und normal sei. »Behinderungen existieren nur, wenn man sie sucht«, liebte er zu sagen.

In dieser Situation kam der tragische Tag, an dem Aoi Blut sah.

An diesem Morgen waren sie schon früh in den Garten gegangen. Es war ein Samstag im März, und es stand keine Bestattung auf dem Programm. Der Himmel war wolkenverhangen, es war Regen angesagt.

Aoi zeichnete zu diesem Zeitpunkt schon seit Wochen nicht mehr. Das Album hatte er mit entschlossener Geste in den hintersten Teil des Schrankes verbannt.

Vater und Sohn begannen, die Erde zu bearbeiten, um ein kleines Mischbeet anzulegen. Sie wollten Süßkartoffeln anpflanzen, die mit dem violetten Kern, die typisch für die Gegend von Okinawa waren. Aois Mutter würde im Herbst daraus Muffins und Aufläufe backen, auch Knusperecken, die man für den Winter haltbar machen konnte.

Am späten Vormittag kauerte Aoi immer noch tief gebeugt auf der Erde, wo er mit der Hacke verschiedene organische Substanzen und Sand einarbeitete. Der Vater kontrollierte die verschiedenen Arbeitsgänge, die Fäuste in die Seiten gestützt und stillschweigend stolz auf ihn.

Dann begann das Warnsignal am Bahnübergang zu blinken, es ertönte auch der gewohnte Alarm. Zerstreut richtete der Mann seinen Blick auf das linke Gleis, wo langsam die Schranke herunterging.

In diesem Moment durchbrach ein gleißend heller Sonnenstrahl die Wolken, und Aois Vater, der sich, wie gewohnt, seinem Sohn zuneigte, schützte sich mit einer Hand vor dem blendenden Licht.

In einem einzigen Augenblick veränderte sich alles.

Man hörte das ohrenbetäubende Kreischen von Metall, das Schrillen der Alarmglocke, ein Luftschwall erhob sich, während die Fahrt des Zuges unterbrochen wurde. Nach wenigen Minuten heulten Sirenen auf. Rettungswagen und die Feuerwehr rasten herbei. Leute liefen aus den Häusern, schauten, was es mit dem Lärm auf sich hatte.

Ein Mann lag unter den Gleisen.

Es gibt immer Erinnerungen unter der Haut von anderen Erinnerungen.

Alles bleibt im Verborgenen, bis sich die hauchdünne Schicht dazwischen auflöst.

Von jenem Tag würden Aoi insbesondere zwei Dinge in Erinnerung bleiben.

Die erste: die Arme seines Vaters, die ihn festhielten – sein Gesicht an die Brust gedrückt, fast als wollte er ihn ersticken, nur damit er nicht sah, was vorging –, und das deutliche Gefühl, dass diese Umklammerung keine Aufforderung war, sondern ein Befehl; der letzte Versuch, ihn davor zu beschützen, vorzeitig erwachsen zu werden.

Die zweite: jenes flüssige Gelb, das auf den Gleisen verteilt war und das Aoi erspähte, als sie weggingen, und die Steine ringsum, auch sie von einer verborgenen Farbe bespritzt, verdünnt von dem Regen, der heftig herabprasselte.

Die Umstände des Zwischenfalls blieben unklar.

Ein Moment der Unaufmerksamkeit oder vielleicht Selbstmord – wer weiß. War der Mann jung oder alt gewesen? War er auf dem Weg zur Arbeit oder im Urlaub? Hatte er Frau und Kinder oder lebte er allein? Was war seine Leibspeise? War er ein Fan der Hanshin Tigers? Hatte er als Kind den Umriss des Berges Fuji geliebt, den man an heiteren Tagen am Horizont erkennen konnte, genau von dort, an dem Punkt der Eisenbahn, wo er gestorben war?

Die lokale Zeitung widmete dem Mann eine kleine Notiz. Als die Zeit verging, löste sich der fleischliche Teil ganz natürlich von den Gräten, und es blieb der Seufzer des Vaters – wie es immer geschah, wenn ein schwer verunstalteter oder zu junger Leichnam zu ihnen ins Institut kam – und jener Satz von ihm, der noch Jahre danach in Aoi widerhallte, wer weiß warum ausgerechnet dieser unter so vielen anderen: »Das, was man nicht benennt, verschwindet.«

Das hatte er ihm zugeflüstert, als sie endlich die Polizeistation verließen, nachdem sie auf eine zermürbende Anzahl von Fragen geantwortet hatten.

»Warum haben sie uns nicht seinen Namen genannt? Warum haben sie ihn die ganze Zeit einzig und allein als *Opfer* bezeichnet?«, hatte Aoi gefragt. Es beunruhigte ihn, den Dingen keinen Namen geben zu können: Er las sehr gern, und in den Büchern schien jedes Gefühl, jede noch so kleine Sache einen Namen zu haben.

Der Vater antwortete ihm, die Bürokratie wolle es so. Datenschutz, Protokoll. Doch natürlich verstand er das Unbehagen des Sohnes.

»Das, was man nicht benennt, verschwindet.« Das hatte er ganz ruhig gesagt. Wer so starb, der starb *wirklich*. Deshalb wurde bei einer Bestattung auch so oft der Name des Verstorbenen ausgesprochen.

Die Ampel blinkte, und die beiden beeilten sich, über den Zebrastreifen zu gehen. Es fiel immer noch Regen, wenngleich nicht mehr so heftig.

»Vielleicht«, hatte Morioka-san gemurmelt, als würde er ein Selbstgespräch führen, »hofft man, dass irgendwo etwas von ihm bleibt.«

»Aber genau deshalb müssen wir doch den Namen von allen erfahren!«, hatte Aoi mit Nachdruck ausgerufen.

»Wir sind so viele, Aoi«, erwiderte der Vater voller Zärtlichkeit, »dass uns die Zeit fehlt, uns zu erinnern. Uns reicht ja kaum die Zeit zum Leben.«

In den Jahren der Mittelschule, als seine Neugier auf den Tod wuchs, trat Aoi oft auf einen Sarg zu und versuchte, sich die Todesursache vorzustellen. Ganz naiv fragte er sich, wie jene Menschen eigentlich hierhergekommen waren: Wenn in den Büchern jemand starb, gab es immer auch ein Warum.

Wenn ein Leichnam im Institut ankam, schlüpfte er rasch in den Saal, um ihn sich anzusehen. Wie verzaubert betrachtete er den manchmal noch offen stehenden Mund, die Luft, die zwischen den Zähnen zirkulierte; er betrachtete die kleinen Stellen, an denen Blut ausgetreten war und die sein Vater tamponierte, indem er sanft Wattebäusche in die Nasenlöcher und die Ohren schob.

An dem Tag, als aus dem Leichenschauhaus ein sechzehnjähriges Mädchen eintraf, glaubte Aoi – beeinflusst von *Löwenzahn,* dem letzten Roman von Kawabata Yasunari, der kurz darauf Selbstmord beging –, sie sei an der gleichen Krankheit verstorben, von der im Buch die Rede war.

Die Heldin des Buches, Ineko, hatte eine geheimnisvolle Krankheit, die verhinderte, dass sie den Körper ihres Geliebten sehen konnte. Aoi war fasziniert von dem Gedanken, dass es vielleicht gerade die Liebe war, die die Unsichtbarkeit des Körpers des anderen in ihr verursachte. Er stellte sich vor, man könne an Unsichtbarkeit sterben, aus genau dem gleichen Grund, wie man leidet, wenn man den, den man liebt, nicht sehen kann.

Nach der Schule lief er mit dem Ranzen auf dem Rücken durch die schmalen, krummen Gassen, in die keine Touristen vordrangen. Ihm schien, dass auf diesen Wegen, die des Nachts von *yōkai* und Gespenstern bevölkert waren, auch immer noch die Schritte der Toten widerhallten.

Von all den eingebildeten Malaisen, die er manchmal den Leichnamen andichtete, war seine allerliebste die der Seerose in der Brust von Chloë, wie sie Boris Vian im *Schaum der Tage* beschrieb. Als er den Roman las, hatte sich Aoi in jenes Mädchen und seine kunterbunte Welt verliebt. Das alles war für ihn wahr, auch die Schuhe, die buchstäblich Löcher in den Boden wetzten, oder die Wände des Hauses, die sich zusammenzogen, um die Liebenden leiden zu lassen. Er hatte die Passagen auswendig gelernt, in denen das giftige Blumenwesen beschrieben wurde, das Chloë den Atem nahm und sie schon bald tötete. Aois Lungen wurden zu Flügeln, und die Verstorbenen verwandelten sich in seiner kindlichen Seele alle in Vögel.

Und so hob er, während er durch jene Gassen marschierte, die Augen zu den Lichtstrahlen, auf denen sich die Spatzen versammelten und die Krähen in Alarmbereitschaft waren. Und ihm schien, als könnte er die Toten sehen, die ihre Schwingen ausbreiteten und mit den Schnäbeln an die Fenster der Häuser klopften, um von ihrer Rückkehr zu erzählen.

Er stellte sich vor, die Welt von unten sei beschützt von all dem Flügelrascheln.

Und er fühlte sich geborgen.

Seine Leidenschaft fürs Lesen hätte ihn noch weit gebracht, wenn sich das Schicksal nicht eingeschaltet hätte.

Mit fünfundzwanzig Jahren studierte Aoi, um Lehrer zu werden: Der Gedanke, anderen etwas zu vermitteln, was er schon so lange in seinem Herzen genährt hatte, versetzte ihn in Begeisterung.

Als er *Das Kopfkissenbuch* von Sei Shōnagon las, dann *Vita sexualis* von Mori Ōgai, und auch *Die schlafenden Schönen* von Kawabata Yasunari, hatte er das Gefühl, die Welt sei noch viel größer, als er es sich vorgestellt hatte, und diese Erkenntnis – dass man durch Lesen das Leben buchstäblich größer machen konnte – hatte ihn mit Freude erfüllt.

Niemals hörte er auf, darüber zu staunen, wie sein Körper, selbst wenn er nur reglos in einem kleinen Zimmer mit wenigen Tatamis lag, auf diese Bilder reagierte, die doch vor vielen Jahrhunderten entstanden waren. Ob es ein Werk der japanischen oder der ausländischen Literatur war, spielte dabei keine große Rolle.

Glück war für Aoi genau das – er selbst, ruhig und still, während sein Kopf sich mit Dingen füllte.

Trotzdem hatte er an dem Tag, an dem sein Vater starb, nicht gezögert.

Es ging darum, die Arbeit des Bestattungsinstitutes anderen zu übertragen oder es selbst zu leiten und auf seine eigenen Pläne zu verzichten.

Seine Schwester arbeitete schon seit Jahren im Betrieb der Eltern: Sie kümmerte sich um die Vorbereitung der Leichname, schminkte sie und hielt den Kontakt zu dem Einbalsamierer. Frau Morioka machte die Buchhaltung, sie pflegte gute Beziehungen mit den speziellen Floristen, mit den Friedhöfen und den Firmen, die die Hausaltäre, die *butsudan,* verkauften. Zusammen mit ihrem Ehemann hatte sie sich um die fieberhafte Aktivität gekümmert, die in dem Moment beginnt, an dem ein Telefonat eintrifft, auch mitten in der Nacht, und die dann innerhalb von zweiundsiebzig Stunden abgeschlossen sein muss.

Der Vater koordinierte jeden einzelnen Schritt. Als Erstes rief er – je nachdem, ob es sich um ein buddhistisches oder ein shintoistisches Begräbnis handelte – den Bonzen oder den *kannushi* an, er nahm Kontakt zum Krankenhaus auf, in dem in den allermeisten Fällen der oder die Verstorbene wartete, besuchte die Angehörigen, um mit ihnen den Ablauf der Zeremonie zu besprechen, bestellte den Wagen, mit dem der Leichnam abgeholt würde, rief beim Krematorium an, um einen Termin für die Einäscherung zu machen, bereitete die Totenwache vor, dekorierte den Altar mit *makura-kazari*, kontaktierte ein Catering und teilte ihm die Zahl der erwarteten Gäste mit, merkte den kleinen Bus vor, mit dem sie von A nach B gebracht würden. Und und und.

Es war eine Arbeit, die aus vielen verschiedenen Schritten bestand und die Kooperation mit vielen Menschen voraussetzte. Doch wie der Vater zu sagen pflegte, stellten der würdige Empfang der Angehörigen und das Zuhören fünfzig Prozent ihrer Arbeit dar – die entscheidenden fünfzig Prozent.

»Man muss das Ritual auf Zehenspitzen beginnen. Immerhin geht es um eine der bedeutendsten Erfahrungen im Leben derer, die daran teilnehmen«, sagte er. »In diesem Beruf gibt es kein Richtig oder Falsch, es gibt nichts Schönes oder Gutes. Du musst einfach zuhören, aufnehmen, das erfragen, was du nicht weißt oder nicht verstehst.«

Aoi hatte ihn diese Ermahnungen wortwörtlich ständig wiederholen gehört, sowohl der Schwester gegenüber als auch den Lehrlingen, die allerdings oft schon nach kurzer Zeit wieder aufgaben. Es war keine Arbeit für jedermann.

»Es wird vorkommen, dass die Hinterbliebenen euch auf der Straße anstarren, andere werden den Blick abwenden«, hatte er ihm und Sayaka von Kindesbeinen an beigebracht. »Kümmert euch nicht darum, es ist kein böser Wille. Es liegt daran, dass ihr sie, ohne es zu wollen, an einen Moment großer Traurigkeit erinnert. Wenn ihr eine gute Arbeit gemacht habt, werden sie euch gegenüber zwar Dankbarkeit verspüren, aber es wird ihnen peinlich sein, weil ihr sie in ihrer Verzweiflung gesehen habt, verloren, so wie man sich Unbekannten niemals zeigen möchte.«

Und jedes Mal, wenn sein Vater damit anfing, erinnerte sich Aoi wieder an seinen Klassenkameraden, dessen Mutter gestorben war, und wie er das kleine rote Spielzeugauto an die Wand geworfen hatte.

»Jetzt, wo Papa tot ist, was machen wir mit dem Institut?«, war Sayakas trockene Frage an dem Abend vor Morioka-sans Begräbnis.

»Ich übernehme es. Lasst mir nur ein paar Tage Zeit, damit ich alles unter Dach und Fach bringe«, antwortete Aoi.

Und so schloss er, nur wenige Monate, bevor auch seine Mutter das Zeitliche segnete, sein altes Leben ab und begann zusammen mit dem Onkel mütterlicherseits und der Schwester seine Arbeit im Bestattungsinstitut.

Seither waren zehn Jahre vergangen, und er hatte seine Entscheidung nie bereut.

Drei

Jeden Morgen beim Aufwachen kam Mio der gleiche Gedanke: Kaum würde sie die Augen öffnen, hätte sie das gesamte Universum vor sich.

Mit geschlossenen Lidern, im Bett ausgestreckt, genoss sie dieses Warten, die chromatische Explosion, die ihr bevorstand. Sie stellte sich das Pulsieren des Lichts vor, das den Raum mit Tausenden Goldtönen erfüllen würde, das glasierte Gelb der Lampe, das Reflexe in Senf- und Safrantönen durch den Raum schickte. Und dann das Mandarinenorange der Vorhänge, der Ton der Schale, wenn man sie zerdrückte. Das Karbonrot der Wand, ein Karminrot, das deutlich in Richtung Schwarz ging, als wollte es sich in die Dunkelheit stürzen.

Mio atmete dann noch einmal durch und öffnete die Augen.

Als sie sich an jenem Tag anzog, um in die Arbeit zu gehen, hörte sie zerstreut dem Fernsehen zu, in dem eine Unterhaltungssendung der *Nihon Terebi* lief. Sie sah sich in dem Kleid wieder, das sie sich im Frühjahr vor zwei Jahren gekauft hatte und das die ganze Palette eines Morgengrauens über den Eisflächen von Okhotsk zeigte. Mit nur wenig Interesse hörte sie dem Interview zu, das sie selbst auf dem kleinen Platz von Yurakuchō gegeben hatte. Vielmehr konzentrierte sie sich darauf, wie das Robbengrau der Puffärmel auf dem Bildschirm herüberkam, auf das bleiche Kristallhimmelblau an ihren Hüften.

Auch Aoi bereitete sich, fünfzig Kilometer und Tausende von Wänden in Luftlinie von ihr entfernt, darauf vor, seinem Tag entgegenzugehen. Auch wenn er den gleichen Sender eingeschaltet hatte, hörte er kein einziges Wort des Interviews. Er schaute sich im Spiegel an, überrascht von einer Falte auf der Stirn, die am Abend zuvor noch nicht da gewesen war.

Die Zeit arbeitet in Sprüngen, dachte er, und einen davon musste er verpasst haben.

Aufgrund der Fernsehübertragung ging Mio an jenem Mittwoch zwanzig Minuten später aus dem Haus. Von Kagurazaka, wo sie wohnte, nahm sie die Tōzai-Linie, stieg in Tōkyō-eki um, wo sie inmitten einer disziplinierten Menschenmenge durch die unterirdischen Labyrinthe bis zum Bahnhof von Ōtemachi ging. Sie wechselte noch zweimal den Zug, bestieg dann die Einschienenbahn und stieg schließlich an der Station Tennōzu-airu aus.

Während der Fahrt holte sie immer wieder ein mit weißem Stoff bezogenes Notizbuch aus der Tasche, betrachtete die Menschen ringsum und machte sich rasch ein paar Notizen.

Indessen saß Aoi auf einer Bank des Bahnhofs von Kamakura und wartete auf den Zug um 7:51. Er stieg ein, ohne sich Hoffnung auf einen Sitzplatz zu machen. Trotzdem trat er auf die im Quadrat angeordneten Zweierreihen von Sitzen zu, legte seine Tasche ins Hutfach und begann ein Buch zu lesen. Zu seiner Überraschung stieg in Ōfuna eine Frau aus, und er konnte ans Fenster wechseln. Die Sonne schien ihm in die Augen.

Alle Bücher von Aoi waren in einen weißen Stoff eingebunden, der Titel und Umschlag verbarg. Das deshalb, weil seine Lektüre oft mit dem Tod zu tun hatte. Weniger mit seinem philosophischen Aspekt als mit seinen praktischen Belangen: Wie man den Leichnam abholte, ihn veränderte, wenn er entstellt war, wie man Teile des Gesichts rekonstruierte, die Leiche wusch, anzog, sie schminkte. Aoi konnte auch die Gesten des Bonzen auswendig, die Worte, die in den Stunden nach dem Ableben geflüstert wurden, in denen man glaubte, der Verstorbene könne die Geräusche der Welt noch hören.

Aoi organisierte Bestattungen in dem Bewusstsein, der Beginn der Dinge sei mindestens so wichtig wie ihr Ende. Und für ihn bestand der Tod darin, dass man die Hinterbliebenen an der Hand nahm und ihnen dabei half, eine Anwesenheit in Abwesenheit zu verwandeln.

Und dass man definitiv auf den Gedanken verzichtete, etwas mehr über einen Menschen zu wissen.

Titel des Buchs, das Aoi an jenem Tag im Zug las

Sachiya, Hiro, *O-sōshiki wo dō suru ka – nihon-jin no shūkyō to shūzoku*, PHP, Tokio 2000.

Mio dachte, dass endlich eine Zeit begann, in der es etwas leichter wurde. Die Morphologie von Kagurazaka, dem Viertel, in dem sie geboren war, bekräftigte dies für sie: Nach einem Anstieg kommt immer der Punkt, an dem es steil und schwindelerregend bergab geht.

Fünf Tage die Woche, um Viertel vor acht, trat sie durch die automatischen Türen von *Pigment* und befand sich wie im Bauch eines Walfisches. Ihren Tag verbrachte sie unter wogendem Bambus: Es waren hauchfeine und federleichte Stangen, die an der Decke und in gewissen Bereichen des riesigen Saales angebracht waren; die hölzernen Stämme schienen sanft hin und her zu wogen, um Licht und Luft hereinzulassen.

Das Wohlbefinden, das Mio bei *Pigment* durchströmte, war vor allem ein visuelles: Ganz hinten an der Wand zeichnete sich die geordnete Abfolge von 4500 Glasflaschen mit Pigmenten ab, Farben, die wie von Natur an- und wieder abschwollen; sechshundert Modelle von Pinseln verschiedener Dicke und Paletten hingen in der Vertikalen abwechselnd nach Länge und Größe sortiert. Tische aus hellem Holz, glatt wie *Plum-cakes*, gliederten diagonal den Raum.

Auf Regalen und Ablagen wurden Temperafarben, Lösungsmittel, Dutzende von Leimsorten (sowohl pflanzlichen als auch tierischen Ursprungs), Blattgold, Lacke verschiedenster Farben und Hunderte anderer Hilfsmittel aufbewahrt, von denen die allermeisten Menschen außerhalb des Geschäfts noch nicht einmal den Namen gekannt hätten.

Abgesehen vom Verkauf von Temperatuben, Farbpulver und einer ganzen Flut von Materialien und Werkzeugen zum Färben bot das Geschäft auch fachkundige Beratung für die Gestaltung von öffentlichen oder privaten Räumen, es gab Beratung zur Einrichtung von Wohnräumen und Läden, und es wurden Lesungen und Seminare angeboten, die sich selbst mit den ausgefallensten Aspekten des verborgenen Lebens der Farben beschäftigten.

Schon wenn sie aus dem Zug stieg, den Bahnhof der Einschienenbahn verließ und in der Ferne den Quader des Gebäudes erkannte, in dem *Pigment* ansässig war – zwei Drittel Fenster im Fachwerkstil auf grauem Untergrund, ein Drittel Glasfläche und Bambusvoluten –, war Mio glücklich.

Sie liebte ihre Arbeit und hatte an diesem Ort das Gefühl, dass das Unsagbare gesagt wurde und das Unsichtbare eine Gestalt erhielt. In diesem erstaunlichen Geschäft in Tennōzu-airu im Osten Tokios wurden nicht nur die Rohstoffe angeboten, sondern auch die Gedanken, die dem Menschen die Farbe brachten.

Als sie nach der Universität von der Eröffnung dieses auf der ganzen Welt einzigartigen Ortes gehört hatte, der von einem der erleuchtetsten Kritiker der Universität der angewandten Künste in Kyoto geführt wurde, hatte sie sofort ihren Lebenslauf eingeschickt.

Während des Bewerbungsgespräches hatte sie alle mit dem Reichtum an Vokabeln, der ihrer außergewöhnlichen Sensibilität für Farben vorausging, zutiefst beeindruckt. Sie war sofort eingestellt worden.

Was ihr bei *Pigment* am allermeisten gefiel, das war der Gedanke, dass jedes Detail darauf hindeutete, die Welt sei eine Sache, die man nur klassifizieren und in Ordnung bringen müsse, um sie zu begreifen.

Menschen identifizieren sich mit einem Gefühl.

Wer schreibt, identifiziert sich mit der Sehnsucht nach Dingen, die verloren sind. Emil Cioran – den Mio wieder und wieder las, weil sie fand, sein Schreiben decke alle erdenklichen Abstufungen von Braun und Grün ab – identifizierte sich mit der Sehnsucht nach der Zeit, aus der er selbst sich ausgeschlossen fühlte.

Hätte man es ihr als Problem dargestellt, so hätte sich Mio mit dem Hunger identifiziert, mit dem Gefühl der Unvollständigkeit, welches sie verspürte. Alles war für sie unvollendet und ungenau, die Unschärfe verzerrte die Benennung der Dinge, und der Name war ja die Demarkationslinie zwischen dem, was existierte, und dem, was nicht da war.

Einzig und allein die Farbe war für Mio Genauigkeit.

Jeder Mensch hatte eine Farbe am Leib, und das war die Lösung.

Das war ihr schon als junges Mädchen an dem Tag klar geworden, als sie an eine Tante dachte und wusste, die Frau *war* grün: Wenn sie guter Laune war, dann handelte es sich um das leuchtend schillernde Grün von Zaubertränken, während sie bei Müdigkeit das Grün von vertrocknetem Seetang mit ihr assoziierte. Die Frau hatte die schreckliche Angewohnheit, bei anderen Leuten im Haus Schränke zu öffnen (»dann wurde sie weidengrün 柳緑«) und brachte als Geschenk immer altbackenes *Matcha*-Gebäck mit (»das Grün von altem Bambus 老竹色«).

Dann war da ein Klassenkamerad in der Grundschule gewesen, den Mio mit Rost in Verbindung brachte, mit verbrannten

Feldern, mit Nuancen von Livorno-Weiß. Dieser Junge hatte eine dunkle Seele: Wenn die Lehrerin gerade nicht hinschaute, zerquetschte er Ameisen, zerteilte während der Pause Marienkäfer mit den Fingern. Mio betrachtete ihn mit einer Mischung aus Erregung und Abneigung: Damals begegnete sie zum ersten Mal in ihrem Leben einem Menschen, der die Welt nur betrachtete, um ihr wehzutun.

Im Lauf der Jahre nahm Mio die gleiche schwarze Aura an dem Mechaniker wahr, der in der Werkstatt unterhalb ihrer Wohnung arbeitete. An einem Sommertag sah sie, wie er mit voller Wucht nach einer großen Grille trat, sah, wie das bebende Insekt auf die Straße geschleudert wurde, die Flügel zerdrückt von dem Schuh des Mannes. Mio hob verstört den Blick zu ihm, und der Mann hielt ihm stand, als wäre es eine Art Kräftemessen.

Wurde man so geboren? War die Farbe eines Menschen bereits in seiner DNA verankert, oder passierte erst im Laufe seines Lebens etwas, was sie veränderte?

Vielleicht stimmte beides, und man wurde mit einer bestimmten Farbe geboren, doch die Erfahrungen mit der Welt veränderten mit der Zeit ihre Nuancen.

An jenem Mittwochmorgen, bevor für die Kunden geöffnet wurde, hatte Mio den Katalog der Pigmente auf den neuesten Stand gebracht und einen Auftrag erledigt, bei dem es um Geschenkboxen in Gelbtönen ging. Um zehn Uhr hatte sie einen Unternehmer bedient, der das Innere seiner fünf Lokale renovieren wollte: zwei Restaurants, ein Café und zwei Snackbars, die verteilt in den Gegenden von Shinjuku, Roppongi und der Bucht von Hamamatsu-chō lagen. Jedes Lokal brauchte einen eigenen Plan für eine Neueröffnung und ein neues Image.

Mio hatte dem Mann aufmerksam zugehört. Mit sicherem Ton erklärte er, was für eine Art von Kundschaft er hatte, zeigte ihr auf dem Display seines Handys, wie die Wände aussahen, die Tische und der Blumenschmuck, der neben den Kassen stand. Nach etwa einer halben Stunde hatte er sich dann zu der nostalgischen Erzählung hinreißen lassen, wie er als Junge an manchen Abenden stundenlang unter der Theke der Snackbar ausgeharrt hatte, wo seine Mutter Getränke servierte, und Mio kam der Gedanke, dass der Mann ein *seitai*-青袋-Blau verströmte, nüchtern und tief, mit Einsprengseln von Kohleschwarz und Kastanienbraun.

Bei der Arbeit war sie empathisch und effizient. Innerhalb einer Stunde hatte sie bereits einen detaillierten Arbeitsplan für drei der fünf Lokale aufgestellt und für die darauffolgende Woche eine Reihe von Ortsbesichtigungen mit dem Ausstatter und dem Verantwortlichen für die Werbekampagne festgelegt.

Bevor er sich verabschiedete, dankte der Unternehmer ihr überschwänglich.

»Ja, genau, *kuri-iro,* 栗色, kastanienbraun«, murmelte Mio vor sich hin und folgte mit dem Blick dem stämmigen Mann auf dem Weg zum Ausgang. Nach einer letzten Verbeugung holte sie ihr in Stoff gebundenes Notizbuch aus der Tasche. Sie hatte sich Vor- und Nachnamen des Kunden aufgeschrieben, und daneben notierte sie: *seitai*-Blau, 青袋, mit kohleschwarzen und kastanienbraunen Einsprengseln.

Um elf Uhr hatte ein älterer Mann das Geschäft betreten, seine Haare waren schneeweiß, das Gesicht von Falten gezeichnet. Er wollte die Restaurierung eines Gemäldes, auf dem ein Haus abgebildet war und das seine Frau in jungen Jahren gemalt hatte. Beide hielten große Stücke auf das Kunstwerk und wollten auf gar keinen Fall, dass es litt. Bei der Restaurierung sei es allerdings wichtig, dass das Dach des Hauses rot übermalt würde.

»Alles identisch bis auf das Dach?«

»Genau. Das ist unser Haus, verstehen Sie? Das wir gemeinsam gebaut haben, als wir geheiratet hatten. Das Dach war immer schwarz, aber als wir es renovieren ließen, fanden wir es schöner, es rot zu lackieren.«

Diese ganz und gar plurale Verwendung von Sprache, der Gedanke, die Farbe müsse ihrem Leben folgen und nicht umgekehrt, hatte Mio beeindruckt. »*Sabi-shu* 錆朱, das kann nur *sabi-shu* sein«, murmelte Mio, kaum war sie allein. Als sie im Geiste die Begegnung noch einmal durchging, hatte sie an dem Herrn ein Braunrot wahrgenommen, einen mit den Jahren verblassten Farbton. Das hatte sie sich in ihrem Büchlein notiert und gleich darunter, in Klammern noch hinzugefügt, dass der Mann, wenn er lachte, auch Nuancen von Lila zeigte.

Die Kollegen hielten dieses rasche und heimliche Notizenmachen von Mio, kaum hatte sich jemand verabschiedet, für einen Ausdruck von Fleiß; sie dachten, sie mache es so wie die Friseure, die sich Details über das Haar ihrer Kunden notierten, damit sie die Informationen beim nächsten Schnitt wieder präsent hatten.

Sie konnten nicht wissen, dass Mio ihren Kindheitstraum, nämlich das Erkennen einer bestimmten Farbe an jedem einzelnen Menschen, auch noch im Erwachsenenalter verfolgte.

Das waren für sie die glücklichsten Momente des Tages.

Die genaue Adresse von Pigment sowie Angaben zur Anfahrt (fünf verschiedene Varianten), die Mio für ihre Fahrt von Kagurazaka wählte

Terrada Harbour One Bldg. 1 F 2–5-5 Higashi-Shinagawa, Shinagawa-ku, Tokio 〒 140–0002

Vom Bahnhof Kagurazaka nimmt man die Linie Tōzai in Richtung Tōyō-Katsutadai bis Ōtemachi – Umstieg und zehn Minuten Fußweg bis Tōkyō-eki. Von dort aus die Linie Yamanote in Richtung Shinagawa bis Hamamatsu-chō. Umsteigen in die Linie der Einschienenbahn Tōkyō-monorēru in Richtung Terminal 2 des Flughafens Haneda. Aussteigen in Tennōzuairu – drei Minuten Fußweg.[1]

1 *Durchschnittliche Dauer etwa 36 Minuten, mit dreimal Umsteigen. Kosten einfach 530 Yen, mit aufladbarer Karte 524 Yen.*

In gewissen Momenten unseres Lebens erscheint es uns möglich, etwas zu riskieren oder uns zumindest ganz auf die Gegenwart einzulassen. Eine Gegenwart, die von langer Hand vorbereitet ist, eine Zeit, bei der es bis zu diesem Moment erschien, als reichte sie ein wenig über unseren Horizont hinaus. Bis dann unerwarteterweise die Gegenwart neben uns stehen bleibt, wie ein Unbekannter, der rein zufällig an unserer Seite Platz nimmt.

Wenn wir dann entscheiden, die Vergangenheit im Namen genau dieser Gegenwart aufs Spiel zu setzen (von der man im Grunde noch gar nichts weiß), müssen wir allerdings akzeptieren, dass es die Ungewissheit (und nicht etwa die Überzeugung) ist, die uns leitete: rein gar nichts darüber zu wissen, aber denken, es werde schon gutgehen.

Mios Morgen war eher schnell vergangen: Sie hatte mehr als dreißig Mails beantwortet und mit zahlreichen potenziellen Kunden Termine gemacht.

Während der Mittagspause an der frischen Luft, im Garten, hatte sie versucht, den Geschäftsführer davon zu überzeugen, in zwei neue Pigmente zu investieren: eines mit Splittern von brasilianischem Pernambukholz, das andere ein reines spanisches Siena, das von einem Museum in Katalonien versteigert wurde. Der Mann hatte seine *bentō*-Box mehrfach geöffnet und wieder geschlossen und das Essen am Ende aufgegeben, um Mio und ihrer Begeisterung zu lauschen.

Es war jetzt fünfzehn Uhr siebenundvierzig, und Mios emotive Konzentration war plötzlich zu Ende. Das geschah, weil sich in der einundzwanzigsten Sekunde jener Minute Aoi dem Eingang näherte, die Schiebetüren von *Pigment* durchschritt und nach einem ersten Moment des Zögerns, weil er sich unter einem Himmel aus Bambus befand, entschlossenen Schrittes auf sie zutrat.

Dank Emil Cioran wusste Mio, dass Gewissheiten einen großen praktischen Wert besitzen, dass sie jedoch in der Theorie nicht haltbarer sind als eine Sandburg. Gewissheiten welken schnell dahin, während die Zweifel bleiben, wie Blumen, die immer frisch im Wohnzimmer stehen.

Indem sie bewusst darauf verzichtete, sich zu verlieben, hatte sie sich jahrelang eingeredet, die Erfahrungen aus der Vergangenheit gäben ihr recht. In der Liebe hatte sie kein Glück gehabt, und das wenige Gute, was ihr passiert war, hatte sie mit allzu großer Leidenschaft verbrannt. Konsequent hatte Mio jeglichen romantischen Kontakt vermieden, hatte sich von Männern ferngehalten, dann auch von Frauen, und verbrachte ihre Zeit ganz allein.

Doch jetzt ging es darum zu glauben, weniger an die Vergangenheit, die sie bis hierhin geführt hatte, als an die Gegenwart, die Aoi mitbrachte.

»Entschuldigen Sie, aber was ist das hier?«

»Das nennt sich *nibi-iro* 鈍. Eine Farbe, die ursprünglich für Trauergewänder verwendet wurde«, antwortete Mio. Ihre Lippen bewegten sich wie automatisch, doch Augen hatte sie von Anfang an nur für ihn. »Es handelt sich um eine Farbe, die aus der Rinde verschiedener japanischer Eichensorten wie *kashiwa* und *kunigi* gewonnen wird, ein sehr dunkler Ton, der als Synonym aller dunkler Farben verstanden wurde.«

Der Mann nickte und betrachtete das kleine schwarze Viereck in dem Katalog, den Mio auf der Theke ausgebreitet hatte.

»In der Heian-Ära wurde sie für *kyōshiki* 凶色 gehalten«, fuhr sie fort. »Also für einen Farbton, der Unglück und Trauer und Schmerz mit sich bringt. Niemand traute sich, ihn zu tragen.«

»So weit ging das?«

»Ja, aber ganz allmählich nutzte sich die Erinnerung an diesen Glauben ab, und der Farbton wurde wieder modern, ganz besonders in der Edo-Zeit, als die ganze Bandbreite von Grau beliebt wurde.«

»Hm, eine Art Revanche«, kommentierte er lächelnd.

»Wenn Sie sich die Farbe genauer anschauen«, fügte Mio hinzu und beugte sich tief über den Musterkatalog, »werden Sie ein Aschgrau mit bläulichen Reflexen bemerken, mit einem Hauch Himmelblau, grünlichen Funken und … winzigen Moosakzenten. Sehen Sie?«

Bei dieser Auflistung von Worten, die ebenso klar wie irreal waren, riss der Mann die Augen auf, ein Ausdruck der Überraschung legte sich über sein Gesicht, sein Lächeln wurde breit.

Mio schloss ein wenig verlegen die Lippen.

Er war amüsiert. »Um ehrlich zu sein, kann ich nichts von dem erkennen, was Sie sagen, aber ich finde, es ist trotzdem wunderschön«, schloss er und brach in Gelächter aus.

Wie die Augenfarbe des Vaters Einfluss auf die romantischen Vorlieben von Töchtern hat. Und ob etwas (oder vielleicht auch nichts) anders gelaufen wäre, wenn Mio das gewusst hätte.

Laut einer Studie mit dem Titel *Wie die Augenfarbe der Väter die Entscheidungen der Töchter sowohl in Langzeit- als auch in Kurzzeitbeziehungen beeinflusst* von Paola Bressan und Valeria Damian, die online erschien, spielt die Augenfarbe des Vaters eine Rolle bei der Partnerwahl der Tochter. Es ist die erste Erfahrung mit der Liebe, auch wenn sich diese Liebe mit der Zeit abnutzt.

Das beweist auch, dass man die Liebe am eigenen Leibe erfährt, noch bevor man sich ihrer genauen Beschaffenheit bewusst wird.

Auch wenn Mio das gewusst hätte, hätte es wahrscheinlich nichts geändert. Während sie Aoi anschaute, hätte sie vielleicht einen Moment lang an die Augenfarbe ihres Vaters gedacht, hätte sich bewusst gemacht, dass sie sie als kleines Mädchen oft lange betrachtet hatte, wenn er ihr aus Bilderbüchern vorlas, und dass sie, seit sie erwachsen war, überhaupt nicht mehr daran gedacht hatte. Vielleicht wäre ihr bewusst geworden (ob mit Traurigkeit oder nicht, das könnte keiner sagen), dass die Menschen auch die Dinge vergessen, die ihnen einmal besonders viel bedeutet haben.

Mio nahm vor allem Aois wässrig glänzende Augen wahr.

Auf sie wirkten sie wie Pfützen, glänzende Kugeln aus Ocker, Erdfarbe und Rapsgelb. Und was noch? Da war auch noch dieser leicht nach rechts verschobene Punkt, eine Art nervöses Licht, das funkelte wie Sonne zwischen Zweigen.

»Was für eine Art Raum müssen Sie denn renovieren?«, fragte sie.

»Eine Leichenkammer.«

»Oh.«

»Waren Sie noch nie in einer?«

»Ehrlich gesagt nein.«

»Ich denke auch an den Beratungsraum und an das Zimmer, in dem die Familienangehörigen der Verstorbenen empfangen werden. Oft gehen wir direkt zu ihnen nach Hause, aber manche ziehen es vor, zu uns zu kommen. Ich möchte sie zu angenehmeren Räumen machen, die der seelischen Verfassung dieser Menschen besser gerecht werden.«

Um ihr Unbehagen zu verbergen, begann sich Mio Notizen zu machen und beugte sich über ihren Block.

»Natürlich muss man die traditionellen Farben beibehalten, aber ich habe gelesen, dass Farben den Menschen guttun können«, fuhr er fort. »Wie Sie sich vorstellen können, löst alles, was mit dem Ableben zu tun hat, starke Gefühle aus. Deshalb möchte ich, dass die Orte, die die Angehörigen und Freunde noch Jahre später mit dem Abschied von einem geliebten Menschen verbinden, so einladend und behaglich sind wie nur möglich.«

»Gewiss. Ich verstehe.«

»Unser Budget ist nicht sehr hoch, aber wir glauben, Ihre Beratung könnte unsere Bemühungen optimieren.«

Als sie den Blick von ihrem Notizblock hob, trug Aoi immer noch den gleichen konzentrierten Ausdruck im Gesicht. Mio hätte genau voraussagen können, was im Verlauf von dreißig Jahren mit seinem Antlitz geschehen würde: das Alter, das die Lippen zerbröckelte, die Falten, das Lachen. Sie sah klar – unter dem rosig angehauchten Bernstein seiner Haut –, wie Wut ihn anstachelte, wie die Liebe ihn mitnahm. Er war ein Mann, der in seinen Emotionen ein anderer wurde.

»Glauben Sie denn, es wäre möglich, von Ihnen beraten zu werden?«, fragte Aoi und reichte ihr seine Visitenkarte.

»Natürlich.«

Er fragte sie nach den Kosten, nach Terminen, nach dem Zeitraum, den man veranschlagen musste.

Mio sah in ihrem Kalender nach. Eigentlich hatte sie frühestens in zwei Wochen Zeit, aber das sagte sie ihm nicht. Sie spürte, dass es ihm dringend war, und sie hatte das Gefühl, die Gegenwart stehe kurz davor, sich aus dem Schatten herauszuwagen.

Sie warf einen Blick in Richtung Mikus, der Kollegin, die gerade gestikulierend vor einer großen Tafel in einem Saal von *Pigment* stand. Sie erklärte einer sichtlich erschöpften Gruppe von Studenten die Wellenlängentheorie von Newton.

Sie beschloss, dass sie sie fragen würde, ob sie sie vertreten könne, und dann würde sie sie bis Frühling nicht mehr um einen Gefallen bitten. *Ich schwöre es*, nur dieses eine Mal.

»Samstag?«, schlug sie vor. »Was halten Sie von Samstagmorgen?«

Als sie an diesem Abend das Geschäft verließ, bemerkte Mio, dass sich Tokio verändert hatte.

Die Stadt war ihr immer wie ein Wunder erschienen: Gierig auf Licht, stopfte sich die Hauptstadt von morgens bis abends mit Farben voll. Sie kannte kein Maß. Und eben weil sie sich nicht begnügen konnte, fühlte Mio sich ihr nahe.

Während sie in Richtung Einschienenbahn unterwegs war, schob die Dame von dem *katsudon*-Restaurant wie immer um diese Uhrzeit den *noren*-Vorhang beiseite, doch der Vorhang war nicht mehr blau: Auf dem Stoff erschienen parallele Linien in Weiß und Violett, die dem traditionellen Motiv der *kaminari*, der Blitze, ähnelten.

Aus den Rillen, die in den Belag des Bürgersteigs eingelassen waren, um Blinden den Weg zu weisen, sah Mio hingegen zuerst Iris und dann Keime von Pfeilkraut hervorsprießen. Ihr Gelb wurde zum wässrigem Grün und wogte über dem letzten Wegabschnitt bis zum Bahnhof. Als sie durch die Drehkreuze ging, hatten sich die Keime bereits in Schlangen verwandelt.

Mio war daran gewöhnt, die Welt dabei zu sehen, wie sie sich vor ihren Augen verwandelte, doch an diesem Abend war der Vorgang schwindelerregend. Eine Farbe mündete in die nächste.

Im Zug schlief sie.

Sie wachte gerade rechtzeitig auf, um an ihrer Haltestelle auszusteigen. Beim Gehen dachte sie mehrfach an Aoi.

Erst als sie sich an den Tisch im Wohnzimmer setzte, während die Suppe im Kessel brodelte und der Reiskocher noch zehn Minuten brauchen würde, schlug sie ihr Stoffnotizbuch auf, fand ein Meer aus Weiß und wusste, dass etwas geschehen war.

Die Seiten, die normalerweise von Anmerkungen wimmelten, erschienen ihr wie verstümmelt. Sie gingen nur bis zur Mittagszeit, dann kam nichts mehr. Weder fand sie Aois Namen noch sonst jemanden danach, als wäre die Welt an jenem Punkt stehen geblieben. Sie wurde nervös.

Später, im heißen Wasser des *ofuro* liegend, wurde ihr klar, dass es sich nicht um Nervosität handelte, sondern um Erregung.

Erst als sie den Kopf ins Kissen drückte und einer schlaflosen Nacht entgegensah, erkannte sie, dass es doch keine Erregung war, sondern Angst.

Der Unbekannte, der Zeuge der ersten Begegnung von Mio und Aoi wurde

Unter den Kunden von *Pigment* war an dem Tag, als die Begegnung von Mio und Aoi stattfand, Tanaka Yukio.

Dabei handelte es sich um einen vierzigjährigen Raumgestalter mit einer besonderen Leidenschaft für Diwane mit Holzkern und einer Polsterung aus Stoff und Watte. Genauer gesagt waren seine allerliebsten Sofas die mit Armlehnen, die gerafft waren wie Croissants. »Aber«, so beliebte er zu erklären, »in dem Moment, bevor die Hitze des Ofens sie aufgehen lässt.« Dieses Detail jedem zu liefern, dem er begegnete, entsprach bei Tanaka-san dem schönen Bild, das er gern von sich selbst vermittelte.

An sonnigen Sonntagen wettete Tanaka Yukio im Hippodrom von Tama auf Pferde, während er bei Regen mit seinem Sohn, einem neunjährigen, lebhaften Jungen, um den er sich zwar nicht besonders kümmerte, der seinen Vater nichtdestotrotz abgöttisch liebte, ins Kino ging. Und so experimentierte Tanaka Yukio je nach Wetterlage mit seiner Vaterschaft, oder er verlor Geld. Wenn er gewann, so waren die Summen unendlich klein, doch mit zunehmendem Alter entdeckte er, dass das Verlieren, nichts anderes als das Verlieren, das war, was ihn am Wetten reizte. Er liebte es, etwas Unterhaltsames zu tun und sich zugleich damit zu schaden.

An jenem Morgen hatte Tanaka Yukio den Laden gerade betreten. Er brauchte eine Beratung zur Wandfarbe im Haus eines wichtigen Kunden. Dieser hatte es sich in den Kopf gesetzt, alles in Rot haben zu wollen, doch zusammen mit den Einrichtungsensembles, die sie monatelang ausgesucht hatten, fürchtete Tanaka, dass der Effekt der einer riesigen Blutung wäre. Folglich blieb ihm keine andere Möglichkeit, als eine Lösung zu suchen, die alle zufriedenstellte, oder – und das war die insgeheime Hoffnung, die Tanaka-san zu *Pigment* geführt hatte – eine endgültige, fachkundige Meinung eines Experten zu dem Thema einzuholen.

Als Aoi sich Mio näherte, empfand Tanaka-san einen Moment lang Verärgerung, dass er nicht schneller gewesen war. Nur fünf Sekunden früher wäre er sofort drangekommen. Er ließ sich auf einem Hocker nieder und bereitete sich darauf vor zu warten.

Und so wurde Tanaka-san Zeuge der ersten Begegnung zwischen Mio und Aoi. Er sah, wie ein kaum wahrnehmbares Beben durch ihr Gesicht ging, sah ihre Hand, die sinnloserweise wieder und wieder den Pony und die Strähnen, die ihr über die linke Schulter flossen wie ein einziger Strom, zurechtrückten.

Ohne den Grund zu kennen, und auch ohne sich eigentlich darüber zu wundern, kam ihm auf einmal die Chaiselongue seines eigenen Wohnzimmers in den Sinn. Er sah Mio vor sich, wie sie sich mit nackten Füßen darauf ausstreckte, und wie Aoi – mit einem Tablett voller Macarons und kleiner Mandelkuchen – auf dem Boden neben ihr Platz nahm. Das Zimmer hatte schokoladenbraune Wände, und Tanaka-san fühlte sich unerklärlicherweise zufrieden damit, den beiden heimlich zuzuschauen.

Ohne dass einer von ihnen es ahnen konnte, würde Tanaka Yukio in den kommenden Monaten Mio und Aoi noch zwei weitere Male sehen. Und es würde jedes Mal in einer entscheidenden Phase ihrer Liebe sein.

Am darauffolgenden Morgen kam Mio zu spät zur Arbeit und wirkte zerstreut.

Als ihre Kollegen sie fragten, ob es ihr gutgehe, antwortete sie, sie habe starke Migräne.

Um die Mittagszeit gesellte sie sich nicht zu den anderen im Garten. Sie schloss sich im Bad ein und holte ihr Notizbuch aus der Tasche.

Da waren sie wieder, die weißen Seiten, und als letzter Name stand da der einer Frau, die sie gefragt hatte, wo sie einen 17 Millimeter breiten Pinsel für ihre Leinwand finden könne.

Sie legte die Visitenkarte auf die leere Seite und schrieb, sorgfältig auf die Schriftzeichen achtend, Vor- und Nachnamen von Aoi in das Büchlein.

Die restlichen fünfundvierzig Minuten der Pause verbrachte sie damit, vergeblich nach seiner ganz eigenen Farbe zu suchen.

Nichts, ihr kam kein einziger dominanter Ton in den Sinn, eine Ungewissheit, die so hartnäckig war, dass es sie verblüffte. Schlimmer noch: Aois Seele schien ihr voller Dinge zu sein, die sie nicht kannte. Möglich? *Mio, was für eine Dummheit!*

Doch sosehr sie sich auch bemühte, sie konnte den Blick einfach nicht auf ihn halten, alles verschwamm. Er kam ihr vor wie ein kleiner Junge, den sie versuchte anzukleiden, der ihr aber immer wieder wie ein Aal entschlüpfte.

Das mit der Migräne war eine Lüge gewesen, doch als sie nun das Bad verließ, platzte ihr in der Tat fast der Kopf.

Vielleicht, sagte sie sich, während sie eine Kundin bediente, war es ja der Job dieses jungen Mannes, der die Ebenen durcheinanderbrachte: die außergewöhnliche Intimität, die zwischen ihm und Hunderten von Unbekannten entstand, die komplexen Emotionen, die aufsteigen, wenn man dem Tod so lange so nahe ist. Wahrscheinlich war es das, was seine Farbe so instabil machte.

Mio konnte nicht wissen, dass Aois Seele sich seit seiner Kindheit aus den schillernden Tönen seiner Mutter gespeist hatte – einer Frau, die Tulpen ebenso liebte wie schallendes Gelächter – und vom irisierenden Milchglas seines Vaters, eines reservierten Mannes, der mit der gleichen Diskretion gelebt hatte, mit der er gestorben war.

Es war Donnerstagnachmittag, der Samstag kam ihr unendlich weit weg vor, und das Warten tickte in ihrem Bauch wie eine Uhr.

Allerdings gab es auch noch etwas anderes, das Mio wirklich nicht wissen konnte.

Dass nämlich trotz aller Ruhe und Selbstkontrolle, deren er mächtig war, auch Aoi seit vielen Stunden an sie dachte.

Was Aoi in jenen Stunden dachte

Aoi dachte, dass bis Samstag das Bestattungsinstitut mit der größten Sorgfalt geputzt werden musste.

Von Mittwochabend an – seit der Rückkehr von seiner Begegnung mit Mio – bis einschließlich Freitagabend würde er aufräumen, abstauben, alles auf Hochglanz bringen, unter den diskreten, aber auch erstaunten Blicken seiner Schwester.

Während er mit dieser Tätigkeit beschäftigt war, würde Aoi oft in Gedanken zu Mio zurückkehren.

Insbesondere würde er über die Tatsache nachdenken, dass sie sehr attraktiv war, sich daraus wahrscheinlich jedoch nichts machte; während er Mios ernstes Gesicht vor sich sah, wie sie ihm detailliert Dinge erklärte, von denen außer ihr selbst niemand etwas verstand, würde er entdecken, was genau es war, was ihm sofort an ihr gefallen hatte: Die Frau war nämlich auch lustig.

Als er am Donnerstagabend die Unterlagen für ein Begräbnis zusammenstellte, das am darauffolgenden Nachmittag stattfinden würde, ging es Aoi durch den Kopf, dass es am Samstag, nach der Beratung – wenn Mio nicht gleich wieder weitermusste – schön wäre, sie zu einem *tenpura* einzuladen. Er würde sie in das Restaurant von Ikeda-san ausführen, vor dem

Tsurugaoka-Hachimangū-Schrein. Dort würde er ihr erklären, warum er die Reise zu *Pigment* unternommen und mit ihr gesprochen hatte. Genau mit ihr.

Und um sie zu überreden, würde er ihr sagen, das *tenpura* bei Ikeda-san sei das beste. Das beste der ganzen Welt! Am Freitagmorgen nahm Miku, die Kollegin, der Mio einen Gefallen schuldig war, sie beiseite.

Es gebe eine neue Kundin, die unbedingt von einer Frau beraten werden wolle, und am Nachmittag sei nur Tanaka verfügbar. Tanaka war jedoch ein Mann, und die Kundin hatte betont, ein Mann gehe nicht.

»Aber wieso denn nicht?« Mio riss die Augen auf.

»Es ist offenbar eine etwas pikante Angelegenheit«, erklärte Miku. »Anscheinend hat sie den Grund am Telefon erwähnt, aber die Information ist uns verloren gegangen. Und jetzt müssen wir für vier Uhr heute Nachmittag einen Ersatz finden.«

»Ich?«

Miku wollte nur ein Problem lösen. »Glaubst du denn, Tanaka-kun könnte deine Ortsbegehung in Kichijōji übernehmen?«

»Ja, natürlich«, gab sich Mio geschlagen. »Er muss nur ein paar Fotos für das Book machen. Um die Kundin kümmere ich mich.«

Pünktlich um vier durchschritt eine ausländisch aussehende Frau die Türen von *Pigment* und kam auf sie zu. Sie hatte langes, blondes Haar und trug ein tintenschwarzes Kleid mit einem sandfarbenen Gürtel um die Taille. Sie hielt zwei Mädchen von etwa sechs Jahren an den Händen, die sich rechts und links an ihren Rock drückten.

Mio bemerkte sofort die Diskrepanz zwischen den beiden Kindern. Die Kleine zur Rechten hatte etwas undeutliche

Züge, in denen das Asiatische etwas in den Hintergrund trat; ihre Augenlider waren gekräuselt, die Nase länger. Sie ähnelte der Mutter. Die andere nicht: Das linke Mädchen war ein Wesen, das sich vollkommen von der erwachsenen Frau abhob.

»Mädchen«, hub die Frau an. »Schaut euch da drüben die Temperaschachteln an. Entscheidet, welche euch gefallen, dann kaufen wir sie und nehmen sie später mit nach Hause. In der Zwischenzeit spreche ich mit dieser Dame hier.«

Zuerst sagte sie es in einer Fremdsprache, dann auf Japanisch, als wollte sie ihre eigenen Worte mit Untertiteln versehen.

Das Mädchen, das etwas älter wirkte, sicher ein leibliches Kind, nahm ihre Schwester an der Hand, und sie liefen zu dem Regal mit Geschenken und Sets.

»Entschuldigen Sie bitte«, sagte die Frau rasch zu Mio. »Ich muss Ihnen kurz die Situation erklären.«

Während Miku ihr ein Zeichen gab und die Mädchen unter ihre Fittiche nahm, bat Mio die Unbekannte, Platz zu nehmen.

Mit einer Erregung, die sofort zu spüren war, erklärte die Frau (die sich als Italienerin zu erkennen gab: »Ich heiße Sara, angenehm«) Mio ihre Familienverhältnisse. Eines der beiden Mädchen, die ältere, sei ihre leibliche Tochter, während die andere – das sagte sie im Flüsterton – erst seit sechs Monaten bei ihnen sei. Man habe sie in Pflege genommen, und jetzt seien ihr Mann und sie dabei, sich um eine Adoption zu bemühen. Das Problem jedoch – hier senkte sie die Stimme noch weiter – sei, dass die Kleine wiederholt das Opfer von Missbrauch geworden sei. Deshalb sei es auch unbedingt nötig, dass die Person, die ihr Unterricht in Sachen Farbe gebe, eine Frau sei.

Sara hielt eine Sekunde bei dem Begriff *Missbrauch* inne, als wollte sie an Mios Gesichtsausdruck prüfen, wie sie ihn aufnahm. Und die dachte, dass eine Sache von solcher Tragweite nur von einer Ausländerin auf diese Weise zum Ausdruck gebracht werden konnte.

Sie nickte, um ihr begreiflich zu machen, dass sie jedes Wort verstanden hatte.

Und so erzählte die Frau, dass der Therapeut, der die Familie begleite, geraten habe, man solle als erste Maßnahme die Wünsche des Mädchens erfüllen. Um sie so viel wie möglich zu bestätigen und damit ihr Vertrauen aufzubauen.

Während sie sie sprechen hörte, gingen Mio Szenen aus amerikanischen Filmen durch den Kopf, in denen man Kinder, die Traumata erlitten hatten, bat, etwas zu zeichnen. Und auf diesen riesigen Flächen, auf endlosen Teppichen, malten die Kleinen mit ihren schwarzen und braunen Stiften fast immer Ungeheuer. Sie erinnerte sich, sich gefragt zu haben, warum es den Erwachsenen niemals gelang, bestimmten schrecklichen Ereignissen vorzubeugen, und dass sie selbst sich, obwohl sie von Psychologie keine Ahnung hatte, die Antwort gegeben hätte, sie selbst – da war sie sich sicher – hätte allein aus der Art und Weise, wie Menschen die Farben auswählten, leicht schließen können, wer glücklich war und wer nicht.

»Und jetzt«, schloss Sara mit einem Lächeln, »hat sich Rui auf Farben verlegt und malt Dinge ohne Materie, so wie Träume.«

»Träume?«

»Ja, das alles hat vor einem Monat angefangen. Eines Morgens wachte Rui auf und sagte, sie habe jede Menge geträumt, könne aber nichts davon malen, weil sie sich nicht an die Farben erinnere. In der Zwischenzeit begann sich Alma, meine andere Tochter, für das Spiel zu begeistern, das ihre Schwester erfunden hatte: Plötzlich ging es bei jeder Mahlzeit ums Malen, ausufernde Diskussionen über Farben ... Jedenfalls möchten beide Mädchen mehr darüber erfahren.«

»Über Farben?«

»Genau. Außerdem hat Ihre Kollegin mir gesagt, Sie sprechen Italienisch.«

»O nein, eigentlich nicht. Aber meine Kusine lebt seit Jahren in Italien, und ich habe die traditionellen Farben Ihrer Heimat studiert. Die sind wundervoll!«

»Nun, es wäre sehr schön, wenn Sie damit anfangen könnten … dabei kenne ich sie selber nicht«, nahm sich die Frau selbst in Schutz. »Vielleicht Tizian-Blau?«

»Sie meinen Tizian-Rot?«, korrigierte Mio sie schnell.

»Sehen Sie?« Sara brach in glockenhelles Gelächter aus, und Mio ging es durch den Kopf, dass ihre Farbe Magenta war. Ein leuchtendes, sehr italienisches Magenta.

Als die Frau eine halbe Stunde später durch den Ausgang von *Pigment* schritt und sich noch einmal umdrehte, um ihr zusammen mit den Mädchen zuzuwinken, fühlte sich Mio auf der Stelle erleichtert, weil sie ihr Notizbuch zücken konnte. Mehr als alles andere erfüllte es sie mit Glück, den Namen *Shimizu Sara* eintragen zu können, und daneben das Wort *Magenta.*

Nur rechts von Aois Namen blieb immer noch ein weißer Fleck.

In den drei darauffolgenden Monaten würde Mio einmal die Woche zusammen mit Alma und Rui-chan eine Schachtel mit Buntstiften erkunden.

In einem lichtdurchfluteten Zimmer von *Pigment* würden sie von den Elementarfarben ausgehen, und jedes Mal würde Mio einzelne weitere Töne hinzufügen. Die Mädchen nahmen eine neue Nuance nach der anderen in die Hand und legten ihre Position auf der Farbskala fest, wodurch sie immer besser einen Rotton oder ein Orange einordnen konnten und damit auch die Reichweite ihrer Bezeichnungen vergrößerten. Und sie lernten die Geschichten hinter den Farben kennen.

»Das Weiß, Rui – hättest du jemals gedacht, dass es all diese Farben auf einmal sein könnte?«

»Alma, kennst du das Umbrien-Rosa? Und weißt du, dass noch ein anderes Rosa den Namen einer italienischen Stadt trägt? Das Parma-Rosa!«

»Mädchen, erkennt ihr den Unterschied?«

Dann würden sie zu den Temperafarben übergehen, und sie würden lernen, wie eine Farbe physikalisch entsteht. Von Woche zu Woche würde Mio dazu beitragen, dass sie sich nicht etwa in die Farbe an sich verliebten, sondern in *alle* Farben, die sie zu sehen vermochten. Jeden Moment des Tages würde Mio den staunenden Gesichtsausdruck der Mädchen vor Augen haben. Und viele Jahre später, wenn ihr irgendwann der Mut, Mutter zu sein, abhandenkam, würde sie sich plötzlich an die beiden erinnern.

Die Erinnerung an die wunderschönen Stunden, die sie zusammen mit Rui und Alma verbracht hatte, würde jedes Mal wieder den Wunsch in ihr aufkommen lassen, es noch einmal zu probieren.

Teil des Gesprächs, das sich an jenem Freitagabend zwischen Sara und ihrem Mann Hiroshi rund um das Tizian-Rot entspann, während Alma und Rui sich im Fernsehen einen Zeichentrickfilm anschauten

»Wusstest du, dass es im Italienischen einen Rotton gibt, der nach Tizian, dem Renaissancemaler, benannt ist?«

»Was für ein Rot ist das?«

»Schau, das hier … Offenbar war das Rot auf seinen Bildern so beliebt, dass viele Frauen im sechzehnten Jahrhundert sich die Haare entfärben und dann mit jenem ganz besonderen Rot tönen ließen. Man arbeitete an verschiedensten Rezepten für Shampoos zum Entfärben und setzte dann das Haar mit Hilfe eines speziellen Hutes der Sonne aus.«

»Aha.«

»Bis heute ist das Tizian-Rot als Haarfarbe bei den Friseuren sehr beliebt. Siehst du? Es ist eine Art Kupferblond mit rötlichen Reflexen. Man sagt, Tizian habe es überall auf seinen Gemälden eingesetzt, bei Männern, Frauen, bei Heiligen und Gottheiten. Und es hatte immer wieder eine andere Bedeutung: hier Sinnlichkeit, dort Macht.«

»Interessant.«

»Ich habe gelesen, dass Tizian fasziniert vom Feuerschein

war, wer weiß, ob seine Liebe zu diesem Rot nicht daher rührt.«

»Wenn wir das nächste Mal nach Italien fahren, nehmen wir die Mädchen ins Museum mit und schauen uns seine Gemälde an …«

»Das wäre schön, ja!«

Vier

Das Erste, was Aoi nach dem Aufwachen machte, war, sich mit seinem geheimen Garten zu beschäftigen.

Mit der Reisschale in der Hand blickte er auf das Beben des Efeus, der sich an das Mäuerchen klammerte, auf ein paar Winden, die sich im Morgenlicht öffneten. Die Regenzeit machte die Luft feucht, und Aoi, der übermäßige Hitze nicht mochte, genoss den Sommerbeginn, der vom Öffnen der ersten Hortensienblüten begleitet wurde. Zufrieden richtete er den Blick auf den blühenden Salbei, schaute nachdenklich auf die Stützen, die er schon vor Monaten für die Triebe der Prunkwinden errichtet hatte. Dann führte er mit den Spitzen seiner Stäbchen langsam das Essen zum Munde.

Aoi war das Kind einer Schildkröte. Seit seiner Kindheit bewegte er sich ohne Eile in der winzigen Welt, die er um sich herum aufgebaut hatte. Von außen betrachtet sah es vielleicht aus wie Faulheit, doch es handelte sich um Sorgfalt: Indem er die Rhythmen seines eigenen Lebens reduzierte, folgte er einem inneren Bedürfnis, das ihn schon immer begleitete, und zwar, jeder noch so kleinen Sache Bedeutung beizumessen.

An jenem Samstagmorgen schaute Aoi auf die Uhr, dann zum Himmel und fragte sich, ob er es schaffen würde, Mio mit dem Fahrrad abzuholen. Wenn es regnete, müsste er schon bald das

Haus verlassen: Der Gedanke, den Beginn des Tages beschleunigen zu müssen, behagte ihm nicht.

Mio saß bereits im Zug und lehnte sich an das Rückenpolster. Ihre Tasche stand neben ihr, ihr Blick war nach draußen gerichtet.

Es war das erste Mal, dass sie die Linie Yokosuka von Tōkyō-eki nahm, und sie war nervös. Bei jeder Haltestelle blickte sie prüfend auf den Namen des Bahnhofs, obwohl sie wusste, dass es noch ein wenig dauern würde. Auf der Höhe von Yokohama kam ihr die Vorfreude auf ein Wiedersehen mit Aoi schier unermesslich vor. Um sich abzulenken, betrachtete sie die Landschaft: Von Haltestelle zu Haltestelle wurden die Grünflächen zwischen den Häusern größer, und das Grün rankte sich immer mehr in die Höhe.

Die Frau, die gegenüber von ihr saß und zufällig dieselbe war, die vor ein paar Tagen in Ōfuna ausgestiegen war und Aoi ihren Platz überlassen hatte, war in einen unruhigen Schlaf versunken. Auf Mio wirkte sie erschöpft: Wer weiß, was für eine Arbeit sie machte.

Ihr ging durch den Kopf, dass man für manche Berufe ein *Warum* benötigte. Niemand hätte zum Beispiel einen Postbeamten gefragt, warum um alles in der Welt er diesen Job machte, oder sich bei einer Kassiererin erkundigt, ob das etwa ihr Jugendtraum gewesen sei. Doch im Fall von besonderer Arbeit lag einem diese Frage sofort auf der Zunge: »Und, wie kommt's?«

So musste es auch Aoi gehen, denn sich mit dem Tod von anderen zu beschäftigen, konnte nur eine bewusste Entscheidung sein.

Am Bahnhof von Totsuka öffnete die Frau gegenüber die Augen und richtete den Blick auf Mio. Sie betrachtete ihr weißes Kleid mit den roten Streifen, den großen Hut mit dem kindlichen Band, die offenen Stoffschuhe.

Offenbar fühlte sich die Frau erleichtert, als Mio an der Haltestelle von Kamakura ausstieg, weil sie endlich die Möglichkeit hatte, ihre Beine auszustrecken. Sie sah, wie die junge Frau inmitten der anderen Fahrgäste am Bahnsteig verschwand und fragte sich, warum sie vor sich hinlächelte.

Aoi wartete vor dem Bahnhof auf sie. In der Hand hatte er den Griff eines zierlichen Fahrrades, und mit einem Blick bestätigte er alles, was Mio erwartet hatte.

Wegen einer Gruppe Touristen war es nur schwer durchzukommen, und die Dekorationen für das *Tanabata*-Fest rechts und links vom Ausgang erfreuten Gymnasiasten in Schuluniform. Über ein Tischchen gebeugt, schrieben Menschen ihre Wünsche auf kleine Zettel und hängten diese sogenannten *tanzaku* an Zweige, die bereits schwer mit den Wünschen anderer beladen waren.

»Ich freue mich, dass Sie ausgerechnet diesen Tag ausgewählt haben«, sagte Aoi, während sie langsam die Straße von Wakamiya-ōji unterwegs waren. Seltsamerweise hatte er einen Chupa Chups in einer Hand, den er sich gelegentlich in den Mund schob.

Der Fluss der Menschen hinderte sie daran, nebeneinander zu gehen, und oft wurde ihr Gespräch unterbrochen, doch dann führten sie es weiter, als sprächen sie einen Text aus einem Drehbuch.

»Wieso? Was ist denn heute für ein Tag?«

»Heute ist *tomo-biki,* 友引, der freie Tag unserer Branche.«

»Ich wusste gar nicht, dass Sie so etwas haben.«

»Eigentlich gibt es ihn auch nicht, aber während eines *tomo-*

biki werden niemals Bestattungen abgehalten. Im Grunde ist das nur eine Art Volksaberglauben, es hat nichts mit Religion zu tun, aber die Leute glauben, es würde Unglück bringen.«

»Dann ist es also ein Unglückstag?«

»Genau. Sagen wir, ein Wortspiel schenkt mir jeden Monat vier oder fünf Ruhetage«, sagte Aoi ausweichend.

Sie gingen durch die breite Allee, auf der Familien mit Kinderwägen und Fahrrädern unterwegs waren, und Mio überlegte, wie diese kleine Stadt wohl im Morgengrauen aussah und wie sich im Laufe des Tages die Anmutung der Farben veränderte, dachte an die unterschiedlichen Nuancen von Schatten und Licht auf den Häusern.

Als sie an einer Markthalle vorbeikamen, bemerkte Aoi Mios neugierigen Blick.

»Gehen wir ruhig kurz rein, das Institut ist nur ein paar Minuten von hier.« Er lehnte das Fahrrad an die Mauer beim Eingang, und sie betraten den Markt gemeinsam.

Die Verkaufstische waren mit dem ganz besonderen Gemüse bedeckt, das nur auf der Halbinsel Hantō angebaut wurde: Zucchini, einen halben Meter lang, weiße, seidige Auberginen, rosa Okraschoten.

»Wie wunderschön«, flüsterte Mio, verblüfft von der Vielfalt der Farben.

Doch sie kaufte nichts. Sie wusste, beim Kochen würde das, was sie an dem Gemüse am meisten liebte – nämlich seine Farbe –, auf der Strecke bleiben.

»Dort ist es.« Aoi zeigte auf ein unregelmäßig gebautes Haus, das anthrazitblau gestrichen war.

Vor dem Eingang des Bestattungsinstitutes lag ein großzügiger Zufahrtsbereich, eine Art überdachter Platz, an dem, so vermutete Mio, der Leichenwagen vorfuhr und die sterbliche Hülle des Toten abgeladen wurde.

»Hier sind die Büros, während man dort«, sagte Aoi und zeigte auf ein breiteres Tor, »Zugang zur Aufbahrungshalle und zu dem Bereich hat, in dem die Bestattungen und Totenwachen abgehalten werden.«

Mio ging mit behutsamen Schritten weiter, achtete darauf, Aoi nicht zu überholen.

»Hier wird der Familienname des Verstorbenen angezeigt«, fügte Aoi hinzu und fuhr mit der Hand zärtlich über eine in einem Steinblock verankerte Stange, an der ein Kartonschild hing. »Wir schreiben ihn mit der Hand, mit einem Pinsel.«

Als sie Aois Büro betraten, hängte Mio ihren großen Strohhut an den Kleiderständer, fasste ihr Haar mit einer Spange zusammen und setzte eine konzentrierte Miene auf.

In der folgenden Stunde besichtigten sie die verschiedenen Bereiche des Institutes. Mit leisen Schritten bewegten sie sich über Holzböden, dann über Stein. In dem Zimmer mit den *tatami* zogen beide ihre Schuhe aus. Aoi hatte die Worte, Mio die Stille der Konzentration. Während er von seiner Arbeit berichtete, blieb sie immer wieder stehen, machte sich Notizen und fotografierte mit ihrem Handy. Viermal, und niemals beiläufig, filmte sie auch Aoi. Sie fand seinen feierlichen Ernst faszinierend, und vor allem den Gedanken, dass er rein gar nichts mit ihr zu tun hatte.

Mio überlegte, wie sie sich bezüglich der verschiedenen Säle einbringen könnte. Hier bedurfte es *Diskretion,* vielleicht dank eines weniger flachen und schrillen Weiß. Dort hingegen brauchte man *Wärme,* eine zartere Nuance von Lila.

Am Ende der Führung zog Mio drei Blöcke aus ihrer Handtasche. Es waren an einem Ende durch einen Metallring zusammengehaltene Farbfächer. Aoi erinnerten sie ein wenig an die Karteikarten, mit denen er in der Mittelschule englische Vokabeln gelernt hatte.

»Ich glaube, für den Beginn könnte man sich zwischen diesen Kombinationen entscheiden«, sagte sie und legte drei der Streifen des Farbfächers nebeneinander. Auf Aois Schreibtisch bildeten die drei Farbtöne einen Regenbogen. »*Hatoba-nezumi* 鳩羽鼠, *nise-murasaki* 偽紫 und *benifuji* 偽紫.«

An der Wand des Flures, der in das Zimmer für die Totenwache führte, wollte sie gern die Blüten von *higanbana* abbilden, rosarote Spinnenlilien mit zerfaserten Köpfen, und sie schlug ihm vor, mit anderen, kleinen Blüten die Ecke für die Kinder zu dekorieren; schließlich müsse man dafür sorgen, dass sich auch diejenigen wohlfühlten, die vom Tod noch keine Ahnung hatten.

»Oder«, fuhr Mio fort, »Sie schauen sich dieses andere Terzett von Farbtönen an. Sie oszillieren alle zwischen Grau, Violett und Karmesinrot. Vereint findet man sie in diesem Muster hier, das typisch für die Meiji- und Taishō-Zeiten ist.« Wie versunken in ihre eigene, laut vorgetragene Überlegung blätterte sie in einem Büchlein und zeigte Aoi mehrere Abbildungen. »Dazu müsste man abwechselnd *sunezumi* 素鼠, *urayanagi* 裏柳 und *sakura-nezumi* 桜鼠 einsetzen.«

»*Urayanagi?«,* fragte er.

»Ja, wörtlich ist das die Farbe der Rückseite von Trauerweidenblättern«, erklärte Mio rasch.

Aois Lächeln erlosch.

»Ich langweile Sie …«

»Überhaupt nicht, dazu sind wir ja hier. Und es ist wunderschön, Ihnen zuzuhören.«

»Interessiert es Sie?«

»Um ehrlich zu sein, verstehe ich nicht viel, aber es interessiert mich über alle Maßen.«

Dieses *über alle Maßen* legte sich wie ein Hauch auf Mios Gesicht und überzog ihre Wangen mit einem leichten Rot. Um sie herum schien das Licht von etwas Warmen durchdrungen zu sein, als wäre die Temperatur um mehrere Grade gestiegen.

»Ich vertraue Ihnen blind«, fuhr Aoi fort. »Mit Farben kenne ich mich überhaupt nicht aus, aber wenn ich mich Ihnen anvertraue, dann bin ich mir sicher, das Ergebnis wird perfekt sein.«

»Dann würde ich sagen, für den Moment sind wir jetzt fertig«, antwortete Mio. »Haben wir uns erst einmal auf die Farben und Muster geeinigt, kommt der praktische Teil der Umsetzung. Natürlich komme ich wieder, um die Arbeiten zu koordinieren, sicherlich ergeben sich im Laufe der Zeit einige Änderungen.« Sie schaute auf die Wanduhr. »Oh, es ist schon Mittag!«

»Yoshida-san, ich dachte ... Wenn Sie keine Eile haben, nach Tokio zurückzukehren, könnten wir zusammen zu Mittag essen.«

»Zu Mittag essen?«

»Ich würde Sie gerne zu Ikeda-san einladen, einer älteren Dame, die zusammen mit ihrer Tochter ein kleines Restaurant führt, das ich schon seit meiner Kindheit besuche. Sie machen das beste *tenpura* der Welt!«

»Tatsächlich?«, gab Mio zurück, amüsiert über die Naivität dieses Lobes.

»Ich bin davon überzeugt«, erwiderte er und brach in Gelächter aus. »Ikeda-san macht das allerbeste *tenpura* der Welt!«

Das beste tenpura *der Welt*

Laut Anzai Mika, sechsunddreißig, einer Kollegin von Mio: »Bei *Kawara no Abe* in Tokio, in dem Gebiet zwischen Oshiage und Hikihune, wohin mich mein Verlobter zum Essen mitnahm, bevor wir auf den Sky Tree fuhren. Ich erinnere mich, dass mir im Fahrstuhl fast alles wieder hochkam, aber es war trotzdem hervorragend!« *(lachend)*.

Laut Sayaka, Aois Schwester, zweiunddreißig: »Das von der Kette Ten'ya in Ōfuna, wo ich jede Woche mit meinen Kolleginnen von der Oberklasse zum Essen hinging. Das *tendon* mit Gemüse war am allerbesten.«

Laut Rui-chan, Saras Adoptivtochter, sechs Jahre: »Das, was Almas Mutter zubereitet … (Pause) … die jetzt auch meine Mutter ist.«

Gott allein wusste, aus welchem Teil Japans ihre Vorfahren stammten.

Wie ein Gift spürte Mio in sich eine angeborene Neigung zur Grenzenlosigkeit, die sie der Tatsache zuschrieb, dass ihre Ahnen zur See gefahren waren.

In ihr hallte das Echo von vielen Generationen Fischern wider, Tausenden Männern und Frauen, die diese Tätigkeit in salziger Luft begonnen und beendet hatten, die in direktem Kontakt mit dem Ozean gelebt hatten und dabei wussten, dass sie, verglichen mit der Natur, vollkommen unbedeutend waren.

So unruhig, besessen und unsicher, wie sie war, genügte Mio niemals etwas. Trotzdem ließ sie sich, wenn es darum ging, in anderen Menschen Liebe zu erkennen, von ihrer Begeisterung anstecken, als würde sie den Akzent eines Fremden, dem sie zufällig begegnete, übernehmen.

Und so war Mio im Verlauf von nur einer halben Stunde, von dem Moment an, als sie sich auf der Allee von Wakamiya-ōji auf den Weg machten, bis zu dem, als sie den ersten Bissen des knusprigen Gerichts probierte, zu der Überzeugung gelangt, dass Aoi recht hatte: Das *tenpura* bei Ikeda-san war ohne jeden Zweifel das beste der Welt.

Aus dem Fenster im zweiten Stock des Restaurants beobachtete sie das durchbrochene Fließen der Touristenströme, die elementare Freude dieser Menschen.

»Wie ist es, Ihre Arbeit zu machen?«, fragte Mio unvermittelt.

Das Essen war schon seit einer Weile beendet, sie waren sitzen geblieben, um sich zu unterhalten. Auf dem Tisch standen leere Schalen, die Stäbchen waren in ihre Papierhüllen zurückgesteckt.

»Man gibt etwas zurück«, antwortete er, säuberte sich die Hände mit dem *oshiboro* und legte das feuchte Tuch gefaltet beiseite.

Mio blickte ihn fragend an. »Was meinen Sie damit?«

»Man gibt den Menschen eine Form zurück, damit sie eine immaterielle Sache wie den Tod erkennen. Wenn wir jemanden verlieren, blockiert uns die Tatsache, dass wir seinen Körper nicht mehr an unserer Seite haben. Aber wenn man richtig darüber nachdenkt, blockiert uns auch das, was geschieht, wenn einer unserer Liebsten stirbt … Die Augen sinken ein, der Körper verwest …«

Eine Beschreibung, die Mio körperlich traf wie der Ekel angesichts einer zerquetschten Kakerlake.

»Und dann gibt es Menschen, die bei Unfällen oder nach langer Krankheit sterben und sogar ihre Gesichtszüge verlieren.«

Aoi erklärte ihr, um seinen Beruf auszuüben, müsse man die Grundlagen der Thanatopraxis kennen, das heißt die Techniken der Haltbarmachung und der ästhetischen Präsentation einer Leiche. Dazu benutze man eigene Präparate und spezielle Werkzeuge, und im Durchschnitt brauchten sie pro Tag zehn Kilo Eis. In einigen Fällen sei es sogar nötig, einen Balsamierer hinzuzuziehen.

»Und die Schminke? Wie wählt man die Farben aus?« Obwohl das Thema sie abstieß, empfand Mio auch Neugier.

»Ich bin mit Farben überhaupt nicht vertraut, das haben Sie sicher schon bemerkt«, sagte Aoi lachend. »Darum kümmert sich meine Schwester. Aber ich habe sie schon oft sagen hören, dass es bei der Schminke nicht ums Absolute oder das Richtige geht, weder bei den Lebenden noch bei den Toten.«

Was bei ihrer Arbeit hingegen wirklich zählte, das sei die Begegnung mit den Angehörigen der Verstorbenen, bei denen man sich erkundige, welchen Duft der Tote bevorzugt hatte, wie er sich schminkte und vor allem, welche Kleidung er hätte tragen wollen, ob ein traditionelles Gewand oder eines, das er zu Lebzeiten besonders mochte. Man bat immer um Fotos, manchmal auch um ein Video von dem Verstorbenen, um wenigstens teilweise sein früheres Äußeres rekonstruieren zu können: Sobald das Blut nicht mehr im Körper fließe und die Seele sich vom Leib trenne, verliere dieser an vielen, kaum wahrnehmbaren Punkten an Volumen.

»Wenn die Seele geht, verändert sich auch das Äußere, doch kaum jemand kann das in Worte fassen.«

Bei der ganzen Diskussion musste Mio immer an die *tanè,* die Käseschmiere von Neugeborenen, denken, die sich in erschreckender Geschwindigkeit vom Weiß der Sauermilch in Schwarz verwandelte. »Sehen Sie«, sagte Aoi zu ihr, »die Leichen von Kindern schreien die verzweifelte Eile hinaus, in die Erde zurückzukehren.«

Sie senkte den Blick. Dieser Mann sagte so brutale und persönliche Dinge, dass die Frage in ihr aufkam, wie er es schaffte, dabei so ruhig zu bleiben. Er war ganz gelassen, als er ihr vom Verwesungsprozess der Leichen berichtete, von der Wiederherstellung von Gesichtern, sogar von der Gefühlswelt seiner

Schwester: »Sie ist nicht verheiratet, hat keine Kinder. Ich bin mir nicht einmal sicher, ob sie welche will.«

Mit der Gelassenheit, mit der man von längst verwundenen Geschehnissen spricht, erzählte ihr Aoi auch von der grausamen Diskriminierung, die er in seiner Kindheit aufgrund der Tätigkeit seines Vaters erfahren hatte, von der zertretenen Gottesanbeterin, die ein böser Klassenkamerad ihm in der dritten Klasse in seine *bentō*-Box geschmuggelt hatte: »Du kannst sie beerdigen, so wie deine Familie es mit den Menschen macht.«

Die alte Ikeda-san kam an den Tisch, um abzudecken.

Während er aufstand, um zu zahlen, erzählte ihr Aoi von einer Frau, die mit nur dreißig Jahren Witwe geworden war und ihn nach der Zeremonie gebeten hatte, mit ihr ins Bett zu gehen.

»Aber wie ist das möglich?«, fragte Mio.

»Sie war überwältigt von dem Gefühl des Todes. In diesem Moment wünschte sie sich nichts sehnlicher, als daran erinnert zu werden, dass sie selbst am Leben war.«

Mio war bestürzt. Sie schaute ihn an und konnte nicht begreifen, wie dieser Mann einer Unbekannten solch ungeheuerliche Sachen sagen und dabei seine Stimme so gelassen klingen konnte.

Fast schien es ihr, als wäre da ein Riss in seiner Selbstverteidigung, und durch diesen Spalt komme sein geheimster Teil ans Tageslicht.

Was Mio über Ikeda-san in ihr Notizbuch schrieb

Ikeda-san: Mimosengelb und Mardoné. Dazu kommen Nuancen von BENGALISCHGELB, wenn sie ihre Tochter anschaut, und KURKUMA, wenn sie die Kundschaft bewirtet.[2]

---

2 *Ihre bengalische Seele ist an der Oberfläche, die Kurkuma-Seite behält sie für sich.*

An jenem Julinachmittag gingen sie noch lange in Kamakura spazieren.

Beim Verlassen des Restaurants nahm Aoi Mio am Arm und geleitete sie durch die Menge. In Ermangelung eines Bürgersteigs wurden die Menschen gegen die Mauern an der Straße gedrängt. Mühsam gingen sie auf den riesigen, scharlachroten *torii* zu, der den Eingang des Tsurugaoka-Hachimangū-Tempels überragte. Die Menschen waren fröhlich, denn es wurde *Tanabata* gefeiert: Große bunte Papiergirlanden hingen vom Dach der Gebäude und berührten mit ihren flatternden Streifen den Boden.

Seit er sie an diesem Morgen vom Bahnhof abgeholt hatte, war Aoi wie verzaubert von der Gier in Mios Augen, die sich nicht nur auf die Schönheit der Landschaft oder die feierliche Größe der Architektur richtete, sondern auch auf unangenehmere Dinge, städtische Einsprengsel, die jeder andere als nicht erwähnenswert oder gar störend empfunden hätte. Unbewohnte Häuser, Fluten von Werbeblättern wie ein Meer aus Papier vor den Hauseingängen, überfüllte Abfallkörbe, bespritzte Fenster: Staunend betrachtete Mio den Rost, der am Wellblech einer Baracke emporkroch, die schäbigen Gärten, die sich selbst überlassen waren.

Während des Spaziergangs betrachtete sie lange einen

Obdachlosen: Er trug einen überaus eleganten Anzug, der früher einmal pastellrosa gewesen sein musste, und schob einen Einkaufswagen voller Kartons vor sich her, deren Farben von Sonne und Wind verblichen waren. Aoi erzählte ihr, mittlerweile sei er schon seit zehn Jahren in Kamakura unterwegs.

Ihre Schritte waren bedacht. Ihre Körper begannen, dieselbe Sprache zu sprechen.

Beim Reden wandten sich Mio und Aoi einander immer wieder zu. Fast ohne es zu merken, stiegen sie die steile Treppe zum Schrein hoch, dann sahen sie endlich das Meer.

»Shinbashi-iro 新橋色!«, rief Mio und zeigte auf die farbige Fläche jenseits der drei *torii*, die sich vom Horizont abhoben und anzeigten, dass sie sich der Wohnstatt der Gottheit näherten.

»Shinbashi-iro?«

»Das ist das leuchtende Grün des Wassers, das in der Meiji-Zeit entstand, als man begann, chemische Farbstoffe aus dem Ausland zu importieren. Mit dieser Farbe färbte man Kimonos: Bei den Geishas des Shinbashi-Viertels war sie sehr beliebt. Daher auch der Name Shinbashi.«

Aoi lächelte. Mio war sich gar nicht dessen bewusst, wie attraktiv sie war, noch wusste sie, wie kompliziert es war, ihren Aussagen zu folgen. Sie beteten, hängten ein *tanzaku* an eine der Schautafeln, die zu diesem Zweck im Schrein aufgestellt waren. Dann stiegen sie, den Touristen ausweichend, die seitlichen Treppen hinab. Nun waren sie wieder auf der Allee, auf der Kinder herumrannten, junge Frauen im Kimono und Pärchen mit salzig eingelegtem Gemüse und Getränken in der Hand unterwegs waren.

Die beiden hingegen gingen in Richtung der Farbe des Meeres.

Nur wenige Meter Luftlinie vom Meer entfernt stand eine kleine, weiße und vollkommen verwitterte Villa: Sträucher verschluckten die Eingangstreppe und kletterten die Wände bis zum Dach hoch.

»Dort drinnen muss es wunderschön sein«, sagte Mio. »Wenn die Natur sich ihre Räume zurückholt, entstehen ungewöhnliche Farben.«

Und während er sich in einer mit Zahlen gespickten Erklärung erging, welchen Prozentsatz von verlassenen Gebäuden es in der Stadt gab und dass der Alterungsprozess der Bevölkerung unaufhaltsam sei, ließ sich Mio von ihrer Fantasie hinreißen und sah klar und deutlich, wie Aoi sie *in die Hand nahm*, als wäre sie ein Gegenstand, wie er mit ihr durch die kaputte Tür ging, wie er die verfallene Villa betrat und sie in einen Raum, der überwachsen war wie ein Dschungel, legte. Wie sie sich dort liebten.

Überwältigt vom Weiß des Holzes und des Grüns, das in dem zerstörten Haus wütete, schien Mio Aoi an einem gewissen Punkt nicht mehr wahrzunehmen. Sie hörte seine Stimme wie aus der Ferne nach ihr rufen und sie fragen, ob sie zum Strand hinunterwolle; von der Bucht aus könne man die Insel Enoshima sehen, wenn man in Richtung Zushi Marina ging.

Mio, wo bist du?, fragte sie sich. Zuerst sah sie sich bekleidet, dann jedoch nackt, unter ihm. Beunruhigt nahm sie die überwucherte Treppe in Angriff und rannte im Laufschritt aus dem Haus; ganz nackt fand sie sich auf der Straße wieder, und ihre Kleider waren mitten im Zimmer zurückgeblieben, zusammen mit seinem Körper.

Mio, wo bist du?

»Also, Yoshida-san, wollen wir an den Strand? Dahinten geht es runter«, sagte Aoi zu ihr und zeigte auf einen zementierten Weg, der im Sand mündete.

Ein Eimervoll Grau weckte sie. Der Himmel war bleiern, Wind kam auf.

Als sie später vom Meer zurückkehrten, fühlte sich Mio so verwirrt, dass sie betete.

In dem kleinen Schrein, in dem sie sich einige Minuten aufhielten, legte sie die Hände aneinander und flehte die Gottheit an: Sollte dieser Schmerz, den sie schon seit Tagen in der Brust hatte und der noch stärker wurde, wenn sie an Aois Seite war, tatsächlich andauern, dann möge er sich wenigstens auch auf ihn übertragen.

Sieben Wünsche, plus einer, auf den tanzaku *notiert, die an jenem Tag auf dem Gelände des Tsurugaoka-Hachimangū-Tempels aufgehängt worden waren*

Ich möchte die Aufnahmeprüfung an der Uni bestehen~
Ich möchte die wahre Liebe finden~
Ich möchte ein Tyrannosaurus Rex werden~
Ich möchte, dass meine Familie immer gesund ist~
Ich möchte ein Restaurant eröffnen~
Ich möchte einen Zauberstab~
Ich möchte ihr die Wahrheit sagen können~
Ich möchte Mutter werden~

Später an jenem Nachmittag gestand Mio Aoi, welch große Bedeutung die Farben in ihrem Leben hatten. Sie tat es mit der Leichtigkeit, mit der man über etwas spricht, was einem ganz selbstverständlich erscheint.

Aoi hatte sofort gemerkt, dass Mio, um die Wirklichkeit zu beschreiben, ein sehr reiches Vokabular benutzte. Er hatte den Eindruck, für sie sei es eine Art Beleidigung, so etwas zu sagen wie *rot* oder *gelb,* und dass es für sie nicht korrekt sei, die Komplexität der Dinge in der überaus engen Bandbreite eines Wortes wie *blau* zusammenzufassen.

Und so überraschte es ihn nicht, als Mio ihm erzählte, ihre Mutter habe ihr im Austausch für Worte Bonbons geschenkt.

Sein Vater, so erwiderte Aoi, sei ein leidenschaftlicher Pflanzenfreund gewesen und habe über Botanik gesprochen, um den Tod zu erklären. Man mache doch viel weniger Aufhebens, behauptete er, wenn eine Pflanze vertrocknete: kein Begräbnis, es genügte schon, die Veränderung der Blätter zu beobachten.

Plötzlich unterbrach sich Aoi. Er entfernte sich ein paar Meter und ging an sein Handy, das zu vibrieren begonnen hatte. Er hielt sich beim Sprechen die Hand vor den Mund, um den Straßenlärm zu übertönen.

Mio sah, wie er sich verbeugte, eine andere Haltung annahm.

Ja, das war es: Aoi verlor Farbe. Das Blau der Jeans, das Grün und Gelb des Shirts fielen zu Boden. Von dem Boden, von Objekten und Personen, die in der Nähe waren, lösten sich hingegen Fragmente in Grau, Schwarz, Weiß und Violett und strebten auf ihn zu. Sie wirkten wie ein Mosaik, und Aoi war der Anziehungspunkt, der sie zusammenholte.

»Bitte entschuldigen Sie, ein geschäftlicher Anruf«, erklärte er, als er zurückkam.

»Aber war denn heute nicht Ihr freier Tag?«

»Was Bestattungen angeht, ja. Aber eine Beratung kann jederzeit angefragt werden. Es ist eine Branche, bei der man flexibel sein muss.«

»Müssen Sie gehen?«, fragte sie. Und ohne auf eine Antwort von ihm zu warten, fügte sie hinzu: »Möchten Sie, dass ich Sie begleite? Das heißt, kann ich Sie begleiten?«

Aoi war erstaunt. »Ich kann es auch auf einen anderen Tag verschieben, es ist sowieso nur eine Beratung für eine Dame, deren Vater krank ist, ich denke, das könnte ich schnell erledigen. Ich muss sie in zehn Minuten zurückrufen.«

»Dann sagen Sie ihr, wir kommen. Oder besucht die Dame Sie im Institut?«

»Nein, sie hat darum gebeten, dass ich zu ihr komme, sie möchte ihren Vater nicht allein lassen. Sie wohnen nicht weit von hier.«

»Dann gehen wir«, entgegnete Mio mit einer Überzeugung, die ihr selbst nicht ganz klar war. Sie verspürte das körperliche Bedürfnis, Aoi in seinem Element zu sehen.

»Na gut, lassen Sie mich nur schnell im Institut vorbeigehen, damit ich mich umziehe.«

Es empfing sie eine Frau mit stark toupiertem Haar, trockenen Lippen und sorgfältig aufgetragener Wimperntusche, einem starken Make-up, dessen dick nachgezogene Augenbrauen ihr einen herrischen Ausdruck verliehen. Sie ließ sich von Aoi den Ausweis zeigen, und als er erklärte, wer Mio war, winkte sie ab, als bedeutete ihr das nichts.

Bevor die beiden sich auf den *tatami* setzten, bat sie sie zu schweigen. Sie schob eine Tür beiseite, und jetzt sahen sie einen Menschen im Gegenlicht: Er saß gebückt da und blickte auf etwas Leuchtendes, das aus der Ferne nicht genau zu erkennen war.

Sobald sie sich vergewissert hatte, dass sie das Nötigste gesehen hatten, schloss die Frau die Tür wieder.

Ōta-san, ihr Vater, verbringe alle seine Tage auf genau die gleiche Weise. Auf seinem Stuhl am Küchentisch, die Ellbogen aufgestützt und das Kinn auf die Hände gelegt, während er ein Glas Wasser betrachtete, auf dem eine winzig kleine Blume schwamm: Er wartete darauf, dass sie verwelkte. Stundenlang richtete er den Blick auf das Glas, bis das Wasser sich trübte. Es gefiel ihm zu sehen, wie die Zeit die Dinge zermürbte.

Dies alles schilderte die Tochter mit anderen Worten, die härter und schneller waren. Sie sollten sie ja nicht fragen, um was für eine Blume es sich handele, das wisse sie nicht, vielleicht eine Jasminblüte, aber, *offen gestanden,* was habe das schon für eine Bedeutung? Sie mache sich Sorgen, nicht nur um ihren Vater, der mittlerweile den Verstand verloren habe, sondern auch um sich selbst: Mit einem alten Mann zu tun zu haben, der seine Tage vor einem Wasserglas mit einer Blume verbringe, der darauf warte, dass sich das Wasser eintrübe, sodass er es wegschütten und von neuem beginnen könne, das sei doch, *offen gestanden*, etwas Schreckliches.

»Was sagt Ihnen denn, dass sein Tod nahe ist?«, fragte Aoi mit ausdrucksloser Stimme.

»Er isst nicht, trinkt kaum etwas. Es fällt ihm gar nicht ein, von dort aufzustehen. Um ihn ins Bett zu bringen, muss ich ihn mit Gewalt wegzerren.«

In seinem schwarzen Anzug hörte Aoi der Frau zu und fragte sich indessen, ob die Frau, wenn sie die Gewohnheiten ihres Vaters beschrieb – dass er lieber meditierte als auszugehen, dass er dabei zusah, wie eine winzige Jasminblüte im Wasser verwelkte, als hätte das Universum sich genau diesen Punkt ausgesucht, um sich zu offenbaren –, ja er fragte sich, ob die Tochter eigentlich dazu in der Lage war, nicht nur ihr Unbehagen an der Situation zu erkennen, sondern auch ihre Schönheit.

Mio hingegen schaute sich heimlich in dem Raum um, in dem allerlei Schachteln, Lappen und eine undefinierbare Ansammlung von Krimskrams verteilt waren. Und sie nahm das verstörende Ausmaß von Bordeauxrot und Salbeigrün an der Frau wahr.

Am Ende zog Aoi den Katalog mit den Altären und Särgen aus seiner Mappe. Sie sprachen über die Kosten der Bestattung.

»Was kostet der Leichenwagen?«

»Bis zu zehn Kilometern sind es 20000 Yen.«

»Und der Altar hinter dem Verstorbenen?«

»Ein komplettes Set für einen *makura-kazari* aus weißem Holz, einschließlich einer Kerze, Weihrauch, einer Vase, einem Tablett mit *mochi* und …«

»Wie viel?«, unterbrach sie ihn.

»Circa 5000 Yen.«

Die Frau machte sich rasch Notizen auf einem Block, der oben den Namen einer Wäscherei trug.

Sie bekräftigte, der Tod ihres Vaters sei nur noch eine Frage von Tagen, und dass sie alles schwarz auf weiß haben wolle und die Preislisten und Dienstleistungen verschiedener Institute miteinander vergleiche.

»Morgen habe ich einen Termin bei Bestattern aus Ōfuna, später dann mit welchen aus Fujisawa«, sagte sie und blickte ihnen mit einem Ausdruck boshafter Zufriedenheit in die Augen. »Deshalb bin ich mir *offen gestanden* nicht ganz sicher, ob ich Sie noch mal anrufen werde.«

Als sie sich an der Tür verabschiedeten, dachte Aoi, mit diesem *offen gestanden,* das die Frau so oft wiederholte, erscheine alles andere, was sie sagte, wie eine Lüge, und ihr Wunsch, die Welt so normal wie möglich zu machen – ein alter Mann, der zusammengesunken vor dem Fernseher saß statt vor einer Blüte in einem Glas – sei vielleicht weniger beunruhigend, aber auch sehr traurig.

»Manchmal gibt es auch solche Kunden«, sagte er nur kurz, als sie sich wieder auf den Weg machten.

»Sie brauchen sich nicht zu entschuldigen, es war interessant.«

Nach ein paar müden Versuchen, das Thema zu wechseln, verfielen sie schließlich in Schweigen.

Sie machten sich zum Bahnhof auf den Weg, und als sie an den Drehkreuzen anlangten, fragte Aoi sie, ob sie am kommenden Sonntag schon etwas vorhabe.

»Ist da wieder *tomo-biki*?«

»Genau!« Aoi lächelte. »Wissen Sie, es gibt noch viele andere Dinge, die es sich lohnt, in Kamakura anzuschauen.«

»Mein freier Tag ist allerdings der Montag«, sagte Mio.

»Sie meinen übermorgen?« Er holte sein Handy aus der Tasche und schaute in den Kalender. »Momentan ist nur eine Bestattung um zehn angesetzt, sonst nichts. Ich hätte den ganzen Nachmittag, auch wenn ich mir da nie ganz sicher sein kann.«

Sie verabschiedeten sich lebhaft und beherrscht zugleich. Durch die Verbeugung kamen sie sich nahe.

Kaum hatte Mio den Zug bestiegen, fing es an zu regnen.

Aoi kaufte sich am *konbini* des Bahnhofs einen Schirm, um sich den Anzug nicht zu ruinieren, und schrieb, während er sich auf den Heimweg machte, eine kurze Nachricht an seine Schwester. Er erzählte ihr weder etwas von dem alten Herrn Ōta-san noch von seiner Tochter. Knapp erwähnte er Mio Yoshida (wie er sie nannte): Er schrieb, in einer Woche würden die Pläne kommen, und seiner Meinung nach würde es eine hervorragende Arbeit sein.

Die Antwort kam prompt. *War das wirklich nötig?*

Aoi spürte die ganze Härte in diesen Worten. Er schrieb: *Ich weiß, dass du nicht einverstanden bist, aber ich habe das Gefühl, es war die richtige Wahl.*

Schließlich bog Aoi in die Gasse ein, an der sich das alte, schon seit Jahren gemietete Haus erhob, und er spürte, wie ein Teil des Glücksgefühls, das sich an diesem mit Mio verbrachten Tages in ihm gesammelt hatte, verlorengegangen war.

Er ließ das Abendessen ausfallen und stellte sich im Dunkeln auf die Veranda, um auf den geheimen Garten hinauszublicken.

Er dachte an seinen Vater, an seinen rigorosen Umgang mit den Dingen des Todes; er dachte an seinen Onkel, daran, dass er oft sagte, manche Menschen hätten eine Würde, der man kaum gerecht werden könne. Vor allem dachte er an seine Mutter, die bis zum Ende ihrer Tage nichts anderes getan hatte, als von dem Unterschied zwischen den Menschen zu sprechen, und von der falschen Idee, Dinge vereinheitlichen zu wollen. Dagegen hatte sie gekämpft, und ein guter Teil dieses Kampfes war ihm, Aoi, gewidmet gewesen: Wie er geboren worden war und was ihn anders als alle anderen Kinder machte.

Noch im Halbschlaf kamen ihm wieder ihre Worte in den Sinn.

War es eine Erinnerung?, schaffte er noch, sich zu fragen. Oder war es eines der Signale, mit denen einem wichtige Menschen zu verstehen geben, dass sie immer noch in uns leben, auch wenn sie tot sind?

Ohne sich eine Antwort geben zu können, schlief er ein.

Was seine Mutter (vielleicht) zu Aoi sagte, als sie noch lebte, und was er sich im Halbschlaf noch einmal zusammenreimte

Stell dir ein Tulpenfeld vor, Aoi. Siehst du es? Nun, und jetzt stell dir vor, dass mitten in diesem Blumenmeer einige sind, deren Köpfe höher gewachsen sind als die der anderen, dass neben den Tulpen auch drei sehr hohe Sonnenblumen stehen, in einer Ecke wachsen Iris, und, was weiß ich, Mohnblumen oder Schwertlilien … Folgst du mir, Aoi? Nun, gut. Und siehst du jetzt den Mann mit der Gartenschere? Siehst du, wie er sich den höheren Blumen nähert? Er ist nervös, weil sie anders sind als die anderen. Und weißt du, was der Mann jetzt macht? Genau, er schneidet sie ab. Jetzt haben sie alle die gleiche Höhe, aber schau nur, auf dem Feld haben viele Blumen den Kopf verloren, nur die Stängel stehen noch da. Siehst du, wie schrecklich das ist? Wie schrecklich es ist, die Dinge mit Gewalt gleichzumachen?

In den Stunden, die ihrem Treffen folgten, während Aoi seiner Schwester schrieb, sich die Zähne putzte und versuchte, die Freude über den Tag, den er mit ihr verbracht hatte, zu beschützen, bemühte sich Mio mit aller Kraft, den Gedanken an ihn von sich zu schieben.

Aoi war für sie bereits so präsent, dass er mit dem normalen Ablauf ihres Lebens kollidierte: aus dem Zug steigen, die Hausschlüssel suchen, die Haare föhnen, einen Apfel essen.

Es war, als wäre er physisch an ihrer Seite, als müsste sie, nachdem sie eine Tür durchschritten hatte, aufpassen, sie ihm nicht vor der Nase zuzumachen. Es war seit Jahren das erste Mal, dass sie sich so fühlte. Und das letzte Mal, in dem ihr etwas Derartiges passiert war, hatte sie ihr Leben aufs Spiel gesetzt.

Der Tag danach war ein Sonntag, *Pigment* hatte geöffnet, und Mio widmete den ganzen Morgen der ersten Unterrichtsstunde für Alma und Rui: Sie zeigte ihnen die Karte mit den Primär- und den Sekundärfarben, die »Taufe der Farben«, viele kleine Metaphern, um das Meer elektromagnetischer Wellen zu erklären, die dem menschlichen Auge die Sehfähigkeit schenken.

Zu ihrer Überraschung entdeckte sie, dass der ältere Herr, der das von seiner Frau gemalte Bild restaurieren wollte, für den Farbton des Daches genau den ausgesucht hatte, den sich Mio in ihrem Notizbuch neben seinem Namen aufgeschrieben hatte: *sabi-shu* 錆朱. Sie hatte sich gefragt, ob es nicht genau diese Farbe war, die den Mann und seine Frau verband.

Im langen Verlauf des Nachmittags hieß sie englische Touristen willkommen, die in ihrem Reiseführer über *Pigment* gelesen hatten und mehr über den Laden wissen wollten, sie kümmerte sich um etwa zwanzig Kunden und organisierte zwei Beratungen. Als es bereits Abend war, schrieb sie eine formelle Mail, mit Kopie an ihren Chef, und bat das Museum in Katalonien um weitere Informationen zu den Pigmenten, die dort versteigert wurden.

Als sie den Laden verließ, war es bereits dunkel, doch ihre Unruhe war immer noch da.

Die einzige, wenn auch etwas kindliche Erleichterung, die sie empfand, war der Überzeugung geschuldet, dass der Lippenstift, den sie für das Treffen mit Aoi gewählt hatte, im Ton perfekt zu dem Morgen und Nachmittag passte, die sie mit ihm verbracht hatte. Selbst die Wimperntusche, die ihr seitlich am linken Auge etwas verlaufen war.

In dem Bewusstsein, dass sie ihn am darauffolgenden Nachmittag wieder treffen und erneut zerbrechlich sein würde, stürzte sie sich auf die Hausarbeit.

Sie ging den Stapel Geschirr an, der in der Spüle lag, machte die Wäsche. Sie zog den Staubsauger hervor, rettete eine kleine Spinne. Als sie an ihrem Bücherregal vorbeikam, beschloss sie, ihre Ordnungskriterien zu ignorieren und stellte ihre Lieblingsbücher nebeneinander. Das sollte eine Art Anker sein, für den Fall, dass die Dinge schlecht liefen.

Am Ende öffnete sie ihren Kleiderschrank, so vorsichtig, wie sie es sonst nie tat. Im Hauptteil des Möbelstücks hing eine

Reihe locker aufgereihter Kleider, darunter offenbarte eine Serie von durchsichtigen Schubladen, dass für sie die Sortierung nach Farben unverzichtbar war. Oben hingegen ruhte Mios Vergangenheit, eine ungeordnete Masse von Schachteln und Tüten, alles in ein weißes Betttuch gehüllt, um es vor Staub zu schützen.

In der rechten Abteilung schließlich fand sie das, was sie suchte: ihre Mutter und ihre Großmutter in Gestalt ihrer Kimonos, die sorgfältig gefaltet in den Schubladen lagen. Sie streckte bereits die Finger aus, um über den Stoff zu streichen, doch angesichts des ebenso irrationalen wie schrecklichen Gedankens, sie selbst könnte ebenso verschwinden, wie sie verschwunden waren, fehlte ihr dazu der Mut. Sie schloss den Schrank wieder, kehrte in die Küche zurück.

Den ganzen Abend buk sie Kuchen und Plätzchen.

Die Farbe von Mios Lippenstift und ihrer Mascara

Mios Lippenstift hatte die Farbe *usu-kōbai* 薄紅梅, ein Rosé, das heller als Pflaume ist und der Farbe der *usu-kōbai*-Blume ähnelt. Je nach Intensität des Tons lässt sich die Farbe in drei Abstufungen aufteilen; der Name ändert dann sein Präfix und variiert je nach Eigenschaft »blass«, »mittel« oder »dicht/satt« (薄紅梅・中紅梅・濃紅梅).

Es handelt sich um eine Farbe, die sehr oft als Farbe für Kimonos verwendet wird.

Die Farbe der Wimperntusche, die in Mios linkem Augenwinkel verlief, war *ankokushoku* 暗黒色. Sie kommt oft in historischen Romanen oder Fantasy vor: ein komplettes Schwarz, das keinerlei Licht durchlässt. Im Japanischen ist es die Farbe der Blindheit.

Fünf

Emil Cioran schrieb, das Leben sei ein »Zustand absoluter Unsicherheit, seinem Wesen nach provisorisch, eine zufällige Existenzform«. Weiterhin behauptete er, es gebe »keine Heilung, in uns tragen wir alle Krankheiten, von denen wir ›genesen‹ sind, sie verlassen uns nie.«

Mios Vater, der Cioran niemals gelesen hatte und sich ganz sicher nicht als Experten für Philosophie bezeichnen konnte, dachte mehr oder weniger das Gleiche. Doch er bezog diese Gefühle der Unsicherheit und Vorläufigkeit statt auf das Leben – das für ihn ein allzu vager Begriff war – oder auf die Krankheit – die ihn prinzipiell nicht allzu sehr interessierte – auf die Liebe. Yōsuke Yoshida war zu der Überzeugung gelangt, genau wie die üppigen Stickereien auf einem *shiromuku*, die auch bleiben, wenn der Kimono alt wird und zerschleißt, könnten auch die menschlichen Wesen eine ranke Seele in einem Körper haben, der sich als genesen ausgibt.

Und doch gibt es dieses Genesen, das echte Genesen, nicht. Die Gesundheit scheint wiederhergestellt, man steht vom Bett auf, aber das ist eine Lüge: Von manchen Malaisen wird man niemals gesund.

Yōsuke hatte Kaneko kennengelernt, als er zwölf Jahre alt war, und hatte sie zwischen seinem fünfzehnten und dem siebzehnten Lebensjahr sehr geliebt. Danach jedoch, wie es so oft vorkam, hatten sie sich ohne rechten Grund dafür voneinander getrennt. Er hatte sich in eine etwas ältere Frau verliebt und es zugelassen, dass seine Liebe zu Kaneko dahinschwand.

Dennoch – als er Jahre später Kaneko zufällig in der Schlange vor der Konditorei Akebono in Ginza traf und ihr zuhörte, wie sie der Verkäuferin anvertraute, sie müsse ihrer Mutter *sakuramochi* zum Geburtstag kaufen, denn die sei ganz verrückt danach, entdeckte Yōsuke, dass er sich wieder in sie verliebt hatte. Nein, noch während er ihr zusah, wie sie die süßen Reisteilchen bestellte, hatte er begriffen, dass die Verliebtheit seiner Jugend niemals erloschen war.

Für die Frau, mit der er zusammenlebte, hatte er keinen Kopf mehr. Als er nach der Begegnung mit Kaneko in Ginza nach Hause kam, überraschte es ihn fast, die Frau dort wie immer vorzufinden. Erfüllt von einem Gefühl, das ihm neu war, entschuldigte sich Yōsuke, ohne sich wirklich schuldig zu fühlen, packte rasch seine Siebensachen und zog in eine kleine Pension um.

Alles lag für ihn auf der Hand: Eine Liebe schob eine andere Liebe aus dem Ring, so wie die riesigen Körper der Sumo-Ringer es tun, wenn sie sich im Inneren des *dohyō* gegenüberstehen. Um Kaneko zu erobern, machte er ihr entschlossen den Hof. In den darauffolgenden Tagen wartete er auf sie vor ihrem Haus, gab die Ersparnisse eines ganzen Monats aus, um ihr Geschenke zu machen und damit zu zeigen, wie ernst es ihm war.

Nur eine Woche später hielt er um ihre Hand an. Als weitere sechs Monate verstrichen waren, zog er zu Kaneko und wurde nach allen Regeln der Kunst Teil der Familie Yoshida. Am Ende einer kurzen Unterredung mit ihrem Vater wurde der

Entschluss gefasst, dass es der Bräutigam und nicht die Braut sein würde, die den neuen Nachnamen in die Ehe mitbringen würde.

Und so kam es, dass aus Yōsuke Imai Yōsuke Yoshida wurde.

Mit dem gleichen Gefühl der Schicksalhaftigkeit, das ihn zu dem Mädchen zurückbrachte, das er als junger Mann geliebt hatte, verließ Mios Vater die Werkstatt, in der er angestellt gewesen war, und begann unter der Anleitung seiner neuen Familie die Kunst des Färbens zu erlernen. Yōsuke eignete sich Dinge an, für die er zuvor keinerlei Interesse gezeigt hatte: wie man einen Kimono nähte, er lernte Schmuckelemente wie Kraniche, die Schildkröten oder Bambuswedel kennen, oder auch den Dolch aus Stoff, den sich die Braut vor die Brust hält. Dies alles liebte er vom allerersten Moment an.

Man staunte über die schnelle Hochzeit, doch Yōsuke betonte, für ihn sei nichts Sonderbares daran. Er wusste, wenn ein starkes Gefühl wie die Liebe seine Zähne in das Fleisch eines Menschen schlug, konnte dieser auch Jahrzehnte lang still vor sich hin leiden, doch früher oder später würde es wieder hervorbrechen.

Die Zeit war etwas, mit dem das Herz auf seine Weise umging.

Während sich Yōsuke seiner Sache so sicher war, war Kaneko von seiner überraschenden Rückkehr am meisten verblüfft.

Sie, die in der Zwischenzeit zur Frau geworden war und an der Seite ihrer Eltern im Atelier der Familie arbeitete, war von Natur aus unbeschwert und zugleich ganz und gar unvorsichtig. Sie hatte Yōsuke von ganzem Herzen gern willkommen geheißen, geschmeichelt von jener Liebe, die in ihren Augen einen ganz neuen Anstrich hatte.

Natürlich hatte sie ihn noch gut in Erinnerung, den mageren und nervösen Jungen im Blaumann, der draußen vor der Schule auf sie gewartet hatte, als sie fünfzehn Jahre alt war; an den Schritt, der sich vor der Mauer des ersten Hauses der Straße verlangsamte, in der Kaneko lebte, weil er nicht wollte, dass ihre Mutter ihn in diesem Aufzug zu Gesicht bekam; sie lächelte, wenn sie daran zurückdachte, wie es einmal einen gewaltigen Wolkenbruch gegeben hatte und sie gemeinsam Unterschlupf in einem Café gesucht hatten, wo er sie zum ersten Irish Coffee ihres Lebens eingeladen hatte und ihr den allerersten Kuss gab.

Doch von jenen Momenten hatte Kaneko vor allem sich selbst in Erinnerung, den schmalen Pferdeschwanz in ihrem Nacken, ihre Hände, die die weiß-blaue Schuluniform wieder und wieder glattstrichen, die kleine Praline, die sie der Mutter stibitzt hatte, um sie Yōsuke an einem Feiertag zu schenken.

Über diesen Jungen, der sie stundenlang betrachtete und kaum den Mund aufmachte, hätte sie nicht viel sagen können. Es war seither so viel Zeit verstrichen, dass er ihr fast wie ein anderer Mensch vorkam.

Was jetzt jedoch verführerisch an ihm war, das war die natürliche Sicherheit, die Yōsuke entwickelt hatte, das Recht, das er sich auf sie herausnahm, als wollte er sagen, dass er sie schon immer kannte und sie stets in seinen Gedanken gewesen war. Und dass er ihr von diesem Moment an alles verzeihen würde.

Das alles ließ sich in dem Satz zusammenfassen, den Yōsuke ihr so gern ins Ohr flüsterte, auch noch viel später, als die Leidenschaft zu versiegen begann und das Alter ihre Körper mürbe machte: »Kaneko-chan, die Liebe zu dir ist eine Krankheit, von der ich niemals genesen werde.«

Das Bewusstsein, dass man von einer Krankheit nicht genesen kann und dass dies nicht nur körperliche Malaisen betrifft, sondern auch die Gefühle, übertrug Yōsuke Yoshida später auf seine Tochter. Niemals hätte er ihr das gesagt, und wahrscheinlich wäre er auch nicht in der Lage gewesen, es in Worte zu fassen, doch unter Millionen von Strängen ihres Erbgutes hätte Mio auch diese Gewissheit ihr Eigen genannt.

Im Unterschied zu ihrem Vater sollte sie allerdings eine gewisse Vorsicht entwickeln, sich einem anderen Menschen hinzugeben, eben wegen dieser Gewissheit: Wenn sie jemandem gestatten würde, Teil ihres Lebens zu sein, dann wäre er dies auch für immer.

Die Liebe war in keiner Weise anders als eine Krankheit, und wenn Mio liebte, dann tat sie es mit Haut und Haaren.

Mit achtundzwanzig war Mio sich sicher, eine Art immunsupprimierte Patientin zu sein, die nicht krank werden darf, weil sie jedes Mal, wenn das passiert, ihr Leben aufs Spiel setzt.

Und das war auch der Grund, weshalb Mio, als sie Aoi kennenlernte, dieses Risiko auf der Stelle bewusst war. Sie wusste vom ersten Moment an, dass diese Beziehung ihr Leben auf den Kopf stellen würde: Wenn sie ihm die Hand hinstreckte, würde Aoi sie an sich ziehen.

Deswegen lasse ich mich auf niemanden mehr ein, dachte Mio. Denn wenn ich mich auf jemanden einlasse, dann kommt er mir nah, und dann gibt es keine Türen, keine Stoppschilder, keine Schranken mehr. Ich kann das nicht zulassen. Wer den Passierschein bekommen hat, der kann überallhin. Es ist, als gälte die Erlaubnis, sich meiner zu bemächtigen, für alle Zeit.

Bei der Frage nach dem Grund für diese Entscheidung hätte sie geseufzt. Vielleicht wäre sie aufgewühlt gewesen, hätte gesagt: »Das Einzige, was ich machen kann, wenn ich mich auf jemanden einlasse, wenn er meine Lunge durchdringt oder auch unbeabsichtigt eine Arterie abdrückt, ist es, Gift zu nehmen oder mir zwei Finger in den Hals zu stecken. Auch wenn das bedeutet, dass ich selbst ein wenig sterbe.«

Ich habe keine Antibiotika, würde Mio eines Tages zu Aoi sagen. *Für mich gibt es keine Heilung.*

Sechs

Alles begann mit einem schwarzen Telefon.

Der Apparat klingelte, und Aoi hob ab und drückte sich den Hörer ans Ohr, sagte den Satz, den er immer sagte: »Bestattungsinstitut Morioka.«

Es handelte sich um ein altes Bakelittelefon, das Aois Vater aus dem Haus seiner Eltern mitgebracht hatte, zusammen mit wenigen anderen Gegenständen, die ihm vererbt worden waren.

Durch dieses Telefon waren Hunderte von Stimmen zu hören gewesen, und alle Anrufe begannen mehr oder weniger auf die gleiche Weise:

»Guten Tag, mein Name ist Suzuki. Mein Vater ist gestorben.«

»Guten Abend, ich heiße Takeda, letzte Nacht ist meine Mutter im Schlaf verstorben.«

»Guten Abend, bitte entschuldigen Sie die späte Störung … Mein Name ist Ōno, ich befinde mich in der Universitätsklinik von Fujisawa … meine Tochter ist soeben verstorben.«

Mio hätte mit Sicherheit die Farbe dieser Menschen benennen können, während Aoi, der es nicht so mit Farben hatte, sich darauf beschränkte, jene Stimmen nach dem Grad ihrer Selbstbeherrschung und ihrer Aufgeschlossenheit zu unterscheiden.

Es gab Menschen, die so schnell sprachen, als befürchteten sie, ihre Kräfte könnten jeden Moment dahinschwinden. Es gab Menschen, die sich hinter fixen Formeln verschanzten und eine formelle Sprache wählten, um sich vor ihren Emotionen zu schützen. Es gab Menschen, die seit Monaten oder Wochen auf die schlimme Nachricht warteten, vor allem Verwandte von Schwerkranken: Zu Beginn war ihre Stimme ruhig, fast erschienen sie erleichtert, nur um dann zu begreifen, dass es in solchen Fällen nicht möglich war, sich in irgendeiner Weise vorzubereiten. Es gab auch Anrufer, die weinten, noch bevor sie sich vorgestellt hatten, Menschen, die Aoi nicht einmal die Zeit ließen, seine Standardaussage zu Ende auszusprechen: »Bestattungsinsti …« Und es gab schließlich auch Menschen, die ihn mit Namen ansprachen (»Aoi-kun, bist du das?«), und das war es, was ihn am meisten beunruhigte.

Für Aoi war das alte schwarze Bakelittelefon wie ein Paar Schuhe, die sich durch das Tragen abnutzen und am Ende perfekt an den Gang des Menschen anpassen. Es war der Ausgangspunkt für alle Geschichten: die, die sein Vater gesammelt hatte und die jetzt er sammelte. In dem Moment, in dem er zum ersten Mal den Hörer abgenommen und gehört hatte, dass jemand einen Tod verkündete, war ihm auch bewusst geworden, dass er das Metier seines Vaters übernommen hatte.

Und er erinnerte sich noch gut an die hart klingende Gefasstheit in der Stimme seines ersten Kunden: »Mein Name ist Izumi. Heute Morgen ist meine Mutter gestorben.«

Das Telefon stand in dem Arbeitszimmer, das sich Aoi mit seiner Schwester teilte.

Doch es war nur er, der den Hörer abnahm; Sayaka sprach nicht gern. Auch jetzt, während einer Zusammenkunft, bei der die Einzelheiten einer Bestattung besprochen wurden, hielt sie sich abseits, mit gesenktem Blick, um zu vermeiden, dass das Wort an sie gerichtet wurde.

Aoi saß am Schreibtisch und hatte zwei Männer irgendwo zwischen dreißig und vierzig vor sich. Ruhig erklärten sie, ihr Vater sei einem Herzanfall erlegen, als er am Strand von Kamakura joggte. Unbekannte hatten ihm beigestanden, eine Frau hatte eine Herzmassage versucht, doch als der Rettungsdienst kam, war er bereits tot. Er war vierundsechzig Jahre alt geworden.

Nachdem das Bürokratische besprochen war und sie verschiedene Gegenstände für das Bestattungsritual ausgesucht hatten, brachten die Söhne die Vorbereitung des Leichnams ins Gespräch.

»Es wird doch niemand dabei sein außer uns, oder?«, fragte einer der beiden leise und beugte sich zum Schreibtisch vor.

»Was meinen Sie damit? Wo dabei sein?« Aoi verstand nicht, was er meinte.

»Wer unseren Vater im Sarg sieht … vor der Verbrennung.«

»Nur der Bonze, der die Segensworte spricht, und das Personal, das sich um die sterbliche Hülle kümmert. Und natürlich die Personen, die Sie zu der Zeremonie einladen.«

»Und Ihre Leute werden nicht reden?«, fragte der jüngere Sohn und schloss kurz die Augen. Er hatte tiefe Ringe darunter, das Sonnenlicht blendete ihn.

»Diskretion ist bei unserer Arbeit allererstes Gebot«, beruhigte ihn Aoi.

»Wir möchten nämlich, dass er etwas andere Kleidung trägt …«

»… Frauenkleidung.«

Aoi wusste, dass jetzt jede seiner Reaktionen den Verlauf des Gesprächs verändern konnte. »Das ist etwas, was wir ohne jegliches Problem umsetzen können«, sagte er in neutralem Ton, »und mit der größtmöglichen Diskretion.«

»Unser Vater führte ein Doppelleben …«

»… und wir hatten unsere Mühe damit, ihm zu verzeihen«, schloss der andere.

Auf einmal wurde Aoi klar, warum sie gewollt hatten, dass man sich im Institut traf und nicht im Haus des Verstorbenen, und auch die Gefühle der beiden Männer wurden deutlicher für ihn. Sie hatten traurig auf ihn gewirkt, doch etwas in ihnen schien auch wie unterbrochen zu sein. Wahrscheinlich würde man zuerst *diesen* Knoten lösen müssen, dann würde auch das Weinen endlich seinen Platz finden.

»Am Ende haben wir beschlossen, ihm seinen Willen zu lassen.«

»Und ihn so kleiden zu lassen, wie er es gewollt hätte.«

Wie so oft bei diesen Gesprächen offenbarte sich erst nach einer Weile, worum es wirklich ging. Nach einer Reihe von allgemeinen Formeln wurde endlich Klartext geredet.

»Wir möchten auch, dass … dass Sie ihn schminken …«

»… wie eine Frau.«

Aoi richtete seinen Blick zur Seite, auf Sayaka. Es war wie ein winziger Luftstoß in Richtung seiner Schwester.

»Natürlich, kein Problem«, sagte sie.

Ob sie denn zufällig ein Foto hätten, das ihn geschminkt zeigte? Denn, so fügte Sayaka ruhig hinzu, jeder schminke sich ja anders und fände sich auf seine Weise schön.

Plötzlich wirkten die Brüder ratlos. Sie schauten sich an, suchten im Antlitz des anderen eine Antwort.

»Vielleicht auf seinem Handy«, sagte einer von ihnen. »Ich könnte mal nachsehen.«

Aus einem kleinen Rucksack holte er ein Handy in weißer Hülle mit einer aufgedruckten Doraemon-Figur. Er machte

Anstalten, es einzuschalten, hielt dann inne. Leise atmete er aus, seine Kinnpartie wurde hart.

»Die Wahrheit ist«, gab der andere zu, »dass wir noch nicht den Mut gefunden haben reinzuschauen. Aus Gründen der Privatsphäre, Sie wissen schon … Es ist nicht gesagt, dass unser Vater es gutgeheißen hätte, dass wir in seinen Dingen herumschnüffeln.«

»Gewiss, das ist verständlich«, sagte Aoi und nickte.

»Wir wissen natürlich, dass es unvermeidlich ist. Wir müssen ja herausfinden, wer benachrichtigt werden muss. Vielleicht … nein, sehr wahrscheinlich gibt es Leute, die wichtig für ihn waren, und die wir gar nicht kennen«, sagte der ältere Bruder.

Aoi sah die beiden plötzlich als Kinder vor sich. Wer weiß, ob sie Piraten gespielt oder sich um ein kleines Polizeiauto gestritten hatten, fragte er sich. Wer weiß, ob ihr Vater sie zusammen umarmt und in die Luft gehoben hatte. Ob er versucht hatte, sein Privatleben zu schützen, ohne eine Erklärung.

»Ganz bestimmt werden ein paar Freunde kommen wollen, um sich von ihm zu verabschieden«, fuhr der Mann fort. »Allerdings … in seinen Account zu schauen und irgendwelchen Leuten eine Nachricht zu schicken, um ihnen zu sagen, dass er tot ist und morgen um drei begraben wird … Na ja, bestimmt verstehen Sie, dass das schwierig ist …«

»Vor allem, wenn es sich um vertrauliche Nachrichten handelt.«

Wieder nickte Aoi. Mehr als eine Frage der Vertraulichkeit ging es darum, sie selbst zu schützen und die Erinnerung an den Vater, die jeder der Söhne in sich trug.

In solchen Momenten taten manche Hinterbliebene alles, um die Erinnerungen zu zertrümmern; um dem Schmerz besser begegnen zu können, waren sie auch bereit zu lügen. Sie veränderten nichts von der Erinnerung an den Vater oder die

Mutter, so wie man eine stehengebliebene Uhr deshalb lieber nicht auseinandernimmt, weil man nicht wüsste, wie man sie wieder zusammensetzt. Weil man sich auf einmal dessen bewusst ist, dass es keine Gelegenheiten mehr geben wird, zu streiten und sich wieder zu versöhnen.

»Wenn Sie wollen, kann ich die Fotos durchschauen«, bot Aoi an.

Die Brüder zögerten.

»Und natürlich könnte ich all seinen Kontakten eine standardisierte Nachricht schicken, um sie zu informieren und zur Totenwache einzuladen. Ich bin überzeugt davon, Ihrem Vater wäre mein Eindruck von ihm und das, was ich möglicherweise auf seinem Handy finde, vollkommen gleichgültig.«

Dieses Mal nickten sie entschlossen, und mit einer Dankbarkeit, bei der Aoi ahnte, dass sie tiefere Hintergründe hatte.

Als sich die beiden Männer verabschiedet hatten, verbrachte Aoi eine ganze Stunde mit dem Handy und betrachtete Fotos von Speisen (insbesondere Schüsseln mit *rāmen* und *katsudon)*, großen Humpen Bier (offenbar hatte der Mann Guinness geliebt), von Sonnenuntergängen, einem kleinen Hund an der Leine, ein paar Zeitungsausschnitten und wieder dem Hund, der auf einem Bett lag und einen Schuh zerkaute. Er fand ein paar Blumen, einen Himmel, durch den ein Lichtstrahl lief. Schließlich wählte er sechs Bilder aus, auf denen man das geschminkte Gesicht des Mannes gut erkennen konnte: Sayaka würde genau solch einen Lidstrich ziehen, wie er die Lippen breiter schminken und die Wimpern entsprechend verlängern.

Einige Schnappschüsse zeigten den Verstorbenen Arm in Arm mit Männern wie Frauen in einer Bar, die Aoi – als er die Galerie durchstöberte – anhand der Beleuchtung, den Postern an den Wänden, die alte Stummfilmdiven zeigten, an den

Bierdeckeln und dem Heer von Flaschen hinter dem Tresen immer wiedererkannte. Irgendwann war ihm das kindliche Lächeln des Mannes mit den zwei Zahnlücken vertraut. Die Posen auf den Fotos ähnelten sich. Und doch bemerkte Aoi, dass in den vier Jahren, aus denen die gespeicherten Bilder stammten, die Freude des Mannes an seinem Leben sichtbar zugenommen hatte. Er fragte sich, wie er es den Söhnen vermitteln konnte, dass ihr Vater glücklich gewesen war, jedes Jahr ein bisschen mehr.

Bevor er das Handy ausschaltete, auf dessen Hülle ein großer Doraemon seinen dicken Bauch zeigte und lachte, schrieb er eine förmliche Nachricht, in der er den Tod sowie Uhrzeit und Adresse der Trauerfeier mitteilte. Diese schickte er an alle persönlichen Kontakte des Mannes.

Ein lieber Kerl, dachte er, nichts anderes als ein lieber Kerl.

12. April, Mann, ans Fenster des Yamanote gepresst

Um ihn zu finden, hätte Mio vierhundertsechsundzwanzig Einträge in ihrem Notizbuch zurückblättern müssen.

Dann hätte sie sich an einen Mann erinnert, den sie, ohne es zu wollen, am 12. April jenes Jahres beobachtet hatte. Es war 7 Uhr 47 morgens, Hauptverkehrszeit, und Mio fuhr zu einer Beratung nach Ueno. Ihr Zug, ebenso wie der auf dem Gleis nebenan, stand, weil es auf der Strecke einen Unfall gegeben hatte. Das war der Grund, warum die beiden Züge, wenngleich in entgegengesetzter Richtung unterwegs (der von Mio fuhr in Richtung Ōsaki, der des Mannes kam gerade aus Shinagawa und wurde langsamer), auf einmal zwischen den beiden Bahnhöfen nebeneinanderstanden.

Da waren sie nun, in kaum mehr als drei Metern Entfernung Luftlinie voneinander, und zwar etwa zwanzig Minuten. Mio konnte nicht die gesamte Gestalt des Unbekannten erkennen, weil er von den Klappen des Waggons verdeckt wurde, doch sein Gesicht war genau zu sehen, ebenso wie der Brustkorb und die Handflächen, die auf der Höhe der Brust ans Glas gedrückt wurden. Sie erkannte den Anzug eines *salary-man* und stellte sich vor, dass er seine Aktentasche zwischen die Beine geklemmt hatte, damit sie den Boden nicht berührte.

Die Stimme des Zugführers wiederholte mehrfach die übliche Formel, nach der es im Bahnhof von Hamamatsu-chō einen Zwischenfall gegeben habe. Konkreter sagte er nichts, doch jeder Fahrgast wusste, dass sich jemand vor einen Zug geworfen hatte. Man konnte darauf wetten, dass auch der an das Fenster gepresste Mann vor ihr – der jetzt den Blick auf sein Handy richtete – die gleiche Ansage vernahm, die übliche Formel, mit der der Zugführer sich für die Verspätung entschuldigte und eine baldige Weiterfahrt ankündigte.

Kaum war sie ausgestiegen und hatte mit einer Kollegin bei *Pigment* telefoniert, um ihr mitzuteilen, dass sie später kommen würde, hatte sie ihr Notizbuch aufgeklappt und rasch etwas hineingeschrieben: *12. April, Mann ans Fenster des Yamanote gepresst: AMARANTHROT, mit einem Hauch Orange in der Tiefe. Hat das MOEGI-GRÜN* 萌黄 *im Blut. Da ist etwas, was in ihm wächst.*

Und jetzt, ohne dass Mio es ahnen konnte, tauchte dieser Mann, dem sie vor Monaten zwischen zwei nebeneinanderstehenden Zugwaggons begegnet war – und der jetzt reglos darauf wartete, die Welt in einem schwarzen Kleid mit einem langen seitlichen Schlitz bis übers Knie zu verlassen –, in Aois Gesprächen auf. Niemals hätte sie sich vorstellen können, dass Aoi lange die Fotos desselben Handys betrachtet hatte, das sie an einem Morgen im Frühling in der Hand des Mannes gesehen hatte, der an der Scheibe des Yamanote lehnte.

Hätte sie es gewusst, so hätte sie sich vielleicht auch daran erinnert, dass sie damals über den Kontrast zwischen dem ernsten Blick des Mannes in seinem schwarzen Geschäftsanzug und der Handyhülle mit dem fröhlichen dicken Gesicht von Doraemon gelächelt hatte.

Seit sie alt genug war, sich zu verlieben, bis zu dem Zeitpunkt, an dem sie beschloss, damit aufzuhören, sprach Mio, sobald sie sich für jemanden interessierte, mit ihm vor allem über Farben.

Sie erzählte die Welt, wie sie sie sah, überzeugt davon, dass sie damit andere verführen könne. Und auch wenn das zweifelsohne für den Beginn einer Beziehung stimmte – aus dem einfachen Grund, weil sich in Mio, wenn sie *in der Farbe* war, eine außergewöhnliche Leidenschaft entwickelte –, wurde es mit der Zeit zu einem Hindernis.

Irgendwann begannen sich die Jungs zu langweilen, wenn sie von dem »*piuri* oder auch *puree* redete, auch *euxanthin* und *euxanthine* genannt« redete, jenem indischen Gelb, das man aus dem Urin von Kühen gewann, die nur mit Mangoblättern gefüttert wurden, oder von der Absicht Vincent van Goghs, die Leidenschaften des Menschen durch die Verwendung von Rot und Grün auszudrücken (»Schau dir nur die Schattierungen im *Nachtcafé* an, als führten sie Krieg miteinander!«). Kaum war eine Argumentation beendet, stürzte sich Mio in die nächste und erklärte die verhaltenen Farbtöne der romantischen Frauen bei Fukiya Kōji, einem Maler der Taishō-Zeit (»*Die Braut* ist vielleicht sein schönstes Werk: Das musst du dir anschauen!«)

Eines Tages bat ein junger Verehrer sie ungehalten, endlich von anderen Dingen zu sprechen, er habe das mit den Farben jetzt satt. Was mache es denn schon für einen Unterschied, ob eine Frau ein mausgraues Kleid anhabe oder einen Pullover, der rabenschwarz war? Er sagte zu ihr, das mit den Farben sei Ballast für sie, wie eine riesige Vase mit Blumen, die auf einem kleinen Tischchen in einem noch kleineren Haus stehe.

Aber wenn es nicht um ihre besondere Gabe ging, wieso luden diese Männer sie überhaupt zum Essen ein?

Mio wurde böse, als hätten sie das Kostbarste, das sie hatte, in den Schmutz gezogen. Sie stellte sie an den Pranger, sie warf sie hinaus, noch bevor sie morgens die Augen aufgemacht hatten. Natürlich nur in ihrer Einbildung, aber dadurch schuf sie die nötige Distanz. Rasch ein paar Notizen in ihrem Büchlein, um sie zu archivieren: Dem einen fehlte die Kraft, seine Farbe war fahl; ein anderer übertrieb es mit der Zärtlichkeit, befleckt wie er war mit dem Blau von sieben Uhr abends; wieder ein anderer knabberte *senbei* mit einem fast obszönen Appetit, gefärbt mit einem ekelerregenden Senfgelb.

»Aber kein Mensch ist perfekt«, rügte ihre Mutter sie, als Mio noch bei ihren Eltern wohnte.

»Es ist wirklich das genaue Gegenteil von dem, was du ihr beigebracht hast«, flüsterte Yōsuke seiner Frau zu.

Tatsächlich hatte Kaneko sie seit ihren Kindertagen mit Ermahnungen überschüttet, nur ja eine gute Braut zu werden: »Zu lieben ist eine Mühe, und an sich zu feilen die Pflicht jeder Frau.«

So war es vollkommen normal, dass Mio genau das für sich in Anspruch nahm. Nur dass es der andere war, der perfekt sein musste.

Mio wachte auf, als der Morgen graute, und konnte nicht mehr schlafen. Obwohl die Verabredung mit Aoi erst in ein paar Stunden war, beschloss sie, sich auf den Weg zu machen. Der Zug aus Tokio in Richtung Kamakura war halb leer.

Als sie ankam, war es gerade erst sieben, und zum Glück fand sie eine Cafeteria, die bereits offen hatte. Sie nahm an einem Tischchen im zweiten Stock Platz. Als Aoi zu ihr kam, hatte er einen Chupa Chups zwischen den Lippen. Es waren Stunden vergangen, aber sie sagte nichts. Er bemerkte nur die Krümel auf Mios Tellerchen, die sich beim Warten mit Keksen und kleinen Kuchen vollgestopft hatte.

Sie stiegen die Treppe in dem äußerst schmalen Durchgang hinab, der zum Ausgang des Cafés führte. Während sie durch den Tunnel liefen, der zur anderen Seite des Bahnhofs führte, erzählte Aoi ihr vom Morgen im Institut, von den beiden Brüdern und der Bestattung, von ihrer Entscheidung, ihren Vater so zu nehmen, wie er gewesen war. Und dass sie beschlossen hätten, nicht um einen Vater im Allgemeinen zu weinen, sondern um *ihren* Vater. Es war nie zu spät, Frieden zu schließen. Die Zeremonie, fügte Aoi an, würde am darauffolgenden Tag stattfinden, und es sei mit der stattlichen Anzahl von etwa vierzig Gästen zu rechnen. Der Mann hatte viel mehr Freunde gehabt, als seine Söhne sich vorgestellt hatten.

Sie gingen durch die Straßen von Kamakura, intensive Gespräche wechselten sich mit ausgedehnten Schweigephasen ab. Und während sie ihn an ihrer Seite hatte, stieg in Mios Erinnerung wieder der Gedanke an ihre Liebschaften vor ihm an die Oberfläche. Sie erinnerte sich an die Jungs, die Preußischblau langweilig fanden, an die Männer, die es leid waren, sie über Rauchgrau fabulieren zu hören. Schon seit Jahren konnte sie sich nicht mehr vorstellen, wie es wäre, eine Beziehung zu haben.

Während sie Aois Turnschuhe betrachtete, die Leberflecken auf seinen Armen, und über seine kindliche Leidenschaft für Lutscher lächelte, erkannte Mio das Gefühl wieder, das man empfindet, wenn man einen anderen Menschen in sein Leben lässt. Sie wusste bereits, dass sie ihn lieben würde, und dass dies ihre Lust am Leben steigern würde, eine Freude, die grenzenlos war – so groß, dass sie mehr Luft zum Atmen haben würde, als in ihre Brust passte. Und dann war da noch ihre Nervosität, die Ruhe, die man verlor, das Herzklopfen, wenn man auf einen Anruf wartete, die törichten Taktiken, mit denen man ein Spiel spielte, von dem sie selbst, wie jeder und jede Verliebte, die Regeln gar nicht kannte.

Dann würde die schrittweise Entdeckung dessen folgen, wie der Mensch, den sie ohne allzu viel Vorsicht in ihr Leben gelassen hatte, *wirklich* war. Denn sich zu verlieben ist im Grunde eine Sache, die vor allem mit einem selbst zu tun hat. Um zu lieben hingegen muss man wissen, wer der andere ist.

Sie fragte sich, ob sie das überhaupt noch einmal schaffen würde.

Jener Nachmittag war ein Origami aus Sonne.

Es war so heiß, dass ihre Wimperntusche verlief und eine kleine dämmerschwarze Träne – genau wie die bei ihrer ersten Verabredung – auf der linken Seite Mios Blick begleitete.

Aoi brachte sie zum Großen Buddha, und während sie den gewaltigen Bronzebauch betraten, legte er ihr sanft die Hand auf den Rücken; die Dunkelheit, die sie empfing, fand Mio aufregend. In dem engen Raum empfand Aoi eine Intimität, von der er gerne noch mehr gehabt hätte. Er schob sie von sich.

In Hase bissen sie in samtweiche Erdbeer-*mochi* und knabberten das Fleisch von Spießchen, die auf der Straße verkauft wurden; sie setzten sich an einen kleinen Tisch auf der Veranda eines einfachen Restaurants, öffneten ein Bier und ließen die Menschenströme an sich vorüberziehen wie einen Film.

Sie lachten über idiotische Einzelheiten. Mio erzählte ihm, dass sie sich mit drei in den Kopf gesetzt hatte, ihren Goldfisch ans Meer mitzunehmen, damit er einen Ausflug machte; es stellte sich heraus, dass Aoi jahrelang jeden Sommer das Gleiche mit den Schildkröten der Familie gemacht hatte.

Beide waren so ungeschickt, dass sie das Bier auf dem Tisch verschütteten. Es amüsierte sie sehr, wie lächerlich sie beide waren.

Während er dabei zusah, wie sie das Verschüttete mit Servietten aufwischte, konnte es Aoi sich nur mit Mühe verkneifen, den Zeigefinger nach Mios linkem Auge auszustrecken und mit der Fingerkuppe über den Mascarafleck zu streichen, der ihm wie eine Aufforderung erschien, sie zu berühren.

Bei ihrer Rückkehr auf der gewundenen Straße, die nach Geba führte, machten sie einen Abstecher nach rechts, zum Meer. Sie fotografierten die Ankunft des Enoden, der Bimmelbahn, die quer durch die Gemeinden Kamakura, Enoshima und Fujisawa fuhr. Mio staunte über die winzigen Bahnübergänge, die so klein waren, dass sie weder eine Schranke noch eine Ampel hatten. Aoi wunderte sich viel mehr darüber, dass Mio noch nie in Kamakura gewesen war.

»Meine Eltern haben immer gearbeitet«, erklärte sie, »und bei den seltenen Gelegenheiten, wenn sie sich eine Pause gönnen wollten, stand garantiert eine aufgeregte Braut, ein Farbhersteller, ein Stoffverkäufer oder ein Bauer vor der Tür, auch wenn das Atelier geschlossen war … Die Leute kamen immer zu spät. Und dann genügte ein Streit oder eine Liebeserklärung, um eine Eheschließung aufschieben oder beschleunigen zu lassen.«

»Bei Beerdigungen ist das alles viel einfacher«, sagte Aoi lachend.

Um den Tag noch ein wenig hinauszuziehen, und weil sie beide noch Hunger hatten, beschlossen sie, das beste *tenpura* der Welt bei Ikeda-san essen zu gehen. Und als die Tochter der Frau kam, um die Teebecher wiederaufzufüllen, und als Aoi ihr zulächelte, und als das Mädchen ihm sagte, die Haare stünden ihm auf diese Weise viel besser als früher, wo sie ihm bis auf die Schulter fielen, wurde Mio – ohne es zu wollen, aber auch ohne es verhindern zu können – eifersüchtig. Sie verbarg ihren Unmut, indem sie ihn fragte, wie er sein Haar denn sonst trage, und kicherte, als er antwortete, er wisse es nicht: Irgendwann komme immer der Punkt, an dem seine Schwester ihn anschaute und eine *Schnipp-schnapp*-Bewegung mit Zeigefinger und Mittelfinger machte, und dann wisse er, es sei Zeit, zum Friseur zu gehen.

Dann bat ihn Mio, in der für sie typischen Sprunghaftigkeit, ihr zu erzählen, wie es gewesen sei.

»Was denn?«

»Sich zum allerersten Mal um einen Leichnam zu kümmern, und eine Trauerfeier zu organisieren, wenn man das noch nie gemacht hat.«

»Ach so.«

Aoi hatte keine Ahnung, dass Mio mit der Frage nach einer persönlichen Erfahrung in Wirklichkeit mühsam versuchte, ihm etwas über sich selbst zu erzählen. Von ihrer Familie, die von der Zeit aufgefressen wurde, und davon, wie weit entfernt von ihr das war, was sich für ihn ganz normal anfühlte: Vielleicht war es sogar die Arbeit, vor der sie am meisten Angst hatte. Wenn Aoi das gewusst hätte, hätte er verstanden, dass es sich um eine Liebeserklärung handelte.

»Es war beängstigend. Ich habe begriffen, dass dich wirklich niemand schützt«, sagte Aoi. »Dass man nichts vorhersehen kann: Auch wenn man eine Sache seit seiner Kindheit kennt, ist es nicht gesagt, dass man ihr auch als Erwachsener gewachsen ist.«

Aoi drehte sein Teeglas in den Händen. In Mios Augen schillerte der geschwenkte Tee in einer Myriade von Farbtönen aus verbrannter Erde, Rohrzucker und flüssiger Schokolade.

»Ich erinnere mich noch, wie sehr ich mich davor fürchtete, den Körper des allerersten Toten zu berühren. Auf einmal war ich wie panisch«, fuhr er fort. »›Aber was ist denn bloß los mit dir?‹, fragte ich mich. ›Seit du auf die Welt kamst, bist du daran gewöhnt, Tote im Haus zu haben, wie ist es dann möglich, dass du jetzt Angst bekommst? Du hast sogar ihre Hände gestreichelt, hast ihnen Geschichten erzählt …‹« Als er Mios erstaunte Miene sah, lachte er. »Ja, auch das habe ich als Kind gemacht, aber eben weil ich ein Kind war. Als dann jedoch dieser Moment kam, war ich wie blockiert.«

»In welcher Hinsicht?«

»Plötzlich schien es mir, als würde ich sie ganz genau kennen. Als wären sie alle gestorben, einer nach dem anderen, Freunde, Verwandte. Irgendwie fühlte es sich so an, als wüsste ich etwas über sie, was ihnen selbst unbekannt war.«

Was ihn damals besonders in Unruhe versetzt habe, sagte er, sei die Tatsache gewesen, dass Menschen starben und er sie kannte, obwohl er sie gar nicht kannte. Vielleicht hatte er sie einmal auf der Straße gesehen, wie sie bei blinkender Ampel hinüberliefen; sie hatten vor oder hinter ihm in der Schlange bei der Post gestanden; oder er hatte neugierig in ihre Einkaufswagen gespäht, während sie an der Kasse im Supermarkt warteten.

»Auf einmal hatte ich das Gefühl, randvoll mit dem Tod angefüllt zu sein. Ich hatte Angst, verrückt zu werden. In dieser

Zeit hatte ich ein verzweifeltes Bedürfnis nach Wärme, ein körperliches Verlangen danach, Menschen, lebendige Wesen anzufassen«, fuhr Aoi fort.

Es sei vorgekommen, dass er auf der Straße einem Kind über die Hand strich, oder einen Hund am Bauch kraulte, oder er verweilte kurz bei der Hand einer Verkäuferin, die ihm an der Kasse das Wechselgeld gab und ihn unabsichtlich berührte.

»Ich wartete damals auf den Moment, in dem der Kontakt zustande kam, und dann *Bäm!*, es war wie eine Explosion: Jede Zelle meines Körpers konzentrierte sich in dieser einen Sekunde.«

Aoi trank sein Glas auf einen Schluck aus.

»Damals hatte ich keine Beziehungen, meine Mutter war nie sehr körperlich gewesen, und meine Schwester auch nicht. Da war es auch, dass ich ein sehr starkes Verlangen nach Körpern entwickelt habe, das bis heute nicht vergangen ist.«

Auf diese Worte reagierte auch Mio körperlich. Aber sie zog es vor, weiter zu schweigen.

Doch der Schmerz, fuhr Aoi fort, erschien ihm nach wie vor als nichts im Vergleich mit der Liebe, und die war wie eine Verwünschung. Tag für Tag traf er auf Frauen, die ihre Männer verloren hatten, Söhne ohne ihre Mütter, Väter ohne Söhne, Enkel, die keine Großeltern mehr hatten. Zerrissen zwischen den beiden Seiten des Herzens, endete der eine dort (in der Hölle, dem Paradies, wo auch immer), und der andere blieb hier, und allein diese Tatsache – dass sie getrennt worden waren – machte die Menschen unglücklich.

»Es war eine sehr düstere Zeit.«

»Und wie hast du sie überwunden?«, fragte Mio schließlich.

»Ich weiß es nicht. Ich weiß es wirklich nicht.« Er lächelte sie an, als wollte er sie trösten. »Es ist schlicht und einfach eines Tages verschwunden. Wie die Pickel bei einem Heranwachsenden, oder andere Dinge, die einen Augenblick noch da sind und einen Moment später nicht mehr.«

Auf einmal ertönte *Yūyake-chaimu* – das 5-Uhr-Abend-Lied – und verbreitete sich auf den Straßen der Stadt wie ein Duftwasser. Ganz allmählich würde der Sonnenuntergang das Licht verschlucken. Es war wie ein Stoppsignal.

Aoi stand vom Tisch auf, streckte sich.

Mio tat es ihm nach. Sie breitete die Arme aus. Der Boden war wie Wasser.

Im Restaurant saß niemand mehr. Es war die Zeit in der Mitte, zwischen Mittag- und Abendessen, und die Touristen schlenderten in der Stadt umher.

Aoi blieb noch stehen, um mit Ikeda-san zu plaudern, und Mio schlüpfte ins Bad.

Als sie sich im Spiegel über dem Waschbecken betrachtete, ging es ihr durch den Kopf, dass der Wunsch, von jemandem beschützt zu werden, niemals aufhört, auch wenn man heranwächst, auch wenn man sich stark fühlt.

Sie gingen in den Abend hinaus, es wurde rasch dunkel. Doch es war nicht die Nacht, die begann, sondern ein neuer Tag schien für sie anzubrechen.

Vorläufige Liste der Dinge, die zuerst da sind und im nächsten Moment nicht mehr

Laut Tanaka Yukio: Geld, nach den Rennen.

Laut Sara (der Mutter von Alma und von Rui): die Einsamkeit, wenn ihr Mann Hiroshi sich neben sie ins Bett legt.

Laut Rui: die Dunkelheit, wenn man das Licht einschaltet.

Laut Alma: die Angst, allein zu schlafen, bevor Rui kommt.

Laut Kaneko Yoshida: ein Kimono, bevor die Braut ihn anzieht.

Laut Yōsuke Yoshida: sein gesundes Herz, bevor er sich in Kaneko Yoshida verliebte.

Laut Momoko (Mios Kusine): Rom, sobald das Flugzeug nach Tokio abhebt.

Laut Mio: ihre Familie, bevor alle verschwanden.

Als sie bei der Rückkehr vom Meer durch Kamakura schlenderten, stießen sie in der Gegend von Ōmachi, direkt hinter dem Bahnübergang, wo sich ein Schotterplatz erstreckte, auf ein Stadtteilfest.

Das Fest war bereits in vollem Gange, und einige der Organisatoren, ältere Herrschaften, luden sie zum Bleiben ein. Aoi kaufte etwas zum Trinken, während ein paar Kinder mit fluoreszierenden Bändchen am Handgelenk um die Stände herumliefen.

Sie setzten sich, Seite an Seite, auf zwei Klappstühle, die auf der Wiese standen.

Vor ihnen erhob sich ein hohes und schmales Holzpodium, an dem Schnüre mit vielen Lampions aus *chōchin*-Papier hingen. Auf dem Podium zeigte eine Frau im *yukata* den Zuschauern Tanzschritte.

Die Trommeln schlugen schneller. Mehrere ältere Damen in hellen *yukata* tanzten um das Podium herum, schwenkten Fächer. Mio war verblüfft von der Schönheit des Lichts, den fluoreszierenden und lustig flatternden Streifen an den Handgelenken der Kinder, den knochigen Händen der alten Tänzerinnen, die die Nacht liebkosten. Sie beobachtete die Chignons, die mit bunten Spangen festgesteckt waren, die roten Lampen und die Feuer hinter ihnen.

Während sie zuschauten, wie Gestrüpp und Zweige im Feuer verbrannten, erzählte ihr Aoi, früher habe man, wenn jemand starb, sein ganzes Haus in Brand gesetzt. Man wollte den Tod vertreiben und glaubte, der Verstorbene habe alles um ihn herum angesteckt wie mit einer Krankheit. Dann jedoch habe man den Tod aus pragmatischen Gründen eingegrenzt. Man legte den Sterbenden in einen eigens errichteten Raum; diesen füllte man mit allem, was er einmal besessen hatte, und zündete ihn nach seinem Tod an.

Mio senkte den Blick auf Aois Hände.

Neben ihnen legte eine Frau die Hände über die des kleinen Jungen auf ihrem Schoß und ließ ihn in die Hände klatschen; der Kleine war so konzentriert, dass er nicht einmal lachte.

Aoi bemerkte Mios Blick. Da er nicht wusste, was er tun sollte, hob er die leere Bierflasche vom Boden auf. »Trinken wir noch eins?«, fragte er sie.

Mio nickte, und als er noch zwei Flaschen brachte, packte sie den Hals ihrer Flasche fest mit ihren kleinen Händen. Gebannt beobachtete sie die Verrenkungen einer Frau in Violett und Smaragdgrün, in Pfingstrosentönen und Mohnrot. Mio fühlte sich bereits ein wenig beschwipst.

Ein *matsuri* verlangte Hingabe, den Verlust von Bewusstsein. Von Beginn einer solchen Tempelnacht an ließen Dutzende, Hunderte Menschen mehrere Tage lang die Maske fallen und gaben sich verloren und ungezügelt Gefühlen hin, die sie nicht in Worte fassen konnten. Mio fragte sich, ob das bei ihnen auch passieren würde. Erneut senkte sie den Blick auf Aois Hände. Daran dachte sie seit Tagen. An ihn, der den Toten die Wangen massierte. Wie er die Gelenke behutsam dehnte, wie er gipsweiße Hände wieder butterweich machte wie Knete in den Händen von Kindern. Sie stellte sich den Schrecken und die Liebe vor, alles beides zugleich.

Über den Grund, weshalb Tanaka Yukio an jenem Abend beim matsuri *von Kamakura in Ōmachi war, und was er sah*

An jenem Abend war Tanaka Yukio ausnahmsweise mit seinem Sohn in Kamakura. Sie waren dort, um den Geburtstag des kleinen Cousins zu feiern, der neun Jahre alt wurde.

Gelangweilt von der Feier hatte Tanaka Yukio drei Stuhlreihen hinter Mio und Aoi Platz genommen. Er sah seinem Sohn zu, der mit dem nur etwas größeren Cousin um die Bühne herumlief, beide mit einem grün fluoreszierenden Bändchen ums Handgelenk. Er schaute die Rennergebnisse auf seinem Handy nach.

Geistesabwesend betrachtete er die Profile von Mio und Aoi, vom Feuerschein belebt, sah die langen Schatten der Tänzerinnen, die den beiden jungen Leuten bis zu den Füßen reichten. Ohne sie wiederzuerkennen, sah er sie Bier trinken, leise lachen, sich nicht unter die Feiernden mischen. Sein Interesse war erst geweckt, als er den Blick der Frau sah, der wie gebannt dem Mann folgte, als er sich entfernte, noch mehr Bier kaufte, zwei Plastikteller mit frisch geschnittener Wassermelone balancierte und das Gebäude neben dem Platz betrat, vermutlich auf der Suche nach einer Toilette. Die junge Frau, die ganz im Dunkeln saß, ließ ihn nicht aus den Augen, hielt den

Blick immer auf ihn gerichtet wie die Nadel eines Kompasses, die nur in eine Richtung zeigt.

Tanaka Yukio stellte sich vor, seine Frau würde dies tun, und erinnerte sich, wie er sich angestrengt hatte, als er ihr den Hof machte.

Und er dachte, es sei ein Glück, nicht mehr so verliebt zu sein wie damals.

Aois höchstes Ziel war es, Samen zu pflanzen. Hätte ihn jemand gefragt, was denn das innigste Projekt seines Lebens sei, hätte er das geantwortet. Doch an den symbolischen Aspekt des Pflanzens hatte er dabei nie gedacht. Was ihn wirklich begeisterte, war vielmehr das Eindrücken der Samen in die Erde, dieses warme und feuchte Element, das seine Finger schmutzig machte.

Der geheime Garten, in dem er das tat, gehörte ihm nicht: Er war Teil der kleinen Villa gegenüber. Als das alte Paar, das dort gelebt hatte, gestorben war, schien es, als würde alles dort drüben ebenfalls vergehen. Niemand goss die Rosen, keiner beschnitt den Kirschbaum oder sammelte die Klementinen auf, die schwer an den müden Ästen der Bäume hingen; nur Unkraut und die robustesten Blumen überlebten. Bis Aoi es eines Tages einfach nicht mehr aushielt und begann, sich um den Garten zu kümmern. Er erinnerte sich an die Anweisungen seines Vaters in ihrem Garten zwischen den Bahngleisen, begab sich zu den Pflanzen und brachte den Garten mit Geduld zu seiner früheren Pracht zurück.

Dennoch wusste Aoi es. Er wusste, dass in der Spanne von wenigen Jahren die Kinder der beiden alten Leute kommen und das Haus abreißen und auf dem Gelände eine Reihe kleinerer Häuschen errichten würden. Sie würden zerstören, um

Neues zu bauen und den größtmöglichen Profit daraus zu ziehen.

Obwohl er nicht die geringste Kontrolle über diesen Vorgang hatte, hoffte Aoi, dass der Garten in irgendeiner Weise überleben würde. Dass die Schönheit, die er seit Jahren geduldig veredelte, zu retten sei.

Als er als Kind die Geschichte von Elzéard Bouffier gelesen hatte – dem Mann, der Eicheln in die Erde steckte und einen ganzen Wald pflanzte und wachsen ließ, mit so großer Langsamkeit, dass niemand es merkte –, hatte er sich in die Idee verliebt, ein Mensch aus Fleisch und Blut könne, ganz ohne technische Mittel, der Welt zeigen, wie sie zu sein hatte, und die Menschen vermochten »nicht nur zu zerstören, sondern könnten … auf anderen Gebieten so viel bewirken … wie Gott.«.

Auf einmal schien ihm das ganze Universum von Millionen neuer Lebensformen bevölkert.

Das bedeutete, dass man jahrelang Vertrauen haben könnte.

Es musste schon nach Mitternacht sein, und allmählich ließ der Schwips nach. Nach langen, verlegenen Gesprächen darüber, wo Mio wohl schlafen könne, da der letzte Zug längst gefahren war, machten sie sich auf den Weg zu Aois Haus.

Auf der Veranda sitzend, den Garten vor sich, während Aoi ihr erklärte, wie schwindelerregend schnell der Efeu wuchs und wie man die Blüte der Kamelien lenkte, fragte sich Mio, wie sich in ihm diese beiden Dinge vereinten: das Ende der Welt einerseits und etwas so ungemein Schönes wie ein geheimer Garten. Was hatte denn der Tod mit dem ungebremsten Sprießen von Gras zu tun?

»Kanntest du denn die Besitzer des Hauses? Kamst du gut mit ihnen aus?«

Aoi wickelte den zigsten Chupa Chups mit Erdbeersahnegeschmack aus und sagte, ja, im Sommer hätten sie immer *udon* zubereitet und ihm die gebratenen Nudeln abgedeckt auf die Veranda gestellt, damit er sie später zum Abendessen vorfand.

Beide hatten ihre jeweiligen Partner erst nach dem sechzigsten Lebensjahr verloren und sich dann neu orientiert. Dass dies erst in einem Alter geschehen war, in dem niemand mehr damit rechnete, war das Außergewöhnliche daran. Einsamkeit ist in einem gewissen Alter ein Elend, doch sie ist unvermeidbar: Wer hätte gedacht, dass sich eine neue Beziehung ergeben könnte?

Der Mann, der eine Damenboutique am Wakamiya-ōji führte, hatte seine Nachbarin mehrfach eingeladen. Oft lächelten sie sich von ihren Veranden aus zu, manchmal trafen sie sich auf dem kleinen Weg zwischen den Eingängen zu den jeweiligen Häuschen. Doch sie hatte immer abgelehnt.

Dann hatte er begonnen, quer durch den Garten mit ihr zu sprechen. Und so führten sie ihre Dialoge dank der Veilchen und der Hummeln, die das Rosenspalier am Eingang mit ihrem Summen erfüllten.

»Aber wo lebte sie denn? Das habe ich nicht begriffen …«

»Hier, genau hier.«

Aoi lebte in dem Häuschen, das einmal der Frau gehört hatte und auf den gleichen Garten hinausblickte, der vor dem Haus des Mannes lag. Nachdem er drei Jahre lang um sie geworben hatte, packte die Frau ihre kostbarsten Dinge ein und zog auf die andere Seite des Gartens.

Im Verlauf der Jahre war die Frau erblindet. Am Abend sah Aoi die beiden, wie sie die Beine im feuchten Gras ausstreckten und der Mann sie an den Veilchen schnuppern ließ, sie durch den Rosengarten führte, den er in einer Ecke neben dem Eingang errichtet hatte, und zu den Rosmarinbüschen, über die die Kinder mit den Fingern strichen, wenn sie an dem Garten vorbeikamen.

Indessen waren es so viele Pflanzen geworden, dass sie sich beinahe um den Platz balgen mussten. Fast schien der Garten eine Art Arche zu sein, in der ein Noah sich beeilt hatte, so viele Arten wie möglich unterzubringen.

Als Aoi das Häuschen angemietet hatte, waren die beiden alten Leute bereits über achtzig und konnten mit zwei Häusern nichts mehr anfangen. Sie hatten es ihm gerne überlassen, unter der Bedingung, dass er keinerlei Begrenzungen zwischen sich und dem Garten aufbaute, auch keine Netze oder Zäune, sodass die beiden Häuschen für immer vereint blieben.

Aoi hatte das Häuschen vom ersten Moment an geliebt. Es erinnerte ihn an die leidenschaftlichen Gespräche mit seinem Vater über Botanik, an die Ruhe, in die die Pflanzen seinen Vater versetzten, an die wohldurchdachten Bilder, die er zwischen dem menschlichen Tod und dem Leben der Pflanzen erschuf und die er, Aoi, von ihm geerbt hatte.

Er hatte den Vertrag in der Überzeugung unterschrieben, dass es sich um die zweitbeste Entscheidung seines Lebens handelte.

Woran Aoi dachte, wenn er dachte, dass Schönheit Leben rettet

Kyōto rettete sich, weil es schön war. Hiroshima war es nicht so sehr, und es wurde geopfert.

Ein Mann weinte, als er Kyōtos Schönheit beschrieb und darum betete, es möge verschont bleiben: »Wenn ihr nur wüsstet, wie schön es ist, wenn das Morgenlicht auf den Tempeln liegt, wenn am Abend die Glocken läuten. Oder der Goldpavillon, der Pavillon aus Silber und die Bambuswälder, die dem Rauschen des Windes Dank singen.«

Als die Atombombe abgeworfen wurde, traf sie nicht die Tempel von Kyōto. Denn Kyōto war schön.

Beruhige dich, Mio! Beruhige dich!

Ihr Herz schlug heftig. Die Nacht war so weit fortgeschritten, dass sie sich nicht gewundert hätte, wenn es von einem Moment auf den anderen Morgen gewesen wäre. Doch es war immer noch dunkel, und nachdem sie stundenlang geredet hatten, schwiegen sie auf einmal. Als wäre ihnen der Gesprächsstoff ausgegangen, erschien das Schweigen beiden auf gewisse Weise endgültig. Aoi stand auf, um ins Bad zu gehen. Als er in das Schlafzimmer zurückkehrte, blieb er an der Tür stehen.

Mio konnte ihre Aufregung nur mit Mühe zurückhalten. Sie hätte gerne etwas gesagt, wollte jedoch die außergewöhnliche Stimmung, in der sie sich befand, nicht mit belanglosen Sätzen verderben. Sich zu verlieben, dachte sie, bedeutete ja vielleicht genau diese überbordende Menge an Materie, dieses *Zuviel* im begrenzten Raum des Herzens.

Beruhige dich, Mio!

Es war ein Befehl, und ein Gebet zugleich. In ihrer Kehle hallte immer noch das Fest wider, das sie besucht hatten.

Atme!

Es war ein üppiges Einatmen, wie jemand, der sich mit einem Esslöffel in der Hand über eine Torte hermacht. Einen Moment später hielt sie die Luft an, denn jedes Geräusch hätte das, was Aoi sagte, übertönt.

Sich im Herzen eines Taifuns zu befinden, musste sich genauso anfühlen.

Aoi näherte sich ihr von hinten. Er tat es, damit sie, aus Angst davor, verlassen zu werden, nicht in eine Verteidigungshaltung ging und ihn nicht vorüberließ. Er hätte nicht sagen können, warum, aber er spürte instinktiv diesen Widerstand in ihr.

Kaum hatte er sie erreicht und ihre Hüften berührt, zog er sie an sich in der Dunkelheit, da spürte Mio in Aois Fingerspitzen einen Anfang.

Es war wie ein Fließen, das in den Knöcheln begann, die Beine hochwanderte, alles aufwühlte und überwältigte. Eine Flut, die sich auf ihrer Brust brach, die ihr das Gesicht verbrannte. Mio spürte ein Ziehen auf ihrer Haut, als trüge sie ein Kleid, das plötzlich viel zu klein geworden war und sie nicht mehr bedecken konnte.

Dann drehte sie sich um und schaute ihn an.

Aois Hände glitten nach unten, Mio spürte sein Suchen in den Falten ihrer Kleidung und drehte sich erneut um, diesmal, um sich ausziehen zu lassen.

»Darf ich?«

Sie spürte in ihm ein Zögern. Als stürbe er vor Verlangen, doch es gäbe jemanden, der ihn im Lauf am T-Shirt festhielt, damit er langsamer würde.

»Entschuldige«, flüsterte er.

Wieder sagte sie nichts, blieb einfach nur stehen, wartete.

»Gefällt es dir?«, fragte Aoi.

Da nickte Mio. Das Dunkel verschluckte die Gewissheit. Doch Mio brannte bereits, und wie eine Schlange, die in ihren Augen die Wärme der Körper aufnimmt, wusste er es. Von nun an würde Aoi keine Fragen mehr stellen.

Seine Hände bahnten sich einen Weg über ihre Hüften, in das Höschen. Seine Finger versenkten sich in Mios Erregung.

Sie war der stillen Natur der Pflanzen zugewandt, dem Garten, der wie sie verstummt war.

So verharrten sie, versunken in diese eine Bewegung, ein paar Minuten, über die keiner von ihnen am folgenden Tag oder in den Jahren, die kommen würden, etwas hätte sagen können. Die Zeit stand still, schien auf sie zu warten.

In jener Morgendämmerung liebten sich Mio und Aoi mehrere Male. Kaum war es zu Ende, begannen sie wieder von neuem: als lernten sie eine Lektion auswendig. Jedes Mal war anders, auf eine Weise, die dem anderen seltsam erschien, ja, fremd, doch niemals unangenehm. Manches machte sie verlegen, doch sie lachten nie, als wären sie mit einer wichtigen Aufgabe beschäftigt.

Sie liebten sich auf die vorsichtige und unersättliche Weise, wie sie dem ersten Mal eigen ist. Und nicht ein einziges Mal hatten sie den Mut, sich mit Namen anzusprechen.

Als sie allein Aois Haus verließ, hatte Mio das Gefühl, von ihm schwanger zu sein.

Schon bald würde sie eine Seejungfrau zur Welt bringen, vielleicht schon während sie zu der Treppe zum Tempel ging, um ihn zu durchqueren, während die Glocken um sechs Uhr früh läuteten. Nein, es war keine Seejungfrau, was hatte schon das Meer damit zu tun? Vielmehr würde es ein Wyvern sein, ein Mischwesen, halb Frau, halb geflügelte Schlange, das einen Rubin im Fleisch stecken hat, genau auf der Linie, die seine Stirn in zwei Hälften teilt.

Sie erinnerte sich an das Bild dieses Wesens in einem großen Buch über Ungeheuer und Feen, an einen *Dummkopf,* der den Wyvern schlummernd antrifft und ihm den Rubin mit den blutroten Spiegelungen raubt, worauf der Wyvern seine Farbe verliert.

Ohne sich dessen bewusst zu sein, fuhr sich Mio mehrfach mit den Händen über den Bauch.

Im Zug, auf dem Weg zur Arbeit, fand sie einen freien Platz. Sie war erschöpft, doch die Trance, in die sie am Ende verfallen war, sog sie so sehr in sich auf, dass sie ihr in einer einzigen Stunde Schlaf die Erholung einer ganzen Nacht schenkte. Sie wusste, dass sie an einem nicht näher bestimmten Punkt des Tages (um die Mittagszeit? Am Nachmittag?) zusammenbrechen würde, doch jetzt war sie zu aufgewühlt, um das für ein Problem zu halten.

Als sie wieder aufwachte, war ihre Haltestelle noch weit entfernt. Um sich die Zeit zu vertreiben, übertrug sie den Zeitplan für August in ihren Kalender und stellte eine Gliederung für ein Seminar über die Farben der italienischen Renaissance auf. Sie tauchte die Finger in das venezianische Gelb, in Raffaels Saphirblau. Zerstreut notierte sie die Farben einiger Fahrgäste in ihr Büchlein.

Ihre Gedanken vollzogen einen Kreis nach dem anderen, dann kehrten sie zu Aoi zurück. Ob er noch schlief? Um drei Uhr würde die Bestattung jenes Mannes stattfinden, über den er mit ihr gesprochen hatte: Wie würden sich wohl seine Söhne von dem Mann verabschieden, der so anders gewesen war als andere?

Aus dem Zugfenster schauend dachte sie lange darüber nach, wie sie Aoi an sich ziehen und halten könnte.

Kaum lag der Bahnhof von Kawasaki hinter ihr, überkam Mio urplötzlich und ohne einen besonderen Grund die Angst.

Die Liebe wird gehen, drohte sie sich. Nein, vielmehr wird die Liebe da sein, aber sie wird ganz normal sein; das war die schlimmste Vorstellung nach dem Zauber der vergangenen Nacht.

Zutiefst verwirrt stieg sie in Tōkyō-eki aus. Sie schüttelte ihr Handy, so wie man eine Schachtel Pfefferminz schüttelt, um festzustellen, ob noch etwas drin ist: keine Nachricht.

Ihre visuelle Wahrnehmung hatte sich verändert; wie es schien, ergoss sich die Farbe aus den Dingen, als verließe das Grün der Bäume jedes einzelne Blatt, und von den Baumstämmen bliebe nur ein weißer Umriss. Ebenso erging es den Häusern, den Straßen, den Menschen: Alles löste sich in milchige Schatten auf, vor einem undefinierbaren Hintergrund.

Beruhige dich, Mio!

Sie hatte nicht einmal die Zeit, nach Hause zu fahren und sich umzuziehen. Stattdessen stieg sie in Shinagawa aus dem Yamanote und kaufte in einer Parfümerie am Bahnhof ein Make-up, ein Deo und eine Wimperntusche. Verstohlen wusch sie sich das Gesicht auf der Toilette und zog sich ein Leinenkleid über, das sie an einem der vielen Verkaufsstände vor dem östlichen Ausgang des Bahnhofes gekauft hatte.

Als sie in ihrer Tasche kramte, sah sie, dass Aoi ihr geschrieben hatte: Er war aufgewacht, als sie bereits gegangen war, er entschuldigte sich und schrieb, er hoffe, sie habe im Zug einen Sitzplatz gefunden.

Mio bestieg, etwas beruhigt, wieder den Yamanote und kam rechtzeitig in die Arbeit. Kaum war sie da, hatte sie es schon mit Problemen zu tun: Ein Kunde wollte ein Rot, das gar keines war, eine kaputte Packung Pinsel musste zurückgeschickt werden, und eine Nachbestellung von Zangen musste in die Datenbank eingegeben werden; dann kamen eine kohlefarbene Frau mit einem Kind, das brüllte wie am Spieß, und ein Pärchen Gymnasiasten, die vor der Wand der Pigmente standen und sich mit den Augen auszogen. Um zwei Uhr nachmittags fühlte Mio sich auf einmal so erledigt, als würde ihr die vergangene Nacht im Ganzen zurückgegeben.

In dem Versuch, ihre Antwort an Aoi so weit wie möglich hinauszuzögern, schrieb sie ihm schließlich am Abend und sagte ihm, ja, sie habe im Zug einen Platz gefunden, es pünktlich in die Arbeit geschafft und würde am darauffolgenden Tag die beiden Mädchen wiedersehen, die sie ihm gegenüber erwähnt habe. Und er? Wie denn die Bestattung gewesen sei?

Als sie sich an jenem Abend die Miso-Suppe, die winzigen Muscheln, das *dashi* und den Reis zubereitete, schaltete Mio auch das Radio aus; den Fernseher hatte sie gar nicht erst eingeschaltet.

Sie wusste, dass in unseren Köpfen mit jedem neuen Menschen, der in unser Leben kommt, neue Synapsen entstehen, und je stärker das Gefühl ist, das in diesen Verbindungen verankert ist, desto länger bleibt es in der Erinnerung haften.

Mio stellte sich ihr eigenes Gehirn vor, mit aufgeklapptem Schädel wie in einem Zeichentrickfilm. Und sie sah die Nervengefäße vor sich, in denen die Erinnerung an die großen, ruhigen Augen von Aoi schlummerten, die braune Farbe seiner Haut, die honigfarbenen und karamellbraunen Leberflecken, die angespannte Kinnpartie und die tiefe Freude, die ihn erfüllte, wenn er seinen Garten betrachtete und von den Hyazinthen sprach, oder von den Stunden, in denen er sich sanft mit den Gesichtern der Toten beschäftigte. Ja, Mio war überzeugt davon, dass in diesem ganzen Gewirr von Fäden, das ihre Erinnerung bildete, nur diejenigen, die für Aoi standen, sie allein, ein außergewöhnliches Licht abgaben.

Man würde sie auf der Stelle wiedererkennen können, wie beleuchtete Autobahnen in einem Canyon bei Nacht.

Titel des Bildbands, in dem Mio die Beschreibung des Wyvern fand

Guillaume Duprat, *Wovor haben Monster Angst?,* Knesebeck, 2020.

Mio kämpfte tagelang gegen den Überschwang an.

Der Gedanke an Aoi raubte ihr die Zeit. Alles andere schien an Dringlichkeit verloren zu haben.

Bis zum darauffolgenden Wochenende würden sie sich nicht sehen können, doch schon jetzt träumte sie (nein, sie verlangte danach!) von Spaziergängen, Kino, einem Mittagessen in ihrem Lieblingsrestaurant in Ginza, wo es *soup-curry* gab, von Karaoke, bei dem sie viel zu laut sangen, oder davon, in einem Salon in Kōenji träge einen Tee zu schlürfen. Alles wollte sie, und zwar mit absoluter Geschwindigkeit.

Dieses Vertrauen, das fragte sie sich in diesen Tagen immer wieder, woher kommt es, dieses Vertrauen?

Sie dachte an die lange Liste von Dingen zurück, die sie in jener Nacht Aoi anvertraut hatte, über ihre Familie, über die Ohnmachten, die sie immer noch gelegentlich ereilten, diese Stürze ins Weiße, über die nervösen Anfälle ihrer Mutter und jene Wut und jene Liebe, mit der sie überschüttet worden war, während die kleine Mio, als wäre nichts, die Haarkämme polierte oder half, die *obi* im Atelier zu verstauen. Und dann das große, knarzende Haus, in dem sie aufgewachsen war, die Zeit, die sie unter der Traufe verbrachte und ihren Vater betrachtete, der Garten, in dem sie Schöpfkellen und Schalen aufbewahrten, oder wie sie sich im Schrank versteckte. Ihr beständiges Annähern an das verborgene Leben der Farben, von dem sie anscheinend niemals genug bekam. Niemandem hatte sie jemals von der Nacktheit jener tätowierten und von Narben verunstalteten Braut erzählt, von der Mischung aus Abneigung und Neugier, die sie den Körpern der Menschen entgegenbrachte, von der Obsession, die sie für die jeweilige Farbe eines Menschen entwickelt hatte. Während Mio sprach, hatte Aoi geschwiegen. Auf das Kopfende des Bettes aufgestützt, eingehüllt in den Duft nach Minze und Rosmarin, der aus dem Garten aufstieg, beschränkte er sich darauf, sie im Dunkeln anzuschauen und voller Geduld darauf zu warten, sie zu lieben.

Jetzt, als sie kochte, in ihrer Wohnung herumlief und dreimal in Folge ihre Kleidung ordnete, fragte sich Mio voller Überraschung, ob sie je zuvor, selbst bei einer Liebe, die noch so jung war wie diese, so viel von sich enthüllt hatte. Und es war nicht einmal eine Frage des Vertrauens, sondern die eines unsinnigen Staunens darüber, sich selbst über so private Dinge sprechen zu hören, dass sie jeder, der ihnen gelauscht hätte, für verantwortungslos gehalten hätte. So viel von sich zu offenbaren, war gefährlich: Nicht etwa wegen der Angst, ihre Erinnerungen könnten in die Welt hinausposaunt werden, sondern wegen der unfassbaren emotionalen Macht, die jeder von uns einem anderen gibt, wenn er ihm seine *eigene* Geschichte mit den *eigenen* Worten erzählt.

So wie sie noch Tage zuvor von Aoi gedacht hatte, dass er ihr intime Dinge mit unerhörter Leichtigkeit sagte, befand sie sich jetzt in der gleichen Lage, erschwert durch die Tatsache, dass sie selbst diese natürliche Unbeschwertheit nicht besaß. In ihrem Fall waren es ihre Körper gewesen, die das Vertrauen leichter gemacht hatten, als wäre die Nacktheit selbst eine Form definitiven Enthüllens.

Nur vom Tod hatte sie nichts erzählt. Sie wartete, weil es darum ging, etwas zu gestehen, vor dem sie selbst Angst hatte. Und dass sie das Gleichgewicht, das mit ihm entstanden war, aufs Spiel setzte, während er sie mitten in sein Leben eingelassen hatte.

Die einzige Verschnaufpause, in der Mio es schaffte, den Gedanken an Aoi in Schach zu halten, geschah während des Unterrichts von Alma und Rui.

Die beiden kamen etwas verspätet an, außer Atem, weil auf der Chūō-Linie in Richtung Chiba eine Ampel ausgefallen war. Die Strecke vom Bahnhof zu *Pigment* waren sie gerannt, und Alma war auf dem Asphalt ausgerutscht und hatte sich die Knie aufgestoßen.

Mio desinfizierte die Wunde und verband sie mit etwas Gaze, die sie für derlei Notfälle im Laden hatten, versicherte der Mutter, die beiden Mädchen hätten trotzdem die zwei vereinbarten Stunden Unterricht, und verabschiedete sich von Sara, die rasch zu ihren eigenen Unternehmungen aufbrach.

»Morgen ist *tanabata*«, sagte sie zu den Mädchen, während sie am Tisch Platz nahmen. Obwohl der Wetterbericht bis zum Wochenende ausgiebigen Regen vorhersagte, dachte Mio, es könnte vorteilhaft sein, die Stunde mit dem Gedanken an einen Wunsch zu beginnen.

»Rui-chan, Alma, was wollen wir heute malen?«, fragte sie die Mädchen und legte ihnen Zeichenblock und Stifte zurecht. Die beiden setzten eine nachdenkliche Miene auf. Ihr Blick wanderte nach oben, und Mio, die sich immer schon gefragt hatte, was Menschen sehen, wenn sie dabei nachdenken, fuhr fort: »Eure Kleider sind zeisiggrün und irisviolett. So sagt mir doch, nach welcher Farbe ist euch?«

»Ich fühle mich rot wie eine Tomate!«, rief Alma.

»Mein Herz hingegen ist grün!«, fügte Rui hinzu. Das Mädchen hatte eine mühsam entschlossene Distanz aufgetragen wie eine Creme, doch man spürte zugleich bei ihr das verzweifelte Bedürfnis, sie wieder abzuwischen.

»Aber ist das Herz nicht rot?«, fragte Alma. »Und die Liebe?«

»Nicht unbedingt. Außerdem gibt es nicht nur eine Sorte Liebe«, entgegnete Mio.

»Wie meinen Sie?«

»Na ja, es gibt die Liebe zu den Eltern, zur Freundin, zu Schulkameraden, zu Schwestern.«

»Und zu Tieren!«

»Genau, auch zu Tieren!«

»Und die Liebe zur Mama, welche Farbe hat die?«, fragte Rui gemächlich. Jedes Wort, das sie sagte, wurde ganz ruhig hervorgebracht, als dienten auch die Worte dazu, zwischen ihnen ein wenig Distanz herzustellen.

»Ja, *sensei*, was meinen Sie, welche Farbe sie hat?«, wiederholte Alma.

Offenbar fanden die Mädchen den Gedanken, einer Sache, die man nicht sah, eine Farbe zu verleihen, aufregend.

»Mh … Ich kann zu euch nur über die Liebe spreche, die ich für meine Mama empfinde«, sagte Mio. »Ist das trotzdem in Ordnung für euch?«

Die beiden Mädchen nickten heftig.

»Bei mir kam es ganz auf den Moment an. Jedes Mal hatte meine Liebe zu ihr eine andere Farbe. Wenn sie mit mir sprach, nahm sie die Farbe des Lichts an, das an jenem Tag herrschte, je nachdem, ob die Sonne schien oder es wolkig war, ob windig oder regnerisch. Dann erinnere ich mich, dass sie greller war, wenn wir zusammen kochten, und trüber und trauriger, wenn sie nervös wurde. Wisst ihr, ich glaube, dass man in vielen Farben lieben kann, so wie man in allen Farben der Welt träumen kann. Aber ich könnte wetten, das wisst ihr längst …«

»Dann ist Mama ein Regenbogen!«, rief Alma aus.

»Meine frühere Mama war immer sehr wütend«, murmelte Rui.

»Und was für eine Farbe hast du an ihr wahrgenommen?«, fragte die Schwester.

»Eine Farbe habe ich nie wahrgenommen, oder vielleicht war es eine Farbe, die nicht schön war. Ich jedenfalls hatte immer die falsche Farbe.«

»Und jetzt? Mit der Mama von jetzt?«, fragte Mio. Sie mischte sich nur ein, damit das Mädchen weitersprach.

»Jetzt gefällt mir Rosa … und Gelb«, sagte Rui.

»Aber wenn Mama wütend wird, schreit sie ganz laut«, protestierte Alma.

»Aber sie will einem keine Angst einjagen.«

»Mir macht sie aber Angst!«

»Aber dann nimmt sie dich in den Arm«, erwiderte Rui leise und sehr überzeugt.

Einen Augenblick lang blieben die Mädchen stumm. Dann lächelten sie sich an, als wäre gerade etwas Schönes und Berührendes geschehen.

»Na los, malen wir, okay?« Mio schob die Schachtel mit den Stiften mit den Fingerspitzen in Richtung Rui. »Alma, du nimmst die Blöcke, fangen wir an!«

Als die Stifteschachtel Ruis Hand berührte, lächelten sie immer noch.

Sie malten zwei große Bilder: jede ein *tanzaku*, das man für das kommende Fest an dem Bambus im Garten ihres Hauses befestigen konnte, und ein anderes in unterschiedlichen Farben, von denen sich jede eine Farbe aussuchte, die für ein bestimmtes Gefühl stand, und dann laut erklärte, warum zum

Beispiel die Langeweile aquamaringrün sei und die Traurigkeit grau.

Während sich auf dem Tisch die Stifte stapelten, entwickelten sich zwischen ihnen auch Gespräche, und die Unterhaltung wandte sich sensibleren Themen zu. Rui entspannte sich, machte Andeutungen auf die Schule, auf die *dango-mushi,* eine Art Assel, die sie gerne auf ihre Hand setzte, um zuzuschauen, wie sie sich zusammenrollte, auf Dinosaurierbücher. Alma hingegen war ein überschwängliches Geschöpf wie ihre Mutter Sara: Sie hatte die gleiche eilige Art und die überbordende Leidenschaft, die Mio schon beim ersten Gespräch an der Frau wahrgenommen hatte.

Sie ließ die Mädchen eine Reihe Bilder betrachten und erklärte ihnen das Verschwinden von Farbe im Simultanvergleich von Gemälden, das Phänomen der vertauschten Hintergründe. Sie bemühte sich, ihnen die Diskrepanz zwischen realen Farben und ihrer visuellen Wahrnehmung begreifen zu lassen, ihre absolute Relativität. Daran lag Mio besonders viel: ihnen zu verstehen zu geben, dass das, was sie sahen, nicht unbedingt der wahrste Teil der Dinge war.

Als Sara kam, liefen die Mädchen ihr entgegen, um sie zu umarmen. Die Mutter zeigte ihnen eine Tüte Macarons und betrachtete glücklich die Zeichnungen ihrer Töchter.

Während sie sich verabschiedeten, bemerkte Mio in der Luft jenes weiche Gelb, das sich ganz allmählich in Orange und dann in Rot verwandelt, so wie ein Pfirsich, der ganz langsam reift, bis er sich vom Stängel löst. Weich sein Fleisch, genau richtig rau die Schale. Und dann *plopp,* löst er sich.

Wie oft Mio an Aoi dachte, während sie den Unterricht abhielt:

Sechsundzwanzigmal.

Hätte in jenen Tagen eine Freundin mit ihr ausgehen wollen, oder eine Kollegin sie gebeten, einen neuen Kunden zu übernehmen, hätte Mio klar und deutlich gesagt, sie könne nicht, weil sie bis über beide Ohren beschäftigt sei.

Genauer gesagt hörte sie keinen Augenblick auf nachzudenken.

Sie kam von der Arbeit nach Hause, setzte sich an den Schreibtisch und schlug die Beine übereinander, und dann blätterte sie in den folgenden Stunden in ihren Farbwörterbüchern und machte sich in verschiedenen Büchlein ihre Notizen.

In gewissen Momenten schien es ihr, als wäre sie mit einer gefährlichen Substanz unter Drogen gesetzt worden und von etwas abhängig geworden, von dem sie sich die Illusion gemacht hatte, es unter Kontrolle halten zu können. Und so kam es, dass die Gewöhnung an diese maßlose Freude begann, ihr den Kopf zu verbrennen, und sie allmählich in einen anderen Menschen verwandelte.

Sie erkannte sich in der Distanz der Jahre in ihrem Vater wieder, in der Flasche Sake, die er, einem Impuls folgend, kaufte, nur um dann seine Frau zu bitten, sie im Schrank einzusperren, dem einzigen Möbelstück, das ein Schloss hatte. Wer in diesen Schrank blickte, hätte sich, nicht ohne ein gewisses Staunen, gefragt, was um alles in der Welt die Objekte darin miteinander zu tun hatten. Es waren die kostbarsten und zugleich gefährlichsten Dinge, die es in diesem Haushalt gab und die dort eingesperrt waren: Schmuck, Dokumente, alkoholische Getränke, Säuren und andere Gegenstände, die anzufassen Mio als kleinem Mädchen strengstens untersagt war.

Nun, und sie war genau wie der Sake, von dem ihr Vater jeden Tropfen kannte und dessen Füllstand ihre Mutter mit einem Filzstift auf der Flasche markierte; gemeinsam wurde beschlossen, wie viel davon er sich jeden Abend genehmigen durfte.

Mio gegenüber war niemals über die Zeit gesprochen worden, bevor sie auf die Welt kam, über die Tage, an denen ihr Vater trank, sich betrank, in denen er stürzte, sich selbst vergaß. Und das alles deshalb, weil seine Frau ihn seiner Meinung nach nicht liebte. Und doch war es ein stummes Narrativ, das tief verwurzelt im Haus war und das das *Vorher* einer jeden Geschichte erahnen ließ.

Es war an dem Tag, als Mio offiziell erwachsen wurde, an dem ihre allererste Menstruation wie ein Fest im Haus gefeiert wurde (man aß *sekihan*-Reis, und dem Mädchen wurde ein Schmuckstück der Familie geschenkt), dass ihr Vater sie dazu aufforderte, am großen Tisch in der Küche mit ihm zusammen Platz zu nehmen.

Noch Jahre später verband Mio diesen Moment mit dem Schmerz, der damals in ihrem Unterleib wütete. Die Erregung darüber, dass jetzt eine neue Phase in ihrem Leben begann, mischte sich mit der Überraschung darüber, die Worte ihres Erzeugers zu hören, der sonst so schweigsam war. Fast schien es, als hätte er seit Jahren auf diesen Tag gewartet, um ihr das alles zu sagen.

Mit verworrenen Worten hatte er ihr erklärt, Besessenheit sei eine Familienkrankheit, und darauf müsse sie ab jetzt achten, denn je älter sie würde, desto größer würde die Gefahr. Vor allem, und hier senkte er die Stimme, hatte er Mio den Rat gegeben, im Leben Leidenschaft und Zuneigung auseinanderzuhalten: Sich auf eine einzige Sache zu konzentrieren und seine ganze Lebensfreude einzig und allein darauf auszurichten stelle ein gewaltiges Risiko dar.

»Lieber ein bisschen was von allem, genau wie beim Essen.«

Mio hatte die Stirn gerunzelt.

»Ich weiß, dass dir das, was ich dir sage, jetzt schwierig vorkommt, aber am besten behältst du es einfach im Hinterkopf, und du wirst sehen, wenn du es brauchst, kommt es zum Vorschein, wie ein Schraubenzieher.«

Sie hatte etwas ratlos genickt und schob heimlich einen Finger in ihr Höschen. Sie starb vor Neugier, endlich zu sehen, welche Farbe dieses Blut hatte, von dem alle sagten, es würde sie auf der Stelle zur Erwachsenen machen.

»Es gibt zwei Gefühlsregungen, auf die du immer achten musst, Mio. Darauf, wenn du sehr traurig bist, und das ist wahrscheinlich leichter zu begreifen, aber vor allem auch darauf, wenn du sehr glücklich bist.«

»Warum? Was ist denn so gefährlich daran, glücklich zu sein?«

»Man überschätzt sich, wenn man glücklich ist, fühlt sich stärker. Doch Stärke hat in sich auch einen Kern der Schwäche, was die meisten Leute nicht wissen. Du fühlst dich bärenstark, wenn du glücklich bist, und du denkst, jetzt könntest du mit jeder Widrigkeit umgehen.«

»Und ist das nicht so?«

»Nein, es ist nicht so.«

Dann steckte der Mann die Hand in die Tasche, dort, wo er seinen Geldbeutel hatte. Mit seinen farbfleckigen Fingern, vor denen sich Mio, als sie noch kleiner war, gefürchtet hatte, suchte er in den Fächern und zog schließlich einen Zettel heraus. Er entfaltete ihn und hielt ihn seiner Tochter hin.

Darauf stand: *Nur weil du über das Gegengift verfügst, werde nicht abhängig vom Gift.*

»Am Tag deiner Geburt habe ich das geschrieben gesehen, vor einem Tempel, es hing am schwarzen Brett. Ich habe es mir abgeschrieben, und seither trage ich den Zettel immer bei mir.«

Mio hatte genickt, ohne im Grunde zu verstehen, warum ihr Vater dieses Gespräch mit ihr führte.

»Denk dran«, hatte er geschlossen und ihr einen kleinen Klaps auf den Kopf gegeben, »Besessenheit liegt in der Familie. Versuch, sie im Zaum zu halten.«

Vier Gründe, warum Mios Vater glaubte, seine Frau liebe ihn nicht

Weil sie ihn betrog.
Weil er das wusste.
Weil auch sie wusste, dass er das wusste.
Weil sie trotzdem nicht damit aufhörte.

Zweiter Teil

納戸色 *Abstellkammerblau*

Jede, sogar die kleinste Entdeckung erfordert eine neue Begriffsbestimmung von allem, was wir gestern noch ganz gemütlich als den einzig möglichen Maßstab der Realität akzeptierten.

Leo Lionni, *Parallele Botanik*

Und dann erhellt sich einen Moment lang das Spiel (und wir glauben, alles entdeckt zu haben, dabei haben wir noch überhaupt nichts begriffen).

George Perec, Pierre Lusson,
Jacques Roubaud

Kleine Einführung in die subtile Kunst des Go

Eins

»Sobald man *weiß,* passt man mit nichts mehr zusammen.«

Als Emil Cioran dies schrieb, dachte er an die Erkenntnis, die dem Menschen die Leere der Welt zeigt, all die philosophischen Gefahren des Wissens. Hätte jemand diesen Satz Yōsuke Yoshida gegenüber zitiert, hätte er mit Sicherheit an seine Frau gedacht. Und jedes Mal, wenn er das tat, litt er.

Konkret hätte er nicht erklären können, was er sich eigentlich vom Leben wünschte, aber von einer Sache war er immer überzeugt gewesen: von der Wahl seiner Gefährtin. War ihre allererste Begegnung noch zufällig gewesen, so trug doch schon die zweite den Keim des Verlangens und der Beharrlichkeit in sich. In einem Wort: Schicksal. Und trotz der Bodenständigkeit seiner eigenen Existenz glaubte Yōsuke Yoshida zutiefst an Zeichen.

Beim Erwachsenwerden hatte er immer vielen Dingen Aufmerksamkeit geschenkt: der Ampel, die in dem Moment grün wurde, wenn er den Bordstein berührte, dem Blitz, der in dem Moment einschlug, in dem er ein gewisses Wort aussprach, der Farbe eines Fahrzeugs, das ankam, während er in seiner Werkstatt arbeitete. Er glaubte, die Welt sei ein dichtes Netz aus Symbolen, die reglos und ruhig darauf warteten, dass jemand kam, der sie zu interpretieren wusste. Dazu brauchte es keine wie auch immer gearteten Recherchen – was für ihn zählte, war, die richtigen Fragen zu stellen und abzuwarten, was passierte.

Seine zweite Begegnung mit Kaneko vor der Konditorei Akebono in Ginza war für Yōsuke Yoshida eine der großen Bestätigungen für seine Theorie: Zufall existierte nicht nur, sondern wiederholte sich so lange, bis die Person, um die es ging – in diesem Zusammenhang er selbst –, ihn wahrnahm.

Erst im Laufe der Jahre offenbarte sich ihm die tragische Seite der Angelegenheit.

Eines Samstagabends wurde in dem Kino, das er einmal pro Woche besuchte, der Film *Dolls* gezeigt. Der Titel des Films sagte ihm nichts, und auf das Plakat hatte er gar nicht geschaut. Im Allgemeinen war es ihm nicht so wichtig, was er eigentlich sah. Er versuchte nur, romantische Komödien und die amerikanischen Filme zu meiden, die für ihn nicht nur alle gleich waren, sondern auch zu fremd: Da gab es Leute, die auf der Straße brüllten oder weinten, Paare küssten sich und tanzten, dazu jede Menge unvorhersehbarer Wendungen – alles Dinge, die ihm absurd vorkamen. Yōsuke Yoshida wollte sich in den Geschichten wiedererkennen, auch wenn er wusste, dass er niemals ein Teil von ihnen sein würde.

Er hatte bereits andere Filme von Takeshi Kitano gesehen: Immer spielten sie in einer Welt, die von der seinen weit entfernt war, erschienen aber dennoch plausibel. Und so verließ er sich auf den Namen des Regisseurs, bezahlte seine Karte und trat ein.

Schon von der allerersten Szene an verstörten ihn die *bunraku*-Puppen, die sich geheimnisvoll vor der Stoffwand bewegten. Und es lähmte ihn, als er die rote Schnur sah, die der Protagonist hinter sich herzog, ein junger Mann, der aufgrund seiner Schuldgefühle und des Gedankens, für den Selbstmordversuch seiner Gefährtin mit seinem eigenen Leben zahlen zu müssen, apathisch geworden war. Mit klopfendem Herzen sah er zu, wie sich die Geschichte der beiden Liebenden weiter entspann: Jedes Mal, wenn sie auf der Leinwand erschienen, klammerte er sich mit den Händen an die Armlehnen seines Sitzes, als könnte er jeden Moment zusammenbrechen; er weinte wie ein Kind, das vom Spielen erschöpft ist, rieb sich das Gesicht mit dem Handgelenk, dann mit dem Unterarm und am Ende mit zwei Händen trocken, so groß war seine Scham und das Gefühl, endlich verstanden worden zu sein.

Dolls von Takeshi Kitano zu sehen war ein Trauma solch gewaltigen Ausmaßes, dass Yōsuke Yoshida es in seiner Gänze erst mit den Jahren nach und nach begreifen sollte. Er erkannte darin die Unausweichlichkeit der Verbindung zwischen ihm und Kaneko: Die Legende vom roten Faden des Schicksals wollte es, dass man schon bei seiner Geburt mit der Person, die das Geschick für einen vorgesehen hatte, am kleinen Finger verbunden war, und genau auf diese Weise fühlte er sich bis in alle Ewigkeit an sie geknüpft.

Mit verweinten Augen ging er nach Hause, es war spät, um das Haus war es finster. Niemand bemerkte ihn. Yōsuke ging sofort zu Bett und streckte beim Hinlegen vorsichtig die Finger nach Kaneko aus. Doch sie reagierte nicht, und so legte er die Hand neben ihr Gesicht und verfiel einen Moment später in einen tiefen und ruhigen Schlaf.

Am folgenden Tag stand er früh auf, frühstückte, begann mit seinem Tagwerk. Was in der Nacht zuvor geschehen war, erwähnte er mit keinem Wort. Alles war offenbar so, als wäre nichts vorgefallen. In Wirklichkeit blieb nur das Bewusstsein: Jetzt wusste Yōsuke Yoshida, dass er für immer in sie verliebt sein würde, gleichgültig, welche Enttäuschungen und Kränkungen er durch seine Frau erfahren würde.

Der rote Schicksalsfaden, den gab es wirklich, und er knüpfte unauflöslich Kaneko an Yōsuke und Yōsuke an Kaneko.

Und doch war alles am Anfang anders verlaufen. Als die Verlobung der beiden jungen Leute bekannt gegeben wurde, stellte sich für das junge Paar die Frage, wie sie den kleinen Betrag, den sie zur Verfügung hatten, ausgeben wollten. Entweder Kaneko und Yōsuke richteten eine kleine Feier nach dem Hochzeitsritus aus, oder sie machten eine Hochzeitsreise. Beides zugleich stand nicht zur Debatte.

Allein die Existenz des Ateliers mit all seinen Mitarbeitern, den Kunden, Lieferanten und Freunden ließ nur eine Entscheidung zu: Sie mussten alle zur Trauung und danach zu einem kleinen Empfang einladen. Fest entschlossen, niemanden vor den Kopf zu stoßen, setzte Kanekos Mutter eine Einladungsliste auf, die über achtzig Personen umfasste. Auch wenn sie von jedem von ihnen Mahlgeld bekam, würde es schwierig sein, die nötige Summe aufzubringen. Und so wurde der Empfang zu ihrer Obsession: Immer wieder, wenn sie mit Hausarbeit beschäftigt war oder stickte, wenn sie Bestellungen aufgab oder mit den Stoffen zugange war, hörte man sie ein einziges Wort sagen: »Unmöglich!« Man hätte nicht mit Klarheit sagen können, worauf sie sich bezog, doch dieses »Unmöglich!« klang jedes Mal anders, mal niedergeschlagen oder überzeugt, mal neutral oder fröhlich. »Unmöglich!«, flüsterte die Frau vor sich hin, wenn sie die gewaltige Liste der Einzuladenden betrachtete. Manchmal, und eigentlich ohne es zu wollen, sah sie sich gezwungen, Namen von der Liste zu streichen. Dabei war sie hin- und hergerissen zwischen dem Bedauern, nicht über die nötigen Mittel zu verfügen, eine groß angelegte Hochzeit zu feiern, und der insgeheimen Befriedigung, Mittelpunkt eines dichten Netzes von Beziehungen zu sein, die sich zum allerersten Mal in ihrem Leben an einer ellenlangen Liste ablesen ließen. Jetzt konnte sie es endlich sagen, ohne arrogant zu klingen: Das Atelier Yoshida war eines der bekanntesten und beliebtesten der ganzen Stadt.

Kanekos Mutter erinnerte sich noch gut an die Armut, die Opfer, die Angst. Während der Bombenangriffe auf Tokio hatte sie zusehen müssen, wie sich ihre eigene Vergangenheit und damit auch ein guter Teil ihrer Zukunft in Rauch auflöste. Dass es ihr gelungen war, das Atelier nach Jahren der Arbeit auf dieses Niveau zu bringen, erfüllte sie mit einem Stolz, den sie nicht einmal Kaneko erklärte: Wenigstens mit Worten wollte sie ihrer Tochter das Erbe dieser Mühen ersparen. Außerdem, so dachte sie, hätte kein Bericht von ihr die Ausmaße ihres Triumphes vermitteln können.

Das Risiko, auch nur einen Krümel jenes Erfolges zu verlieren, machte sie nervös: Ihr linkes Augenlid begann zu zucken, die Hände wurden von einem leichten Zittern erfasst. Das passierte jedes Mal, wenn Kanekos Mutter einen Namen von der Liste strich, das in Falten gezogene Gesicht eines Lieferanten, eines Färbers, Webers oder eines Nadelverkäufers vor ihrem inneren Auge auftauchte, und sie sich die kleinen oder großen Vergeltungsmaßnahmen vorstellte, die dieser in die Tat umsetzen würde, wenn er nicht zu der Hochzeit eingeladen würde.

Am letzten Abend des Sommers, nach dem üblichen frugalen Abendessen, gingen die Brautleute und Kanekos Eltern noch einmal aufmerksam die Liste durch, die trotz allem noch nicht einmal halbiert worden war. Ein Name nach dem anderen wurde aufgerufen, unweigerlich begleitet vom Kommentar ihrer Mutter, die sich immer wieder die Stirn trocknete und sich weigerte, auch nur einen einzigen Namen zu streichen.

Yōsuke wusste, wenn sie diese Gästezahl tatsächlich beibehielt, würde das die Kassen von Kanekos Eltern sprengen, und er würde sein Leben in jenem Haus schon als Lehrling mit gewaltigen Schulden beginnen. Deshalb hielt er es auch für angebracht, nichts dazu beizutragen, auch wenn er dies gerne getan hätte. Wie üblich hielt sich sein Schwiegervater abseits, die Beine auf dem *tatami* ausgestreckt, den Bauch ein wenig nach vorne gewölbt; abwechselnd richtete er den Blick zerstreut auf die Szene, die sich im Haus abspielte, und auf den Hof, wo gefärbte Stoffstücke zum Trocknen im Wind flatterten.

Die Diskussion, an der folglich nur Kaneko und ihre Mutter teilnahmen, dauerte mindestens zwei Stunden. Während der Vater reglos dasaß und sich nur gelegentlich mit dem *uchiwa* Wind zufächelte, litt Yōsuke. Am liebsten hätte er selbst mit einer Lösung aufgewartet, doch er hatte nicht die geringste Ahnung, wie er diese Summe aufbringen könnte. Vielleicht, bemerkte er am Ende einer besonders erhitzten Runde zwischen Mutter und Tochter, könne er sich ja eine Nachtschicht in der Werkstatt einlegen und so etwas dazuverdienen. Daraufhin drehten sich die Frauen zu ihm und schauten ihn mit einem solchen Erstaunen an, als hätten sie seine Anwesenheit gerade erst bemerkt.

Der *uchiwa* von Kanekos Vater hielt inne. »Ohne Ruhepausen leidet die Konzentration«, warf er prompt ein. »Und unser Metier erlaubt keinen einzigen Fehler.«

Während Yōsuke gedemütigt den Kopf senkte, schlossen Kaneko und ihre Mutter diese rein männliche und im Grunde irrelevante Klammer, indem sie vage auf die Notwendigkeit verwiesen, bei Nacht zu schlafen, und auf die Tatsache, dass man sich keine Sorgen machen solle, eine Lösung würde sich in jedem Fall finden.

Nach viel Gerede kamen sie schließlich zu einer Entscheidung: Sie beschlossen, es sei besser, als exzentrisch zu gelten, indem sie gar keinen Empfang gaben, sondern stattdessen verreisten. Die Idee war, eine kleine Reise zu viert zu planen. Man würde nach Kyoto fahren, wo enge Verwandte des Vaters lebten; dann würde man sich, dank des dichten Netzes an Bekannten, auf das die Mutter so stolz war, in Richtung Yamanashi und Gunma begeben, wo sich, so weit das Auge reichte, die Indigo-Plantagen der Onos, der Lieferanten ihres Vertrauens, erstreckten.

Niemand fragte Yōsuke, was er dazu meinte, weil man davon ausging, dass er keine Meinung hatte. Man hatte ihn vollkommen in die Familie aufgenommen, was schon beim Namen begann, und er war glücklich damit. Abgesehen davon hatte er beim ersten Mal, als er die Eltern seiner zukünftigen Frau kennenlernte, sich darauf beschränkt zu sagen, dass er Waise sei und in seinem Leben nie die Zeit gehabt hatte, Freundschaften zu schließen: Die Arbeit sei die einzige echte Bindung, die er habe.

Zu dem privaten Abendessen im kleinen Kreis, das veranstaltet wurde, um die Hochzeit zu feiern, wollte Yōsuke nur den Besitzer der Werkstatt einladen, bei der er jahrelang gearbeitet hatte und der ihm – auf seine von Natur aus spröde Weise – wie ein Vater gewesen war. Am Ende trug das alles – obwohl dieses Eingeständnis Yōsuke nicht leicht gefallen war – zur Lösung des Problems bei, und Kaneko war froh, sich nicht auch noch auf eine zweite Familie einstellen zu müssen.

Alles stand unter einem guten Stern.

Kurz nach der Hochzeit – einer schlichten Zeremonie im Standesamt, die auf harten Stühlen durchgeführt wurde – spürte Yōsuke Imai, der sich jetzt Yoshida nannte, wie das Herz ihm vor Glück zersprang.

In der Hochzeitsnacht kam er seiner Frau endlich auch körperlich näher.

Bis zu diesem Zeitpunkt hatte es zwischen ihnen nur Küsse gegeben, ja, Kaneko hatte sofort festgestellt, dass Yōsuke seit der Zeit, als sie sich als junge Leute kennengelernt hatten, mit den Jahren zurückhaltender geworden war. Allerdings war sein Antrag mit einer solchen Schnelligkeit gekommen, dass keiner von ihnen zu ungeduldig war, um nicht noch warten zu können.

Aus Rücksicht waren Kanekos Eltern an jenem Abend früh schlafen gegangen. Davor hatten sie jedoch ein Tablett mit kleinen Leckereien vor dem Zimmer der Brautleute abgestellt, denn: »In solchen Nächten«, hatte ihre Mutter mit einem Lächeln der Tochter erklärt, »kann man schon mal Hunger bekommen.«

Erst viele Jahre später würde sich Kaneko als Letzte ihrer Familie, für die sich das Problem stellte, immer wieder fragen, ob ihre Mutter eigentlich ein zufriedenstellendes Sexualleben gehabt und ob sie aus der Beziehung zu ihrem Mann jemals Befriedigung gezogen hatte. Ob das augenzwinkernde Lächeln, das man jungen Brautleuten schenkte, bevor man sie ins Ehezimmer entließ, als Ermutigung gemeint gewesen war – in der Hoffnung, dass es der Tochter besser ergehen würde als einem selbst – oder einfach eine Lüge, die zumindest gut gemeint war.

Als er sie berührte, spürte sie jedoch gar nichts.

Yōsuke bemerkte es, als er seiner Frau über verschiedene Stellen ihres Körpers strich und dabei unterschiedlichen Druck ausübte – jede diese Gesten brachte nicht mehr als das *Klick* eines Schalters, um eine Lampe anzumachen, bei der die Glühbirne allerdings nicht festgeschraubt war.

Am Ende dieses mühevollen Vorgangs, als er aufstand, um sich im Bad zu waschen, blieb Kaneko reglos liegen und blickte an die Decke. Tränen liefen ihr über das Gesicht, rannen ganz langsam über die Wangen. Schmerzen hatte sie keine gehabt, doch ihre Enttäuschung war schwer in Worte zu fassen.

Es genügten zwei Nächte mit Yōsuke, um das überschwängliche Mädchen, das Kaneko immer gewesen war, grundlegend zu verändern. Die Leute glaubten, ihre Ruhe liege daran, dass sie durch die Heirat eine gewisse Reife erlangt habe, und auch Yōsuke selbst fragte sich, ob Kanekos neu erlangter Ernst, die Strenge, die sie jetzt ausmachte, ihrer Rolle als Ehefrau entsprang.

Sie und Yōsuke trafen sich im Haus nur zu Essenszeiten, oder wenn es darum ging, Dinge zu erledigen, für die man mehr als zwei Hände brauchte. Manchmal, während des Tages, betrachtete Kaneko, hinter einer Tür versteckt oder aus einem Schatten heraus, den Körper ihres Mannes, angespannt in dem Bemühen, von ihrem Vater den Beruf zu lernen, sah, wie er die riesigen Farbschalen bewegte oder die Pasten anrührte. Sie fand ihn attraktiv. Bei Nacht jedoch, in Kontakt mit seinem muskulösen und durchtrainierten Körper und angesichts seines unverständlichen und obszönen Stöhnens, kehrte das Desinteresse der ersten Nacht zurück, aus dem es keinen Ausweg zu geben schien und das ihr wie die Verhöhnung der Vorstellung erschien, die sie sich von körperlicher Leidenschaft gemacht hatte.

Nach nur einer Woche begann sich Kaneko zu fragen, wann sie wohl schwanger werden würde. Im Grunde schien ihr das die einzige Möglichkeit zu sein, die Herrschaft über ihren eigenen Körper zurückzuerlangen. Sie hatte Ogawa-san gesehen, die Frau vom Obst- und Gemüseladen, die eins nach dem anderen sechs Kinder in die Welt gesetzt hatte, wie sie zunächst bald nach der Geburt wieder rank und schlank war, bevor sie wieder schwanger wurde und sich rundete, so lange, bis der

Unterschied zwischen den Phasen irgendwann ganz verschwand. Vor allem jedoch sah sie, wie Ogawas Mann sie wie eine Biene umschwärmte und dann verschwand, sobald ihr Bauch wieder wuchs.

Yōsuke, die in der Vergangenheit einige durchaus befriedigende Erfahrungen gemacht hatte, kam zu der Überzeugung, Sex sei nicht etwas, was man durch Erfahrung lerne, sondern was man mit jedem Partner neu erfinde. Vielleicht war das ja der Knackpunkt: Er hatte keine Eile, sie hingegen schon.

Zum ersten Mal in seinem Leben war es Yōsuke nicht gelungen, vorbereitet einer Frau zu begegnen, die noch dazu seine Ehefrau war. Seine Erregung war groß, doch wenn er das Licht löschte und sich Kanekos Körper näherte, spürte er, wie sie gar nicht da war, und er versagte.

Er gelangte zu dem Schluss, schuld sei das Ausmaß seines Gefühls: Daran musste es liegen, dass sie ihn nicht anziehend fand. Er betete darum, es zu schaffen, sie weniger zu lieben. Würde er sie weniger lieben, so sagte er sich, würde es ihm vielleicht auch gelingen, besser im Bett auf sie einzugehen. Doch sosehr er sich auch bemühte, es gelang ihm nicht.

Nach etwa einem Monat, wenn Yōsuke sich auf den Futon legte und sich ihr näherte, ging Kaneko – die im Grunde gar kein Kind wollte – dazu über, sich schlafend oder indisponiert zu stellen. Näheres musste sie nicht sagen. Er fühlte sich so gedemütigt, dass er sich manchmal sogar bei ihr entschuldigte; sein Scheitern wurde allmählich so deutlich spürbar, dass es Yōsuke nicht mehr gelang, auch nur die geringste Bereitwilligkeit seiner Frau wahrzunehmen, selbst bei den äußerst seltenen Gelegenheiten, bei denen Kaneko – durch Alkoholgenuss oder einen Anfall von Gelassenheit oder Großzügigkeit – bereit gewesen wäre, sich ihm hinzugeben.

Nach einigen Monaten hörten sie ganz mit dem Sex auf. Und wenn Kaneko sich sicher war, dass sie, auch wenn sie ihrem Mann Wohlwollen signalisierte, nicht gleich mit einem Überfall rechnen musste, ging sie dazu über, ihn ab und zu zu streicheln oder ihm einen schnellen Kuss auf die Wange zu geben.

Erst zwei Jahre später begriff Kaneko, dass auch sie lieben konnte.

Dass sie die körperliche Liebe genießen konnte, ja, dass ihr Körper wie geschaffen dafür war, durch einen anderen Körper Lust zu empfinden.

Allerdings war sie sich sicher, dass sie dafür Unrecht tun musste, nicht nur ein moralisches Fehlverhalten, sondern auch ein körperliches. Dazu war es nötig, sich zunächst komplett ihren Schuldgefühlen auszusetzen, ebenso wie der Angst, denjenigen, der sie trotz allem immer noch liebte, wehzutun. Im Grunde, so sagte sie sich dann allerdings, sei es nicht ihre Schuld, wenn sie mit ihrem Mann nichts empfand, dass auch sie nur ein einziges Leben habe und nicht die Absicht, auf die Fülle dieser einzigartigen Existenz zu verzichten, nur weil ihr Mann durch eine unglückliche Fügung keine Gefühle in ihr weckte.

»Manchmal passt man einfach nicht zusammen«, hatte eine Kundin ihr im Vertrauen gesagt, die ihre Tochter begleitete, damit sie sich einen Hochzeitskimono aussuchte. Außerdem wusste Kaneko aus den Erzählungen der Frauen, die das Atelier besuchten, dass es in der Jugend oft eine große Leidenschaft gab, die dann jedoch mit den Jahren verblasste, so wie Stoffe, die man zu lange an der Sonne trocknete, mit der Zeit ihre Farbe verloren. Das Gleiche galt auch für den Sex, der schön, ja durchaus wichtig war, aber früher oder später verschwand:

Was blieb, war die Liebe, und das eine hatte mit dem anderen nicht immer etwas zu tun.

Eines Abends kamen zu den Yoshidas ein alter Freund des Vaters mit seinem Sohn zu Besuch, einem jungen Mann in Kanekos Alter. Sie arbeiteten beide auf dem großen Fischmarkt von Tokio in Tsukiji.

Es war ein beschwingtes Abendessen. Bis in die Nacht hinein wurde gegessen und getrunken. Beide Flaschen Sake, die die beiden Männer als Gastgeschenk mitgebracht hatten, waren ausgetrunken, und man fing an, Bierflaschen zu öffnen. Es lag eine entspannte Atmosphäre in der Luft, nur ab und zu wurde es etwas ruppig, wie so oft, wenn viel Alkohol im Spiel ist.

Der Einzige, der steif blieb und nicht einmal sein erstes Glas ausgetrunken hatte, war Yōsuke. Der Sohn des Gastes schaute seine Frau mit einer gewissen Hartnäckigkeit an, und Kaneko, die ein neues, tailliertes Kleid trug, war sichtlich geschmeichelt. Das hatte Yōsuke sofort gemerkt, und so saß er reglos und stumm in der Runde, den Rücken durchgedrückt, als wollte er einer Gruppe undisziplinierter Bengel zeigen, was gutes Benehmen war.

An einem gewissen Punkt stand Kaneko auf, um ins Bad zu gehen, stolperte aber vor dem jungen Mann. Sie fiel ihm buchstäblich in die Arme, und alle in der Runde riefen ein vollmundiges »Oh!«, das im Raum widerhallte.

Beim Anblick seiner Frau, die einem anderen so nah war und sich, an den Körper des Mannes geschmiegt, sichtlich wohlfühlte (einen Moment lang sah es für ihn so aus, als würde sie ein Teil von ihm), und als er Kaneko lachen hörte – dieses wundervolle Lachen, das ihre Ehe ausgelöscht hatte und ihm ganz furchtbar fehlte –, brach in Yōsuke eine heillose Wut hervor.

Er sprang auf und lief aus dem Zimmer, ohne sich um die anderen zu kümmern, lief dann den Flur entlang, der quer durchs Haus führte: Er hatte das Gefühl, lichterloh zu brennen.

Während er das Haus verließ, gab er sich heftige Ohrfeigen, und als die Gefühlsregung zu groß für ihn wurde, schlug er seinen Kopf gegen die Wand. Das würde er für den Rest seines Lebens tun, in dem verzweifelten Versuch, den physischen Schmerz über den der Seele zu legen: Immer wenn Mio später blaue Flecken und andere Verletzungen am Körper ihres Vaters entdeckte, war ihr sofort klar, dass dieser wieder einen seiner Wutanfälle gehabt hatte. Um nicht das Risiko einzugehen, anderen wehzutun, richtete er seine Schläge lieber auf sich selbst.

In jener Nacht verließ Yōsuke das Haus, als seine Frau immer noch lachte, und ihr herrliches Lachen hörte man noch nach Mitternacht auf der Straße. Ihr Mann irrte indessen durch Tokio, legte die gesamte Strecke von Kagurazaka bis Kudanshita zurück; er war stundenlang unterwegs.

Als er wieder nach Hause kam, war es still im Haus, die Gäste hatten sich in ihre Zimmer zurückgezogen. Kaneko lag ausgestreckt auf dem *futon,* einem Schlaf hingegeben, der so tief war, dass er wie nach innen gewandt erschien.

Yōsuke legte sich neben sie, einen dumpfen Schmerz in der Brust, das Blut pulsierte in seinen Beinen, als wären sie immer noch am Laufen. Er schlief nur eine Stunde. Als der Morgen kam und das Licht wie Puderzucker in den Raum rieselte, bemerkte Yōsuke mit Entsetzen, dass Kaneko lächelte: Sie träumte.

In jenem Moment war er sich sicher, dass zwischen seiner Frau und dem Gast etwas vorgefallen war. Sehen konnte er nichts, und doch war er überzeugt davon, dass Kaneko sich ihm hingegeben hatte.

Als Kaneko viel später ihr Leben Revue passieren ließ, erkannte sie an jenem Punkt den Anfang von allem.

Es war gerade der Verdacht ihres Mannes, der den Verrat auf den Weg brachte. Denn anders, als Yōsuke dachte, hatte sie in jener Nacht nichts getan, sie hatte sich manches vorgestellt, aber sonst nichts. Doch die Tatsache, dass Yōsuke dies für sicher gehalten hatte, und die zahlreichen Andeutungen und Anspielungen, die er in den folgenden Tagen machte, befreiten sie.

Als wäre der Mangel an Vertrauen ihres Ehemannes der erste Riss gewesen, die Voraussetzung für den Betrug, beschloss Kaneko, von nun an körperlichen Genuss außerhalb ihrer Ehe zu suchen und zu erleben.

Liebte sie ihren Mann? Es gab eine lange Periode der Wut, in der sie glaubte, nein. Sie verachtete ihn, war ihm gegenüber schnippisch und abfällig: Schließlich war es seine Schuld, wenn er sie im Grunde dazu zwang, ihn zu betrügen und ihren Ruf aufs Spiel zu setzen. Kaneko ließ sich nur mit Männern ein, denen sie zufällig begegnete und die keinerlei Beziehung zur Familie oder zu ihrem Viertel hatten. Jene Begegnungen waren körperlich, voller Lebensfreude und Leidenschaft, aber ihnen fehlte immer eine innere Verbindung. Der Körper löste sich vom Herzen, das immer noch bei Yōsuke war und immer wieder zu ihm zurückkehrte.

Als Kaneko begriff, dass Yosuke den Verstand verlieren würde, wenn sie ihn verließ, kehrte das Mitgefühl zu ihr zurück, ein solides und seltenes Gefühl, das sie dazu brachte, sich ihres Mannes anzunehmen, so wie man es mit einem anfälligen und ungeschickten Sohn tut, für den man einen Teil seiner selbst opfert, um ihn zu behüten.

Und so kam es, dass Kaneko, die auf Begegnungen mit anderen Männern nicht verzichten wollte, eine manische Aufmerksamkeit darauf verwandte, nicht erwischt zu werden: Nicht weil sie den Zorn ihres Mannes fürchtete, sondern seinen Schmerz.

Sie wurde wie eine Biene, die sich auf eine Blüte hockt, ihren Nektar aufsaugt und ganze Felder von Veilchen bestäubt.

Und die an die Blumen, die sie mit voller Absicht und Ergebenheit erkundet hat, keinerlei Erinnerung hegt.

So ging es vier Jahre weiter.

Dann kam es, wie es kommen musste: Die Biene wählte eine Blüte. Und sie verliebte sich.

Takenori Okada stammte ursprünglich aus einem Städtchen an der Bucht von Kanagawa.

Obwohl er gutaussehend war, fand er lange keine Frau, weil seine Karriere ihn vollkommen in Beschlag nahm; jenseits der vierzig hatte er schließlich eingewilligt, die Tochter des Inhabers der Elektrofirma zur Frau zu nehmen, bei der er Geschäftsführer werden sollte. Damit sich der zukünftige Schwiegersohn und die Tochter vor der Heirat besser kennenlernten, hatte der Vater der Braut dem Paar aufgetragen, die Zeremonie gemeinsam zu organisieren, sich selbst um das Bankett und andere Dinge zu kümmern, einschließlich der Wahl des Kimonos.

Aus diesem Grunde hatte Takenori Okada zusammen mit seiner zukünftigen Frau einen Termin im Atelier Yoshida ausgemacht und dort an einem Junimorgen Kaneko kennengelernt.

Seit jenem allerersten Tag konnte der Mann nicht den Blick von der zierlichen Frau abwenden, die sich in Licht kleidete, anstatt seine Braut anzusehen. Es war ein Gefühl, das so abwegig war, dass es ihn ebenso betroffen machte, wie es ihn amüsierte. Das Begehren wuchs in ihm wie eine Kletterpflanze, doch überzeugt davon, dass es keine Möglichkeit gab, es zu erfüllen, versuchte er, sich zu entspannen.

Er lauschte der kleinen Frau, die über den schweren Kimono sprach, und darüber, dass selbst eine zierliche Gestalt in einem *shiromoku* beeindruckend wirken könne. Und sie erklärte ihm, der sie mit Fragen bestürmte, all die Bänder und Schnüre, die verschiedenen Stoffschichten, die übereinandergelegt wurden, um die Silhouette der Braut fülliger zu machen und die ursprüngliche Gestalt zu verdecken. Sie erzählte ihm, um das Gewand anzulegen, brauche es nicht zwei Hände, sondern vier, sprich zwei Personen. Sich ständig vorzubeugen, um den Kimono zu richten, gehe in die Knie und ruiniere einem die Hüften, aber es sei einfach wundervoll, bei einer Ankleidung von Anfang bis Ende dabei zu sein: Das sei tatsächlich so, als würde man die Braut höchstpersönlich zum Schrein führen.

»Heben Sie bitte die Arme, dann senken, heben Sie das Kinn, schauen Sie nach unten, wenn ich bitten darf«, sagte sie, und die Braut gehorchte, fügsam und nicht ganz bei der Sache.

An Frauen gewöhnt, die ihm Vertrauen schenkten, verstörte Kanekos selbstständige Art Takenori. Der Gedanke an sie erhob sich wie eine Grille in die Luft, die nach Jahren plötzlich zu fliegen beschließt. Sie verlangte seine ganze Aufmerksamkeit, und schon bald war er ihr verfallen.

Er begann, allein ins Atelier Yoshida zu gehen, wobei er jedes Mal mit einer anderen Ausrede aufwartete: einer Stickerei, die die zukünftige Braut nun doch anders haben wolle (was später wieder zurückgenommen wurde), die Zahlungsmethode, die er nicht gänzlich begriffen habe, oder weitere Fragen zum Ablauf der Zeremonie, die ihm eingefallen seien. Fragen, auf die, wie er sagte, einzig und allein Kaneko eine Antwort wusste.

Er richtete es so ein, dass er immer zu Ladenschluss kam, weil er wusste, dass sie dann allein war.

Mit der Hartnäckigkeit eines kleinen Jungen fand er den genauen Zeitpunkt heraus, an dem Kanekos Mutter das Atelier verließ, erforschte, in welcher Weise dieses abgetrennt von dem Haus war, in dem sie mit ihren Eltern und dem Ehemann lebte, sodass sie, wenn sie wollte, die Türe abschließen und sich dann ihm zuwenden konnte. Er war wie vernarrt in den Duft nach Stoff und Kamille, der jedes Mal aufstieg, wenn sie sich das Haar richtete, das sich im Verlauf des Tages gelöst hatte, und ihn bat, doch Platz zu nehmen, um voller Geduld auf all seine Fragen und Zweifel zu antworten.

Die Sehnsucht, sie wiederzusehen, wurde zu einem Fieber.

Eines Tages war er so aufgewühlt von seinem verzweifelten Begehren nach ihr, dass er sich kühn an sie wandte und im Ton eines Gebets fragte: »Yoshida-san, was halten Sie davon, einen Tee trinken zu gehen?«

»Finden Sie das angebracht?«, fragte sie amüsiert.

»Nicht mehr als alles Schöne, das das Leben uns bietet.«

Sie verließen leise das Atelier, als wäre beiden klar, dass sie damit eine Grenze überschritten. Viel mehr würden sie nicht sagen. Sie stieg zu ihm ins Auto, und Takenori machte mit ihr eine Spritztour durch die Stadt. Schon in dem Moment, wo sie auf dem Beifahrersitz Platz nahm, während er das Steuer umklammerte und in dieser Bewegung versuchte, das Gleichgewicht auszugleichen, das er gerade dabei war zu verlieren, legte sich Kaneko ihre Lüge zurecht. Sie hielten an einer Telefonzelle an, und während sie mit ihrer Mutter sprach, wurde ihr bewusst, dass die Ausrede, die sie sich erdacht hatte, ihr fortan nicht nur einmal, sondern mindestens dreimal die Woche die Möglichkeit geben würde, sich vier Stunden für sich selbst zu nehmen.

Dann führte Takenori sie die Treppe hoch und trat mit ihr erneut über eine Schwelle. »Hier wohne ich, die Küche ist im

Umbau. Nur hier entlang, kommen Sie, Kaneko, ich darf Sie doch so nennen?«

Er ist mir in Fleisch und Blut übergegangen, dachte Kaneko nach einer Woche.

Sie saß auf einer Schaukel in einem winzigen Park im Westen von Shibuya und sah, wie Takenori auf sie zukam. Sie schaute ihn an und konnte ihre innere Erregung kaum im Zaum halten.

»Sich zu verlieben, bedeutet ja vielleicht genau dieses Zuviel an Materie«, sagte sie sich ganz leise, »diesen Überfluss im begrenzten Raum des Herzens.«

Dann war er da, er hielt die Schnüre der Schaukel fest, half ihr beim Aufstehen und setzte ein Gespräch fort, das sie am vergangenen Tag geführt hatten, und dann nahm er ihre Hand und brachte sie weg von hier, zuerst in ein Restaurant und dann ins Hotel, wo sie mehr Zeit für die Liebe hatten.

Niemals sprachen sie über seine Hochzeit.

Doch es dauerte nicht lange, und Takenori klopfte an die Tür des Büros seines Vorgesetzten, blieb etwa zehn Minuten tief gebeugt vor ihm stehen und sagte, den Protesten des Mannes zum Trotz, alles ab, die Hochzeit mit der Tochter des Mannes ebenso wie seine Karriere, weil er überzeugt davon war, dass sein Leben dabei war, sich zu schuppen, und er diese Verwandlung mittragen musste. Es war wie ein Fischsterben, bei dem niemand wusste, woran es lag oder wie man sie retten konnte, ganze Schwärme von Lebewesen, die aus der Welt verschwanden, und dann war das Leben urplötzlich wieder da, stärker als je zuvor, ein ganzes Meer voller Lebewesen, das noch viel fruchtbarer war als zuvor und die Netze der Fischer zum Bersten füllte.

Takenori beschloss, nach Hayama zurückzukehren. Tokio war ihm auf einmal verleidet; die Hauptstadt wirkte auf ihn wie die Tochter einer Welt, die von Langsamkeit nichts wissen wollte – immer drückte einem jemand die Hand in den Rücken, machte einem Eile, munterte auf und spornte an – *yoshi yoshi* –, während er in jenem Moment vor allem Ruhe brauchte.

Kaneko, die in Tokio aufgewachsen war, hatte es ihm erklärt: In jener Stadt gab es trotz allem unzählige Lichtmulden und Unendlichkeiten, und dass zwar alles in Eile ablief, es jedoch auch einen ebenso großen Widerstand gegen die Schnelligkeit gab. Dort ließ man sich Zeit, blieb sogar stehen.

»Wie denkst du denn, wie wir beide es geschafft haben, uns kennenzulernen?«, fragte sie lächelnd. »In dieser Stadt ist Platz für alles, auch für Liebschaften, die falsch sind.«

Während er seinen Umzug von Tokio nach Hayama organisierte und seinen Mietvertrag kündigte, auf die Gemeinde ging und Stück für Stück die Existenz auflöste, die ihr Ende gefunden hatte, als er zum ersten Mal jenes Atelier betrat, versuchte Takenori, sich Kaneko in der Ferne vorzustellen: Ihm wurde eng in der Brust. Es wurde ihm bewusst, dass es nicht möglich war, sie einzugrenzen. Es gab keine Grenze mehr, sagte er sich, aber hatte es die überhaupt jemals gegeben? Kaneko floss durch seine Adern wie sein eigenes Blut.

Wenn sie sich in diesen Tagen ausgesprochen hätten, wären sie erstaunt gewesen, wie ähnlich ihre Definitionen ausfielen: etwas war in Fleisch und Blut übergegangen, ein Fieber wollte nicht vergehen.

Wie viele Verbindungen zwischen mir und der Welt stellt dieser Mann dar?, ging es Kaneko durch den Kopf. Wenn es einmal zu Ende ist, wer weiß, was mir alles verwehrt sein wird.

Wie viele Lieder werde ich nicht mehr anhören können, dachte Takenori, welche Speisen werde ich argwöhnisch betrachten, welche Viertel der Stadt nicht mehr besuchen können, und dann sind da noch all die Worte, bei denen sie mir sofort in den Sinn kommt.

Sie liebten sich weiter mit aller Wildheit und Entschlossenheit, aber es war, als wüssten sie im Grunde beide, dass ihre Zeit zu Ende war.

Die Schwangerschaft kündigte sich mit einer gewissen Eindringlichkeit an.

Kaum hatte sie es begriffen, bemühte sich Kaneko körperlich um Yosuke. Sie tat es nicht, um ihn zu täuschen, sondern weil sie wusste, ihr Mann wünschte sich ein Kind so sehnlich wie jemand, der am Grunde des Meeres sitzt und keine Luft bekommt, sich den Himmel wünscht. Die Tatsache, dass sich keine Schwangerschaft einstellte, hing schon seit geraumer Zeit über ihrer Familie wie ein Zweifel, manchmal auch ein Vorwurf. Was ist schon ein Baum, der keine Früchte trägt? Was ein Apfelbaum ohne Äpfel? Was ein Rebstock, der keine Trauben trägt?

Kaneko liebte Yōsuke, sie liebte den Vater des kleinen Wesens, das zur Welt kommen würde, und sie liebte auch die Welt, die sie siebenundzwanzig Jahre zuvor willkommen geheißen hatte, eine Welt, von der sie nicht verjagt werden wollte, um Zugang zu einem Eden zu erhalten, das sie nicht kannte und das ihr stets weniger attraktiv erschienen wäre als das Atelier, in dem sie aufgewachsen war.

Und so schlief sie mit Yōsuke trotz der starken Krämpfe im Unterleib. Er ahnte nichts von der Schwangerschaft, sondern vermutete hinter ihrer Initiative den Wunsch, endlich ein Kind zu haben. Er war überrascht und unendlich geschmeichelt von diesem Verdacht, und die Liebe war unerwartet harmonisch bei den vier Malen, die sie ihm gewährte. Yōsuke dachte, vielleicht bestehe ja doch die Möglichkeit, sich alles wieder zurückzuholen: die Lebensfreude, seine Frau, die Leidenschaft.

Nach einigen Wochen versammelte Kaneko ihre Familie auf der Veranda. Sie sprach von den Malaisen, an denen sie litt, blieb jedoch unbestimmt. Sie überließ es ihnen, Vermutungen anzustellen, auf dass sie von Beginn an den Gedanken an jenes kleine Wesen hegten und pflegten: Sie wollte, dass es willkommen geheißen wurde, wie ein Gast, den man einlädt, obwohl man weiß, dass mit ihm eine Revolution beginnt.

Mit den leisen Tönen eines Festes im Hause Yoshida wurde das Ereignis gefeiert, nicht ohne jedoch vorher die Marschroute für die kommenden Monate festzulegen, so wie es der Pragmatismus der Familie verlangte: Man diskutierte die Möglichkeit, dass Kaneko vielleicht nicht in der Lage sein würde, ihre Aufgaben im Atelier in vollem Umfang erfüllen zu können, dass ihr schwangerer Körper bei der Einkleidung der Bräute stören würde, man erörterte, in welchem Zimmer das Neugeborene schlafen sollte, wie lange sie stillen und wann sie abstillen sollte. All das, was einem Menschen in jenem freudetrunkenen Moment einfällt, wenn man weiß, dass ein Sohn oder eine Tochter einem die Zukunft bringen wird.

Die ersten Schwangerschaftsmonate waren eine Qual.

Kaneko musste sich jeden Tag übergeben und war unruhig im Haus unterwegs, in panischer Angst davor, etwas zu essen und es postwendend wieder von sich geben zu müssen. Vom Geruch der Farben wurde ihr schlecht, und so hielt sie die Luft an, wenn ihre Wege sich mit denen des Ehemannes oder Vaters kreuzten, und stützte sich auf dem Weg ins Bad an die Wände.

Sie schlief allein. Nur abends verließ sie das Haus für einen kleinen Spaziergang, wenn der heikle Magen ihr eine kleine Verschnaufpause gab, und schleppte sich bis zur Telefonzelle, um Takenori anzurufen. Minutenlang blieben sie im Gespräch, ohne sich allzu viel zu sagen.

Er war in der Zwischenzeit nach Hayama zurückgekehrt, kümmerte sich um das kleine Fahrradgeschäft, das einmal seinem Vater gehört hatte. Er fühlte sich verloren, noch kleiner sogar als das Wesen, zu dessen Weg auf die Welt er seinen Beitrag geleistet hatte. Jeden Tag nach der Arbeit setzte er sich ans Meer und blieb ganz still: Er verspürte die Notwendigkeit, sich selbst daran zu erinnern, dass nichts von dem, was ihn betraf, wirklich von Bedeutung sei. Er benutzte den Ozean dazu, den eigenen Schmerz zu messen und einzugrenzen. Die Liebe zu dieser Frau würde nicht von heute auf morgen vorübergehen. Doch er wusste auch, dass er sie vergehen lassen musste, denn trotz der ungeheuren Leidenschaft, die zwischen ihnen bestand, hatte Kaneko nicht die Absicht, ihr bisheriges Leben für ihn aufzugeben.

»Ich könnte in Hayama ein Brautatelier eröffnen«, hatte Takenori vorgeschlagen. »Dann müsstest du deine Arbeit nicht aufgeben, wenn du mit ihr kommst.«

Doch Kaneko zögerte keine Sekunde. »Mir fehlt der Mut«, erwiderte sie. »Ich will meinen Eltern nicht wehtun.«

Wie aus Pietät erwähnte sie bei diesen Gesprächen kein einziges Mal ihren Mann; und doch war genau dieses Schweigen laut Takenori das unverbrüchliche Zeichen dafür, dass Kaneko Yōsuke liebte und auf ihn niemals verzichten würde.

»Jedenfalls, ganz egal, ob es ein Junge oder ein Mädchen wird, es wird ein Yoshida«, sagte Kaneko.

Und das schien die einzige Sache zu sein, auf die es ankam.

Doch ein einziges Mal sahen sie sich noch. Eines Abends, als er bei Freunden in Tokio zu Besuch war, mietete er ein Auto und fuhr zu ihr. Kaneko kam auf die Straße herunter, obwohl es bereits tiefe Nacht war, setzte sich neben Takenori und so, wie es kleine Kinder tun, wenn sie Versteck spielen, schaute sie ihn nicht an, weil sie die Vorstellung hatte, dann auch selbst nicht gesehen zu werden. Sie schämte sich, hatte bereits einen großen Bauch und war blass und übernächtigt.

»Ich bin so hässlich, tut mir leid«, murmelte sie, während ihr die Tränen langsam über die Wangen liefen.

Statt einer Antwort küsste und berührte er sie mit der ganzen Zartheit und dem Hunger, die ihn erfüllten.

Sie benutzten ihre Körper, um einander zu zeigen, wie sehr sie den anderen vermissten, sprachen wortlos von ihrer Sehnsucht nach der Zeit, die mittlerweile mehr hinter ihnen lag als vor ihnen. Sie redeten wenig, als hätten sie Angst, das Falsche zu sagen, und weil es unmöglich war, eine Diskussion wiederaufzunehmen und mit jener Erinnerung für immer zu leben.

Doch am Ende fasste Takenori seinen ganzen Mut zusammen. »Also wird es ein Mädchen … Kann ich sie sehen?«

Es war das erste Mal, dass er das fragte.

»Ich werde dir jeden Tag über sie berichten, jede Woche, jeden Monat, während sie heranwächst.«

»Aber wirst du ihr von mir erzählen?«

»Wenn es sein muss. Aber ich bete darum, dass es nie so weit kommt.«

»Kaneko?«

»Sie wird einen Vater und eine Mutter haben, Takenori, sie wird von ihren Großeltern geliebt werden. Sie wird das gesamte Erbe unserer Familie übernehmen, sie ist eine Yoshida. Der Rest zählt nicht.«

Er verfiel in Schweigen, mit dem überaus deutlichen Gefühl, dass jedes Wort von Kaneko endgültig war. Er sah sich selbst die Ellbogen vors Gesicht halten, um sich vor unsichtbaren Schlägen zu schützen. Im Grunde hatte er diese Frage niemals an sie gerichtet, weil er insgeheim die Antwort darauf bereits kannte.

»Und ich kann dir jetzt schon versichern, dass sie den allerbesten Vater der Welt haben wird.«

Takenori nickte.

Auch dieser Satz tat ihm weh, doch er wusste, dass Kaneko niemals dazu in der Lage wäre, sich von dem Atelier zu lösen, von der Familie, von den Gewohnheiten des Viertels, in dem sie aufgewachsen war. Takenori respektierte sie, achtete all ihre Entscheidungen, auch die kleineren, aus denen ein jedes Leben gemacht ist. Und selbst wenn er dagegen aufbegehrt hätte, hätte das rein gar nichts geändert.

Einen Augenblick dachte er an das kleine Mädchen. Er fragte sich, ob sie seine Augen erben würde, und wünschte sich, dass sie es nicht tun würde.

Dann flüsterte Kaneko noch etwas ganz Schnelles und Unverständliches und stieg, ohne sich umzuschauen, aus dem Wagen. Es war eine bewusste Geste, um eine Verabschiedung zu vermeiden.

Er folgte ihr nicht, blieb einfach sitzen. Er sah, wie sie wieder ins Haus ging. Er ließ erst den Motor an, als er sich vorstellte, sie sei zu ihrem *futon* zurückgekehrt und habe sich eingerollt, wie eine Muschel rund um das kleine Wesen, das in ihrem Leib schwamm.

Er wusste, dass Kaneko das Versprechen, ihm zu schreiben und von der Tochter zu erzählen, halten würde. Doch er wusste auch, er würde sie nie wieder in den Armen halten.

Zwei

In Aoi schritt der Gedanke an Mio mit einer Geschwindigkeit voran, die unerhört war. Er verband sie mit dem rasanten Wuchs der Azalee im Mai, oder der Blüte des Kirschbaums zwischen März und April: eine lange Vorbereitung, die zu Beginn so langsam war, dass sie fast statisch wirkte. Doch dann passierte es, und es war wie eine Explosion. Und er fragte sich, ob diese Pflanze in Wirklichkeit nicht immer da gewesen war, verborgen hinter einem Hortensienbusch. Wie sonst erklärte sich diese Schnelligkeit und die Entschlossenheit ihres Wuchses?

Aoi wusste, dass er das Thema irgendwann angehen und Mio erzählen musste, wieso sie sich kennengelernt hatten. Er musste ihr erklären, dass der Zufall damit nichts zu tun hatte, und wenn doch, dann gab es eine Geschichte, die *vorher* passiert war, etwas, an dem sie beide keine Schuld hatten. Es war die Geschichte ihrer Väter, ja, der Väter und der Mütter, die für Mio und auch für ihn entschieden hatten.

Das musste er. Doch je größer der Gedanke an sie in ihm wurde, desto mehr wuchs in Aoi auch die Angst davor, einen Fehler zu machen.

Mio würde sich getäuscht fühlen und ihn in die Schublade mit den falschen Dingen ihres Lebens stecken. Und Aoi sah sich bereits vor der Tür zu ihrer Wohnung stehen und sich die Fingerknöchel wundklopfen.

In jener Nacht sprach er lange mit ihr. Er wollte Mio zu verstehen geben, dass er bereit war, sich für sie zu öffnen, er wollte, dass sie die Macht spürte, die entstand, wenn man die Schwächen des anderen kannte. Das war die einzige Methode, ihr zu erklären – wenn er dann den Mut aufbrachte –, warum er an jenem Tag zu *Pigment* gegangen war, um sie aufzusuchen.

Vor allem musste sie ihm den Vorteil verzeihen, den er insgeheim in jenen Wochen gehabt hatte – er hatte alles gewusst, und sie nichts.

»Schläfst du? Ich muss mit dir reden …«

»Worüber denn?«

»Ich erzähle dir von meinem Vater, ist das in Ordnung?«

Sie lagen im Bett, Mio schaute durch das Fenster auf ein Stück Himmel. In ihren Augen veränderte sich dieses Stückchen Dunkelheit von Minute zu Minute, wieder und wieder entstanden neue Schwarztöne, zusammen mit dem Licht des Mondes und dem der Straßenlampen, der *kōban* der Krankenhäuser.

»Natürlich, erzähl mir von ihm«, flüsterte Mio mit gedehnter Stimme. »Erzähl mir von etwas Schönem, das er dir beigebracht hat. Ich bin überzeugt davon, dass Väter in dem weiterleben, was sie uns beigebracht haben, zumindest ist das so bei mir gewesen.«

Darüber dachte er einen Augenblick nach. »Ich glaube, das Größte, was mein Vater mir beigebracht hat, ist, den Tod nicht zu fürchten.«

»Ach herrje«, rief Mio aus und richtete sich auf. »Kann man denn so etwas lernen?«

»Er sagte, der Tod sei wie eine Pflanze, die in jedem von uns wächst. Dass wir mit ihrem Samen in unserem Inneren geboren werden und dass dieser Same sedimentiert, ausschlägt und ganz allmählich in uns wächst, so wie wir wachsen«, flüsterte Aoi.

Durch die Fenster drang dieser ganz besondere Geruch herein, den die Nacht hervorbringt, wenn der Garten in Schlaf verfällt. Mohn, Lilien, der süße und vergängliche Duft der Knospen.

»Er sagte oft, der Tod sei etwas Kostbares, und dass es eine natürliche Spanne für unsere Existenz gebe. Zu wissen, dass man jeden Tag einen Schritt in Richtung dieser Grenze geht, hilft uns dabei, ein besseres Leben zu führen.«

Mio lehnte den Kopf auf das Kissen und schloss die Augen, um diesen Gedanken zu verinnerlichen. Ein Schauder zuckte durch ihre Beine, wanderte die Kniekehlen entlang, verweilte kurz in ihrem Geschlecht, stieg den Bauch hoch und ergoss sich schließlich auf der rechten Handfläche. Sie öffnete wieder die Augen, schwamm im Dunkel des Bettes: Sie suchte nach Aois Brust, achtete darauf, jenen Schauder nicht fallenzulassen. Erst als sie die Entfernung genau abgeschätzt hatte, drückte sie die Hand auf sein Herz.

Spürte er sie? Spürte er sie jetzt? Spürte er ihre ganze Angst?

»Nach der Trauer lernt man das Leben ganz von vorne«, fuhr er fort.

Für die einen sei es ein Neuanfang, für viele andere der verzweifelte Versuch der Wiedergutmachung. Von Tag zu Tag lerne man, wieder Hunger zu haben, lasse sich erneut auf den Durst ein und sogar auf das sexuelle Verlangen. Doch es brauche Zeit, so wie man sich daran gewöhnen konnte, gut zu leben, auch wenn man nur noch ein Bein hatte, oder einen Lungenflügel. Das würde nicht mehr nachwachsen, doch man würde die Lektion des *»auf etwas verzichten«* lernen, die im Grunde alles sei, was man vom Trauern wissen müsse. Dieses *»auf etwas verzichten«* zu lernen. Auch zu wachsen bedeute, *»ohne etwas weiterzumachen«*, und bei jedem Jahr, an jeder Biegung müsse man etwas zurücklassen.

Und genau das hatte ihm sein Vater beigebracht. Genau das hatte Aoi auf dem Wegstück, das er ohne ihn durchlaufen hatte, begriffen. Die Menschen verließen die Zeit, sie taten es jeden Tag, auf die unregelmäßige und doch kontinuierliche Weise aller Dinge, die der Natur angehören. Und Aoi war aufgrund seines Berufes davon überzeugt, das Leben zu berühren – nicht nur daran teilzunehmen, sondern seine Finger hineinzugraben.

»An der Fähigkeit weiterzuleben, auch wenn die Eltern sterben, sieht man, wie stark das Leben ist«, sagte er zu ihr. »Sie sind es gewesen, die dich auf die Welt gebracht und damit garantiert haben, dass du auch dann weiterexistieren kannst, wenn sie nicht mehr da sind.«

Die Welt konnte es sich erlauben, sie zu vergessen, doch die Kinder würden den langen Schatten ihrer Vorfahren immer in ihrer Erinnerung aufbewahren.

Mio sagte nichts. Sie war nur einen kurzen Schritt vom Schlaf entfernt: Gerade war sie dabei, sich auf den Sturz in ihre Lieblingsfarbe vorzubereiten, jenes Blau, das sie an ihre Kindheit und das Mysterium ihres sechsten Lebensjahres erinnerte. Doch eigentlich wollte sie wach bleiben, denn ihr schien, Aoi spreche in Wirklichkeit von ihr, und dass er sie an einen Ort führte, von dem er wusste, dass es ihr guttun würde, sich dort aufzuhalten.

»Einmal habe ich folgenden Satz gelesen: ›Was ich nicht weiß, erhält mich.‹ Das hat ein Dichter gesagt, ich weiß nicht mehr, welcher. Manchmal habe ich den Eindruck, man stirbt, wenn man keine Lust mehr verspürt, wenn einem die Neugier fehlt zu wissen, was hinterher passiert.«

»Du meinst, man stirbt an Langeweile?«, fragte Mio.

»Nicht ganz, aber fast.«

Den Rücken zum Garten, erzählte ihr Aoi von einer Frau, die vor einiger Zeit einen Termin im Institut gemacht hatte: Sie wollte sich über Möglichkeiten informieren, ihren Körper nach ihrem Tod zu entsorgen. Genau diese Bezeichnung habe sie gewählt: »ihren Körper entsorgen«. An jenem Morgen hatte man bei ihr Knochenkrebs diagnostiziert.

Als er damals den Katalog mit den Dienstleistungen des Bestattungsinstitutes ausgebreitet hatte, um ihr zu zeigen, was man buchen konnte und was es kostete, reagierte die Frau unwillig.

»Ich bin doch nicht im Restaurant«, hatte sie erwidert, »ich will keine Speisekarte sehen.«

Aoi hatte kurz den Kopf geneigt und sich entschuldigt.

»Sehen Sie, die Bestattung interessiert mich nicht. Mir bleiben noch drei Monate. Zeigen Sie mir die günstigste Methode, die am schnellsten geht. Ohne großen Aufwand.«

Die Frau schien wütend auf das Leben zu sein, das an ihr hing wie eine Plastiktüte, die der Wind an einen Baumast geweht hatte.

Nach nicht einmal zwanzig Minuten war die Frau mit einem Blatt Papier in der Hand gegangen. Darauf hatte Aoi ihr ganz genau die Kosten notiert, die Bedingungen für die Vormerkung der Abholung der Leiche und den direkten Transport vom Krankenhaus zum Krematorium.

In den darauffolgenden Tagen war Aoi, wie es so oft vorkam, wenn sich jemand wegen eines Begräbnisses an ihn wandte, der Frau mehrfach auf der Straße begegnet. Er erkannte sie an ihrem immer verschlossenen und unglücklichen Gesicht. Bis er dann eines Morgens das Maruyama betreten hatte, ein Café an der Wakamiya-ōji, das er oft zusammen mit seiner Schwester besuchte, und die Frau in einer lebhaften Unterhaltung antraf: Sie sprach mit einem Mann, der etwa so alt war wie sie. Aoi war überrascht, wie vollkommen anders die Frau aussah, wenn sie lächelte. Ein weiterer Monat war vergangen, als er ihr erneut begegnete: Ihre Blicke hatten sich kaum mehr als gestreift. Sie ging Seite an Seite mit dem Mann aus dem Café, der einen Jack Russell an der Leine hatte – die zigste Verlängerung ihrer Existenz. Aoi erinnerte sich an den Lippenstift, den die Frau trug. Wer weiß, ob sie ihrem Begleiter überhaupt von der endgültigen Diagnose erzählt hatte.

Doch die Liebe glaubt nicht an den Tod. Sie fühlt sich stärker als er.

»Drei Monate bleiben mir«, hatte sie zu Aoi gesagt. Doch dann war es erst anderthalb Jahre später, als er tatsächlich mit der Abholung der sterblichen Überreste beauftragt wurde. Im Gegensatz zu ihren Plänen war die Frau nicht im Krankenhaus gestorben, sondern zu Hause. Aoi und seine Schwester hatten nur mit Mühe die Haare des Jack Russell von ihr entfernen können. Sie waren überall, hingen auch in den Haaren, die durch die Behandlung spärlich geworden waren, auch in den Ohren und eins zwischen den Wimpern.

Die Bestattung fand im kleinen Rahmen statt und war sehr liebevoll. Der Mann, der mit ihr zusammenlebte, hatte für alles gesorgt: für die Fotos, das Kleid, das sie tragen sollte, eine Rose aus ihrem Garten, die Stäbchen, die sie überallhin mitnahm, weil sie heikel war, ihre Lieblingssüßigkeiten, die mit in den Sarg kamen.

Aoi hatte erfahren, dass die Frau Jazzmusik geliebt hatte, dass sie früher eine Snackbar geführt und niemals geheiratet und keine Kinder hatte; ihre Jugend hatte sie mit der Pflege ihrer kranken Mutter zugebracht. Das Misstrauen dem Leben gegenüber war ihr erst in der letzten Phase ihres Lebens gekommen, als sie sich, entgegen jeglicher Erwartung, verliebt hatte.

Die Freude an jenem späten Gefühl hatte sie gestärkt: Aoi war davon überzeugt, dass sie wissen wollte, wie alles ausging.

»Was ich nicht weiß, erhält mich«, wiederholte Aoi. Er schaute Mio an. »Verstehst du, was ich meine?«

»Ja, ich glaube schon«, schaffte sie es gerade noch rechtzeitig zu flüstern, bevor sie in ihr Lieblingsblau abtauchte. Das *nando-iro* 納戸色.

Nando-iro 納戸色, das Abstellkammerblau, wie es Mio drei Tage später Alma und Rui erklärte

Der Name der Farbe kommt von dem Wort »Abstellkammer«.

Ihr werdet euch fragen, was wohl eine Abstellkammer für eine Farbe hat. Doch manchmal sind es gerade die rätselhaftesten Assoziationen, durch die die eindringlichsten Farben entstehen.

Diese Farbe rangiert unter den Blautönen: eine Mischung aus Grau, Kobaltblau und einem Hauch Grün.

Es gibt viele Hypothesen über den Namen.

Stellt euch das Innere eines Schrankes am Abend vor. Vielleicht, so heißt es, ist das *nando-iro* die Farbe der Dunkelheit, die man in einer Abstellkammer wahrnimmt. Oder vielleicht ist es auch die Farbe des Stoffes, mit dem man früher die Schränke verschloss, eine Art Vorhang. Oder der Name kommt von der Uniform des Dieners, der für die Abstellkammern der Burg von Edo zuständig war.

Und, Mädchen, welche Erklärung gefällt euch am besten?

Das Thema, vor dem wir uns am meisten fürchten, ist auch das, worüber wir am meisten reden.

Mio verdrängte den Tod. Es machte sie wahnsinnig zu denken, dass eine Geschichte nur nach ihrem Ende beurteilt wurde. Das erschien ihr wie ein Affront. Nachdem man sich ein ganzes Leben lang abgemüht hat, seinen Verstand überwiegen zu lassen – geschärft durch Schulbildung, gute Manieren, Reisen, ein gutes Herz –, übernimmt auf einmal der Körper die Regie.

Sie hasste Beerdigungen. Es ist ungerecht, dachte sie, dass man die Menschen ausgerechnet so in Erinnerung behält und nur das im Vergleich zum Leben mikroskopisch kleine Lebensende sieht. Und nachdem sie diese Angst all die Jahre in Schach gehalten hatte, kam sie durch Aoi mit umso größerer Vehemenz zurück.

An dem Morgen nach ihrem Gespräch über den Vater wachte Mio auf, als Aoi bereits in der Arbeit war, wo er mit einer heiklen Beratung zu tun hatte. Sie selbst hatte ein paar Tage Urlaub genommen: Sie würde die Gegend zwischen Kamakura und Zushi bereisen und bis zur Halbinsel Miura und in Richtung Hayama fahren, was laut Aoi wunderschön war. Schlafen würde sie bei ihm, und wenn die Arbeit es ihm erlaubte, würde er sich ihr anschließen.

Später erwarte er sie im Institut, schrieb er ihr: Ob sie den Weg noch wisse.

Als Mio eintraf, stand die Eingangstür offen, aber es schien niemand da zu sein. Sie rief nicht, sondern ging lautlos ins Haus.

Vom halbdunklen Flur des Institutes aus sah sie einen Lichtschimmer, der durch eine angelehnte Tür hereinfiel. Sie trat leise darauf zu und erspähte eine junge Frau mit zurückgebundenem Haar, den Blick vollkommen konzentriert auf das gerichtet, was sie tat. Sie puderte das Gesicht einer Leiche ab, in der Hand hielt sie eine Art Palette. Ihre Bewegungen waren zart und behutsam, und Mio war ganz fasziniert von den Pudern, dem Öl und all den Utensilien, mit denen das Mädchen das Leben noch einmal auf den Zügen des Toten abbildete.

Sie hätte später nicht mehr sagen können, ob es ein männlicher oder weiblicher Körper gewesen war – die junge Frau zog ihre ganze Aufmerksamkeit auf sich und hatte eine fast sinnliche Genauigkeit. Die Frau verströmte ein tiefes Grau, das mit winzigen Lichtpunkten gesprenkelt war. Wie es schien, hielt sie eine Traurigkeit fest an sich gepresst und tat nichts, um sie sich vom Leibe zu halten.

Bis auf die beiden war der Raum leer, doch es war, als könnte Mio dennoch die Anwesenheit der Angehörigen des Verstorbenen spüren. Sie nahm wahr, wie sie den Atem anhielten, spürte ihre Ungeduld, ein langsames Seufzen, das leise Knarzen der Stühle. Sie waren noch zu Hause, oder im Wartesaal, und doch waren ihre Gedanken bereits dort in dem Zimmer.

Mio sah, wie die junge Frau die Wunden übertünchte, wie sie die blauen Flecken vom Tropf abdeckte, von den Injektionen, wie sie all die kleineren und größeren Wunden, die vermutlich im Krankenhaus passiert waren, überdeckte, um den Leichnam so zu präparieren, dass er aussah wie lebendig. Dann stopfte sie, um zu verhindern, dass Körpersäfte austraten, auf die Liegefläche tropften oder das weiße Gewand und die Handtücher beschmutzten, Watte in die Nasenlöcher, den Mund, zwischen die Zähne. Dazu benutzte sie eine Pinzette, die rechte Hand bewegte sich kundig über den Toten hinweg, während die Linke abschirmte, als wollte sie ihr Tun vor den Blicken der Familie verbergen.

Dort vorne war niemand. Und doch waren sie alle da.

Es war in genau diesem Moment, dass das Mädchen den Blick hob und sie sah. Ihr Blick wurde auf der Stelle steif. Ohne ein Wort zu sagen, deutete sie eine kleine Verbeugung zum abwesenden Publikum an, lief die vier Meter bis zur Tür und schloss diese.

Mio war wie versteinert. Reglos, in dem Flur, der nun vollkommen im Dunkeln lag, hörte sie, wie die Schritte zu dem Leichnam zurückkehrten, wie sich das Becken der jungen Frau an den Tisch drückte, ihre Hände wieder zu arbeiten begannen.

Als kurz darauf Aoi zu ihr in den Flur trat, sie am Handgelenk nahm und sanft in Richtung Büro zog, sagte Mio nur: »Ich habe mich verirrt.« Sie war aufgewühlt, schämte sich.

Leise erzählte sie ihm, was vorgefallen war. Sie versuchte, sich kurz zu fassen.

»Das war meine Schwester, sie hat die Aufgabe, die Verstorbenen zu schminken. Das habe ich dir, glaube ich, gesagt«, antwortete Aoi.

»Ich muss ihr schamlos vorgekommen sein, ich glaube, sie war verärgert. Es tut mir leid.«

»Mach dir keine Gedanken, wahrscheinlich war es ihr nur peinlich«, versicherte er ihr. »Sie ist kein Mensch der vielen Worte.« Allerdings war Aoi erleichtert, als ihm der Gedanke kam, dass Sayaka nicht die Zeit gehabt hatte, lange bei Mios Gesicht zu verweilen.

»Es tut mir leid«, wiederholte sie. »Mir scheint, ich habe etwas Heiliges verletzt.«

»Du hast nichts verletzt, aber in der Tat ist das, was du erlebt hast, einer der heiligsten Momente unserer Arbeit. Meine Schwester nennt es den Übergang zur Unsterblichkeit«, lächelte Aoi. »Es sind die letzten Stunden des Todes, wenn man das so sagen kann.«

Mio runzelte die Stirn.

»Komm«, sagte er. »Gehen wir raus.«

Er führte sie ins Freie, in einen kleinen Innenhof. Mittendrin stand auf einer Steinplatte ein Altar aus hellem Holz, die Miniaturausgabe eines Schreins. Kleine Fuchsfiguren standen rund um das kleine Gebäude.

»Im Gymnasium hatten ich und Sayaka den gleichen Lehrer. Er unterrichtete japanische Literatur, hatte sich aber in jungen Jahren auf die *Veda*, die heiligen Schriften der Hindus, spezialisiert. Viele Jahre später haben wir ihn wiedergetroffen, als er bereits in Pension war, und ich gerade erst mit dem Arbeiten begonnen hatte. Seine Frau war gestorben, und er bereitete sich zusammen mit seinen Söhnen und einem ganzen Heer von Enkeln auf die Bestattung vor. Auch bei dieser Gelegenheit, während wir die sterbliche Hülle nach drinnen begleiteten, brachte der Professor wieder die Sprache auf die *Veda* … Er war wirklich besessen davon«, sagte Aoi und lachte. »Wir kondolierten ihm, und er antwortete, es gebe keinen Grund dafür, sich zu grämen: Im Tod ist auch die Unsterblichkeit, sagte er, und die Unsterblichkeit basiert auf dem Tod. Leider kann ich mich nicht mehr in Gänze an das erinnern, was er damals sagte.«

Mio blieb keine Zeit, etwas zu antworten, weil eine Stimme aus dem Inneren des Hauses nach Aoi rief.

»Ich muss zurück an die Arbeit, entschuldige. Wohin gehst du heute Morgen?«

»Ich möchte zu Fuß nach Zushi gehen. Vielleicht besuche ich den Tempel von Hayama.«

Aoi sagte nichts dazu, schenkte ihr aber einen langen Blick.

Kurz darauf lief Mio wieder durch die Straßen der Stadt.

Wenn Aoi mit einem Begräbnis beschäftigt war, füllte sich sein Handy mit Nachrichten von Mio, in denen sie ihn an der Freude teilhaben ließ, die sie an den besuchten Orten empfand, ihm Fotos schickte, die sie gemacht hatte, von den Farben berichtete, die ihr ins Auge sprangen, und ihre Geschichte, ihre Anwendung und ihre Zusammensetzung erzählte.

Immer dann versuchte er, eine kleine Auszeit von ein paar Minuten zu nehmen, lehnte sich mit der Schulter an eine Wand, als wollte er sich ein wenig Stütze von der Welt holen, und las über das Pfauenblau, das es bereits seit 1598 gab, das aber erst fast dreihundert Jahre später seinen Namen erhielt, über den Streit um die exklusive Verwendung des schwärzesten Schwarz der Welt (das Vantablack, oder auch *vertically aligned nano tube array)* und das Löwenzahngelb (*tanpopo-iro* 蒲公英色), die Farbe einer Blume, die lange in Japan unbekannt war und deshalb nur dank einer Verballhornung des englischen Wortes *dandelion* ihren Namen erhielt.

Aoi lächelte über all diese Dinge, die er nicht gewusst hatte, und schickte kurze Kommentare dazu, die ihr immer scharfsinnig erschienen. Überraschenderweise, stellte er fest, langweilten ihn ihre Ausführungen über Farben überhaupt nicht.

Gerade eben ging Mio auf den Tunnel zu, der sie nach Zushi führen würde, und von dort aus ging es mit dem Autobus die schwindelerregende Steigung zum Morito-jinja-Tempel hoch.

Sie blieb eine halbe Stunde auf den Steinstufen sitzen und betrachtete den großen *torii*, der reglos am Ende einer langen, vom Wasser überspülten Straße im Meer verankert war.

Sie wusste nicht, dass vor ihr jemand jahrelang auf genau diesem Stein gesessen hatte.

Und dass er jedes Mal an sie gedacht hatte.

Das Stück aus den Veden, das der Professor bei der Bestattung seiner Frau rezitierte

Der Tod sprach zu den Göttern: »Wenn es so ist, dann werden mit Sicherheit alle Menschen unsterblich. Was wird dann mein Schicksal sein?« Und die Götter antworteten: »Von heute an wird niemand mit seinem eigenen Körper unsterblich werden. Erst nachdem du dir den Körper als Anteil genommen hast, kann jeder unsterblich werden, und er wird es, ob durch Tun oder durch Weisheit. Das heißt, nachdem er seinen Körper verlassen hat.«

SB X, 4,3,9

Am Nachmittag fuhr Aoi zu ihr, und sie gingen bei Ikeda-san essen.

Es gab praktische Dinge, leichte Dinge. Ein Meer aus Gelb und Blau.

Sie führten belanglose Gespräche: über die Wettervorhersage, die Aoi mit einer gewissen Besessenheit verfolgte, und dann über die Anzahl der Touristen, die entlang dem Sträßchen von Komachi-dōri unterwegs waren, über saisonale Spezialitäten, sowie darüber, welches Geschäft anstelle des Lawson-Supermarktes in der Kurve, an der der Anstieg zum Tempel Kenchō-ji begann, aufgemacht hatte. In jedem *konbini* und jedem *dagashi*-Laden warf Aoi einen Blick in die Süßigkeitenabteilung, um das Angebot von Chupa Chups zu prüfen, denn er war immer auf der Suche nach neuen Geschmacksrichtungen. Seine Freunde, sagte er, brächten ihm oft besondere Sorten von Reisen mit: Lutscher mit dem Geschmack von Kartoffeln, von karamellisiertem Honig oder von Passionsfrucht.

Sie lachten, doch dann – wie wenn man in einer Gasse in der Stadt um die Ecke biegt und mit einer Mauer rechnet, jedoch feststellt, dass das Kopfsteinpflaster weitergeht – entwickelten sich zwischen ihnen intensivere Themen. Es waren so mitreißende Gespräche, dass die Lust, sich zu küssen und die Worte vom Mund des anderen zu saugen, fast lästig wurde. Doch sie blieben sitzen, dort am Tisch, und schauten sich einen weiteren Moment an.

Dann schließlich, nach einem Tintenfisch-*tenpura* und frittierten Garnelen, kam Mio auf die Theorie der Geraden zu sprechen. Sie legte ihre Stäbchen säuberlich nebeneinander auf die leere Schale. »So stelle ich sie mir vor, wie zwei Geraden.«

»Was denn?«

»Menschen, die sich lieben.«

Genauer gesagt, meinte sie zwei Linien, die an zwei entgegengesetzten Punkten der Welt begannen. Es komme vor, fuhr Mio fort, dass an einem Punkt irgendwo in der Mitte sich diese beiden Geraden träfen, sich auch mehrmals berührten. Seltener jedoch – ja, es war sogar eher eine Ausnahme – kollidierten sie oder überschnitten sich. Und so kam es, dass diese Linien, die an entgegengesetzten Punkten des Universums starteten, sich nicht nur in der Mitte trafen, sondern nebeneinander weiterliefen. So verstärkten sie einander, gewannen an Festigkeit. Es war wie eine Veredelung.

Mio klappte ihr Stoffnotizbuch auf und begann, eine Reihe von geraden Linien zu zeichnen. Aoi schaute sie an: der Pony, der ihr ins Gesicht fiel, sie an den Brauen kitzelte. Dann drehte sie das Büchlein zu ihm: »Da, siehst du?«

Aoi lächelte. »Und wer kommt zuerst an?«

»Wer kommt wo an?«

»Du sagst, die Menschen sind wie Geraden, die sich irgendwo treffen, und die Liebe ist genau dieser Punkt. Und dass sie dann gemeinsam weiterlaufen.«

»Genau.«

»Eben. Und deshalb fragte ich mich, wer dann zuerst ankommt.«

»Wer zuerst ankommt … in der Mitte, meinst du?«

Er nickte.

»Ich weiß es nicht. Dass sie beide im exakt selben Moment ankommen, halte ich für unwahrscheinlich.«

»Dann gibt es immer einen, der mehr liebt als der andere«, bemerkte Aoi.

»Das muss man in einer Beziehung akzeptieren, findest du nicht?« Mio wirkte ungezwungen, als sie das sagte. Es hatte sie immer schon erstaunt, sich selbst zu hören, wie sie die Dinge ganz richtig sagte und dann wieder zurücknahm, wenn sie Angst bekam.

Der Instinkt sagte ihr, es wäre ihr lieber gewesen, wenn sie diejenige wäre, die weniger liebte, dass sie sich so sicherer fühlte. Kurz darauf fragte sie sich, ob es nicht ebendiese Unsicherheit war – mehr zu lieben als geliebt zu werden –, die die beste Garantie für die Liebe darstellte.

Ja, so musste es sein. Lieben lag in der Absicht. Darin, es zu tun, ohne zu schauen, an welchem Punkt man angelangt war, oder an welchem Punkt der andere.

Jenseits der Wände des Restaurants, auf den Straßen von Kamakura, war wieder die Abendmelodie zu hören. Sie verkündete, dass die Schatten länger wurden und die Kinder nach Hause mussten.

»Gehen wir?«

Während Aoi bezahlte und wie immer einen kurzen Plausch mit Ikeda-san abhielt, brütete Mio über der Tatsache, dass die Liebe in jeder ihrer Phasen ganz unterschiedliche Gestalt annahm, und dass die *Liebe von jetzt* nicht die *Liebe von nachher* war. Wer hatte ihr nur diesen Satz gesagt? Vielleicht eine Schulfreundin, vielleicht auch einer der Jungs, mit denen sie geknutscht hatte. Oder sie hatte es in einem *manga* gelesen.

Später, als sie zu Fuß die lange Strecke zurücklegten, die Kamakura von Ōfuna trennte, kauften sie in einem *shōtengai*

Fisch und Gemüse, handtellergroße Pfirsiche und eine Käsetorte, die Mio ganz besonders interessant fand. Aoi sagte, an jenem Abend wolle er für sie kochen, um die Tage zu feiern, die sie ihm gewidmet hatte. Auf dem Rückweg, im Zug, versanken beide müde in den Sitzen.

Seit jenem Morgen hatten sie einander kein einziges Mal berührt, nur als Aoi sie in sein Büro gezogen hatte, nachdem Mio vom Flur aus Sayakas Arbeit an der Leiche beobachtet hatte. Doch nun schien die Luft, die ruhig und kompakt zwischen ihnen schwebte, auf einmal intensiver zu werden, getränkt vom Begehren ihrer Körper.

Auch die Luft zwischen uns, würde Mio später in ihr Büchlein schreiben, *besitzt eine Farbe.* Und diese Farbe berührte sie mit sanften Fingern, man konnte sie spüren. Es war, als erlebten die Körper der Verliebten eine Art Erweiterung, ein zusätzliches Volumen, das für Außenstehende unsichtbar war.

Als sie aus dem Zug stiegen, war der Himmel wie ein bläulicher Klecks.

Die Touristen hatten komplett die gegenüberliegende Seite des Bahnsteigs besetzt, wo Hunderte von Menschen in Richtung Tokio und Yokohama fuhren.

Sie bewegten sich durch die Menge und stemmten sich ihr entgegen.

Kaum hatten sie den Bahnhof verlassen, gingen sie langsamen Schrittes auf Aois Haus zu. Der Abend war schon fortgeschritten, die Häuser warfen immer längere Schatten auf die Straße, die Parks atmeten die letzten Kinder aus und wurden zu unbewohnten Höhlen. Welche Farbe hatte jener Moment, fragte sich Mio. Alles schien ihr das Weiß einer Meringue zu haben, durchwirkt von jenem ganz besonderen Ton, den sie den Dingen zuordnete, die sinnentleert sind, in genau dem

Moment, wenn sie sich doch mit ihrer eigenen Bedeutung anfüllen.

In Glut gekleidet, durchquerte Mio die Nacht mit Aoi.

Der Geruch des Meeres stieg ihnen in die Nase. Aoi streckte die Hand aus und berührte unabsichtlich Mios Rücken. Auch sie glühte, sie glühten beide.

Inmitten des Labyrinths der Gässchen, das sie nach Hause führte, wurde sie auf einmal von der Angst überwältigt, es könne etwas passieren.

Sie verstummte und blieb stehen.

Hör auf, auch nur diese einzige Zigarette zu rauchen!

Geh nur, wenn es grün ist, und schau vorher nach rechts und nach links!

Nicht sterben, Aoi! Ich bitte dich, nicht sterben!

Dieser Gedanke war so stark, dass auch er stehen blieb.

Mios Gesicht war verzerrt, und sie selbst konnte sich ihre Angst auch nicht erklären.

»Alles in Ordnung mit dir?«, fragte er sie.

»Ja, schon.«

»Ist es das Bier? Schwirrt dir der Kopf?«

»Mag sein …«

Ihr Wille, dachte Mio, allein ihr Wille, Aoi zu retten, würde ihn tatsächlich retten. Die Menschen dachten immer viel zu wenig an sich selbst, es war so mühsam, sie am Leben zu erhalten.

Sie war so aufgewühlt, dass sie das dringende Bedürfnis verspürte, ihm etwas zu erzählen, ganz gleich was. »Siehst du hier, diese Narbe?« Sie beugte sich über ihr linkes Bein.

»Wie hast du die denn gekriegt?«

Da erzählte ihm Mio von dem Mal als Kind, als sie einem Schmetterling hinterhergelaufen und in den Abwasserkanal hinter ihrem Haus gestürzt war. Doch aus dem Wasser gezogen hatte sie weder ein Erwachsener noch eine der Frauen, die am Ufer standen und schrien, ihre Kinder auf dem Arm. Stattdessen war es der geistig Behinderte des Viertels gewesen, der immer Fratzen zog und Schüttelanfälle hatte und für den Mio Ekel und unerhörte Angst empfand: vor seinem angeschwollenen Bauch, dem leeren Blick, dem zu kurzen Shirt, das den Blick auf einen Streifen Bauch und den krummen Nabel zuließ. Niemals trennte sich der junge Mann von einem Hütchen, an das er Tag für Tag Blumen und Blätter heftete, die er auf der Straße aufsammelte.

Und dann plötzlich die überraschende Wendung: sie pudelnass und verängstigt, wie sie sich fest an seinen kurzen Hals klammerte, er, der mit genauen Handbewegungen, ohne auch nur eine unnütze Geste, Mio jemandem in den Arm drückte, an den sie sich nicht mehr erinnerte.

Im Krankenhaus stellte man Prellungen an den Beinen, einen gebrochenen Arm, der eingegipst werden musste, sowie verschiedene Kratzer und Schnitte fest. Nach zwei Wochen, die sie zu Hause bleiben musste, war die Kleine so weit wiederhergestellt, dass sie ihr Leben fortsetzen konnte wie zuvor.

Noch immer traf sie gelegentlich irgendwo im Viertel auf den Blick des Jungen, diese uralte Gestalt eines Tieres, das wartete. Und immer richtete er seinen Blick auf eine Stelle irgendwo über ihr, über jedem Menschen, dem er begegnete.

»Hast du denn jemals mit ihm gesprochen?«

»Nein, nie. Aber etwas hatte sich geändert.«

»Und zwar?«

»Wenn wir uns begegneten, schaute er immer woandershin, bis auf einen einzigen Moment. Einen Moment, in dem er den Blick senkte. Und ich stand da und sah ihn an, hochkonzentriert, und wartete …«

Wie wenn man einen Tisch für einen Gast deckt, der vielleicht zum Essen kommt, was man aber noch nicht sicher weiß – man wählt das beste Geschirr und holt die duftendsten Blumen aus dem Garten –, bereitete das Mädchen, das Mio einmal gewesen war, ein Lächeln vor.

»Und in genau diesem Moment, der nicht mehr als eine Sekunde lang dauerte, sah mich der Junge. Und mir schien, er würde mir auch zulächeln«, flüsterte sie. »Es ist schön, sich in Leuten getäuscht zu haben, seine Meinung zu ändern.«

Aoi nickte, sagte aber nichts. Er hatte verstanden, dass jene Erinnerung ein Geheimnis war.

Er war davon überzeugt, dass sie davon noch nie jemandem erzählt hatte, und fragte sich, ob nicht auch der Moment gekommen sei, ihr zu sagen, ja, es sei in der Tat schön zu begreifen, dass man sich geirrt hatte, und zu versuchen, einen Fehler wiedergutzumachen.

Und so dachte er, sich Mut machend, dass auch er selbst schon bald von sich sprechen würde, und von den Vätern. Nicht von den Vätern im Allgemeinen, sondern von Mios Vater: dem Mann, den er, Aoi, jahrelang an seiner Seite gehabt hatte. Nur dass er damals nicht gewusst hatte, dass dieser Mann ihr Vater war.

Die Zahl der Linien, die Mio in ihr Notizbuch zeichnete, um Aoi ihre Theorie von den Geraden zu erklären

Zwölf.

Am Abend zuvor hatte Aoi versucht, mit ihr den Gedanken zu teilen, der ihm immer unerträglicher wurde, ausgehend von der Idee, dass das, was wir nicht wissen, uns am Leben erhält, doch am Ende war Mio eingeschlafen, und kurz danach auch er.

Am Tag darauf wachte Aoi früh auf. Er hatte ihren Schlaf nicht stören wollen. Und jetzt dachte er, der Morgen sei nicht unbedingt der geeignete Moment, ihr das zu sagen, was er ihr sagen musste. Wie bei einem geheimen Durchgang, der nur zu besonderen Zeiten zugänglich ist, wenn man ein paar Zauberworte spricht, war er zu dem Schluss gekommen, er müsse den richtigen Moment abpassen.

Er fand, es solle dunkel dazu sein.

Als sie nach einem Nachmittagsspaziergang nach Hause kamen, bereitete Aoi ein *donburi* mit frischem Gemüse und den kleinen silbrigen Fischen vor, die typisch für die Bucht von Kanagawa waren. Mio blätterte zerstreut in ihrem Büchlein, das randvoll mit Menschen war, denen sie zufällig begegnet war, und den Farben, die sie ihnen zugeordnet hatte.

»Und was ist mit mir? Welche Farbe habe ich?«, fragte Aoi sie amüsiert.

»Ich weiß es noch nicht«, lautete die aufrichtige Antwort. »Und das gefällt mir so.«

Sie aßen in aller Ruhe, ohne großen Hunger, und warteten auf den Moment, in dem die Distanz sich auflösen würde.

Es geschah, während sie Geschirr spülten – Mio wusch ab, Aoi trocknete ab –, dass ihre Körper sich ebenso näher kamen wie ihre Hände, wenn sie das Geschirr weiterreichten. Und da zerfiel das Ich in Hunderte von kleinen Splittern wie das Gold auf den Bildern von Klimt, und machte Raum für das Wir, für das Gelb *yamabuki-iro* 山吹色, das in Mios Denken für Luxus und Leidenschaft stand.

Sie liebten sich erneut, und sie ließen sich Zeit.

Wieder einmal hatte Mio einen unerwarteten Elan an Aoi bemerkt, denn während er tagsüber seine Schritte und Worte genau abmaß, wurde er des Nachts zu einem anderen Menschen. Von ihrem Körper bekam er nie genug. Er schien ihn als einen Baukasten von Teilen entgegenzunehmen, der vor langer Zeit in seine Einzelteile zerlegt worden war, und den er, genau er, ganz gemächlich wieder zusammensetzen musste, mit einer genüsslichen Konzentriertheit, die sie manchmal sogar verlegen machte. Es war, als wollte er das alles an Mio genau studieren: den feinen Flaum an ihren Beinen, die Beugung ihrer Arme, die Kartografie der dicksten ihrer Venen, die knochige Linie der Wirbel, die verborgenen Winkel ihres Geschlechts. Und jedes einzelne dieser Elemente wollte er Stück für Stück in Besitz nehmen, es kennenlernen, so wie man ein Neugeborenes kennenlernt, indem man es mit dem Mund, der Nase zart streift und ausgiebig betastet.

In Mio weckte das den Eindruck, er sei ein Mann, der sich in derselben Weise dem Sex hingab und sich wieder von ihm löste wie jemand, der in einem Kinosaal sitzt, vollständig in einem Film versunken, und sich während der Vorstellung manchmal umschaut, um sich daran zu erinnern, wo er ist, und was er tut.

Vor allem hatte sie ständig das Gefühl, Aoi messe ihre Temperatur, als wäre er eine Schlange und suchte in ihr nach Wärme.

Nachdem zwei Stunden vergangen waren, fanden sie sich in einer Welt wieder, die auf das elementare Niveau des Wortes reduziert war.

Die Zimmertür war angelehnt, das Licht gelöscht. Der Fernseher, den sie in der Küche angelassen hatten, warf einen Lichtstreifen auf den Boden.

Aoi zog sich an, kramte in seinem Vorrat von Chupa Chups, nahm sich einen Lutscher. Dann griff er nach einer Taschenlampe und ging in den Garten, um nach den Rosen zu schauen. Die Gartenschere in der Hand, suchte er nach Knospen, und empfand große Freude über seine Pflanzen. Er hatte Angst, doch vor allem war er froh, erfüllt von einem Glück, das vielversprechend war.

Mio duschte, ging dann in die Küche und holte das Vanilleeis aus der Gefriertruhe, das sie im *konbini* gekauft hatten. Sie tat es, weil sie etwas im Mund haben wollte, was nicht sogleich wieder verging, etwas, was ihr einen Grund zum Schweigen gab. Sie musste unbedingt nachdenken über dieses gewaltige Etwas, das in ihr und außerhalb von ihr vorging.

Sie nahm auf der Veranda Platz und beobachtete Aois dunkle Silhouette, sah das grelle Licht der Taschenlampe, das sich auf die einzelnen Pflanzen richtete. Sie suchte ihn mit den Augen, was schwierig war, weil man in seinem Verlangen nach einem anderen Menschen von einer Art Blindheit ereilt wird, die das Objekt der Begierde betrifft, weil dieses uns immer zu weit weg erscheint, und wir es doch am liebsten tief in unserer Brust hätten. Bis er wieder hereinkam, sich die Hände wusch, sich neben sie ins Bett kuschelte. Mit der Hand drückte er Mios Kopf an seine Schulter, gab ihr einen Kuss auf die Haare, während sie immer noch Eis aß, einen Löffelvoll nach dem anderen.

So lagen sie eine Weile da, eine Zeit, die unendlich schien.

»Ich gehe mal nach dem Wetterbericht schauen«, rief Aoi irgendwann aus, und stand auf, um in die Küche zu gehen.

»Der interessiert dich aber wirklich sehr«, zog Mio ihn auf.

»Ich will wissen, ob ich mit dir morgen, bevor du nach Tokio zurückkehrst, noch ans Meer fahren kann.«

Er zog sich ein langärmeliges Shirt an und ging rasch zur Tür, wo bereits die Erkennungsmelodie der Mitternachtsnachrichten ertönte.

Mio dachte an ihr Gespräch über Geraden nach, über die Vorstöße desjenigen, der mehr liebt als der andere. Sie drehte sich um, und der Widerschein des Fernsehers auf dem Boden wurde einen Moment lang von Aois Schatten verdeckt. Auf einmal fürchtete sie, ihr eigenes Herz sei dem seinen deutlich voraus.

»Ich habe dich noch nie mit deiner Schwester sprechen hören. Redet ihr denn mehr, wenn ihr allein seid?«, wollte Mio wissen.

Sie lagen auf dem Bett, sie streckte die Beine in die Luft, um ihre Waden zu entspannen.

»Sayaka redet nicht viel.«

»War das immer schon so?«

»Vielleicht, ich weiß es nicht mehr. Wahrscheinlich haben wir uns beide verändert.«

»Wenn ich eine Schwester gehabt hätte, würde ich vermutlich den ganzen Tag mit ihr reden, von morgens bis abends«, rief Mio aus und fühlte sich dabei sehr kindlich, doch es machte sie auch glücklich, das zu sagen.

Sie legte ihre Beine ab und spürte allmählich, wie sich die Müdigkeit des Tages in ihr ausbreitete.

»Nach dem Tode unseres Vaters, als ich beschloss, das Familienunternehmen zu übernehmen, war sie es, die mich einarbeitete, wenn auch nur mit ihrer minimalistischen Art und Weise zu kommunizieren.«

Seit sie ein Kind gewesen war, hatte Sayaka nur wenig Lust zu reden. Manchmal schwieg sie monatelang, doch wenn sie Freundschaft schloss, explodierte sie buchstäblich in dieser Beziehung. Dann sah man sie ununterbrochen mit ihrer neuen Herzensfreundin reden. Das geschah bei jedem Wechsel an eine neue Schule oder auch nur Klasse. Anfangs war sie immer stumm und hielt sich abseits, so lange, bis sie eine neue Gesprächspartnerin fand – immer nur eine auf einmal –, die es schaffte, dass Sayaka losließ und sich ganz öffnete.

Die Person, mit der sie am engsten verbunden war, war ihr Onkel gewesen, der größere Bruder der Mutter. Er hatte einen großen Teil seines Lebens in Tokio verbracht, war dann jedoch, nach Aois Geburt, ohne vorherige Ankündigung nach Kanagawa zurückgekehrt und wohnte seitdem im Hause der Großeltern, wo Aois Mutter ihn manchmal besuchte.

Der Onkel tauchte auf allen Fotos von den Neujahrsfeiern auf, bei allen anderen wichtigen Gelegenheiten wie den Kindergeburtstagen, an die sich seltsamerweise keiner der beiden mehr erinnerte, sodass Sayaka und Aoi sich irgendwann, als sie erwachsen waren, fragten, ob es an den fehlenden Geschenken lag, die er tatsächlich nicht machte; die Fahrräder waren eine Ausnahme gewesen. Er hatte jedem Mitglied der Familie eines geschenkt und sie mit der Zeit durch andere ausgetauscht, je nach dem Alter der Kinder und ihren Bedürfnissen. Er richtete ihnen die Gänge ein, achtete auf die Leichtigkeit des Rahmens, auf die Größe des Korbes oder der Sättel. Besonders strahlte sein Gesicht, wenn er ihnen einen besonderen Wunsch erfüllen konnte: den Sattel einer Marke, die nur schwer zu bekommen war, die Halterung für ein Surfbrett in der Zeit, als Aoi wie besessen vom Surfen war und jeden Morgen vor der Uni eine Runde Wellenreiten ging.

Mit den Jahren war die Anwesenheit des Onkels in ihrem Leben immer deutlicher geworden: Aoi gegenüber war er sehr liebevoll, doch an Sayaka schien er ganz besonders interessiert.

Er mischte sich nicht ein, um mit ihr zu sprechen, sondern beobachtete sie geduldig, interessiert daran zu sehen, wie sich ihr Körper und ihr Verstand entwickelten. Er wirkte wie ein Entomologe vor einem Ei, das kurz davor ist, sich zu öffnen: eine Raupe wird ihren kleinen Körper hinauszwängen, sich dann verpuppen und rasch die Flügel ausbreiten, bevor sie zu hart werden. Und sich schließlich in einen Schmetterling verwandeln.

Der Onkel beobachtete alle Entwicklungsphasen des kleinen Mädchens mit dem Staunen eines Wissenschaftlers, der dabei ist, eine große Entdeckung zu machen. Mit Scharfsinn filterte er ihre grundlegenden Züge heraus: die etwas finstere Intelligenz, ihre Sorgfalt für Details, ihre Zurückhaltung anderen Menschen gegenüber, die außergewöhnliche Vorsicht, die sie gleichermaßen vor Vulgarität, vor Erfolg und vor Glück bewahrte.

»Er hat sie immer besser verstanden als jeder andere«, sagte Aoi. »Sayaka hielt stets einen Meter Abstand von anderen Menschen, das liegt in ihrer Natur, aber der Onkel bemühte sich, diese Distanz zu verringern. Im Gegensatz zu meinen Eltern, die sie um ihres eigenen Friedens willen in Ruhe ließen, waren die beiden unzertrennlich.«

Er ging mit ihr auf den Klippen von Marina Zushi Krebse fangen und sie dann am Strand wieder freilassen, nur um ihnen dabei zuzusehen, wie sie rasch ins Meer zurückkrabbelten, oder sie fuhren kurz vor Sonnenuntergang mit dem Fahrrad nach Enoshima und stiegen zum Tempel der Göttin Benten auf, um ein Gebet zu sprechen. Fast ohne ein Wort zu sagen, unternahmen sie stundenlange Fußmärsche, um die *kiridōshi* zu finden, jene wenigen, in den umliegenden Bergen verteilten Pfade, auf denen früher die Pilger nach Kamakura gelangt waren.

Mio lauschte Aois Erzählungen, ihr gefiel es, wie er sich ausdrückte: So sah sie alles vor sich, als hätte sie es selbst erlebt.

»Ich war sogar ein bisschen eifersüchtig, aber ich wusste, dass Sayaka es nur mit ihm schaffte, sich auf diese Weise zu öffnen. Durch körperliche Nähe, schweigend Seite an Seite zu gehen und sich umzuschauen. Sie ließen die Landschaften und ihre gemeinsamen Wanderungen sprechen. Ich habe schon damals begriffen, dass es keinen Sinn machte, darauf eifersüchtig zu sein, und dass Menschen einander wählen, auch innerhalb derselben Familie.«

Mio nickte. Sie dachte sofort an ihren Vater, daran, wie er sie an den Schultern genommen und neben sich in den *ofuro* getaucht hatte. Sie dachte an die Bilderbücher, an die Ruhe und die wenigen Gespräche, mit denen er Jahre des Schweigens wiedergutmachte: *Ach, Mio, wenn du nur wüsstest, wie schön deine Mutter war, als sie dort vor der Konditorei in Ginza in der Schlange stand! Man spürt den Wink des Schicksals, er ist wie eine kleine Brise in der Luft, du wirst sehen, auch du wirst ihn spüren.* Und sie dachte an jene Liebe, die sie immer schon als riesengroß empfunden hatte.

»Im Institut kam der Onkel nie vorbei«, fuhr Aoi fort. »Mit Sayaka verabredete er sich immer gleich am Meer oder am Bahnhof, oder an der letzten Ampel an der Wakamiya-ōji. Er empfand einen starken Argwohn der Arbeit meines Vaters gegenüber, fast einen Widerwillen.«

Das konnte Mio gut verstehen.

»In der Familie ahnten wir es schon eine ganze Weile, aber irgendwie umschifften wir das Thema immer. Papa pflegte zu sagen, was man nicht wirklich begreift, macht einem Angst, und ich glaube, damit meinte er auch meinen Onkel. Er nahm ihm das nicht übel, sie respektierten sich, aber sie waren einander nicht sehr nah.«

Doch als Aois Vater dann starb, hatte der Onkel von einem Tag auf den anderen sein Fahrradgeschäft geschlossen und auf diese erstaunliche Weise, in der sich die Dinge manchmal ändern, begonnen, zusammen mit ihnen im Bestattungsinstitut zu arbeiten. Er machte sich nützlich, so gut er konnte, lernte noch einmal einen ganz neuen Beruf. Er beklagte sich nie, verbarg das Unbehagen, das ihn sicher erfüllte, so gut es ging.

»Ein Fahrradgeschäft?«, fragte Mio und richtete sich auf. Sie hatte das verstörende Gefühl, ein Gespräch zu führen, das ganz woanders begonnen hatte, ohne dass sie dabei war.

»Ja, mein Onkel hatte ein kleines Fahrradgeschäft«, erwiderte Aoi und wurde auf einmal nervös.

Denn genau hier, dachte er, war der Punkt, an dem er anfangen konnte. Bei dem ganz besonderen Onkel, der er für sie beide gewesen war; dem zweiten Vater für Sayaka, und dem einzigen erwachsenen Freund, den sie jemals gefunden hatte. Bei der Fähigkeit dieses sanften Mannes, sich vom Leben anstecken zu lassen, bei seiner zustimmenden Art, denn oft sagte er: »Ein Ja kommt nie allein, es zieht ein anderes Ja mit sich, eine ganze Reihe davon, so lange, bis das Leben irgendwann wie eine endgültige Bestätigung daherkommt.«

Ja, nur *ja* sagte der Onkel. Das einzige *Nein* hatte er aus seinem Munde gehört, als Aoi darauf bestanden hatte, er möge sich bei seiner Tochter melden, ihr schreiben, dass er all die Jahre an sie gedacht habe, und wie sehr er sie aus der Ferne geliebt habe.

Im Grunde hatte Aoi sich erst, als er von der privaten Geschichte seines Onkels erfahren hatte, erklären können, was es mit seiner Vorliebe für die weibliche Seite der Familie auf sich hatte, einer Beziehung, die ihm so ähnlich erscheinen musste wie die Beziehung zwischen einem Vater und einer Tochter.

»Aoi«, unterbrach ihn Mio. »Wie hieß denn dein Onkel? Wie lautete sein Name?«

Wie der Name des Onkels von Aoi lautete

Takenori Okada.

Drei

Manche Fragen stellt man, obwohl man bereits die Antwort kennt.

Manchmal tut man das spielerisch, manchmal, um eine Geschichte noch einmal zu hören, von der man jede Zeile kennt oder zumindest den Ausgang.

Als Mio ihn nach jenem Namen fragte, nannte Aoi ihn schnell, weil er sicher war, dass sie ihn bereits kannte.

Er beeilte sich hinzuzufügen, dass er schon die ganze Zeit über die Absicht gehabt hatte, ihr die Wahrheit zu sagen, wenn nicht gleich am ersten Tag, so doch am zweiten, doch dass ihn dann etwas übermannt habe, ein Gefühl, das er bis zu jenem Moment nicht einmal für möglich gehalten hatte.

An jenem Nachmittag Mitte Juni, als er von *Pigment* kam, war Aoi auf seinem Weg durch die Straßen von Tokio guter Laune gewesen. Es hatte ihn unglaublich überrascht und glücklich gemacht, dass die junge Frau, die er sich kühl und feindselig vorgestellt hatte, in Wirklichkeit witzig und liebenswürdig gewesen war. Wer in jenem Moment seinen Weg gekreuzt hätte, der hätte wetten können, dieser junge Mann habe gerade eine gute Nachricht erhalten. Und dass diese Nachricht wichtig sei.

Aoi hatte gespürt, wie sie sich in ihm von Anfang an ausbreitete, jeden Tag unzählige Minuten mehr von seiner Zeit besetzte. Damals wusste er noch nicht, dass Mio geübt im Feuerlegen war, dass sie gerne eine neue Sprache mit Benzin mischte und sie in Brand setzte. Und wenn sie jemanden nicht mehr liebte, war sie bereit, auch diesen Menschen zu verbrennen, weil der Gedanke zu leiden ihr große Angst machte. Am Ende einer jeden Beziehung errichtete Mio, um der Versuchung zu widerstehen, zurückzukehren, einen Scheiterhaufen und warf all das darauf, was sie an diese Liebe erinnerte. Aoi konnte damals noch nicht ahnen, dass er eines Tages selbst Angst haben würde, auf diesem Scheiterhaufen zu landen. Dann würde er sich Mio vorstellen, wie sie mit verschränkten Armen, mit ihrer ganzen mistelartigen Schönheit, den Rauchwolken zusah, die sich in der Luft auflösten, ein Stück von Aoi, das über ihr in den Himmel stieg.

Nun saßen sie auf der Veranda. Vor ihnen lag der Garten, das Fenster stand offen, nur durch das Fliegengitter geschützt.

Nachdem er sie bei *Pigment* kennengelernt hatte, flüsterte er ihr zu und schaute dabei ins Dunkel vor ihm, habe er fest vorgehabt, nach Abschluss des Beratungsgespräches mit ihr auf ein *tenpura* bei Ikeda-san zu gehen. Dort wollte er ihr ein Foto seines Onkels zeigen und ihr von diesem ganz besonderen Mann erzählen, von seinem papierenen Vermächtnis. Es würde eine Freundschaft entstehen, hatte er gedacht. Ja, es war schön, sich Mio als Teil der Familie vorzustellen. Sayaka würde zunächst eifersüchtig sein, aber dann würde auch sie sie willkommen heißen: Wenn sie Mio ins Gesicht sah, würde sie gleich die Ähnlichkeit erkennen, und allein dadurch würde sie ihr ans Herz wachsen. Wenn seine Schwester sehen würde, wie Mio auf genau die gleiche Weise wie er das Handgelenk schwenkte oder die Brauen hob, würde sie allein das schon für sie einnehmen.

Doch schon bald hatte Aoi gemerkt, dass der Gedanke an Mio sich immer wieder in ihm wandelte, so wie wenn man eine chemische Lösung im Labor ansetzt und dann beobachtet, wie sie sich verändert. Erfasst von einer Unruhe, die mittlerweile nicht mehr von Freude zu unterscheiden war, war er vor lauter Aufregung die halbe Nacht im Haus herumgelaufen, hatte versucht, sich mit einer Flasche Bier oder einem *senbei* zu beruhigen, mit irgendetwas, was man sich in den Mund stecken konnte.

Als es dann am Ende zum Sex gekommen war, hatte der unehrliche Teil von ihm darin eine Art Klebstoff gesehen, den Beweis dafür, dass alles darauf hinwirkte, dass sie beieinanderblieben. In jenem Moment wollte er Mio nur davon überzeugen, dass ihre Beziehung vielleicht auf einem falschen Fundament begonnen, dennoch aber eine Chance verdient hatte.

Während Aoi dieses äußerst schwierige Gespräch begann, dachte er an das, was dahintersteckte und was man nicht sehen konnte.

Mit einem Überlebensimpuls erinnerte er sich an den ersten Monat mit Mio, dachte an die Besessenheit, mit der er sich immer wieder selbst gesagt hatte – wie um sich des großen Schlamassels, in den er geraten war, bewusst zu werden –, es müsse auf jeden Fall die Mühe wert sein, auf diese Weise zu lieben, so verzweifelt, so vorschnell, so unvollkommen. Er dachte an den Moment zurück, in dem er voller Schrecken begriffen hatte, dass sein Leben, wie auch immer es mit ihr weiterging, sich in ein Vorher und ein Nachher aufspalten würde, und dass selbst wenn ihn noch mehr Freude als vorher erwartete, ganz gewiss nichts mehr so sein würde wie zuvor.

»Mio?«

»Sprich weiter, erzähl mir, was *ganz konkret* passiert ist.«

»Konkret …«, sinnierte Aoi. Er sah nur Schatten um sich herum. Es musste schon nach ein Uhr nachts sein. Er sammelte seine Gedanken und begann: »Konkret hat mein Onkel mehr als dreißig Jahre eine Korrespondenz mit einer Frau gehabt, die er über alles liebte, aber nicht an seiner Seite haben konnte. Er war bereits über vierzig, als er sie kennenlernte, aber sie war verheiratet. Am Ende blieb sie in Tokio wohnen, und er ging zurück nach Hayama.«

Er hielt inne und schaute dabei zu dem reglosen und stummen Profil neben sich auf der Veranda. Wäre Aoi sich nicht sicher gewesen, dass das Gegenteil der Fall war, hätte er gedacht, sie schlafe.

»Mio?«

»Sprich weiter, habe ich gesagt.«

»Sie haben eine Tochter bekommen.«

Sie schloss die Augen, holte so tief Luft, wie sie nur konnte.

»Ich weiß, dass deine Mutter tot ist, Mio, dass in deiner Familie niemand mehr lebt. Das weiß ich nur deshalb, weil es etwas war, was uns anging. Ich habe von dem Brand in dem Haus in Gunma erfahren.«

Mio schlug die Hände vors Gesicht, als wollte sie ihre Züge auslöschen, strich dann die Haare zurück und schlang sie um ihre Finger. »Sie waren zu Besuch zu Freunden gefahren«, sagte sie ganz leise. »Es war ihr erster Urlaub nach all diesen Jahren.«

Um diese letzten Worte zu sagen, ließ sie sich Zeit. Der Satz kam nur mit Mühe heraus, als wäre er ein Tier, das von einem Kind am Schwanz festgehalten wird.

In Mios Erinnerung war die Auslöschung ihrer Familie verbunden mit dem drastischen Bild einer Schüssel, die ausgeleert wird, eines versehentlich gezogenen Stöpsels: ein kurzer Strudel im Abfluss eines Waschbeckens, und weg waren sie, alle vom schwarzen Loch der Welt verschluckt.

Als man sie anrief, kam sie gerade aus der Dusche, die nassen Haare hingen ihr auf die Schultern, der Badezimmerspiegel war von Dampf beschlagen. Eine Stimme hatte gefragt, ob sie mit Yoshida Mio sprechen könne, und sie hatte an dem Ton sofort erkannt, dass etwas passiert sein musste. Und dann wurden, wie bei einer Taufe oder bei einem Gerichtsprozess, die Namen ihres Vaters und ihrer Mutter genannt, dann die des Großvaters und der Großmutter.

Warum nur in dieser Reihenfolge, hatte sie sich gefragt, während sie antwortete und zuhörte und nickte, das Wasser langsam an ihr heruntertropfte und eine Lache auf dem Boden bildete. Solche Fragen hatte sie sich während des gesamten Gesprächs gestellt, als suchte sie nach einer ständigen Ablenkung, die sie vor der Beschreibung des Brandes schützen könnte (»Sehr wahrscheinlich wurde er durch einen defekten Ofen ausgelöst«), als wollte sie dadurch, dass sie über die Farbe ihres Nagellacks nachdachte (»Der Zustand der Leichen ließ keine eindeutige Identifikation zu«), über die schrille Stimme des Polizisten (»Gibt es noch andere Verwandte, mit denen wir Kontakt aufnehmen müssen?«), über den Geruch von Brühe, der durchs angelehnte Fenster hereinkam (»In wie vielen Stunden könnten Sie denn in Gunma sein?«), versuchen, noch ein wenig am konkreten Charakter der Welt haften zu bleiben.

Wenige Stunden später hatte sie den Zug nach Gunma bestiegen, eine Polizistin hatte sie mit dem Auto am Bahnhof abgeholt, weil Busse nur an Werktagen alle vier Stunden verkehrten. Nach den Formalitäten, ein Ausweis musste vorgezeigt werden, stieg Mio zu ihr in den Wagen. Die Fahrt war eine immer wieder unterbrochene Linie von Farben, Feldern, dann spärlich verteilten Häusern mit blauen Dächern, Fabriken,

Plantagen bis zum Horizont. Die Polizistin fuhr und schwieg, Mio schaute und schwieg.

Am Ziel angekommen, gab es eine gewaltige Ansammlung von Farben, die ihr Herz erfüllten. Oder, besser, genau das, was nicht mehr da war. Vor allem das Haus der Onos: Da war die ganze düstere Pracht einer gerade erst entstandenen Ruine, da waren die zerborstenen Wände, wie das gold- und silberfarbene Einwickelpapier einer Praline. Das mittlerweile gelöschte Feuer zeigte die engmaschige Struktur der Holzbalken, das schwarze Gerüst des zweiten Stockes, das Dach, das, wie ein Hut, der an einem windigen Tag einfach weggeweht wird, verschwunden war.

Bis vor ein paar Stunden hatte es in diesem Haus Essen gegeben, *futons,* abgenutzte Stäbchen, Schuhe, von der Sonne ausgebleichte Hüte, Menschen. Und unter diesen Menschen die einzigen, die Mio unter Tausenden an der Stimme erkannt hätten, Menschen, die sich an die Farbe erinnerten, auf der sie geboren war: *hai-zakura* 灰桜, Aschgrau und Kirschrosa.

Mio hatte tapfer alles getan, was man von ihr verlangte. Dokumente, Unterschriften, Antworten, Wiederholungen, noch einmal Dokumente, Unterschriften, im Sitzen, im Stehen, Adresse, Antworten, wenige Fragen. Sie hatte sich bei allem helfen lassen, hatte nicht ein einziges Mal so getan, als wüsste sie etwas.

Am darauffolgenden Tag war sie nach Tokio zurückgekehrt. Die Erinnerungen an ihre Kindheit hatte sie verloren, und sie sah keine Farben mehr.

Jetzt neben Aoi auf der Veranda sitzend, blickte Mio auf den Garten aus Grautönen und abgrundtiefem Blau, sah das matte Weiß der Straßenlaterne, die die Blätter des Hauses gegenüber grell anleuchtete.

Sie dachte an die Tage unmittelbar nach dem Verlust ihrer Familie, an die kleinen Risse, das Gefühl, dass man, wenn etwas Tragisches geschehen ist, von solcher Zerbrechlichkeit umgeben ist, dass von da an bestimmt noch mehr schiefgehen wird: Nach der Waschmaschine könnte auch die Türklinke kaputtgehen, dann wird man vielleicht mit einem lieben Menschen streiten und schließlich gar Gefahr laufen, an einer Straßenkreuzung überfahren zu werden.

Aoi, der schweigend verharrte und wusste, dass eine gehörige Portion Leere nötig war, damit Mio die Erinnerung an die Oberfläche zurückholen konnte, erzählte schließlich weiter.

»In jenen Tagen war mein Onkel vollkommen erschüttert, wieder und wieder sagte er, das Feuer sei etwas Verfluchtes, und er wollte nicht mehr aufhören zu weinen. Damals sprach er zum ersten Mal mit mir über dich. Ich wusste seit Jahren, dass es dich gab, aber nicht, wie du heißt, wo du wohnst, noch was du machst. Ich wollte dich treffen, dir helfen … Als sie ihm dann sagten, eine Cousine sei aus dem Ausland zurückgekehrt, um bei dir zu sein, hat er sich etwas beruhigt. Er bat einen Anwalt, ihm dabei zu helfen, dass er dich treffen konnte, wollte in einem solchen Moment nicht einfach in dein Leben platzen … Er wusste nicht, ob deine Mutter dir von ihm erzählt hatte oder nicht. Ihm hatte sie geschrieben, sie habe es nicht getan, aber womöglich hattest du etwas geahnt. Jedenfalls wollte nicht er es sein, der mit dir spricht. Nicht unter diesen Umständen …«

Was für eine groteske Angelegenheit, erinnerte sich Mio, damals beim Tod der Großeltern und Eltern gedacht zu haben. Du schließt die Haustür ab und denkst, dass du in ein paar Minuten zurückkommst, lässt es im normalen Durcheinander des Alltags zurück, den Spinat eingeweicht, die Muscheln noch nicht geputzt, und dann vergehen Tage, bis du wieder zurückkehrst, und das Obst im Korb ist voller Würmer, auf der Bürste liegt eine Staubschicht.

»Ich weiß aber, dass du, durch deinen Anwalt, von der Existenz des Onkels erfahren hast, ihn aber nicht treffen wolltest. Er hat dich verstanden und nie darauf beharrt.«

Mio schaute immer noch auf die Schatten. Sie erinnerte sich vage an einen sehr kalten Morgen, an ein gläsernes Bürohaus und einen Unbekannten im blauen Anzug, der mit ihr sprach. Der Name der Anwaltskanzlei stand auf dem Briefpapier, auf der Visitenkarte, hing an jeder Tür. Und sie wiederholte gebetsmühlenartig: *Du wirst alles vergessen, Mio, beruhig dich, es ist nicht wichtig, es ist eine Lüge, eine Information, die zu gar nichts nutze ist, du wirst sie vergessen, bleib ganz ruhig.*

Es war nicht so, dass sie es nicht wusste, noch hatte sie es für eine Information gehalten, die man außer Acht lassen konnte. Vielmehr hatte Mio bewusst beschlossen, den Gedanken, einen anderen Vater zu haben, zu ignorieren.

Das Problem hatte sie gelöst, indem sie sich sagte, dass Menschen keinen Stammbaum brauchten, um zu erkennen, wer sie wirklich waren. Und dass im Grunde die Dinge, die wir *nicht wissen*, wesentlich wichtiger sind als die, die wir *wissen*. Sie sind Teil jener leeren Stelle, die wir alle in uns haben, und um die herum sich die Identität eines jeden von uns herausbildet. Ein kleines Ereignis, das wir in erster Person erleben und um das wir uns voller Hingabe kümmern, hat wesentlich mehr Bedeutung für uns als die große Geschichte, die uns kaum berührt.

»Ein Pflänzchen in einem Glas, das jede Nacht mit Liebe gegossen wird, ist viel mehr wert als ein Wald, der in Flammen steht«, hatte ihr Vater ihr einmal gesagt, und Mio hatte bis jetzt sehr gut gelebt, ohne zu wissen, von wem sie ihre Nase oder die Form ihres Mundes geerbt hatte. Wenn es Ähnlichkeit gab, dann war sie vor allem innerlich.

Gewiss hatten die Umstände, unter denen sie von der Existenz ihres zweiten Vaters erfahren hatte, ihre Ablehnung noch befördert. Ihr schien, als wäre das Unrecht sogar noch größer geworden: dass ihr Vater, also derjenige, der gerade verstorben war, zum Opfer eines doppelten Affronts wurde, und das auf so irreparable Weise, dass sein Tod noch das geringere Übel war. Und dass ihre Mutter hingegen alles Recht auf sehnsüchtige Erinnerung und Liebe verwirkt habe, dadurch, dass sie die Untreue geworden war, die Böse in der Geschichte. Das alles machte die Geschichte so schäbig und farblos, dass sie beschloss, diese Information zu verdrängen.

Und so kam es, dass Mio an jenem Tag, als der Anwalt mit ihr sprach und versuchte, eine Sensibilität an den Tag zu legen, die er gar nicht besaß (»Ihr Vater heißt Takenori Okada. Er wohnt in Hayama, bei Kanagawa, wo er ein Fahrradgeschäft führt. Er hat den Wunsch geäußert, Sie zu treffen und Ihnen zu helfen, wenn Sie das wünschen«), zwar nickte, aber gar nicht da war.

Sie stellte sich das gesamte Weiß des Zimmers vor, zog es an sich wie ein Magnet, und gehorsam legte dieses Weiß sich ihr in die Hände. Und dorthinein stürzte sich Mio. Ihr Sprungbrett war der Sessel in der Anwaltskanzlei, in dem sie gefasst saß, doch dann erhob sie sich auf die Zehenspitzen, beinahe nackt, die Haare fest unter die Bademütze gesteckt. *Spring, Mio.* Und dann sprang sie, verspritzte Milch und Austern, die auf dem glänzenden Boden landeten.

Redet nur mit mir, ich bin nicht mehr da. Ihr werdet mich auch nicht finden, und wenn ihr hundert Jahre sucht. Ich bin anderswo.

Im Dunkeln sprach Aoi weiter. »Ich wollte dich auch kennenlernen, weißt du? Aber er sagte, nein, er hatte Angst, ich würde dich verstören … Und er hat mir gesagt, ich solle erst zu dir gehen, wenn er auch gestorben wäre.«

»Dann ist er also tot?«

Es war die allererste Frage, die Mio stellte, seit Aoi seinen Onkel erwähnt hatte. Eigentlich wollte sie gar nichts sagen, überzeugt von der Idee, darüber zu sprechen bedeutete, die Sache zuzulassen, sie geschehen zu machen. Doch der Satz war ihr herausgerutscht. Wie dumm von mir, sagte sie sich, wenn sie das Gespräch Revue passieren ließ, denn er hatte ja immer in der Vergangenheitsform gesprochen. Es lag auf der Hand, dass der Mann tot war. Trotzdem wurde ihr das erst in jenem Moment klar.

»Vor einem Monat. Er war seit vielen Jahren krank… Er war älter als deine Mutter.«

Mio dachte an Verzicht. An Verzicht, der auf uns selbst und anderen lastet. Denn wenn etwas Irreparables geschieht, muss man sich immer einen Verantwortlichen suchen, den man zum Sündenbock machen kann. Sie hatte ein Treffen abgelehnt, und er hatte ihr nicht gesagt, wie wenig Zeit ihm noch blieb.

»Der Onkel fehlt mir sehr«, sagte Aoi, »und Sayaka wahrscheinlich noch viel mehr. Doch er hatte ein glückliches Leben. Als er starb, war er zufrieden damit, wie sein Leben verlaufen war. Einmal sagte er mir, er habe darunter gelitten, deine Mutter und dich nicht in seiner Nähe gehabt zu haben, aber am Ende habe alles wundersamerweise zusammengefunden … Ja, genauso sagte er es: Die Traurigkeit habe wundersamerweise mit der Fröhlichkeit zusammengefunden, und im Grunde bereue er nichts.«

Mios Augen füllten sich mit Tränen, so wie manchmal bei einem Film, wenn sie bei einer an sich banalen Szene auf einmal tief gerührt war.

»Über dich sagte er, auch wenn er dich nur auf Fotos gesehen hatte, seist du so schön wie deine Mutter, du hättest ihre Gesichtszüge, seist aber größer. Wieder und wieder meinte er, du seist intelligent, eine besondere Frau mit einer außergewöhnlichen Begabung, die deine Augen betraf, dass du gern lernst, und dass du das nicht von ihm hättest, wie er immer lachend hinzufügte. Als ich ihn fragte, warum er nicht darauf bestehe, dich zu treffen, antwortete er, du hättest ja schon einen Vater, der ein großartiger Mensch sei, ein Mensch mit einem Naturell, das er nie gehabt habe, und dass deine Mutter den besseren Vater für dich ausgesucht habe.«

Mio erkannte an ihren Pupillen, was ihrem Herzen gerade widerfuhr. Die Farbe zog sich aus allen Dingen zurück, es verschwanden die Rottöne, die Abstufungen von Grün und Blau, die Tupfer von Gelb und Orange. So war es auch bei ihrer Rückkehr aus Gunma gewesen, nachdem sie das abgebrannte Haus gesehen hatte: Tagelang hatte sie die Fähigkeit, Farben zu erkennen, verloren. Damals hatte sie es niemandem gestanden, aber es gab sowieso keinen, mit dem sie darüber hätte reden können. Sie wusste, dass das Phänomen nichts mit den Augen zu tun hatte, sondern mit ihrer verletzten Seele, die ohne Liebe nicht mehr wusste, was sie mit der ganzen Pracht anfangen sollte.

Manchmal geschah das noch: Wenn sie sich verzweifelt und verwirrt fühlte, verschwanden die Farben wieder, und alles überzog sich mit einem Grauschleier, eine schreckliche Welt, deren einziger Halt im Kontrast und in den Formen bestand.

»Mio, es war ein Fehler von mir, dass ich nicht mit dir darüber gesprochen habe«, murmelte Aoi. »Meine Mutter sagte immer, unsere einzigen Ruder sind die Fehler, die wir machen, und um vorwärtszukommen und besser zu werden, müssen wir sie gut einsetzen. Ich hoffe, mein Fehler ist einer von denen, die man reparieren kann.« Er unterbrach sich, stand auf und fügte hinzu: »Warte.«

Kurz darauf kehrte er mit einem großen Umschlag in Händen zurück. Er zog mehrere kompakte Stapel Papier heraus, die verschiedene Formen und Farben hatten.

»Das sind die Briefe, die deine Mutter im Verlauf der Jahre an meinen Onkel geschrieben hat. Die Absenderin ist immer die gleiche, Kaneko Yoshida.«

Mio nickte, doch nur damit Aoi weitersprach.

»Du hast mir erzählt, wie fixiert sie auf deine Sichtweise der Welt war, und wie sehr sie dich hat leiden lassen. Ich habe diesen Briefwechsel gelesen, Mio, habe die Worte gelesen, die deine Mutter wählte, um von dir zu erzählen.«

»Sag nichts …«

»Nein, ich sage dir nichts, ich möchte, dass du es selbst liest, wenn dir danach ist. Aber das hier dient mir dazu, dir etwas über mich zu sagen.«

Mio stieß ein fast unhörbares »Mh« aus, um ihre Zustimmung zu signalisieren.

»Dein Vater war …«

»Nenne ihn nicht so.«

»Du hast recht, entschuldige. Mein Onkel sah Farben nicht so wie andere Menschen.«

»Was soll das heißen?«, unterbrach ihn Mio.

»Er litt an Daltonismus, er war farbenblind, oder genauer rotgrünblind, und genau deshalb war deine Mutter auch so besorgt: Sie fürchtete, du könntest es auch sein. Für die Arbeit deiner Familie wäre es eine Katastrophe gewesen, und auch wenn dein Onkel ihr immer wieder versicherte, farbenblind seien fast immer nur Männer, machte sie sich Sorgen um deine Augen. Das tat sie nicht aus Bosheit.«

»Farbenblind«, flüsterte Mio, als würde sie ein ausländisches Wort aussprechen.

»Deine außergewöhnliche Sehfähigkeit ist eine wundervolle Gabe.«

»Sie ist überhaupt nichts Besonderes«, entgegnete sie.

»Doch, das ist sie«, erwiderte Aoi. »Das weißt du auch selbst.«

Mio hob gereizt die Brauen. Ihr schien, alles Schöne, was jetzt in diesem Gespräch zur Sprache kam, würde verbrannt.

»Doch der Punkt ist ein anderer«, erklärte er. »Farbenblindheit ist ein erblicher Defekt, auch mein Großvater väterlicherseits hatte ihn, und …«

Mio wartete, spürte eine Art kleine Kuppe, eine Straßenbiegung, hinter der eine vollkommen andere Straße beginnen würde.

»Ich bin es auch. Es ist etwas, was man erbt, Mio.«

»Farbenblind«, flüsterte sie noch einmal. Es war nicht einmal ein Zweifel oder Skepsis, sondern ein Wort, das von selbst im Raum stehen blieb.

»Ich sehe kein Rot. Grün kommt mir etwas blasser vor, Rosa sieht aus wie Grau, und andere Farben verwechsele ich oft.«

»Das hast du mir nie gesagt.« Das war wieder ein Satz, nach dem niemals gefragt worden war, mit erloschener Stimme ausgesprochen.

»Ich weiß. Tut mir leid.«

»Noch eine Lüge«, kam es von ihr, leise geflüstert, als wollte sie nicht, dass es gehört wurde, doch Aoi spürte sofort die Traurigkeit, die sie erfüllte. Er spürte ihre Ablehnung, sah das Ende gekommen: Es war die Ahnung, wie es wäre, das zu verlieren, worauf man einfach nicht verzichten kann. Und doch hatte diese unvorhersehbare, fast planlose Wendung, die seine Liebe zu Mio bedeutete, alles in die Luft gejagt. Wie sollte er ab jetzt ohne sie zurechtkommen?

Aoi schob den beängstigenden Gedanken beiseite, konzentrierte sich auf ihre Augen, auch wenn sie ihn gar nicht anschaute.

»Ich wusste, dass das nicht bloß ein Detail für dich wäre. Nichts, was mit Farben zu tun hat, ist das. Aber ich habe nie geglaubt, ich könnte dir etwas so Wesentliches verschweigen, es war für mich nie etwas, was sich zwischen uns schieben könnte.«

»Ich habe dir doch erzählt, wie ich die Dinge sehe, und du schienst es zu begreifen.«

»Ich habe dich begriffen, Mio.« Seine Stimme wurde flehentlich. »Ich verstehe dich *immer,* wenn du mir etwas sagst. Es ist deine Liebe zum Leben, das vergeht, die Schönheit, die du siehst, auch die verborgene in den Dingen, die weniger sicher sind. Ich liebe es, dir zuzuhören, wenn du deine Welt beschreibst. Ich verstehe es auch deshalb, weil ich in gewisser Weise selbst in einer Welt lebe, die anders ist als die der anderen.« Aoi holte tief Luft, versuchte sich an einem Lächeln. »Es ist, als sprächen meine Augen die Sprache einer Minderheit, einer kleinen Gemeinschaft, die Farben auf andere Art wahrnimmt.«

Mio erfüllte er mit Zärtlichkeit, dieser Satz, den Aoi, da hätte sie wetten können, schon als Kind gelernt hatte, um anderen seinen Sehfehler zu erklären. Sie erinnerte sich an die übermütige und doch geheimnisvolle Freude des ersten Mals mit ihm. Das Gefühl, mit einem Fabelwesen schwanger zu sein, einem Wyvern, der ohne den Rubin an seiner Stirn wahrscheinlich genauso schlecht sah wie Aoi. Es schien ihr eines der Zeichen zu sein, die das Schicksal aus Scherz frühzeitig verschenkt und das man zunächst übersieht, bis man irgendwann in der Lage ist, es zu verstehen.

»Bist du böse?«

Nein, Mio war nicht böse, aber sie fühlte sich töricht. Sie dachte an die übertriebene Sorgfalt zurück, mit der sie vor jedem Treffen mit Aoi ihre Kleidung und die Schminke gewählt hatte, an ihre flammenden Erklärungen über die sieben Arten von Himmelblau, an die Beschreibung der erweiterten Skala von Weiß beim *shiromuku.*

»Du hast mich über Farben reden lassen, ohne mir etwas zu sagen.« – Oder vielleicht war es ja auch Wut. Wie konnte er nur glauben, sie zu verstehen, wenn er nichts von Farben verstand? – »Du kamst, um mich kennenzulernen, du wusstest, wer ich war, hast mich aber komplett im Dunkeln gelassen. Du hast mich in dein Leben gezogen, hast es mir schwergemacht, wieder hinauszukommen, hast vorgegeben, etwas zu sein, was du nicht bist.«

»Und doch, Mio, bin ich noch nie so ehrlich zu einem Menschen gewesen und habe mich nie so geöffnet. Was ich für dich empfinde, ist etwas ganz Neues für mich.«

»Trotzdem fühle ich mich betrogen«, erwiderte Mio wie geistesabwesend. »Ich bin mir sicher, das verstehst du.«

Sie hörte sich mit einer wundervollen Ruhe sprechen, die doch gar nicht zu ihr gehörte. Sie staunte über jedes Wort, fragte sich nach der Bedeutung jener Nacht, die von Stunde zu Stunde mehr an ihr haftete, wie Rost.

Aoi hielt ihr eine Hand hin, unsicher, doch Mio zog sich instinktiv zurück.

Und genau das durfte nicht geschehen.

»Und jetzt, was macht man jetzt?«, fragte sich Mio und stand auf. In jenem Moment hätte sie Aoi am liebsten weggezaubert, hätte so getan, als hätte es ihn nie gegeben. In ihrem vorigen Leben hatte sie Dinge, die viel größer waren als er, einfach negiert, und das würde ihr auch diesmal gelingen: Sie musste nur einen neuen Scheiterhaufen errichten. Und doch spürte sie, dass sie das sehr, sehr viel kosten würde. Das hier war keine oberflächliche Beziehung, die man ohne große Mühe beenden konnte, sondern eine hartnäckige, endgültige Liebe, in der die Ahnung, endlich nach Hause gekommen zu sein, klar und deutlich spürbar war.

Während sie sich anzog und sowohl mit dem Stoff als auch dem Zorn zu kämpfen hatte, der in ihr aufstieg, dachte sie, das Einzige, was sie sich in diesem Moment wünschte, wäre es, gar nichts mehr zu wissen. Und alles zu vergessen.

Wäre ihr Vater hier an ihrer Seite gewesen, hätte er wahrscheinlich seinen Mund Mios Ohr genähert und hätte seiner Tochter mit seinem Geruch nach Indigoblättern und Apfel, mit dieser Sanftheit, die sein ganzes Leben geprägt hatte, zugeflüstert, es gebe nun einmal Momente, in denen man etwas erfährt, wonach alle Harmonie zerstört ist.

Doch dann hätte er ihr zugelächelt und hinzugefügt, in jedem Fall komme am Ende alles wieder in Ordnung. *Wirklich, Mio, ich garantiere es dir,* hätte er ihr gesagt. *Alles renkt sich wieder ein. Man muss sich nur mit Mut und Geduld wappnen.*

Vier

Es war ein Tag der kompletten Verweigerung.

Mio hatte keine Lust zu reden, treffen wollte sie auch niemanden. Die unfreiwillige Liebe, die bei der Liebe den größten Teil ausmacht, überwältigte sie.

»Ich brauche einen Tag des Schweigens«, sagte sie sich, »um nichts zu sagen, niemandem gefällig zu sein.«

Und so schwieg sie, sagte bis zum Abend kein einziges Wort.

Sie schickte eine Mail in die Arbeit, um mitzuteilen, dass es ihr nicht gutgehe. In dem *konbini*, den sie besuchte, um sich ein paar *onigiri* und Tee zum Mittagessen zu kaufen, nickte sie stumm, beschränkte sich darauf, den Kopf zum Dank zu neigen.

Innerlich voll der Liebe, die sie nicht losließ, war Mio nicht dazu in der Lage, sich der Außenwelt wieder zuzuwenden. Ihr Herz war gefangen. Wie besessen wälzte sie die Erinnerungen an ihn hin und her, gewisse Sätze, die er gesprochen hatte, die Art und Weise, wie man vom einfachen Reichen eines Tellers und seiner Unterbringung im Schrank auf einmal nackt im Bett landete, oder wie ihr Rock wie durch Wunder eine schmutzige Essensschale gestreift hatte, ohne auch nur einen Fleck abzubekommen.

Auf genau die gleiche Weise wachte sie am nächsten Morgen auf, und am folgenden ebenso. Hunger hatte sie keinen, und sie spürte ihren Körper nicht mehr: Sie hätte nicht sagen können, wo ihr inneres Gleichgewicht war, bezweifelte kurz, ob sie jemals eines gehabt hatte.

Nach dem Aufstehen hatte sie als Erstes das Bedürfnis, das Zimmer zu lüften, um die schlaflosen Nächte und die tintenschwarzen 墨色 Gedanken zu verscheuchen, die sie geplagt hatten. Zerstreut frühstückte sie, machte sich dann fertig, um das Haus zu verlassen. Während sie sich wusch und anzog, so automatisch, wie man im Restaurant eine Rechnung bezahlt, rief sie alles noch einmal ab: all die Geständnisse, die sie Aoi gemacht hatte, von den Ohnmachten, von dem jungen Mann, der sie aus dem Kanal gerettet hatte, von der blendenden Schönheit der Bräute im Atelier der Familie, von den Fluchtgedanken in den Augen einiger von ihnen, von den Schreien der Mutter, als Mio sich einmal im Schrank versteckt hatte, um einer Tracht Prügel zu entgehen, und dieses außergewöhnliche Blau entdeckt hatte, das *nando-iro*, und von dem Vater – ja, sie hatte ihn Vater genannt –, der jeden Samstag ins Kino ging, um sich das Leben der anderen anzusehen. Und dann die Liebe, die erklärte Liebe und die physische Liebe, die außergewöhnlichen Gedanken, die sie nur Aoi widmete, all die kleinen Geschichten und Glücksmomente, die ihr jetzt das genaue Ausmaß ihrer Hingabe aufzeigten. Und ausgerechnet die Erinnerung an jenes komplette Vertrauen gab ihr jetzt das Gefühl, betrogen worden zu sein.

Es kam vor, dass sie auf dem Weg zur Arbeit einen Kollegen traf. Sie lächelte ihm dann zu, verbeugte sich, und doch war sie so distanziert, als käme der Gruß aus dem fernen Fenster eines Hauses. Der andere erwiderte dann das Lächeln, vielleicht ahnte er etwas, deutete eine Verbeugung an. Wenn Mio später die Schwelle von *Pigment* überschritt, erinnerte sie sich bereits nicht mehr daran, jemanden auf der Straße getroffen zu haben.

Den Gedanken an Aoi nahm sie mit hinein, durch die Schiebetüren des Geschäfts bis zu dem Umkleideraum im hinteren Teil, wo sie ihre wenigen Sachen in den Schrank schloss und die Schürze mit den eingestickten Initialen umband.

In der Arbeit war sie unachtsam. Sie machte Fehler, doch sie kümmerten sie nicht, als fühlte sie sich von der Tragödie beschützt, die über sie hereingebrochen war. In jenen Tagen hantierte sie mit Blattgold, das sie mit Stäbchen auftrug, und musste die Prozedur mindestens dreimal wiederholen, und einen Kunden, der ein Set zum Aquarellmalen suchte, schickte sie zu den Ölfarben. Selbst die Führung durch die Abteilung der Pigmente, die sie sonst so begeistert für Gruppen von Kunstschülern abhielt, war eine absolute Katastrophe.

Es gab Tage, an denen Mio sehr nah am Wasser gebaut hatte, an anderen begann sie plötzlich anlässlich einer lustigen Sendung im Fernsehen oder eines Wortspiels einer Kollegin so laut zu lachen, dass ihr die Tränen kamen. Und das Leben, das ihr noch am Tag zuvor wie eine Tragödie vorgekommen war, wurde auf einmal zu einer Komödie.

Sie war einfach woanders.

»Yoshida-san, geht es Ihnen gut?«, fragte sie eines Tages der Geschäftsführer.

»Sie sind blass, fühlen Sie sich gut?«, fragte auch Sara sie, als sie am Mittwoch die beiden Mädchen zum Unterricht zu ihr brachte. Und fügte am Ende, sozusagen als laut geäußerten Gedanken, hinzu: »Die Japaner arbeiten einfach zu viel.«

Nach jener letzten gemeinsamen Nacht hatte Mio zahlreiche Nachrichten von Aoi bekommen.

Nur ein einziges Mal hatte er versucht, sie anzurufen, doch sie war nicht ans Telefon gegangen. Mit einer Mail, die so trocken war, dass sie keine Einwände duldete, hatte sie einer

Kollegin den Beratungsauftrag für das Bestattungsinstitut weitergegeben.

Von den Tagen, die folgten, bemerkte sie vor allem das Auf und Ab – mal Wut, mal Lust; das Bedürfnis, alles hinzuwerfen, und zugleich die unausrottbare Gewissheit, dass sie sich wieder beruhigen würde.

Sie wies den Gedanken an Aoi von sich, so wie man einen Bettler abweist, der einen verfolgt, auch wenn man nichts zu geben hat. Dann auf einmal war sie es, die auf ihn zuging, als ob sie Verstecken spielten und er sich allzu gut verborgen hatte, obwohl das Essen doch fertig war, und sie ihn – verdammt nochmal! – aufspüren musste, und zwar schnell.

Mio fühlte sich verwirrt. Vor allem aber widersprüchlich.

Auch ihre Beziehung zum Essen unterlag einem heftigen Wechsel: Es gab Tage, an denen ein gewaltiger Hunger sie ergriff – dann betrat sie den *konbini* und belud ihren Korb mit süßen Brötchen, weichen *mochi*, Sandwiches, mit Puddings der Saison, Karotten –, und an anderen Tagen öffnete sie den Mund nur, um ein paar Schlucke Wasser zu trinken und eine Kopfschmerztablette einzunehmen.

Jedenfalls verlor Mio Gewicht, ob sie nun fast nüchtern blieb oder sich vollstopfte; es war, als würde das Essen sich einfach in ihr auflösen. Schmerz verbrauchte viel Energie, aber welchen Typ von Kalorien? Verbrannte er Protein? Zucker, Fett, oder vielleicht Kohlehydrate? Und welches Körperteil verschliss am meisten durch inneres Leid?

Doch wie es bei ihr immer geschah, spielte sich die außergewöhnlichste Verwandlung in ihren Augen ab. Manchmal, wenn sie morgens das Haus verließ, schien jede Kleinigkeit von leuchtenden Farben eingehüllt zu sein, an anderen Tagen hingegen war die Welt vor ihrer Tür unerklärlich trüb. Und dann gab es deutliche Unterschiede der Farbtöne: An einem Tag entflammte Rot die Landschaft, an einem anderen war da ein Blau, das alles mit Eis übergoss, und wieder an einem anderen löste sich die Farbe buchstäblich von den Dingen, und Mio stürzte in ein Weiß ohne Grenzen, das sie die Welt nicht mehr erkennen ließ.

Nur wenn sie Rui und Alma unterrichtete, gab es eine Pause: Am Mittwoch trat sie bei *Pigment* ein, blickte in die Gesichter der Mädchen, und alles wurde objektiv. Nach dem Unterricht verließ sie das Geschäft und wurde wieder von den Farben Tokios überwältigt, vom alles durchdringenden Licht des Himmels, den leuchtend bunten Schildern, aber auch von den verwischten *kanji*, die mal dazu aufriefen, einen *host club* zu besuchen, mal ein Geschäft mit Holzspielzeug.

Mio hatte Tokio immer für seine fließenden Übergänge geliebt, für die Silhouetten, die sich überall spiegelten, für die unzähligen Schattenkegel in vielen Stadtvierteln, den Kontrast der dunklen Töne, die sich mit dem Blinken des Neons mischten. Sie brauchte nur den Blick zu den Stromkabeln zu heben, die dort oben in der Luft vor Strom pulsierten und bläuliche Schatten auf den Asphalt warfen, um in ihnen parallele Straßen zu erkennen, die an den Himmel gemalt waren, Partituren, die das in den Schritten der Menschen verborgene Dunkel begleiteten.

Doch in jenen Tagen war für Mio der Moment gekommen, in dem sie sogar Tokio verabscheute: Es war einfach zu viel für sie.

Wenn sie auf dem Weg nach Hause ein Restaurant für *tenpura* oder etwas anderes sah, was sie an Aoi erinnerte, wurde sie nervös. Wenn sie den Bahnhof betrat, schaute sie automatisch und ohne es zu wollen auf die Anzeigetafel, wann denn der Yokosuka-Zug fahren würde: Im Geiste bestieg sie ihn und fuhr nach Kamakura, gerade rechtzeitig, um mit ihm zu Abend zu essen.

Eines Abends schlug sie, um sich zu beruhigen, das stoffbezogene Notizbuch auf und überlegte, ehrlich hineinzuschreiben, wie sie sich fühlte, wenn auch nicht in Bezug auf ihre eigene Familie, so wenigstens, was Aoi anging. In zwei Zeilen (nicht mehr als zwei!) zusammenzufassen, was sie empfand.

Und so schrieb sie, sie wolle nicht, dass Aoi weit weg von ihr sei.

Und im nächsten Satz, dass sie ihn nicht in ihrer Nähe haben wolle.

Und was willst du dann?

Ohne diesem soundsovielten Widerspruch Abhilfe schaffen zu können, steckte sie das Notizbuch wieder weg.

Sie gelangte zu der Überzeugung, dass das Gegenteil einer Sache nicht immer ihr Gegenteil ist.

Roland Barthes über das Gegenteil einer Sache, das nicht ihr Gegenteil ist

September 1979

– Ich bin unglücklich, traurig in Urt.
– Bin ich also in Paris glücklich? Nein, das wäre ein Fehlschluss. Das Gegenteil von etwas ist nicht sein Gegenteil, etc.
– Ich habe einen Ort verlassen, an dem ich unglücklich war, doch ihn zu verlassen, hat mich nicht glücklich gemacht.

Aoi wartete auf sie.

Er wusste, dass sie sich getäuscht fühlte, und im Grunde stimmte er ihr zu.

Am Tag nach ihrer nächtlichen Auseinandersetzung ging er bei seiner Schwester vorbei. Er wollte ihr erklären, was vorgefallen war, und vor allem wollte er vor dem Hausaltar knien und mit seinem Vater sprechen. Tatsächlich lebte Sayaka immer noch in dem Haus, das den Eltern gehört hatte: einer kleinen, zweistöckigen Villa, in der sie alle vier, Seite an Seite und zwanzig Jahre lang, aufgewachsen beziehungsweise alt geworden waren.

Das Mädchen hörte zu, was Aoi ihr zu sagen hatte, erwiderte jedoch nichts. Sayaka spürte die Liebe ihres Bruders zu jener Frau und ließ sich Zeit, um ganz und gar zu begreifen, was es damit auf sich hatte. Später, als sie schweigend für sich das Abendessen zubereitete, stellte sich Sayaka vor, was geschehen würde. Die Voraussagen, die sie über Mio und Aoi anstellte, würden sich als vollkommen richtig herausstellen, aber sie sprach sie nicht aus.

Sie sagten einander gute Nacht, und Aoi betrat den Raum, in dem der Hausaltar stand. Er machte die Tür hinter sich zu, legte vor dem *butsudan* die Hände zusammen. Daneben brannte eine Kerze; alles Licht, das hereinfiel, wurde von der Flamme verbrannt.

Er zündete ein Räucherstäbchen an und legte die Opfergaben hin, dann hallte der Gong sanft durch den Raum. Er lächelte das Foto seiner Mutter an, die sein Lächeln erwiderte. Sie war eine lebensfrohe Frau gewesen, die den Dingen immer das Beste abgewann. Als er sie anschaute, ging es Aoi durch den Kopf, dass er jetzt den Teil von ihr erreichen musste, der in seinem Innersten war.

Er konzentrierte sich auf das gestrenge Antlitz des Vaters und erkannte darin das Zögern, das den Mann sein ganzes Leben gequält hatte. Er fragte sich, welche der beiden Versionen, die er von ihm kennengelernt hatte, die authentischere war: der Mann, der furchtlos mit den Leichnamen umging und die Verzweiflung ihrer Angehörigen zu einem anerkannten und kostbaren Schmerz ummünzte, oder der, der sich vom Tod angezogen fühlte und den Aoi manchmal am Abend – nach Alkohol und Zigaretten riechend – in den Schoß seiner Frau schluchzen hörte.

Er dachte an die Verwundbarkeit der Väter. Und daran, wie gern er Mio an seiner Seite gehabt hätte, um über jene Leere zu plaudern, die im Inneren jedes Menschen ist, und die jeder auf seine Weise versucht, von sich aus zu füllen.

Schau nur, hätte er ihr gesagt und mit dem Finger auf ein drittes Foto gezeigt, das einen älteren, aber noch immer starken Mann zeigte, mit den gleichen dichten Brauen, die auch Mio hatte. *Schau: Auch das hier war dein Vater, nicht der einzige, vielleicht auch nicht der wichtigste, wahrscheinlich auch nicht der beste, aber auch er war dein Vater. Er war ein sehr amüsanter Mann. Wortspiele liebte er über alles. Er hatte eine ironische Ader, weißt du? Ich glaube, du hättest ihn gemocht.* Die Leute starben immer weiter, sie taten es jeden Tag. Es gelang ihnen einfach nicht, damit aufzuhören, aus der Zeit herauszufallen.

Aoi war froh über die viele Arbeit im Institut. Schon immer

dachte er, die einzige Methode, aus einer Sache herauszukommen, sei es, mit einer anderen weiterzumachen: zu arbeiten und nicht an Mio zu denken.

Am ersten Tag des *tomo-biki* schrieb er ihr eine kurze Nachricht. Er habe darüber nachgedacht, dass es vielleicht seine Arbeit sei, die es ihr schwermache, ihm eine Farbe zuzuordnen, weil er sich mit dem Schmerz und der Liebe anderer mischte und sich den Emotionen der Menschen annäherte, die er vor sich hatte. Vielleicht hatte sie aber auch recht, wenn sie sagte, dass er gar keine Farbe besaß. Doch es wäre schön gewesen, hätte sich Mio eine für ihn ausgedacht, vielleicht eine der künstlichen Farben, von denen sie ihm einmal gesprochen hatte, eine Farbe, die auch für ihn sichtbar gewesen wäre … Nein, es musste gar nicht sein. Es genügte, wenn sie ihm die Farbe auf ihre Art beschrieb: Dann hätte er sie mit Hilfe ihrer Worte sehen können.

Er bekam keine Antwort. Stattdessen richtete er jeden Tag seine Gedanken auf sie, so wie man manchmal sein Lieblingskleidungsstück aus dem Schrank holt, um es zu lüften, auch wenn man nicht weiß, wann und ob man es noch einmal anziehen wird.

Über die Art und Weise, wie man über etwas hinwegkommt

Laut Aoi, indem man mit einer anderen Sache weitermachte.

Laut Mio, indem man sich auf eine Farbe konzentrierte, sich ganz auf sie einließ und ihre Geschichte durchlief.

Laut Sayaka, indem man nichts tat, nicht einmal nachdachte. Abwartete.

Laut Takenori, indem man zum Schrein Morito-jinja ging, sich auf die Steinstufen setzte und zu dem großen, scharlachroten *torii* schaute, der aus dem Meer ragt.

Laut Kaneko, indem man seinen eigenen Vor- und Nachnamen unzählige Male aussprach.

Laut Yōsuke, indem man ins Kino ging und sich vorstellte, in andere Leben einzudringen. Und auch durch Laufen.

Eine Woche später fanden die Feierlichkeiten zum *o-bon* statt, und in Aois Bestattungsinstitut kam eine Familie, die ihn bat, eine ältere Dame zu beerdigen, die nicht aus der Gegend stammte. Sie war nach Kamakura gekommen, um eine Freundin zu besuchen, und hatte in der Nacht einen Herzinfarkt erlitten.

Der Sohn der Verstorbenen war ein junger Mann mit ruhigem und liebenswürdigem Gesicht, seine Frau hingegen war sehr ernst und trocken, sowohl körperlich als auch in ihrer Ausdrucksweise. Sie hatten zwei Kinder dabei. Was Aoi auffiel und was er so gern mit Mio besprochen hätte, war die Tatsache, dass keiner von ihnen angesichts des Todes allzu beeindruckt war. Sie hätten mit den Jahren eine ganze Reihe Trauerfälle erlebt, hatte der Vater erklärt, ihre Familie war aus zwei früheren Beziehungen entstanden.

Während er ihnen zuhörte, musste Aoi sofort an das ältere Ehepaar denken, das früher in seinem Nachbarhaus gelebt hatte, mit dem Garten in der Mitte, der die beiden Grundstücke verband. Und er erinnerte sich an das Gespräch mit Mio über Planeten, über die Supernoven aus den Bildbänden, die explodierten und deren Materie sich neu zusammensetzte und so etwas ganz Neues entstehen ließ.

Er betrachtete die vier Menschen, die er vor sich hatte, mit neu erwachter Aufmerksamkeit: Er bemerkte erst jetzt, dass das

Mädchen – das permanent auf sein schwarzes Handy schaute – der Mutter nur sehr wenig ähnelte, zugleich aber wie eine Kopie von ihr wirkte. Wahrscheinlich kam das in jeder Familie vor, dass man sich am Ende ähnelte, oder es lag an der Gewohnheit, die Menschen aus seiner Familie tagtäglich nebeneinander zu sehen, dass das Auge am Ende tatsächlich eigentlich unmögliche Übereinstimmungen fand und daran glaubte.

»Wir möchten, dass am Eingang«, sagte der Mann, »zusammen mit den Fotografien meiner Mutter auch die von anderen wichtigen Menschen aus unserem Leben gezeigt werden. Diejenigen, die vor ihr gegangen sind. Mein Vater vor allem, und Akiko, meine erste Frau, und auch Yuis Tochter und ihre Mutter, die schon viele Jahre nicht mehr bei uns sind.«

Gefasst nickte seine Frau.

Aoi fand es sehr schön, dass die Bestattung wie ein Moment des gemeinsamen Erinnerns gestaltet werden sollte, und dass angesichts des Todes jener Frau des Ablebens so vieler anderer Menschen gedacht werden sollte, die ihr vorausgegangen waren. Das veranschaulichte, wie ein jeder Schmerz aufgenommen und überwunden werden konnte und versprach, dass dies auch diesmal so kommen würde.

Im Laufe der Jahre hatte er alle möglichen Reaktionen auf den Tod eines Familienangehörigen erlebt. Er hatte Menschen gekannt, die ihre seelischen Wunden so schnell genäht hatten, dass sie sich nur noch schwerlich öffnen konnten, kannte solche, die nach einem Verlust ihr ganzes Leben litten, und andere, die sich doppelt verschlossen, sodass sie sich sogar die Trauerarbeit versagten. Wie im Zustand der Apnoe litten sie an der Erinnerung, ihr Gesicht verzerrte sich unter ihrer Mühsal.

Doch hier war es anders. Diese Familie war sich ihres Schmerzes bewusst, sie litt, doch auf die normale Weise desjenigen, der weiß, dass auch das zum Leben dazugehört.

Sie suchten das Holz für den Sarg heraus, regelten den Transport der sterblichen Hülle, brachten eine Tüte mit einem weißen Leinenkleid mit einer Tulpe auf der Brust, das die Verstorbene tragen sollte (»Das war ihr Lieblingskleid.«) sowie Fotos der Verstorbenen und der anderen Verwandten und unterzeichneten die Dokumente, während der Kleine langsam zappelig wurde und ungeduldig seine Mutter an der Hand zog.

»Und dann sprechen wir dort mit ihr?«, fragte auf einmal die Tochter und zeigte auf ein schwarzes Telefon.

Der Vater drehte sich um und schien etwas zu begreifen, was Aoi noch nicht verstand. »Ja, Hana, im Frühjahr fahren wir dorthin.«

Der Mann strich seiner Tochter übers Haar und erzählte von einem Ort in Iwate, an einem Berghang, wo in einem privaten Garten eine Telefonzelle stand. Dorthin begaben sich Menschen, die mit ihren eigenen Verstorbenen reden wollten; sie sprachen in den Hörer eines nicht angeschlossenen Telefons, das ihre Stimmen dem Wind anvertraute.

»Für uns ist das ein ganz besonderer Ort. Dort haben meine Frau und ich uns kennengelernt.«

»Und das Telefon des Windes sieht genauso aus wie das da!«, rief das Mädchen und zeigte auf den schwarzen Bakelitapparat, der auf dem Schreibtisch stand.

Aoi ließ sich noch eine Weile von dem Ort erzählen, an dem jeder von ihnen offensichtlich seine ganz eigenen, wichtigen Gefühle zurückgelassen hatte. Er notierte sich ein paar Namen, um später schnell zu recherchieren.

»Wer weiß«, fügte der Mann hinzu, »vielleicht könnte dieses Telefon auch einigen Ihrer Bekannten nützlich sein.«

Am Ende des Tages, nachdem für die Bestattung alles geregelt war, ging Aoi zum Supermarkt, um einzukaufen: Seit dem letzten Abend mit Mio hatte er nicht mehr gekocht. Seit Tagen ernährte er sich von *bentō*, die er sich im *konbini* besorgte, und war sie allmählich leid.

Zufällig traf er auf der Straße wieder die Familie. Um ihnen die Peinlichkeit einer erneuten Begegnung zu ersparen, wich er rasch zur Seite aus. Doch sie wirkten so entspannt, dass niemand auf die Idee gekommen wäre, dass sie am darauffolgenden Tag das Begräbnis eines geliebten Menschen durchstehen mussten.

Doch Aoi wusste, dass der Schmerz etwas ist, das wartet und mehr als eine Feuerpause gestattet; zu Beginn kommt er noch gar nicht aus seinem Versteck heraus und hält still, doch irgendwann, wenn ein gewisser Bewusstseinsgrad erreicht ist, explodiert er, überwindet alle Schranken, und am Ende bereitet es riesige Mühe, ihn einzugrenzen. Der Schmerz ist wie ein Kind, das nicht folgt, und dem man immer hinterherrennen muss, mit wachsender Müdigkeit. Wenn es nicht durch Kraft gewinnen kann, dann gewinnt es durch Schwäche. Und du wirst in jedem Fall den Kürzeren ziehen und verlieren.

Jetzt standen sie vor dem Geschäft von Floresta, in dem es alle Sorten von Donuts gab. Die Kinder waren begeistert von den glasierten Pinguinen und den Füchsen aus Karamell und Vanille. Der Vater lachte. »Noch einer? Aber wie viel könnt ihr zwei eigentlich essen?«

Bevor er endgültig den Blick senkte und weiterging, beobachtete Aoi, wie das Mädchen eine weitere Süßigkeit auspackte, hineinbiss und dabei die Augen schloss, als wollte es sich nur auf das Schmecken konzentrieren.

Rasch ging er weiter in Richtung Supermarkt, gab sich aber kurz der Fantasie hin, den Platz des Mannes einzunehmen und einen Augenblick lang der Vater des Mädchens zu sein, ein Gefühl, das ihn froh machte. Er hoffte, eines Tages selbst einmal eine Familie zu haben. Das erschien ihm ein Beweis für seine Lebenslust zu sein.

Und mit dem ganzen Optimismus, über den er verfügte – der sich vor dem Geschäft mit Reis und Schnäpsen in Traurigkeit verwandelte, um dann, vor dem *konbini*, wieder auf Freude umzuspringen –, ging Aoi so weit, darüber nachzudenken, dass es schön wäre, eine Familie mit Mio zu gründen.

Dieser Gedanke war der unumstößliche Beweis dafür, wie weit das Gefühl in ihm bereits gediehen war, das er sich bis dahin noch nicht wirklich eingestanden hatte.

Er versuchte, sie anzurufen, doch sie ging nicht dran. Dennoch fühlte sich Aoi bereit, weiterhin auf sie zu warten.

Der Name und die Adresse des besonderen Ortes, von dem das Mädchen gesprochen hatte

Kaze no denwa. Das Telefon des Windes.
Irgendwo in Iwate.
Am Hang des Walberges, in Kujirayama.

In Tokio trieben Gespenster ihr Unwesen.

Es gab bestimmte Orte, an denen man die Anwesenheit von Geschöpfen aus dem Jenseits inmitten der Menschenmenge spüren konnte. Und seit Aoi in ihr Leben getreten war, verspürte Mio die Wärme der Dinge, und zugleich nahm sie fremde Strömungen wahr, die sie urplötzlich durchdrangen. Erst jetzt wurde sie gewahr, wie viele Friedhöfe es in der Stadt gab; sie waren wie kleine Verletzungen, eine Myriade von winzigen Schnittwunden in der Haut eines Armes.

Eines Tages, als sie durch Yanaka ging, wurde sie von einer köstlichen Konditorei für *taiyaki* angezogen und schlug einen Weg ein, der an der Eisenbahn entlangführte. Hier begannen die Igelstachel, in Zement gesteckte Pfähle, die auf die Gräber auf der anderen Seite des Zaunes hinwiesen. Die Kirschbäume waren leuchtend grün, und als sie den gebeugten Rücken einer alten Dame sah, die sich mit einem vollen Wassereimer und einer Schöpfkelle an einem Steinblock zu schaffen machte, kam ihr eine Frage in den Sinn, die zu absurd war, um sie ihr zu stellen: Ob es ihren Verstorbenen gutgehe. Mio dachte dabei an ihre eigenen Toten, und wie sehr sie sie liebte.

Um sich abzulenken, benebelte sie sich mit Internet und Fernsehserien. Sie führte sich das gesamte Filmwerk von Ozu zu Gemüte, das sie zu Hause hatte, einfach weil das Schwarzweiß sie entspannte. Mit neuem Interesse sah sie sich die Begräbnisszene aus *Die Reise nach Tokio* an und stieß auf dem Regal mit alten DVDs, die ihrem Vater gehört hatten, auf einen Film mit dem Titel *O-sōshiki* (»Die Beerdigungszeremonie«), die zuvor nie ihre Aufmerksamkeit geweckt hatte.

Ohne dass sie sich dessen bewusst war, war dies ihre Art, Aoi nahe zu bleiben. Ihre Seele war immer noch bei ihm aufgrund eines ganzen Netzes von Verknüpfungen, die sich im Laufe ihrer Begegnungen vervielfacht hatten, und solange dieses Netz bestand, würde Mio nicht allzu sehr unter seiner Abwesenheit leiden.

Trotzdem, und obwohl sie es sich nicht gestattete, ganz ehrlich zu sich selbst zu sein, war es nur eine Frage von Tagen, vielleicht nur von Stunden, bis ihre Reserven an Widerstand aufgebraucht wären und es zum großen Zusammenbruch kommen würde: der totalisierenden Rückkehr der Liebe, die das Objekt ihres Begehrens forderte (Jetzt! Auf der Stelle!) oder drohte zu sterben.

»Die stärkste Liebe ist der Widerstand«, hatte sie erst vor ein paar Tagen zu einer Kollegin gesagt. »Auch wenn du selbst derjenige bist, der sich dagegen wehrt.«

Der Widerstand. Das galt auch für sie selbst.

Je mehr sie sich dem Gefühl entgegenstemmte, desto mehr Fahrt nahm es auf.

Die Seele ist nackt, und alles kann in sie eindringen.

Mio erfuhr das jeden Tag, wenn sie nach Hause kam und den prallvollen Umschlag mit Briefen ihrer Mutter vorfand. Da lagen sie auf dem Boden beim Eingang, als hätte sie sich immer noch nicht entschlossen, ob sie sie hinauswerfen oder hereinlassen sollte.

Es gab manchen Morgen, an dem sie sie nicht anschaute, und wenn sie sich des Abends sehr konzentrierte, gelang es ihr sogar, sie zu vergessen, Stunden, in denen das Auge automatisch über sie hinwegsah.

Mit der gleichen zermürbenden Wechselhaftigkeit ihrer Gefühle für Aoi stand sie manchmal am Eingang und streckte bereits die Finger aus, um den Knoten zu lösen, mit dem der Umschlag verschlossen war, nur um sie wieder zurückzuziehen. Sie wusch sich obsessiv die Hände und sagte sich, das tue sie, um die Briefe nicht zu beschmutzen. Dieser Tätigkeit widmete sie so viel Zeit, dass sie irgendwann bemerkte, wie sie sich selbst belog und nichts anderes tat, als Ausflüchte zu suchen: Sie hatte nicht etwa Angst, die Briefe schmutzig zu machen, sie hatte nur Angst, sie zu lesen. Im Grunde war sie nicht sicher, ob sie schon bereit war, alles zu erfahren.

Mio war immer sehr gut darin gewesen, Dingen, die ihr nicht guttaten, aus dem Wege zu gehen: Der Gedanke daran verfolgte sie zwar wochenlang, und die Besessenheit brachte sie zum Tanzen, als hätte sie ein Paar rote Schuhe an den Füßen, die sie dazu zwangen. Aber dann, von einem Tag auf den anderen, verriegelte sie ein Haus, packte im Handumdrehen Schachteln und Pakete und schickte sie weit, weit weg, an eine Adresse, die sie selbst nicht kannte.

Nach der Tragödie, die ihre Familie ereilt hatte, hatte sie über ein Jahr lang keine Musik gehört, weil sie sie zu sehr aufwühlte, hatte es vermieden, des Nachts wach zu bleiben, war traurigen Filmen und tiefschürfenden Gesprächen aus dem Wege gegangen. Und jetzt wurde ihr bei dem Gedanken, mit alldem wieder anzufangen, übel.

Und doch geschah es. Eines Abends, am Ende eines Tages, an dem alles schiefgelaufen war.

Später würde sie sich fragen, wieso es eigentlich ausgerechnet an diesem Tag passiert war und nicht an irgendeinem anderen. Sie würde sich rechtfertigen, indem sie sich sagte, jener Tag sei die absolute Katastrophe gewesen, und dass ihr Herz mit anderen Dingen beschäftigt war. Wahrscheinlich hatte Müdigkeit ihren Widerstand geschwächt.

Und so nahm Mio alles zugleich in Angriff, ohne Vorwarnung: Sie beschäftigte sich mit der heimlichen Liebe ihrer Mutter, mit dem Umschlag mit Briefen, der seit Wochen am Eingang lag. Und sie machte sich auf die Suche nach einer Lösung für Aois Augen.

Mios Lieblingsszenen aus O-sōshiki (»Die Begräbniszeremonie« von Juzo Itami, 1984)

1.

Die Tochter des Verstorbenen, für die Zeremonie in den perfekten schwarzen Kimono gezwängt, der weiß gesäumte Kragen, die runde, toupierte Frisur, die das Leuchten des Gesichts hervorhebt; sie, die während der Zeremonie auf ein Holzstück steigt, das mit Seilen an der Veranda befestigt ist, sich festhält und im Wald schaukelt, als würde sie in ihrem Elternhaus wieder zum Kind werden. Währenddessen schläft ihr Mann mit einer anderen Frau.

2.

Die Gesichter über der sterblichen Hülle des Familienoberhaupts, und wie die Verwandten, die Kinder eingeschlossen, den Stein weiterreichen, mit dem man auf den Nagel schlägt, der den Sarg endgültig verschließt: Die Kinder schlagen anders als die Erwachsenen, in umgekehrtem Kräfteverhältnis, weil die Kleinen umso heftiger den Stein umklammern. Das *Tocktock* der Schläge ist wie ein Abschied, ein Wiegenlied.

Als sie von der Arbeit nach Hause kam, die Tasche umgehängt und Sandalen an den Füßen, machte Mio die Tür hinter sich zu. Sie trug einen Strohhut mit breiter Krempe, ein lilafarbenes Kleid mit schokobraunem und vanillegelbem Gürtel, dazu flamingorosafarbenen Lippenstift. Sie setzte sich am Eingang auf den Boden, die Beine so weit ausgestreckt, wie es dort eben ging.

Das alles tat sie schnell, um zu vermeiden, dass die Gedanken ihr dazwischenkamen und damit auch die Angst: Sie nahm den Umschlag in die Hände, löste das Band und zog wahllos einen Brief heraus. Langsam entfaltete sich die Schrift ihrer Mutter vor ihr. Ihr schien es wie die Bewegung eines kleinen Tieres, das noch einen Moment zuvor zusammengekuschelt geschlafen hatte und sich jetzt an der Sonne räkelte.

Kaneko erzählte Okada-san, der Frühling sei gekommen, die Luft sei mild und warm, und eine Braut habe unerwartet ihre Bestellung eines *shiromuku* und auch die Hochzeit selbst abgesagt, weil ihre Mutter verstorben sei, und sie bis ins darauffolgende Jahr nicht feiern wolle. Weiterhin schrieb sie, Mio habe im Kindergarten die 1, die 2 und die Null schreiben gelernt. Sie erzählte ihm, zu Hause seien alle in schallendes Gelächter ausgebrochen, als die Kleine erzählte, wenn sie erst mal zwanzig groß sei (was sie mit »zwanzig groß« meinte, sagte sie nicht), würde sie endlich auch pikant essen können. *Pikant*, schrieb sie an Okada-san, *steht bei Mio fürs Erwachsenwerden. Denn wann immer sie zu ihrem Großvater geht und aus seinem Glas trinken will, in dem gewöhnlich etwas Alkoholisches ist, antwortet er, das sei pikant, etwas für Erwachsene, und würde ihr ganz bestimmt nicht schmecken.*

Mio klappte den Brief zusammen und holte einen anderen heraus. Jetzt war es Winter, Okada-san fehlte ihr schrecklich, doch dieses Fehlen leiste ihr Gesellschaft – schrieb sie – wie eine Anwesenheit, die ihn ersetze, und er sei immer an ihrer Seite, ganz nah. Kaneko sprach von Mios Augen, und dass sie nicht begreife, wieso sie all diese Wörter benutze, um eine einzige Sache auszudrücken. Sie versprach ihm, Geduld zu haben, vertraute ihm aber an, einem kleinen Mädchen so nah zu sein sei nicht leicht, und dass er wahrscheinlich die Rolle des Vaters und der Mutter idealisiert habe. *Ich hätte nie gedacht, wie viel Angst es macht, jemanden zur Welt zu bringen. Es fühlt sich an, als wäre ich zur ewigen Angst verdammt. Mio ist waghalsig; sie rennt, springt von Stühlen, schlägt sich permanent die Ellbogen und die Knie auf. Sie auszuschimpfen bringt gar nichts.*

Mio faltete den Brief zusammen, bevor sie ihn zu Ende gelesen hatte. Und holte einen anderen heraus.

Das Papier war ramponierter als bei den anderen Schreiben, so, als wäre der Brief oft gelesen worden. Und sie begriff sofort, welchen Grund das hatte, und wurde von dem gleichen Gefühl erfasst, das auch Okada-san beim ersten Lesen gehabt hatte: Sie hatte sich ihrer Mutter nie so nahe gefühlt.

Es war Freitag, der 16. August. Und an diesem ganz besonderen Tag, in dieser Stunde, in der es vermutlich bereits dunkel gewesen war, hatte Kaneko zum Stift gegriffen, um dem Mann zu schreiben, der sie liebte, ohne ihm jedoch zu sagen, dass sie ihn liebte. Sie schrieb von Eingängen, von einem Labyrinth aus tausend Eingängen, von ihm, der sich in genau diesem Labyrinth befand, in dem sie sich verirrte, einem Labyrinth, in das man leicht hineinkam, dessen Ausgang jedoch nur sehr schwer zu finden war.

Mio las atemlos, sie las, und ihr Herz schlug wie verrückt, so wie wenn man ein Geheimnis entdeckt, von dem man niemals hätte erfahren dürfen. Irgendwann hatte es sie gegeben, diese weit zurückliegende Zeit, die Mio nicht miterlebt und von der ihr niemals jemand erzählt hatte, die es aber dennoch wirklich gegeben hatte. So also war ihre Mutter, wenn sie liebte.

Sie erinnerte sich an sie, wie sie kerzengerade in der Küche arbeitete, sich an der Schürze die Hände abtrocknete, ihren strengen Blick auf sie richtete, an ihre flinke und ein wenig ruppige Art. All diese Lust zu leben, von der sie schrieb – wo war sie, wenn Kaneko zu Hause war?

Mio nahm einen weiteren Brief vom Stapel, als wollte sie ein Gefühl durch ein anderes ersetzen.

Das Wetter war schwül. Die kleine Mio hatte Wassermelone gegessen und aus Trotz die Kerne nicht ausgespuckt, sondern mitgegessen: Als die Kleine sie anlächelte, hatte sie zwei Kerne auf den Zähnen kleben, und sie hatten ein sehr lustiges Foto von ihr gemacht. Damals liebte das Mädchen die Farbe Lila und wollte, dass in ihrem Leben alles lila war.

Mio blickte von dem Brief auf und schaute nach, wie sie in diesem Moment gekleidet war; sie lächelte, denn an jene frühere Lilaphase konnte sie sich gar nicht erinnern.

Sie ging zum nächsten Brief über.

Und sie entdeckte mit großem Staunen, dass Kaneko Yoshida trotz ihrer geradezu abgöttischen Liebe zum *shiromuku* dieses Kleidungsstück nur ein einziges Mal getragen hatte: Das war nicht etwa bei ihrer eigenen Hochzeit gewesen, und vor allem hatte sie diese Erfahrung gehasst.

Eines Tages im Mai schrieb ihre Mutter an Okada-san, wie ihr, nachdem entschieden geworden war, dass es keine Zeremonie im Schrein geben würde und sie folglich auch niemals einen Hochzeitskimono tragen würde, dennoch die Lust gekommen war zu sehen, wie ihr eigenes Gesicht inmitten der Stoffberge wohl aussah. In dem Brief erzählte sie, was am Vorabend alles geschehen war: die Trauung auf dem Standesamt, die letzten Stunden vor der schlichten Unterschrift, die sie zu einer verheirateten Frau machen würde und aus Yōsuke einen Yoshida, der dann kein Imai mehr sein würde.

Es war an jenem Abend gewesen, dass sie ihre Mutter gebeten hatte, sie einzukleiden. Sie hatte einen der *shiromukus* ausgewählt, die man bei ihnen mieten konnte, und nachdem sie die ganze Prozedur befolgt hatten, hatte Kaneko traurig bemerkt, wie eingefahren die Gesten ihrer Mutter waren, immer noch effizient, aber auch immer müder. Und doch lief es für sie nicht so wie erwartet. *Ich war erschüttert. In diesem Kimono, den ich immer bewundert hatte, war mir unwohl, bei jeder Stoffschicht, die meine Mutter konzentriert festzog, verknotete, um mich herum drapierte, fühlte ich mich mehr eingesperrt. Mir kam der Kimono wie ein Käfig vor, und den ganzen Abend fand ich keine Ruhe mehr.*

An jenem Abend, so dachte Mio, als sie den Brief auf den Stapel zurücklegte, musste ihre Mutter das ganze Gewicht der Ehe gespürt haben. Sie sah sie vor sich, ein verängstigtes Mädchen. So wie die Bräute, die Mio als Kind im Atelier heimlich beobachtet hatte, musste auch sie in diesem Moment ein großes Verlangen verspürt haben zu fliehen, den unaussprechlichen Drang, das Haus zu verlassen und sich im Dunkel eines Abends im Herbst, im Winter, im Frühling, im Sommer, der immer weiter fortschritt, aus dem Staube zu machen.

Sie fragte sich, ob ihre Mutter das als ein Vorzeichen gesehen hatte.

Mio las die ganze Nacht weiter. Nicht immer las sie einen Brief bis zum Ende durch: Wenn sie auf etwas stieß, was sie verstörte – ein allzu intimes Geständnis, eine unfreundliche Bemerkung, die sie selbst betraf, den Bericht über einen häuslichen Streit, an dem Kaneko niemals die Schuld übernahm –, ging sie zu einem anderen Brief über. Wenn sie dann doch der Wille überkam weiterzumachen, nahm sie den vorangegangenen Brief wieder zur Hand, las ein paar Zeilen und legte ihn erneut beiseite, um zu einem anderen zu greifen.

Der Eindruck, den sie von ihrer Mutter hatte, war der einer leidenschaftlichen, aber auch kindlichen Frau, die zwar immer von Liebe redete und es dann doch vorzog, für sich zu sein und sich zu genügen. Am Ende erschien sie ihr als egoistisch, weil sie ja bei Okada-san die Entscheidung getroffen hatte, und sowohl die Macht als auch die Schwäche für sich beanspruchte. In jener Nacht fragte sich Mio mehrere Male, was wohl nicht nur ihr Vater, sondern auch jener Mann, den sie nie gekannt hatte, an ihr gefunden hatten.

Dann jedoch schlug sie einen weiteren Brief auf, wieder zufällig, und eine ganz andere Frau kam zum Vorschein, ein aufmerksames, scharfsinniges Geschöpf, das seine eigenen Schwächen mit der Arbeit, in der sie aufging, kompensierte.

Genau das war der beste Teil von ihr, dachte Mio, dieses Schwanken zwischen Kraft und Schwäche, diese Art, den Gefährten an der Hand zu packen und ihn sogleich wieder loszulassen, fast erstaunt darüber, wie viel sie tatsächlich vermochte. Sich in sie zu verlieben, musste eine Art Rausch gewesen sein.

Mio war aufgewühlt vom Gefühlsleben ihrer Mutter, am liebsten hätte sie sie angeschrien, so als hätte sie anstelle der auf dem Boden verteilten Briefe sie selbst vor sich. Als sie Kanekos Geständnisse an Okada-san las, kamen ihr wieder jene unerträglichen Sätze über das Dasein als würdige Ehefrau in den

Sinn, darüber, dass man im Kreislauf einer Ehe das eigene Leben beginne und auch wieder beende, und über die Ergebenheit dem eigenen Mann gegenüber. Die Scheinheiligkeit, die jetzt über ihr lag, war tragisch und lustig zugleich: Mio selbst war im Grunde der konkrete Beweis dafür, dass ihre Mutter die eigenen Worte nie befolgt hatte.

Doch dann verzieh sie ihr. Sie begriff, dass eine gewaltige Spanne zwischen dem liegt, was man für richtig hält, und dem, was man erreichen kann. Und jeder einzelne Brief hinterließ bei ihr vor allem ein unausgesprochenes Gefühl der Sehnsucht. Das Bewusstsein, bei jenem Brand sogar noch mehr verloren zu haben, als sie jemals geglaubt hatte.

Mio hörte auf fernzusehen, ging nicht mehr ins Internet, wollte keine Serien mehr streamen und ließ sogar die Bücher sein.

Jeden Tag kehrte sie nach Hause zurück, wusch sich die Hände, und bevor sie sich etwas zu essen machte, las sie etwas von ihrer Mutter. Das wurde ihr zum liebsten Moment des Tages. Am Ende aß sie immer später, und schließlich kaufte sie sich auf dem Weg ein *bentō*, um keine Zeit mehr in der Küche zu verlieren.

Wie eine Diebin in der Vergangenheit stahl sie der Mutter ihre Geheimnisse: »Mama, was hast du an jenem Tag gemacht? Wer warst du?«

Sie fand in ihren Briefen eine Leichtigkeit und Ironie, die ihr unbekannt gewesen waren. Sie war hin- und hergerissen zwischen der Freude darüber, wie glücklich ihre Mutter gewesen war, und dem Bedauern, dass sie sie eigentlich überhaupt nicht gekannt hatte.

An einem Dienstag vor sechsundzwanzig Jahren schrieb Kaneko an Okada-san, sie müssten der Zeit, die für jeden

Menschen gleich ablaufe, ihre ganz eigene Zeitrechnung beibringen. Dass es nötig sei, die Welt zu lehren, langsamer zu laufen, damit sie nicht mehr gezwungen sei, einen Zug zu besteigen, um ihn in der fernen Stadt zu besuchen, in die er gezogen war, und stattdessen die Realität dazu zu bringen, einen kleinen Hohlraum zu schaffen, in dem sie sich eines Tages wiederfinden könnten.

Sie stellte sie sich vor, wie sie bei ihrer allerersten Begegnung scheu in den Armen eines Unbekannten lag, glücklich über den Gedanken, ihn wiederzusehen. Dennoch verschob sie dieses Treffen immer wieder: Sie erklärte ihm, wie beschäftigt sie sei, und wie schwierig es für sie sei, auch nur eine Sekunde für sich allein zu haben. Sie sagte ihm, wie leid es ihr tue, doch auch in diesem Herbst könne sie ihn nicht sehen. Und er muss sich abgefunden haben, denn ab einem bestimmten Punkt schien es, nach dem, was ihre Mutter schrieb, offensichtlich eben nur noch dieses Schreiben für sie zu geben.

Doch in den Briefen schrieb Kaneko viel über den Alltag, und vor allem erzählte sie Okada-san über ihr kleines Mädchen. Wenn sie ihre Tochter erwähnte, tat sie es allerdings fast immer mit großer Besorgnis: die Vorstellung, sie könne anders sein, und vor allem, dass sie sie niemals verstehen könne.

Sie spricht nicht, die Kleine spricht nicht. Ich weiß, du würdest sagen, ich soll zuversichtlich sein, aber ich muss unbedingt wissen, dass sie gesund ist. Ich könnte es niemals ertragen, wenn sie krank wäre. Was würde ich tun?

Ich habe mir mit Shibori-*Technik ein blaues Kleid angefertigt, wobei das Muster durch Reiskörner entsteht. Dann habe ich für Mio auch so eins gemacht, und sie hat mir dabei geholfen. Mir schien, sie habe großen Spaß daran gehabt. Vermutlich schaffe ich es, dir nächsten Monat ein Foto zu schicken, es ist wirklich hübsch geworden. Aber ich wünsche mir, dass sie nicht eitel wird, das wäre schrecklich.*

Manchmal sieht man, wie sie ganz still ist und sich auf eine Sache konzentriert, die nur sie wahrnimmt. Dann wirkt sie wie taub. Du rufst sie, und sie hört dich nicht. Ich hoffe, es ist nicht etwas mit ihrem Gehör.

Erregung machte sich in Mio breit, als sie einen Brief las, in dem Kaneko schrieb: *Ich befürchte, dass sie keine Farben sehen kann, dass sie nur so tut, um so zu sein wie wir.* Sie schaute nach dem Datum des Schreibens. Damals war Mio fünf Jahre alt gewesen. Sie erinnerte sich, das Aoi gegenüber erwähnt zu haben, und allein aus diesem Grunde war ihr der Brief besonders kostbar.

Aus der Art und Weise, wie ihre Mutter die Gründe für ihre Befürchtungen betonte und immer wieder gegen seinen Optimismus ankämpfte, schloss Mio, dass Okada-san jedes Mal versucht hatte, sie zu beruhigen. Der Packen Briefe, die der Mann an Kaneko geschrieben hatte, lag ihr nicht vor, höchstwahrscheinlich hatte ihre Mutter sie verbrannt oder versteckt, damit niemand davon erfuhr. Wenn sie über das gewaltige Ausmaß des Geheimnisses nachdachte, das ihre Mutter bewahrt hatte, wichen ihre Ungläubigkeit und die Überraschung gegenüber der Wut zurück. Ihr Handeln erschien ihr übergriffig. Denn unsere Geschichte ist immer eine Überlieferung: Die Erzählung des Lebens eines jeden von uns reicht so weit zurück und ist so verwittert, dass wir stets auf die Erinnerung anderer angewiesen sind; der Menschen, die uns aufgezogen oder gekannt haben, als wir noch Kinder waren. Und jeder von uns müsste das Recht haben, die eigene Geschichte zur Gänze zu kennen, ganz gleich, wie sie ist.

War Mio wirklich jenes akkurate Kind gewesen, von dem ihre Mutter sprach? Konnte man ihr vertrauen? Wenn dann noch ein wenig Ruhe hinzukommen würde, was sollte Mio mit all dem neuen Wissen anfangen? Und wie viel davon konnte sie, ohne allzu große Gefahren, verinnerlichen?

Der Brief von jenem Freitag, dem 16. August

Freitag, 16. August

Du bist für mich ein Labyrinth mit tausend Eingängen.

Es ist leicht, dich zu betreten, du reichst mir immer die Hand. Bin ich erst einmal in dir drin, finde ich nicht mehr hinaus. Und deshalb widerstehe ich, ich schließe die Augen, gehe weiter auf meinem Weg und komme irgendwo wieder heraus.

Dann bin ich, wie durch Zauber, außerhalb des Labyrinths, spüre, dass ich wieder auf dem Weg bin, die Hände auf dem Kimono einer Kundin bei uns, meine Mutter bittet mich, das Abendessen zuzubereiten, und verlangt, dass ich zu ihr und meinem Vater freundlicher bin, und Mio fragt Yōsuke, ob es eine Farbe hat, wenn man etwas isst, ob die Farben der Dinge, die wir essen, in uns eindringen, oder ob der Speichel und die Zähne die Farbe gleich angreifen und damit zerstören.

Ich gehe in Kagurazaka umher, grüße Takeda-san, fahre bis nach Kudanshita, mit dem Fahrrad meiner Mutter fahre ich kreuz und quer, auf und ab durch die Stadt. Ich bin ganz in meinem Leben.

Doch dann entdecke ich wieder einen der tausend Eingänge zu deinem Labyrinth, und ich bleibe stehen, sehe deine Hand, die sich nach mir ausstreckt und nach der ich, ohne es mir einzugestehen, schon seit Stunden in der Menschenmenge Ausschau gehalten habe.

Ich sammele keine Erfahrungen mit dir. Ich kann dir nicht entgehen. Denn deine Eingänge wechseln des Nachts ihre Position, und wenn ich am Morgen einem davon ausweiche – weil ich Angst davor habe, mich noch einmal in dem Labyrinth zu verlaufen und wieder nicht mehr herauszukommen, denn alle Strategien, die ich mir bisher zurechtgelegt habe, genügen nicht mehr –, dann entdecke ich aus dem Augenwinkel, dass eben genau dieser Eingang gar nicht mehr da ist. Somit hat der Feind, dieser wundervolle Feind, der du bist, nicht mehr neunhundertneunundneunzig Mittel und Wege des Zugangs zu mir, sondern wieder tausend. Und alles geht wieder von vorne los.

Du bist ein Labyrinth mit tausend Eingängen.

Kaneko

Mio verbrachte einen ganzen Nachmittag damit, die Farbskala von Blau und die Kombinationsmöglichkeiten mit Weiß einem Mann zu erklären, der zu *Pigment* gekommen war, weil er die Räumlichkeiten seines Fischrestaurants renovieren wollte.

Sie hatte vergeblich versucht, ihn zu beraten, aber der Mann schien in keiner Weise bereit zu sein, sich auf sie einzulassen. Nach fast drei Stunden bat sie erschöpft einen Kollegen, sie zu ersetzen: Die Situation wurde nicht besser. Der Kunde verließ unzufrieden den Laden, seinen Ordner unter dem Arm und einen unglücklichen Ausdruck auf dem Gesicht. Mio fragte sich, ob dieser besserwisserische Mann nicht einfach nur die Bestätigung wollte, dass er nichts falsch machte. Warum beharrten manche Leute nur so sehr auf ihrer Meinung?

Als sie nach Hause kam, war sie erschöpft. Im Zug war das stoffbezogene Notizbuch geschlossen geblieben, weil in letzter Zeit niemand mehr sie dazu veranlasst hatte, sich Notizen zu seiner Farbe zu machen.

Sie schloss die Tür und knipste das Licht an.

Das Blut floss träge durch ihre Adern, ihr Atem ging stoßweise. Sie begriff, dass das Weiße sich näherte, und das machte ihr Angst.

Sie legte sich aufs Bett und tat etwas, was sie schon lange nicht mehr getan hatte: Sie zählte mit den Fingern den Zeitunterschied ab, der zwischen Tokio und Rom lag, und rief ihre Cousine an.

In selben Moment, als sie ihre Stimme hörte, wurde Mio von einer heftigen Hitzewelle ergriffen, von dem Verona-Braun, das sie schon vor vielen Jahren an der Cousine ausgemacht hatte und das ihr, kaum war die Cousine nach Italien umgezogen, wie ein unumkehrbares Zeichen dafür erschienen war, dass in dem Farbton, den unser Körper enthält, auch das Schicksal geschrieben steht, das uns erwartet.

Momoko war der einzige Mensch, dem sie sich nahe genug fühlte, um zuzulassen, dass sie ihr nach dem Tod ihrer Familie beistand. Trotz ihres Mannes und der noch kleinen Tochter und obwohl sie am anderen Ende der Welt lebte, hatte Momoko, kaum hatte sie von Mio die traurige Nachricht erhalten, zwei Wochen Urlaub genommen, war ins Flugzeug gestiegen und zu ihr geflogen.

An jenem Abend, als sie telefonierten, erwähnte Mio nichts von den Briefen ihrer Mutter, sie sagte weder etwas von Aoi, noch erzählte sie Momoko vom Tod Okada-sans. Im Übrigen hatte Mio, als sie vor einigen Jahren von seiner Existenz erfahren hatte, weder ihrer Cousine gegenüber noch sonst jemandem etwas davon erwähnt.

Es war eine Unterlassung, die damit zu tun hatte, dass sie alles negierte, was sie nicht begreifen konnte oder wollte. »Wenn man über eine Sache nicht redet, dann gibt es diese Sache nicht«, sagte sich Mio. »Und wenn man über eine Sache nicht nachdenkt, dann gibt es sie auch nicht.«

Sie fragte Momoko, wie es ihr gehe, ob sie glücklich sei. Und ob sie vorhabe, irgendwann wieder nach Japan zu kommen und sie zu besuchen.

Als Mio Aoi kennenlernte, hatte sie sich gefragt, ob es nicht vielleicht zu früh sei.

Von Anfang an war diese Beziehung ihr auf gewisse Weise definitiv erschienen, und dieser Gedanke hatte sie beunruhigt. Sie erinnerte sich an die Worte ihrer Cousine, die Mutter geworden war, als sie noch gar nicht dazu bereit war. Vor allem hatte Mio ein Gespräch beeindruckt, in dem Momoko sagte, es sei wichtig, dass das Baby nicht merkte, dass man selbst noch ein Kind war. »Ich musste schnell erwachsen werden«, hatte Momoko gesagt.

Sie hatte gelacht, als sie das todernste Gesicht sah, das die Cousine dabei zog.

»Wirklich, Mio, ich mache keine Scherze. Ich würde die Kleine am liebsten bitten, Geduld zu haben, zu warten, bis ich mich selbst ein bisschen erwachsener fühle, um mich verändern zu können und sie so aufzuziehen, wie es sich gehört; von allein kann das kein Kind schaffen.« Vor allem schien der Gedanke sie zu beunruhigen, sie könne im Ausland nicht auf ihre eigenen Erfahrungen, eine Kindheit, die sie in Japan verbracht hatte, zurückgreifen. »Was ich ihr beizubringen hätte, wäre dort nichts wert.«

Doch sie täuschte sich, ganz offensichtlich täuschte sich Momoko. Dennoch hatte sie sie damals nicht beruhigen können.

Als sie Monate nach jenem Gespräch ihre Cousine wieder in die Arme schloss – sie war mit ihrem Mann und der Tochter zu einem Kurzurlaub in Tokio –, hatte Mio noch immer diese gebremste Freude an ihr wahrgenommen, die Angst, noch nicht bereit zu sein. Andererseits war da eine andere Freude, ein anderes Glück, dessen sie sich wahrscheinlich gar nicht bewusst war, ein Glück, das die neue kleine Familie wie mit einer strahlenden Farbe übergoss.

Jetzt wusste Mio, dass jene Angst, noch nicht bereit zu sein, nicht nur bezüglich einer Schwangerschaft existierte, sondern dass sie sich auch auf Menschen beziehen konnte, die für einen wesentlich waren. War sie denn bereit für diese Art von Liebe?

In diesem Moment, während sie mit Momoko sprach und auf dem Bildschirm auch das kleine Mädchen sah, das gerade mit einer großen, geflügelten Plüschraupe spielte – die Geräusche, die sie machte, übertönten fast die Stimme der Mutter –, fragte Mio sie, wie es für sie, als sie noch keine Mutter war, gewesen war, sich zu verlieben.

»Ich habe es sofort gewusst, schon bei der allerersten Begegnung«, antwortete Momoko, amüsiert über die unvermittelte Frage. »Wenn das nicht überheblich klänge, würde ich sagen, es geschah innerhalb von fünf Minuten.«

»Und hat dir das keine Angst gemacht?«

Momoko richtete den Blick direkt auf den Bildschirm. »Mio, sag mal, hast du jemanden kennengelernt? Bist du etwa verliebt?«

Mio beeilte sich, das Thema zu wechseln. Sie sprach von anderen Dingen und beendete kurz darauf das Gespräch.

Es stand überhaupt nicht zur Debatte, dass sie ihn nicht liebte. Natürlich liebte sie ihn.

Und unglaublicherweise hatten sie sich gefunden.

Bei Mio war es immer schon ein Wettbieten gewesen. Die Liebe begann und endete für sie an einem einzigen Tag. In diesen wenigen Stunden musste alles stattfinden: die Verführung, die Eroberung, das Gelübde. Man musste unermüdlich sein, wenn man mit ihr zusammen sein wollte, Dinge bis zum Überdruss wiederholen. Und eine klare Sprache sprechen: »Du gefällst mir, Mio, du gefällst mir unfassbar gut.« Wahrscheinlich wäre das für jeden zermürbend gewesen.

In den Tagen, die sie gemeinsam verbracht hatten, hatte sich Aoi nicht aus dem Konzept bringen lassen. Schon von Anfang an erschien Mio ihm wie ein kleines, in der Erde verborgenes Insekt, das gleich mit seiner ganzen Familie herauskommt, wenn man einen Stein beiseiteschiebt. Gewiss, Aoi hatte überrascht auf sie gewirkt, doch jenes beständige Bedürfnis nach Liebe hatte ihn niemals verunsichert. Vielleicht war es ja gerade seine Ruhe gewesen, die Mio ein Gefühl der Sicherheit gab.

Er fehlte ihr. Aoi fehlte ihr.

Eines Tages, als sie gerade mit Alma und Rui über das Nachbild in Goethes *Farbenlehre* sprach, begriff Mio voller Erregung, wie sehr jene Metapher auf sie selbst zutraf: Wie ein Stempel hatte ihr Blick so lange auf Aoi geruht, dass Mio wie durchtränkt von ihm war und ihn überall sah.

Eine Träne lief über ihre Wange. Alma und Rui bemerkten es und fragten sie besorgt, nach welcher Farbe sie sich fühle: »Sie wirken müde, *sensei.* Sie haben das Gesicht von Mama, wenn sie nicht schläft.« Als die Mädchen dann, als Mio nichts erwiderte, nachhakten: »*Sensei,* fühlen Sie sich wohl?«, beruhigte sie sie. Und sagte, dass nicht das Schlimme, sondern manchmal auch das Schöne einen zum Weinen brachte.

Während sie dem Geplauder von Alma und Rui lauschte, die sich darüber ausließen, wann sie denn das letzte Mal vor Freude geweint hätten, lächelte Mio den Mädchen zu und wischte sich mit dem Handgelenk die langsam fließenden Tränen ab, die sie, ohne es zu wissen, von ihrer Mutter geerbt hatte.

»Das nennt man Rührung. Na, und sagt mal, eurer Meinung nach, welche Farbe hat die Rührung?«

Goethes Nachbild, wie Mio es Alma und Rui erklärte

Goethe schrieb, starke Farben hätten die Tendenz, in ihrem Umfeld den Eindruck ihrer Komplementärfarbe zu hinterlassen, eine Art Aureole in einem anderen Farbton … Stellt euch eine Stelle an eurem Körper vor, an der ihr einen Schlag abgekommen habt und an der der Schmerz nicht nur an jenem genauen Punkt pulsiert, sondern in der ganzen Umgebung. Das Gleiche geschieht, sagt Goethe, im Falle des Nachbildes, das entsteht, wenn wir eine Farbe lange anschauen und dann den Blick abwenden … Erinnert ihr euch noch an die Spiele mit optischen Täuschungen? Auch wenn das Bild nicht mehr da ist, seht ihr es, nachdem ihr es intensiv betrachtet habt, noch eine Weile weiter. Und wenn ihr intensiv an einen Menschen denkt, ist es wahrscheinlich, dass ihr auch ihn immer noch zu sehen glaubt, ganz gleich, was ihr tut oder wohin ihr schaut. Es gibt auch die Komplementärfarben. Goethe nannte sie sogar »notwendig«, als bräuchte eine jede von ihnen ihr Gegenteil … Goethe glaubte, jede starke Farbe übe auf das Auge eine Art Gewalt aus und zwinge es dazu, sich ihr in gewisser Weise entgegenzustellen, indem es zum Beispiel eine andere Farbe als Gegengewicht ins Spiel bringt. Aus dem gleichen Grunde wirke jede Farbe lebhafter neben ihrer Komplimentärfarbe: *Sie heben sich gegenseitig hervor und bilden eine Art doppelseitige Vibration.* Wie zwei Menschen, die sehr verschieden sind und genau dank dieser Verschiedenheit klarer erkennbar sind, wenn sie zusammen sind. Kennt ihr jemanden, der so ist?

Seit dem ersten Brief waren zwei Wochen vergangen. In der Zwischenzeit hatte Mio Kaneko gut genug kennengelernt, um eine *andere Sie* erstehen zu lassen, eine Frau, die es vorher nicht gegeben hatte. Als Mutter war sie nach wie vor schwer zu akzeptieren, als Frau jedoch begann Mio sie allmählich zu verstehen.

Einfacher gesagt, begriff sie, dass es ihr nicht genügen würde, all die Briefe in sich hineinzustopfen. Es würde Monate brauchen, bis sie diesen Schmerz verarbeitet hatte, und sosehr sie sich auch anstrengte, würde sie nie ganz begreifen können, was genau zwischen ihrer Mutter, ihrem Vater und Okada-san vorgefallen war.

Doch sie war schon wesentlich ruhiger geworden. So sehr, dass sie, wie bei einer Tür, die die notwendige Voraussetzung für das Öffnen einer weiteren Tür ist, eines Abends vor dem Schlafengehen das Wort FARBENBLINDHEIT in die Suchmaschine ihres Handys eingab. Es war, als würde sie den Deckel der Büchse der Pandora heben.

In den darauffolgenden Tagen stieß sie auf eine verblüffende App, die es ermöglichte zu sehen, wie Leute mit Rotgrünschwäche es taten. Man machte ein Foto, und das Programm reproduzierte es, indem es die Farben wegließ: Das Rot verschwand, das Grün trat zurück und vermischte sich auf geradezu unverzeihliche Weise mit dem Gelb. Zu ihrer eigenen Überraschung musste Mio feststellen, dass in dieser Reduzierung große Schönheit lag; es erschien ihr wie eine sehr ordentliche Welt.

Auf der Website der Universität Waseda erfuhr sie von einer Zusammenkunft, die am darauffolgenden Samstag stattfinden sollte. Ohne sich weiter mit den Einzelheiten zu beschäftigen, schrieb sie sofort dem Professor, der die Veranstaltung organisierte. Innerhalb einer Stunde hatte sie bereits eine Antwort erhalten.

Wenn schon ihre Gefühle sie aus jenem Labyrinth herausholen konnten, sagte sich Mio, dann würde Eigeninitiative bestimmt helfen, den Weg etwas abzukürzen.

In der Nacht vor ihrem Termin an der Universität legte Mio die Korrespondenz zwischen ihrer Mutter und Okada-san endgültig beiseite. Als sie den letzten Brief auf dem Stapel deponierte, stellte sie sich zum ersten Mal folgende Frage: Hätte sie anders auf die Nachricht über die Existenz ihres wahren Vaters reagiert, wenn diese früher gekommen wäre, vor der Tragödie? Mio fragte sich, ob ihre Weigerung, sich mit ihrem leiblichen Erzeuger zu treffen, ja, überhaupt etwas über ihn zu erfahren – ihn, der ihr im Grunde nichts Böses getan hatte und sie dadurch, dass er nicht auf seinen Rechten bestand, in der Familie aufwachsen ließ, die ihre Mutter für sie bestimmt hatte –, ja, sie fragte sich, ob diese grundsätzliche Ablehnung nicht aus der überaus menschlichen Angewohnheit entstanden sei, alles zu vergleichen und immer das auszusuchen, was einem am besten passt. Nach Hierarchien zu urteilen und den Raum für die Liebe in sich selbst zu unterschätzen. Denn die Liebe ist etwas, was sich multipliziert, und was vor allem auch andere Emotionen vervielfältigen kann. Folglich fragte sie sich – für den Fall, dass das Schicksal es zugelassen hätte, sie zu treffen –, ob es nicht möglich wäre, auch sechs Väter zu haben, acht Mütter, zehn Brüder, zwölf Großeltern. Und sie alle zu lieben.

Als ihre Familie von einem Tag auf den anderen verschwunden war, war für Mio der Gedanke an einen Vater so schmerzhaft, dass es ihr als Affront erschienen wäre, einen weiteren hinzuzufügen. Sie war davon ausgegangen, dass der Vater, mit dem sie aufgewachsen war, eifersüchtig auf Okada-san gewesen wäre, und hatte es für richtig gehalten, die Erinnerung an ihn zu verteidigen. Die Erinnerung neigt ohnehin dazu, in dem exakten Moment, in dem ein geliebter Mensch verschwindet, absolut zu werden.

In jenen Tagen hatte sie sich oft gefragt, ob ihr Vater von Okada-san gewusst hatte. Und wenn er es gewusst hatte, wie er anfangs reagiert hatte, und was genau er empfand.

Es gab Momente, in denen Mio sich fühlte, als würde sie einen Streit zwischen sehr kleinen Kindern schlichten, die im Garten spielen, aber auch ein Eis haben wollen, die müde sind, aber keinesfalls ein Nickerchen machen wollen. Und jetzt war es ihre Aufgabe, diese Gefühle zu entwirren, um dem Vater zu sagen, dass sie ihn immer lieben würde, dass es niemals jemanden geben würde wie ihn, und der Mutter, dass sie ihr vergeben würde, trotz aller Widersprüchlichkeiten und Verstimmungen. Mio hasste Okada-san gar nicht. Hätte sie mit ihm sprechen können, hätte sie ihm gesagt, dass sie leider eine Wahl zwischen ihm und dem anderen Vater hatte treffen müssen: Sie bat ihn um Verzeihung, aber sie war nicht dazu in der Lage gewesen, ihn in ihr Leben einzuschließen.

Es war ein gewaltiges Stück Arbeit. Und man musste es in kleinen Schritten angehen.

Ob ihr Vater Yōsuke es wusste. Wie er es erfahren hatte. Und was er empfand.

Er wusste es.

Er hatte es sofort gewusst, kaum hatte Kaneko ihm gesagt, dass sie ein Kind erwarte.

Er hatte eine große Freude empfunden, die jedoch auch finster und quälend war, von dem Moment an, in dem es ihm wie die Antwort auf seine größte Frage vorkam: *Liebt Kaneko mich?*

Ja, Kaneko liebte ihn, denn sie war geblieben. Und jenes Mädchen, seine kleine angebetete Mio, würde seine Tochter sein.

Dritter Teil

瓶覗色 *Verstohlener Blick auf einen Krug*

»Dann warst du also diese Art Mensch. Jetzt habe ich es begriffen.«
»Diese Art Mensch? Was meinst du damit?«
»Das, was ich jetzt sehe.«
»Aber ich weiß ja nicht, wie du mich siehst.«
»Es bist nicht du, der mich sieht, sondern ich, der ich dich sehe, der sieht, wie du bist.«

Kawabata Yasunari,
Löwenzahn

Eins

»Ich bin farbenblind«, begann der Professor.

Er konnte kein Rot sehen und verwechselte es unweigerlich mit Grün. Auch bei seinem Bruder war das der Fall, obwohl zu Hause niemand die beiden korrigiert hatte. In der Schule zeichnete er gern, war sogar begabt; eines Morgens jedoch, während die Klasse sich im Zeichnen übte, blieb der Lehrer hinter ihm stehen, lobte ihn für die Komposition seines Bildes und den Federstrich, fügte aber hinzu, seine Farben seien *unsauber.* Am liebsten wäre er gestorben. Seit jenem Tag hatte er vor dem Zeichnen immer seinen Banknachbar gebeten, ihm zu sagen, welche Farbe jeder Stift hatte. Das war der Moment gewesen, sagte der Professor, in dem er begriffen hatte, dass eine Rotgrünschwäche ein Handicap sein konnte, eine Art Behinderung. Und er erinnerte sich auch daran, damals gedacht zu haben – mit einer Intuition, die fast frühreif war –, dass das Problem nicht von objektiven Gesichtspunkten abhing, sondern von der jeweiligen Haltung der Menschen.

»Denn nichts ist wirklich objektiv«, sagte der Mann, der nun vor der Tafel stand, und lächelte. »Es würde genügen, dass alle das wüssten. Wenn wir das akzeptierten, bliebe uns nur noch die Aufgabe, das, was uns unterscheidet, kennenzulernen; wir hätten Lust, uns zu erklären und die Erklärungen der anderen anzuhören.«

Mio saß ganz hinten in der kleinen Aula im vierten Stock eines der vielen Gebäude der Universität von Waseda. Als der Professor sie per E-Mail gefragt hatte, ob sie an der Debatte teilnehmen oder Gasthörerin sein wolle, hatte sie geantwortet, sie wolle lieber zuhören. Es war verboten, sich auf einem Laptop oder dem Handy Notizen zu machen, man durfte aber mit der Hand mitschreiben oder Fotos von dem machen, was an die Tafel geschrieben wurde. Mio tat weder das eine noch das andere. Sie dachte, und allein das nahm sie vollkommen in Beschlag. Sie war für Aoi gekommen, um zu begreifen.

In ihrem Kopf pulsierten immer noch die Worte, die er am Ende der letzten gemeinsamen Nacht gesagt hatte, als sie die Veranda verließen. »Es ist nicht das Gemeinsame, was die Menschen einander näherbringt«, hatte er zu ihr gesagt, »wie etwa derselbe Beruf, dieselbe Sprache oder wenn man dieselben Farben sieht. Was sie wirklich zusammenschweißt, das ist das Neue, das aus ihrer Vereinigung entsteht.«

Doch Mio fand keinen Trost in dem Gedanken, dass Aoi den besseren Teil ihrer selbst, den, der die schlimmsten Seiten ihres Charakters wettmachte – ihre Unbeherrschtheit, ihre Zwanghaftigkeit, ihre Unfähigkeit zu kochen oder zu singen –, niemals kennenlernen würde. Wie sollte er ihr ihre Wutausbrüche verzeihen oder das müde und abgeschminkte Gesicht am Abend? Was hatte sie denn schon Besonderes, wenn man von ihrer außergewöhnlichen visuellen Begabung absah? Ohne Farbe fühlte sich Mio wie ein Nichts.

Nun betrachtete sie die Männer und Frauen in der kleinen Aula, hörte sie sprechen: den jungen Forscher, der seinen Ehrgeiz zurückgehalten hatte, weil er farbenblind war; den älteren Mann, der sehr gelitten haben musste, weil man ihn als Jungen diskriminiert hatte. War das auch bei Aoi geschehen? Hatte ihm jemand gesagt, seine Zeichnungen hätten schreckliche Farben? Und vor ihm auch Okada-san? War er in der Grundschule gehänselt und ausgegrenzt worden?

»Aber sind wir denn überhaupt sicher, dass es bei Farben richtig und falsch gibt?«, warf plötzlich ein Teilnehmer ein. »Im Grunde ist es doch nur ein Wort, mit dem wir eine Farbe bezeichnen.«

Mio schaute ihn an. Es war ein kleinwüchsiger älterer Mann. Er sah aus wie ein Kind, das bereits alt geboren war.

Was nicht beschrieben wird, das existiert nicht, dachte sie. Und zum ersten Mal glaubte sie zu ahnen, wie man einander lieben könnte, auch wenn man die Wirklichkeit nicht auf dieselbe Weise wahrnahm. Ja, dass dies sogar das Geheimnis einer beständigen Beziehung sei: grundverschiedene Individuen, die – allein aufgrund der Tatsache, dass sie nichts für selbstverständlich hielten – mehr Zeit und mehr Worte dafür aufwandten, sich zu verstehen.

Als die Veranstaltung endete, bedankte sich Mio und verließ die Aula. Während sie den Campus durchquerte, während sich an dem von Häusern eingegrenzten Himmel Tokios die ersten Anzeichen des Sonnenuntergangs zeigten, empfand sie eine große Zärtlichkeit.

Schritt für Schritt nahm sie wahr, wie die Distanz, die sie zwischen sich und Aoi hergestellt hatte, sich auflöste. Ja, in jenem Moment war es so, als würde er neben ihr laufen. Als würde er dieses Mal eben nicht nach den Anzeichen für Tod suchen – auf Friedhöfen oder bei Begräbnisszenen im Film –, sondern als würde sie ihn sogar an der Hand halten.

Sie erlebte die Trennung auf einmal wie eine Rückkehr. Eine Vorbereitung darauf, zu ihm zurückzukehren.

Zwei

Was Mio von Aoi nicht wusste – und was ihm auch selbst nicht klar war –, war, dass er angesichts des Todes ganz gelassen war, während das Leben ihn in Verwirrung stürzte. Und vor allem die geballte Ladung von Gefühlen, die man Liebe nennt.

Wer ihm anvertraute, sich vor dem Tod zu fürchten, dem antwortete Aoi, es bringe nichts, Angst davor zu haben, denn wenn man sterbe, habe das, was einem wichtig erschienen war, sowieso schon keine Bedeutung mehr.

Mios Abwesenheit hatte ihn jedoch aus der Bahn geworfen. Hatte er zuvor ein so großes Glück empfunden, dass es ihn schier verrückt machte, wollten jetzt die Abende nicht mehr enden, Ruhetage stellten sich als anstrengend heraus, und zu Ikeda-san zu gehen und an dem Tisch zu sitzen, an dem er mit ihr gegessen hatte, war eine Qual. Jede Erfahrung war abgeschwächt, so wie bei einem verwöhnten Gaumen, dem auf einmal rohe Zutaten serviert werden.

Er wusste nicht, was er machen sollte. Er hatte versucht, ihr auf Line kurze Nachrichten zu schicken, zuerst in kurzen Abständen, die dann jedoch immer größer wurden. Ein Telefonanruf, wenn er das Gefühl hatte, den Verstand zu verlieren. Und dann gar nichts mehr. Stille.

Es war, als eine Leiche ankam, und das konkrete Problem ihm größer schien als sein innerer Aufruhr, dass Aoi zum Hörer des schwarzen Bakelittelefons griff und die Nummer von *Pigment* wählte.

Ohne zu zögern, fragte er, ob Yoshida-san im Laden sei, und bat darum, sie ans Telefon zu rufen. Ja, es sei dringend.

»Ich brauche deine Hilfe, Mio. Ich akzeptiere auch ein Nein, wenn es denn ein Nein sein soll. Aber ich bitte dich, es ist wirklich dringend.«

»Worum geht es denn?« Mio wollte nicht brüsk sein, aber sie war überrascht. »Was ist denn so dringend?«

»Eine Frau hat darum gebeten, in einem *shiromuku* beerdigt zu werden. Das Begräbnis ist morgen, und niemand ist verfügbar, um uns zu helfen.«

Schweigen. Dann: »Du meinst, eine Leiche?«

»Ja. Viele fühlen sich unwohl in einer derartigen Situation, und wer nicht daran gewöhnt ist ... Ich verstehe es, aber das ist ein so komplexes Kleidungsstück, dass wir ohne die Hilfe eines Experten nicht wüssten, wie wir es anstellen sollen.«

Mio schwieg immer noch.

»Es lag ihr sehr viel daran«, sprach Aoi weiter. »Sie hat ihren Mann im Krieg verloren und war fast hundert Jahre alt geworden ... Achtundneunzig, um genau zu sein. Sie hatten damals keine Zeit, die Hochzeit zu feiern, und das Kleid hatte sie von ihrer Mutter geerbt und flicken lassen, und dann ...« Ihm brach die Stimme. »Entschuldige.«

Es war das erste Mal, dass Mio ihn weinen hörte. Es rührte sie.

Aois Rührung war dem Gedanken an jene Frau geschuldet, doch vor allem der Freude, Mio nach so vielen Wochen wieder am Telefon zu haben, wie wenn einen jemand im Gebirge nach einer langen Bergtour in die Arme nimmt.

»Nein, ist schon gut. Ich arbeite bis sieben, dann gehe ich nach Hause, um alles Nötige für die Einkleidung zu holen. Und dann komme ich.«

»Danke, Mio.«

»Bis später.«

Mio hob das Leintuch an.

Aus einem Karton, den sie ganz hinten im Schrank aufbewahrt hatte, zog sie das Täschchen, das sich ihre Mutter immer um die Taille gebunden hatte. Es war ein weicher Stoffstreifen mit vielen Taschen, ähnlich dem Beutel, den auch Zimmerleute verwenden. Als wollte sie über die Exaktheit der Welt wachen, nahm sie sorgfältig einen Gegenstand nach dem anderen heraus und breitete das Tuch auf dem Tisch aus. Aus einer anderen Tüte holte sie den Rest.

Es war die Welt ihrer Kindheit, die sich hier noch einmal versammelte.

Kleine, mittelgroße und große Spangen, Spatel, Nähzeug, eine Schachtel mit dem *obi-ita*, Sicherheitsnadeln, Haarklammern, ein Paar weiße Baumwollhandschuhe, die sie für die Einkleidung mit dem Kimono und das Umlegen des *obi* verwendete, eine Plastiktüte für ihre Schuhe, die sie am Eingang auszog, und für eventuell anfallenden Müll, einen Fächer, den sie der Kundin leihen konnte, falls ihr heiß wurde, Feuchttücher, falls man sich die Hände nicht waschen konnte, ein Taschenspiegel, Mullbinden, Handtücher, Wattebäusche, gebleichte Baumwolle, um die Einkleidung zu korrigieren und perfektionieren, Baumwollbänder, ein weißes Taschentuch.

»Mit alldem«, sagte ihre Mutter immer, »bekommt man die Form perfekt hin.«

Das Weiß war vergilbt, die Tücher ausgetrocknet, andere Materialien zerschlissen, doch das meiste war in gutem Zustand.

»Und dann, Mio, denk dran, wenn du eine Braut einkleidest, ob bei ihr zu Hause oder im Zeremoniensaal, musst du immer eine kleine Auswahl von Dingen dabeihaben, die sie vergessen haben könnte, und du solltest eine Geschichte parat haben, die du ihr erzählen kannst, um sie zu beruhigen.«

Was waren das für Dinge gewesen? Und was für eine Geschichte?

Mio konnte sich nicht erinnern. Doch sie erinnerte sich, dass ihre Mutter, wenn sie Bräute einkleidete, riesengroß gewirkt hatte.

Wenn sie als kleines Mädchen das Atelier der Familie betrat, hockte sie sich immer mucksmäuschenstill in eine Ecke und hörte von dort dem Geplauder der Frauen zu, warf gelegentlich Blicke in Richtung Braut. Dabei lernte sie eine wichtige Lektion: dass es wichtig ist, für andere unsichtbar zu sein, wenn man sehen will.

Ihre Mutter bestieg den Hocker und stieg wieder herunter, sie kniete, um das Unterkleid zurechtzurücken, beugte sich hinab, bis sie den Boden mit der Wange berührte, um sich der Länge des Kimonos zu vergewissern; ständig bewegte sie sich um die Gestalt der zukünftigen Braut herum, die kerzengerade und stolz verharrte, oder auch winzig und eingeschüchtert.

Während sie um die Reglosigkeit der Frauen, die sie anzog, rotierte, fand sich Kaneko in gewisser Weise selbst wieder. Und genau in jenen Momenten der Nähe zu einem anderen menschlichen Wesen, zeigte sie ihr allerschönstes Lächeln, erinnerte sich Mio.

»Das war keine Wahl, die ich getroffen habe«, sagte sie zu ihrer Tochter. »Diese Arbeit habe ich schon geliebt, als ich noch ein kleines Mädchen war.« Von Anfang an hatte Kaneko der Gedanke fasziniert, dass jeder Körper den Kimono auf seine ganz eigene Weise trage. »Das ist kein Kleidungsstück wie andere, es existiert kein Maß und keine Größe. Die eigene Größe entdeckt man erst, wenn man ihn anlegt.«

Die Finger zu einem Dreieck geformt, begutachtete Kaneko, wie die Kopfbedeckung des *shiromuku* fiel, überprüfte die Proportion, die zwischen Kragen, dem Teil des unbedeckten Gesichts und der weißen Fläche rund um die Perücke entstand.

»Einen Kimono gut zu tragen ist einzig und allein eine Frage von Gleichgewicht und Geometrie, Mio.«

Kaneko begann, sanft über das Rückgrat der Braut zu streichen, als handelte es sich um eine Gräte. Mit den Handflächen strich sie jede Falte weg, glättete den Stoff überall dort, wo er sich aufbauschte. Dazu musste man flink und aufmerksam sein, denn wenn man einen Teil gerichtet hatte, verrutschte er möglicherweise an anderer Stelle wieder.

Vom höchsten Punkt der Perücke bis zu den aufgebauschten Stellen am Rücken und der Brust musste man eine gerade Erhebung schaffen, ein gleichschenkliges Dreieck in der Proportion 3 und von dort aus, bis hinunter zum Saum des Kimonos, einer 7.

»Das ist das Geheimnis, 3:7.«

Es klang wie das Maß eines unaussprechlichen Haiku.

Mio schaute ihre Mutter an, wie verzaubert durch ihre Selbstsicherheit. Zu Hause erschien sie ihr immer so nervös, immer wütend, ständig jammerte sie. Doch im Atelier schwieg sie: Sie war glücklich, dort zu sein, die Frauen anzuziehen, die in irgendeiner Weise auf dem richtigen Weg waren, dem Weg, der in Kanekos Augen der einzig mögliche im Leben eines Mädchens war.

Mit der Zeit lernte Mio das alles. Ihr gefiel es, wie unterschiedlich die Bräute waren: nicht nur aufgrund der unterschiedlichen Ausmaße und Proportionen des Kimonos, sondern auch wegen der Art und Weise, wie die Farbe ihres

Gesichts – das vor der Einkleidung milchweiß geschminkt wurde, die Lippen senkrecht blutrot bemalt – auf die Kaskade von Weißtönen und die feinen Abstimmungen von Rot im Kimono abgestimmt war.

Auch sie hatte, wie Kaneko, diesen Beruf sofort geliebt. Doch Mio war die Möglichkeit gegeben worden zu wählen, und als der Moment gekommen war, hatte sie es vorgezogen, weiter auf die Schule zu gehen. Sie hatte Angst gehabt, zusammen mit der Firma auch die Verpflichtung zu erben, immer mit der Mutter und der Großmutter mithalten zu können, mit allen Frauen der Familie Yoshida vor ihr.

Doch als sie dann urplötzlich ganz allein war, hatte sie das Atelier nicht verkauft: Sie hatte stattdessen das Geschäft anderen Leute überlassen. Ein neues Jahrhundert hatte begonnen, und immer mehr Mädchen beschlossen, in westlicher Kleidung zu heiraten, oder auch überhaupt nicht. Mittlerweile handelte das Atelier Yoshida nicht mehr exklusiv mit *shiromuku*, sondern man konnte dort Kimonos für private Feierlichkeiten mieten, für Treffen der *omiai* oder wenn jemand seine Volljährigkeit feierte. Manchmal organisierten die Betreiber Fotosessions für Familienalben oder auch zu kommerziellen Zwecken: Dann kamen Models, um sich einkleiden und fotografieren zu lassen, und die Fotos wurden in Zeitschriften, auf Internetseiten oder Werbeblättern veröffentlicht.

Und jetzt, während sie in den Zugfenstern der direkten Yokosuka-Linie nach Kamakura nur ihr eigenes Spiegelbild sah, überkam Mio große Lust, ins Atelier zurückzukehren. Sie hatte es nie getan: Die Angst, die Stätten ihrer Kindheit verändert zu sehen, war größer als das Vergnügen, sich selbst dort als Erwachsene zu erleben, dort, wo sie immer klein gewesen war.

Während sie durch das Fenster ins Dunkel hinausschaute, das den Lichtern der Großstadt entrissen war, fragte sie sich, ob Aois Blick bei Nacht das Fehlen von Rot ausglich. Ob Aoi sich im Finstern in Sicherheit fühlte, vor allem an den Tagen, an denen die Erkenntnis, dass er anders sah als die meisten, bitterer war.

Würde sie es schaffen, ihm ins Gesicht zu sehen, ohne ständig daran zu denken, wie die Welt wohl aus seiner Sicht aussah?

»An der Färbung der Gesichtshaut kann man erkennen, wie weit ein Mensch vom Tod entfernt ist«, sagte Sayaka. »Für dich, die so viel von Farben versteht, dürfte es nicht schwer sein, die Töne auseinanderzuhalten.«

Vor einer halben Stunde hatte Aoi sie am Eingang des Institutes begrüßt. Sie hatte es nicht gewollt, dass er sie am Bahnhof abholte, und sie erschien ihm so mitgenommen, dass er nicht einmal den Mut gehabt hatte, sie zu fragen, wie es ihr ging.

Beim Betreten des Hauses fiel Mio sofort auf, wie die Renovierung (die sie an eine Kollegin abgegeben, aber heimlich die Fotos davon angeschaut hatte) die Räumlichkeiten des Institutes aufgewertet hatte, und wie die Kombination aus Grau, Violett und Karmesinrot gemeinsam mit den feingliedrigen Köpfen der Nirwana-Blumen am Eingang alles schöner und ansprechender wirken ließ.

Aoi hatte ihr mit einer tiefen Verbeugung gedankt und ihr Platz gemacht, dann hatte er ihr den Körper der Verstorbenen gezeigt: »Ihr Name war Naoko Izumi.«

Da war sofort Blau, ein tiefes Blau, wie wenn man im Meer so tief taucht, dass das Licht verschwindet. Eine Mischung aus *nōkon*-Blau 濃紺 und *shikkoku*-Schwarz 漆黒. Mio hatte sich gefragt, ob es das Blau der Frau war oder ob das die Farbe war, die die Menschen annehmen, sobald sie sterben.

Mio hatte sich darauf beschränkt, Aois Blicken auszuweichen und ihm zuzuhören, wie er etwas darüber sagte, wie selten shintoistische Bestattungen im Vergleich mit buddhistischen waren, und inwiefern man den Altar anders herrichten musste.

Danach hatte sich eine kompakte Stille über sie gesenkt, aus der sie erst Sayaka herausholte. Ohne sich vorzustellen, hatte Aois Schwester den Raum betreten und begonnen zu sprechen.

Aoi war verblüfft und zugleich entschlossen, sich seine Überraschung nicht anmerken zu lassen. Noch nie hatte er erlebt, dass seine Schwester so viele Worte mit einer fremden Person wechselte, und erst recht nicht in diesem Ausmaß an Vertraulichkeit.

»Es ist erstaunlich, wie der Verstand mit der Zeit immer besser wird und man weiser und gebildeter wird, während der Körper immer mehr abnimmt«, sagte Sayaka lebhaft. »Ich habe immer gedacht, das ist genau der Punkt: Der Körper kommt zuerst, er ist das, wofür wir auf die Welt kommen.«

Mio nickte, ohne zu verstehen. Sie war zu eingeschüchtert, um etwas zu sagen.

Nach allem, was Aoi ihr gesagt hatte, war seine Schwester durchaus die legitimere Tochter jenes zweiten Vaters, den sie selbst nie kennengelernt hatte: Sayaka hatte Okada-san jahrelang gekannt, hatte jede Menge Erinnerungen an ihn, und mit großer Wahrscheinlichkeit hatte sie ihn sogar von Mio sprechen hören, jener geheimen Tochter, die ihn nicht kennenlernen wollte. Durch jene wundersame Weise, in der besonders starke Gefühle sich äußern, hatte Mio auf einmal das Bedürfnis, sich zu rechtfertigen. Sie sehnte sich danach, dass man ihr verzieh, ohne genauer zu wissen, wie oder warum. Im Grunde –

so dachte sie – war es doch so: Wenn man jemanden leiden ließ, dann würde einen derjenige, der ihn liebte, dafür hassen.

Doch Sayaka war alles andere als feindselig. Ganz im Gegenteil: Sie war so herzlich, dass Mio ihre Mühe hatte, die junge Frau, die ihr die Tür vor der Nase zugemacht hatte, als sie die Leiche herrichtete, mit der in Verbindung zu bringen, die sie jetzt anlächelte und ihr erklärte, wie schwierig es sei, Verstorbene zu schminken.

»Man meint, es sei einfach, aber es ist jedes Mal ein ganz neuer Prozess. Es gibt einfach keine eindeutige Methode, Form und Farbe zu bestimmen.«

Sayaka erzählte Mio, einmal habe eine Tochter sie bei der Bestattung ihrer Mutter angegriffen. »Ihr Make-up ist schlecht«, hatte sie ihr gesagt. »Wir hätten uns niemals jemandem anvertrauen sollen, der so wenig Erfahrung hat.« Oder der Fall einer Frau, die, als sie ihren rasierten Vater sah, mit glattem Gesicht, aus dem die Zeichen eines langen Krankenhausaufenthalts entfernt waren, verärgert reagiert hatte: »Mein Vater hat sich nicht gepflegt, er hätte sich nie rasiert für seine Beerdigung«, hatte sie protestiert. »Warum haben Sie das gemacht?«

Auf diese Weise hatte Sayaka gelernt, die richtigen Fragen zu stellen, bevor sie sich an die Arbeit machte. Sie wusste jetzt, dass, wenn sie Fehler beging und die Gesamterscheinung des Verstorbenen ihm nicht entsprach, die Angehörigen bei der Bestattung Ärger oder schlimmstenfalls sogar einen schlimmeren und andersgearteten Schmerz empfinden würden.

»Vor dem Schminken kommt das Bad, und das ist womöglich eine sogar noch delikatere Angelegenheit.«

Gewöhnlich fragte Sayaka die Verwandten, ob sie ihr beim Waschen des Verstorbenen helfen wollten. Jemand bot sich immer an, und sie brachte den Leuten bei, keine Angst zu haben, den Toten genauso zu reinigen, als wäre er noch am Leben, ihm den Kopf zu massieren, das Wasser mit einem Baumwolltuch abzureiben und die Haare zu trocknen.

»Man wird ruhiger, wenn man praktische Dinge verrichtet. Auch wenn es einem das Herz bricht, einen toten Körper zu berühren. Vielen wird erst in diesem Moment bewusst, dass sie dem Tod gegenüberstehen. Dennoch ist da immer viel Zärtlichkeit.«

Es sei wichtig, die Familie so viel wie möglich einzubeziehen. Die Erfahrung würde ihnen immer in Erinnerung bleiben.

»Mit Izumi-san hingegen«, sagte sie und zeigte auf den Leichnam vor ihnen, »ist es nicht möglich, einen Verwandten hinzuzuziehen. Dieser Kimono erfordert außergewöhnliche Sorgfalt.«

»Ach, das tut mir leid …«

»Das muss dir nicht leidtun, wir machen da etwas sehr Wichtiges. Ich kann mir jetzt schon vorstellen, wie gerührt die Familie dieser Dame sein wird, wenn sie sie im *shiromuku* sehen … Nein, herzlichen Dank, Mio, dass du einverstanden warst zu kommen. Wir befürchteten schon, wir könnten ihnen diesen Wunsch nicht erfüllen. Stimmt's, Aoi?«

Der Bruder nickte.

Mio neigte den Kopf. Jetzt erst begriff sie, wie sehr eine Hochzeit einer Bestattung ähnelte: Alles, was dabei geschah, würde zu einer Erinnerung werden.

»Ich mache mich fertig«, rief Sayaka und begab sich in Richtung Tür. Sie würde auch für Mio eine Schürze und Baumwollhandschuhe holen, sagte sie.

»Handschuhe habe ich dabei«, antwortete Mio. »Mir reicht eine Schürze.«

»Ich mache mich jetzt auch fertig. Ich bin gleich zurück«, murmelte Aoi. Doch dann fügte er schnell hinzu: »Wenn du keine Angst hast, hier allein zu bleiben.«

Mio richtete den Blick auf die ältere Frau, die aufgebahrt dalag, die Hände gefaltet und mit einem weißen Tuch über dem Gesicht. »Nein, diese Frau macht mir überhaupt keine Angst.« Sie hatte den Eindruck, die Frau verströme bereits ein etwas helleres Blau als vorher, ein Blau, das weniger intensiv war.

Aoi schob die Tür auf und verschwand hinter seiner Schwester im Flur.

Mio ging zu dem Beutel, den sie vor zwei Stunden in aller Eile gepackt hatte. Sie band sich mit einem Gummi die Haare zu einem strammen, sehr hohen Knoten zusammen. Voller Wehmut streichelte sie über das Werkzeug ihrer Mutter: Kaneko hätte sich bestimmt nie vorstellen können, dass Mio es eines Tages bei einer Leiche verwenden würde. Doch sie war sich sicher, dass Kaneko einverstanden wäre. Auf einmal sah sie wieder das Atelier der Familie vor sich, die jungen Frauen, die zögernd an der Tür standen. Was in Mios Augen jene Momente so eindringlich machte, war die deutliche Veränderung ihrer Farbe: Von dem Moment an, wenn sie das Atelier betraten, bis zu dem, wenn sie es Stunden später verließen, hatten die zukünftigen Bräute an Licht hinzugewonnen, an Konturen, an Schatten.

Als kleines Mädchen hatte Mio es sehr bedauert, dass keine dieser jungen Frauen sich später an sie erinnern würde, während sie und ihre Familie sie niemals vergessen würden. Tatsächlich gab es im Atelier Yoshida Dutzende von Fotoalben, in denen die scheuen oder auch kecken Gestalten der Bräute zu bewundern waren.

Als sie ein Teenager war, hatte sie zu ihrer Großmutter gesagt: »Auch diese junge Frau, die du gerade eingekleidet hast, wird sich in einigen Tagen nicht mehr an uns erinnern. Macht dich das nicht traurig?«

»Und warum sollte mich das traurig machen? Sicher, mit der Zeit werden in ihr alle Einzelheiten des heutigen Tages verblassen – was sie gegessen hat, ob es regnete oder schönes Wetter war, die Gesichter derer, die ihr halfen, den Kimono auszusuchen, und sie eingekleidet haben. Aber sie wird die Erinnerung daran in Ehren halten, wie sie sich in dem Moment gefühlt hat, an die gewaltige Emotion, die damit einhergeht, dass man einen anderen Namen annehmen wird, in ein neues, anderes Leben aufbricht, oder auch ein ähnliches Leben, aber mit einem anderen Namen. Und der Name ist alles. Allein dort zu sein, Mio, an einem so entscheidenden Moment im Leben eines Menschen teilzunehmen … findest du nicht, dass das etwas Wundervolles ist?«

Als sie anfingen, war es neun Uhr abends. Aoi holte Wasser, eine Schüssel, Lappen.

Er erklärte Mio jeden einzelnen Schritt, um sie an der Zeremonie teilhaben zu lassen: »Die Familie hat uns gebeten, das traditionelle Zeremoniell anzuwenden. Zum Waschen dürfen wir also nichts anderes verwenden als Wasser, Alkohol und Stoff.« Er erzählte ihr, man benutze lauwarmes Wasser, das allerdings umgekehrt hergestellt wurde, indem man kochendes Wasser zu kaltem hinzufüge und nicht andersherum. Das nenne man *sakasa-mizu*, »umgekehrtes Wasser«, denn im Ritus des Todes werde alles umgedreht. Nach der Einkleidung müsse das Kissen nach Norden ausgerichtet sein, der Altar habe hinter dem Kopf des Leichnams zu stehen, und das Antlitz blicke nach Westen, so wie der Überlieferung nach Buddha verstorben sei.

Mio sah zu, wie Aoi die Verstorbene wusch. Das tat er unter einer Stoffschicht, damit keinerlei Blöße zu sehen war. Der Körper erinnerte sie an ein Ferienhaus, bei dem man Schränke, Bücherregale und Betten mit Laken abdeckt, damit sie nicht verstauben, während die Besitzer unter dem Jahr in ihr Alltagsleben zurückkehren.

So ging es stundenlang weiter.

Aoi und Sayaka massierten der alten Dame die Arme, um die Gelenke weich zu machen, damit Mio sie einkleiden konnte, ohne dem Leichnam Schaden zuzufügen. Oft zögerte sie, weil sie irrationalerweise befürchtete, der Toten wehzutun. Aoi und seine Schwester sagten nichts, sie drängten sie nicht, sondern warteten bei jeder einzelnen Handlung, bis Mio sich allmählich sicherer fühlte.

Vorsichtig stützten sie den Kopf der Frau, und während Mio genaue Anweisungen gab, wie der Stoff anzulegen sei, fragten jetzt sie öfters nach, um alles richtig zu machen.

Zeitweise fiel es Mio schwer. Besonders in den Momenten, in denen ihr – während sie eine der unzähligen Stoffschichten des *shiromuku* anlegte – ein Arm wegrutschte und die Knochigkeit der Brust und der Hüften das bestätigte, was Sayaka ihr bei ihrer Ankunft gesagt hatte, und was sie erst jetzt begriff: Man wurde geboren, um geboren zu werden, und im Leben gab es nur ein Ziel – zu leben.

Der Geist brach ab, doch der Körper setzte auf seine Weise die Reise fort.

Auch während des langen und mühsamen Prozesses der Einkleidung und obwohl sie nur kurze Anweisungen oder praktische Vorschläge austauschten, hing die gewaltige Anspannung zwischen Mio und Aoi wie eine Wolke in der Luft.

Aois Schwester bemerkte Mios Verlorenheit, ihre Befangenheit, und den immer auf ihr ruhenden Blick des Bruders.

Sayaka hatte sich Mühe gegeben, damit Mio sich wohlfühlte, sich angenommen fühlte, so wie es bestimmt auch der Onkel gewollt hätte. Das war ihr gelungen, und jetzt schloss sie aus den Blicken, die ihr Bruder und die junge Frau einander verstohlen zuwarfen, dass sie nicht mehr gebraucht wurde.

Ab diesem Zeitpunkt schwieg sie.

Es war in der Tat ausgesprochen schwierig, der Verstorbenen den *shiromuku* anzuziehen.

Und das lag nicht nur an der Steifheit des Leichnams, sondern auch daran, dass der Körper mager und verkrümmt war: Man musste den Kimono mit Handtüchern und Watte auspolstern. All das würde mit ihr verbrennen.

Aus der Distanz der Jahre machte Mio die Entdeckung, wie gut sie immer noch mit Stoff umgehen konnte.

Sie setzten der Toten die *tsuno-kakushi*-Perücke auf, die die Familie zusammen mit dem Gewand gebracht hatte. Sayaka kämmte ihr behutsam das Haar und steckte es mit Pinzetten fest an den Kopf, damit die Perücke gut haftete. Nur auf die weiße Kopfbedeckung mussten sie verzichten, weil diese zu voluminös war.

Sie schoben den Sarg in die Kühlbox und waren gerührt, als sie die obere Klappe öffneten und das Gesicht sahen. Auch geschminkt war die Tote so, wie es die Tradition für Bräute verlangte: das mehlige Weiß der Haut, das sich vom Rest des Gesichts deutlich abhob, die senkrecht rot bepinselten Lippen.

Als sie fertig wurden, war es nach Mitternacht. Beim Verlassen des Institutes waren sie so müde, dass sie wie Betrunkene torkelten.

Sayaka stieg auf ihr Fahrrad und verschwand nach einem kurzen Gruß in der Nacht von Kamakura.

Aoi hingegen schob sein Rad und ging neben Mio her. Auf dem Rücken trug er ihren Beutel. Sie beschlossen, dass Mio in

Aois Bett schlafen würde und er auf dem Sofa des Arbeitszimmers.

»Nochmals vielen Dank, das war wichtig für mich. Izumisan hatte es verdient, dass man ihren Wunsch erfüllt«, murmelte er.

»Aoi, kann ich dich etwas fragen?«

Der Mond über ihnen war riesig.

»Natürlich.«

»Wenn man dich fragte … ich meine, mit deiner Erfahrung …«

»Ja?«

»Kommt denn der Punkt … vielleicht nach einer gewissen Zeit … ich meine, akzeptiert man irgendwann den Tod?«, wollte Mio wissen.

»Natürlich akzeptiert man ihn«, antwortete Aoi mit einem Lächeln. Das Rad lief neben ihm her wie ein Kind an der Hand der Mutter.

»Weißt du, ich liebe deine Ruhe, und du kannst ja sogar darüber lachen. Allein dieses Wort Tod auszusprechen, bringt mich ein bisschen zum Zittern. Das war es auch, warum ich mich am Anfang zu dir hingezogen fühlte. Wegen deiner Nähe zu der einzigen Sache, die mir wirklich Angst macht, der einzigen, mit der ich keine Farbe verbinden kann.« Mio bereute es sofort, dass sie zugegeben hatte, was sie für ihn empfunden hatte. Die Müdigkeit machte sie schwach.

Aoi sagte nichts.

Sie fuhr fort: »Ich bin noch nie bei einem Begräbnis gewesen, nicht einmal dem meiner Familie.«

»Warum nicht?«

»Mir schien es ein Abschied nicht nur von ihnen, sondern auch von der Erinnerung zu sein, die ich an sie hatte … Du hingegen streichelst die Toten sogar.«

Er wurde langsamer, suchte Mios Blick. »Es ist einfach so, dass ich keinen großen Unterschied zwischen vorher und nachher sehe. Im Ernst. Ich weiß durchaus, dass das absurd klingt. Doch wir lieben die Dinge, auch wenn wir sie nicht mehr nutzen … Wie bei einem Buch: Wenn du es fertig hast, hast du es noch lieber, oder? Dabei weißt du im Grunde, dass du es nie wieder lesen wirst.«

Aoi blieb stehen und wartete, dass sie sich endlich zu ihm drehte.

»Wenn du es nicht aushältst, dass alles ein Ende hat«, schloss er, »wie kannst du dann akzeptieren, dass es beginnt?«

Drei

Der folgende Tag war voller Blumen.

Als die Verwandten jener Frau erfuhren, dass Mio die ganze Nacht damit zugebracht hatte, sie einzukleiden, fragten sie sie, ob sie an der Bestattung teilnehmen wolle.

Sie war einverstanden, mittlerweile machte sie schon seit Stunden nichts anderes. Und vielleicht war ja genau das die Lösung: alles hinzunehmen und nicht einmal zu versuchen zu begreifen, was vorging.

Sie nahm ganz hinten im Saal Platz und sah zu, wie Izumisans Angehörigen sich setzten, betrachtete den Altar voller Gegenstände, deren symbolische Bedeutung ihr fremd war, tauchte ein in das Schwarz der Anzüge und die Berge von Blumen. Noch wusste sie es nicht, aber sie würde viel weinen, zwischendrin sogar schluchzen. Sie würde ein Gefühl aufleben lassen, das sie jahrelang unterdrückt hatte, gerührt von all den Trauerfeiern, an denen sie nicht teilgenommen hatte.

Während der Bonze die *sutra* rezitierte, und es Mio vorkam, als würde sich seine Stimme in den dichten Schlieren knallgelben Honigs manifestieren, dachte sie an die zweite Liebesnacht mit Aoi.

»Ich wusste, dass ich anders war«, hatte sie zu ihm gesagt, mit nacktem Bauch über seinen Beinen liegend, »aber ob ich darunter litt, erinnere ich mich nicht. Für mich war immer Schönheit in diesem Anderssein, so wie Frieden herrscht, wenn Menschen gleich sind.«

Aoi hatte nicht geantwortet; vielleicht dachte er ja an sich selbst, an seine besondere Art, Farben zu sehen, an die Arbeit seines Vaters. Mio hatte ihm erzählt, als kleines Mädchen habe sie einmal einen Satz gelesen, den sie in den folgenden Jahren so oft wiederholt hatte, dass er schließlich zu ihrem eigenen Satz wurde. Ja, wenn man sie danach gefragt hätte, hätte sie wahrscheinlich geantwortet, dass sie ihn gar nicht gelesen hatte, sondern ihn einfach wusste.

»Sag ihn mir«, hatte Aoi gesagt und ein Gähnen unterdrückt. Es musste schon nach drei Uhr nachts sein: Über dem Garten sah man einen schmalen Mond, wie den Schnipsel eines Nagels.

»Bist du bereit? Pass auf, das wird dein Leben verändern!«

Aoi hatte gelacht und eine einladende Geste gemacht.

»Im Gleichgewicht unserer Fähigkeiten ist es uns unmöglich, andere Welten wahrzunehmen«, hatte sie in einem einzigen Atemzug gesagt.

Ja, so war es: Hätte sie sagen sollen, worum sich ihr Leben drehte, dann hätte Mio genau diesen Satz gesagt. Ihrer Meinung nach bekräftigte er, dass auch im mangelnden Gleichgewicht ihrer selbst und eines jeden Menschen, den sie jemals getroffen hatte, etwas Gutes liege. Und dass in jener Besessenheit, mit der sie Menschen während der Rushhour nur beobachtete, um eine Farbe an ihnen zu erkennen, ihre Art und Weise bestünde, das Andere wahrzunehmen.

»Wenn du recht darüber nachdenkst, existiert man doch gar nicht, solange es einem gutgeht. Man spürt sich nicht, im Grunde versteht man sich auch nicht«, hatte Mio geschlossen. »Man muss einfach nur ein bisschen aus dem Gleichgewicht geraten, um die Dinge zu sehen … Aoi, glaubst du das nicht auch?«

Indessen begannen die Verwandten von Izumi-san, Kamelienblüten in den Sarg zu legen.

Einer nach dem anderen ließen sie sie neben das Gesicht der Verstorbenen gleiten, auf ihren Hals, zwischen den *tsuno-kakushi* und die Wände des Sarges. Die für die Blumen zuständigen Mitarbeiter hatten die Stiele vorsichtig entfernt, damit die Blütenköpfe nicht verletzt wurden, und jetzt tauchten die Menschen abwechselnd die Hände in die Strohkörbchen.

Dann zog die Tochter ein Buch aus ihrer Tasche. Aoi zuckte kurz zusammen, als er den Titel las. Es war *Löwenzahn* von Kawabata. Die Frau legte das Buch zusammen mit einem *hato-sabure*-Keks in Taubenform, den ihre Mutter leidenschaftlich gern gegessen hatte, in den Sarg, dazu drei *wagashi*: Das erste war wie das vielblättrige Profil einer Hortensie geformt, das zweite ähnelte einer Meereswelle, und das dritte sah aus wie eine Erdscholle mit einem gelben Pünktchen in der Mitte, das ein Glühwürmchen darstellen sollte.

Auch die Urenkelinnen legten Blumen neben das Antlitz ihrer Urgroßmutter.

»Was hat sie denn auf dem Kopf?«, fragten sie ihre Mutter.

»Gefällt es euch?«

»Ja, sie sieht schön aus.«

»Die Urgroßmutter ist wie eine Braut gekleidet.«

»Und wen heiratet sie?«

»Den Urgroßvater. Endlich kann sie ihm entgegengehen und ist so gekleidet, wie sie es sich immer gewünscht hat.«

Die Frau kräuselte gerührt die Nase, doch sie lächelte. Sie drehte sich um und suchte Mio, verbeugte sich leicht in ihre Richtung.

Am Eingang des Saales stand ein Bildschirm, auf dem in langsamer Abfolge etwa zwanzig Fotos der Verstorbenen gezeigt wurden, auf denen sie mit den schönsten wie auch banalsten Dingen beschäftigt war: Hier stieg sie mit einem fest gebundenen Kopftuch auf ein Fahrrad, dort saß sie vor einer grasgrünen Nähmaschine und ging ihrer Arbeit als Schneiderin nach, auf einem anderen Bild hatte sie eine ihrer winzigen Enkelinnen auf dem Arm.

Bei all den Bildern der Frau und all dem, was die Verwandten in jenen Stunden taten, schoben sich für Mio ständig Erinnerungen an ihre eigene Familie dazwischen. Es waren ganz konkrete und liebevolle Erinnerungen, wie etwa, wenn ihr Großvater mit der Gartenschere in den Garten ging und die allerschönste Rose abschnitt und sie dann stolz in einem Glas auf den Küchentisch stellte. Oder als Mio eines Nachmittags, als sie Karotten und Kartoffeln schälte, ihre Großmutter mit der Unbekümmertheit einer Zwölfjährigen fragte, ob sie den Großvater liebe und ihn schon immer geliebt habe. Diese hatte mit ruhiger Stimme geantwortet, in der Zeit, als sie geheiratet habe, sei es den Paaren nicht um Liebe gegangen, sondern um das Gleichgewicht des Lebens und die Interessen ihrer Familien. Doch sie respektiere ihren Ehemann, sie habe ihn immer respektiert, und wahrscheinlich sei das, was man heute Liebe nenne, genau das: Respekt. Die Erinnerungen waren so lebendig, dass Mio wieder das Schmorfleisch schmeckte, das sie an jenem Abend gegessen hatten, und das leuchtende Orange der Karotten vor sich sah, die sich beim Kontakt mit der Sojasoße und dem Fleisch braun färbten.

Am Eingang des Saales hatte sie nicht mehr die Fotos von Izumi-san vor sich, sondern die ihrer Mutter, die am Küchentisch saß, im Halbdunkel, und Bücher las, die in studentenblumengelbes Papier eingewickelt waren, und dann .... Urplötzlich sah sie sie wieder, wie sie schrieb: Kaneko war auf der Veranda, der Garten hing voller Stoffe, die an der Sonne trockneten, und beugte sich mit dem Füllfederhalter übers Papier, während das Windspiel in der Sommerbrise bimmelte. Schrieb sie Bestellungen für das Atelier auf, vielleicht für Seidenfaden, für Nadeln oder für *obi* aus Kyoto? Oder schrieb sie einen leidenschaftlichen Brief an Okada-san? Erzählte sie ihm von Mio, die Fahrrad fahren gelernt hatte, oder die sich ein kurzes Kleid wünschte, so wie es ihre Klassenkameradinnen hatten? Und dann war da ihr Vater Yōsuke, während sie eilig in den *ofuro* stieg, überzeugt davon, dass die Wanne leer war, doch da lag er, reglos, im mittlerweile schon kalten Wasser aufgeweicht, die Augen geschlossen und ein Handtuch auf dem Kopf. Jener Moment hatte existiert, weil sie sich an ihn erinnerte, an die Überraschung, das zärtliche Erkennen. Und auf einmal überkam sie die geballte Sehnsucht, die sie jahrelang nicht zugelassen hatte.

Das war der Moment, in dem Mio hemmungslos weinte, mit dem Blick auf Aoi, der kerzengerade an der Seite des Saales saß und jeden einzelnen Schritt der Zeremonie überwachte, und auf den Bonzen, der einen Ritus vollzog, ohne dass Mio verstand, was er sagte. Doch der Singsang seiner Stimme beruhigte sie, ebenso wie die Berge von Blumen, wie eine Hügellandschaft, die sich immer weiter bis in den Horizont erstreckt, und die einzige Tochter, die Izumi-san mit ihrem Mann bekommen hatte, bevor er im Krieg umgekommen war, und die selbst schon eine ältere Dame war, sogar Großmutter, und ihre drei Kinder, alle um die vierzig, die auch wiederum zwei Kinder hatten, und die vielen Taschentücher, die schwarze Kleidung, die ungeschminkten Gesichter der Frauen und die ordentlich gekämmten Frisuren der Männer.

Angesichts jener Tränen, die ihr langsam über die Wangen flossen, und dem verschleierten Blick, dem Schluchzen, das immer wieder das regelmäßige Atmen durchbrach, beschloss Mio, dass sie sich von nun an jeden Tag eine solche Auszeit gönnen würde. Vielleicht auch nur eine Stunde lang würde sie die Trauer zulassen und sich dem Schmerz um ihre Familie hingeben, die nicht mehr da war.

Aus der Ferne warf Aoi ihr besorgte Blicke zu. Ihm musste es sonderbar vorkommen, dass die Trauerfeier für einen Menschen, der in Mios Leben keine große Rolle spielte, sie so sehr mitnahm. *Doch wenn man es recht bedenkt, spielen wir zwar alle im Leben der anderen nur am Rande mit,* würde er ihr Wochen später sagen, *doch es braucht nur wenig, um uns wieder in den Mittelpunkt zu rücken. Auf einmal taucht jemand auf, der noch einen Augenblick vorher gar nicht in unserem Sichtfeld war.*

So wie er für sie, so wie sie für ihn.

Nach der Zeremonie bestiegen alle den kleinen Bus, der am Ausgang wartete.

Mio und Aoi nahmen vorne neben dem Fahrer Platz, und die Familienangehörigen verteilten sich auf die hinteren Sitzbänke. Die Tochter hielt ein gerahmtes Foto von Izumi-san im Arm, mit Streifen aus schwarzem Satin, die über den Rahmen fielen wie ein Vorhang.

Die Fahrt war kurz, der Bus folgte gemächlich dem Wagen mit dem Sarg. Quer durch das Zentrum von Kamakura folgten sie der ansteigenden Straße, die zum Tunnel von Tsubuku, Richtung Zushi, führte.

An einem kleinen Platz, der aussah, als gehörte er zum Grün eines Berges, stiegen sie aus. Das Grün erfüllte sie. Konnte auch Aoi es sehen?

Mio hielt sich dicht bei ihm, versuchte jedoch, ihn nicht zu stören, während er die Familie zum Krematorium führte und dem Personal Anweisungen gab. Der Sarg wurde den

Mitarbeitern übergeben, und die Familie verabschiedete sich ein allerletztes Mal innig von der Mutter, der Großmutter, der Urgroßmutter und all dem, was das Leben von Izumi-san einmal ausgemacht hatte.

In dem Saal, in dem sie warteten, aß Mio auf Wunsch der Familie mit ihnen ein kleines *bentō*. Die Gespräche am Tisch wurden unbeschwerter, es wurden viele humorvolle Erinnerungen ausgetauscht; die Mädchen erzählten von ihren Erfolgen, die Erwachsenen fragten Mio nach dem Atelier für Brautkimonos, nach ihrer Arbeit bei *Pigment*.

Von Müdigkeit schier überwältigt, betrachtete sie die ihr im Grunde Fremden beim Essen und machte sich im Kopf Notizen zu ihren jeweiligen Farben; das Notizbüchlein blieb wie ein Glücksbringer in der Tasche. Dann, gegen Ende der Mahlzeit, sah sie alle über eine Episode lachen, die lange Zeit zurücklag, und die Mio nicht verstand, doch in der Art, wie sie die Mundwinkel verzogen, in jenem Moment vollkommener emotionaler Übereinstimmung, erlebte sie so etwas wie eine Offenbarung: Auch in den Schwiegertöchtern und -söhnen, in dem kleinen Mädchen, das beim Essen schmatzte, in dem Vater, der sich über den Bart strich, in Izumi-sans Tochter, die sich die Brille auf der Nase zurechtrückte, entdeckte sie etwas, was sie alle gemein hatten. Es war eine Nuance des allertiefsten Blaus, jenes Blaus, das sie auch an der Verstorbenen wahrgenommen hatte.

Wer weiß, warum, aber dieser doch so einfache Gedanke war ihr noch nie in den Sinn gekommen: Wir tragen in unserem Körper die Farbe dessen, der uns das Leben geschenkt hat, wir erben einen Teil genau jener Farbabstufung, ja, wir können uns damit sogar anstecken wie bei einer Krankheit. Man muss einfach nur zusammenwohnen, ein Haus teilen, zusammen essen, ein gemeinsames Lebensprojekt haben.

In jenem Moment strich ihr Aoi, als er seine Holzstäbchen auf dem Tisch ablegte, flüchtig über die Hand. Mio sah nicht auf, schob ihn aber nicht weg.

Plötzlich ertönte eine Musik aus dem Lautsprecher, und es wurde verkündet, dass der Prozess der Einäscherung abgeschlossen sei. Nun würde man die Knochen auswählen, um den Ritus abzuschließen.

Alle erhoben sich vom Tisch, sie wirkten erleichtert. Der Großteil des Schmerzes schien hinter ihnen zu liegen.

So lief also eine Bestattung ab.

Mio hielt sich abseits und beobachtete wie verzaubert das Geschehen. In der Urne war das, was einmal Fleisch gewesen war und jetzt nur noch Staub oder Rauch war, winzige Knochen, die zerbröckelt waren wie Muscheln. Auf einem Tablett hingegen lagen die größeren Knochen, schneeweiß, wie Milch.

Sie sah, wie die Tochter und die Enkel lange Stäbchen zur Hand nahmen – ähnlich denen, die man in der Küche verwendet und mit denen man das *tenpura* aus dem heißen Öl holt oder das Gemüse in der Pfanne wendet – und mit ihnen die übrigen Knochen ergriffen, um sie in die Urne zu heben. In der Luft lag eine Atmosphäre von echtem, verzücktem Staunen. »Wie weiß sie sind«, sagte einer. »Sie kommen mir so glatt vor.« »Ich habe Angst, sie fallen zu lassen.« »Wer weiß, ob alle Knochen so werden.«

Es war, als erlebten sie alle etwas Surreales, das nichts mit der Bestattung zu tun hatte.

Mio beobachtete die Krematoriumsmitarbeiter, wie aus dem Ei gepellt in ihren faltenlosen Anzügen, die sich gleich Zeremonienmeistern durch den Raum bewegten: ihre unbefleckten Handschuhe, der kerzengerade durchgedrückte Rücken, die mit Gel zurückgestrichenen Haare, die unbeteiligten Mienen.

Es gab einen letzten Walzer aus formelhaften Sätzen und Verbeugungen, und die Rührung wich einer Leichtigkeit, die die Schritte auf dem kleinen Platz beflügelte.

Einer nach dem anderen bestiegen sie wieder den Bus: Nun hielt einer der Enkel das gerahmte Foto von Izumi-san, und die Tochter hatte auf dem Schoß eine große Schachtel aus weißem Satin, in der die Urne war.

Nach wenigen Minuten kehrten sie ins Bestattungsinstitut zurück, und die Familie verabschiedete sich. Sie dankten Aoi und Sayaka, lobten, wie perfekt alles gewesen sei: Sie hatten eine schlichte, traditionsbewusste Zeremonie durchgeführt, genauso wie sie es sich gewünscht hatten.

Dann wandte sich Izumi-sans Tochter an Mio, die in zweiter Reihe hinter Aoi verharrte. Die Frau beschränkte sich nicht darauf, ihr zu danken, sondern drückte ihr fest beide Hände und machte eine tiefe Verbeugung vor ihr, aus der ihre Rührung sprach. In einer einzigen, wie einstudierten Bewegung verbeugten sich auch die anderen Familienmitglieder in Mios Richtung.

Mio spürte die Wärme, die sie ihr entgegenbrachten. »Ich danke euch, aus tiefstem Herzen«, sagte sie. »Danke, dass ich an diesem so intimen Moment teilhaben durfte.«

Wieder weinte sie, und dann verblasste alles um sie herum, alle Farben verloren ihre Kraft, die Verwandten gingen, und sie fand sich allein im Büro des Institutes wieder. Die Einrichtung war sauber und einladend, das schwarze Bakelittelefon stand auf dem Schreibtisch.

Vom Flur hörte sie ein Raunen, Aoi und Sayaka sprachen miteinander.

Und sie stürzte ins Weiße, verlor ihre Form wie ein Kleidungsstück, das vom Bügel rutscht.

Sie ließ sich auf den Sessel sinken und sah nichts mehr.

Vier

Von ihrer Bewusstlosigkeit, die niemand bemerkt hatte, glitt Mio in den Schlaf. Sie hätte den Zug nach Tokio nehmen müssen, wirkte aber so erschöpft, dass Aoi und Sayaka sie lieber ein paar Stunden auf dem Sessel im Büro schlafen ließen.

Später, als sie die Schwelle zu Aois Haus überschritt, fühlte sie sich so leer, als hätte sich an einem einzigen Tag ihre ganze Lebenskraft erschöpft.

»Es ist nichts Schlimmes«, murmelte Mio, als sie sah, wie besorgt Aoi war, »aber ich muss mich noch ein bisschen ausruhen.«

Sie ließ sich bis auf die Leggins und das Unterhemd ausziehen. Dann legte sie sich auf das Bett und wachte erst am nächsten Morgen wieder auf. Zu ihrer Überraschung fand sie Aoi neben sich im Bett vor; er schlief, und als ihr alles wieder in den Sinn kam, fragte sie sich, was wohl geschehen war. Er trug die gleiche Kleidung wie am Tag zuvor: Es wirkte so, als hätte er über die Schlafende gewacht und wäre darüber versehentlich eingeschlafen.

Jenseits der Veranda war es taghell: Durch das Fenster beobachtete Mio zwei Kinder, die am geheimen Garten von Aoi vorbeigingen, die Hände zueinander ausgestreckt, ohne sich zu berühren. Sie sahen aus wie Seiltänzer, die auf zwei parallel gespannten Seilen unterwegs waren. Mio schaute ihnen lange nach, bis sie aus ihrem Blickfeld verschwunden waren und ein erwachsenes Paar an ihre Stelle trat, vielleicht die Eltern. Dann mehrere Minuten nichts mehr.

Erst in diesem Moment erinnerte sie sich wieder an die Bestattung, an den *shiromuku*, an Sayakas Liebe zu dem Mann, den sie – wenn die Rede von ihm war – immer »unseren Onkel« nannte. Es fühlte sich an, als hätten die Ereignisse sie auf den Schoß genommen wie ein Kind, als wären all die Dinge, die geschehen waren, größer als sie.

Sie wandte den Blick wieder Aois Rücken zu, und die Lust auf ihn erfasste sie wie ein Schwindel. Ihr Herz schlug so fest, dass ihr schien, als würde das Haus wackeln. Doch sie schob alles von sich weg, sagte sich, Sex sei keine Lösung: Er war nur wie ein Aufschub, eine Pause. Dennoch, und auch wenn sie sich dessen bewusst war, loderte die Begierde in ihr weiter. Sie fühlte sich wie an einer Leine, ein Hündchen, das nach rechts wollte, während sein Herrchen nach links zog.

Sie erinnerte sich, wie sie sich – vor Jahren – vorgenommen hatte, auf Leidenschaft zu verzichten, oder zumindest die Dinge nicht miteinander zu vermischen. Sex und Liebe erschienen ihr damals wie Elemente, die nur aus purem Zufall für ein kurzes Wegstück zusammenfanden und die nach dem gnädigen Zugeständnis für die restliche Zeit nur noch Kompromisse übrigließen.

Als junges Mädchen hatte Mio gleichaltrige Jungs genau beobachtet, und sie gefielen ihr; aufgrund ihrer Anziehungskraft hatte sie wiederum das Interesse von Männern auf sich gezogen. Doch Mio hatte Angst vor dem Begehren. Sie hatte sich niemals gefragt, wodurch diese so eindeutig negative Bewertung von Leidenschaft zustande gekommen war, noch welchen Anteil ihre eigene Familie, die etwas verkorkste Beziehung ihrer Eltern, daran hatte.

Mio stand vorsichtig auf, um die Matratze nicht zu verschieben. Aoi drehte sich um, und sie hielt mitten in der Luft inne, weil sie nicht wollte, dass er aufwachte.

Sein Körper lenkte sie ab, und das Verlangen, einfach da weiterzumachen, wo sie sich das letzte Mal geliebt hatten, verstörte sie. Sie ging ins Bad und kleidete sich rasch an.

Alle Menschen, die Mio in ihrem Leben geliebt hatte, hatten seltsamerweise einen tiefen Schlaf. So war es auch bei Aoi, und sie hatte jeden Trick angewendet, damit er weiterschlief. Einen Fluchtweg zu haben hatte ihr schon immer Sicherheit gegeben.

Jetzt würde Mio mit klopfendem Herzen den ersten Zug nach Tokio besteigen, sie würde ihre Beine ausstrecken, den Beutel mit den Instrumenten ihrer Mutter an sich drücken und bis Kagurazaka die Augen schließen. Dann würde sie schnellen Schrittes an den Bahnsteigen von Shinjuku vorbeieilen, die voller Schüler und Pendler waren, und schließlich ihr Zuhause erreichen, während der Tag bereits in alle Ritzen gekrochen war.

Und es würden Jahre vergehen.

Das sagt sie sich immer wieder, leise: »Es würden Jahre vergehen.«

Und genau das wäre geschehen, wenn sich Mio tatsächlich heimlich weggeschlichen wäre. Alles lag an der Entscheidung, wie es weitergehen sollte. Sie konnte der Wut den Vorrang geben, es zulassen, dass Aois Farbenblindheit und die Tatsache, dass er ihr so lange die Wahrheit über ihre Familie verschwiegen hatte, das, was an ihrer Beziehung schön gewesen war, langsam auffraß. Oder sie konnte akzeptieren, dass sie einfach nur glücklich sein wollte.

Das Glück, das hatten ihre Mutter und davor die Großmutter immer gesagt – und wenn man den konzentrischen Kreisen der Familie folgte, hatte es jede Frau gesagt, die dem Klan der Yoshidas angehörte –, war eine Frage der Beharrlichkeit und ganz gewiss nicht des Schicksals.

»Was reden die Leute denn da? Glück gibt es nicht!«, rief ihre Großmutter manchmal entsetzt aus. »Das Glück, das muss man selber anfertigen, genau wie ein gutes Färbemittel.«

Das menschliche Gemüt braucht so etwas wie Gefahr. So, als bewahrte uns allein die Überlegung, es könnte alles schiefgehen, vor der Möglichkeit eines tatsächlichen Malheurs.

Ach, warte doch, sagte sich Mio, warte, bis er aufwacht: Dieses Mal schleichst du dich nicht davon.

Direkt vor der Glasscheibe der Veranda setzte sie sich auf den Boden. Sie zündete eine Spirale gegen die Mücken an und vergrub die Beine im weichen Gras. Es war, wie wenn man am Rand eines Schwimmbeckens sitzt und nicht die geringste Lust hat, ins Wasser zu gehen, es aber genießt, die Füße hineinzuhängen.

Sie fühlte sich seltsam ruhig: Es hatte einen Sturm gegeben, jede Menge Zweige und Blätter lagen auf der Straße, doch sie wusste, in Kürze würde alles wieder in Ordnung sein.

Ganz im Gegenteil zu dem, was sie als junges Mädchen geglaubt hatte, kam sie nun zu dem Schluss, dass die Leidenschaft zwischen ihr und Aoi etwas gebracht hatte. Es war wichtig gewesen, dass sie so weit gekommen waren, ein Bett zu teilen, abwechselnd nachdenklich zur Decke zu schauen und sich zu fragen, wie das alles eigentlich geschehen war, ja, gar nichts zu begreifen, weder ihre Verwandtschaft noch ihre unterschiedlich besondere Sehfähigkeit; sie kam sogar zu der Überzeugung, es sei wichtig gewesen, sich von ihm enttäuscht zu fühlen, an seinen bösen Willen zu glauben, an Täuschung. Jetzt war sie sicher, dass alles dazu gedient hatte zu begreifen, wie bei manchen Reisen, dass das Ziel am wenigsten zählt. Was am Ende mit dem großen Schatz in den Märchen passiert, ob unendlicher Reichtum *tatsächlich* das Leben der Hauptfiguren verändert, das erfährt man nicht. Es wird nicht erzählt, weil es im Grunde nicht wichtig ist. Im Märchen bricht man oft auf, um etwas zu suchen, was sich dann jedoch wundersamerweise in etwas anderes verwandelt.

Mio dachte, sie hätte Aoi unbedingt nach jenem anderen Vater fragen müssen: Er hatte sie jahrelang in Ruhe gelassen, und schon allein deshalb war sie sich sicher, dass er sie geliebt hatte.

Sie verließ die Veranda und ging wieder hinein, um neben Aoi zu schlafen.

Als sie aufwachten, waren sie immer noch müde, die Anstrengungen der vergangenen Nacht waren deutlich zu spüren.

»Ich war todmüde, tut mir leid«, entschuldigte sich Aoi.

»Ich bin auch erledigt, aber morgen muss ich unbedingt wieder in die Arbeit.«

Ein bisschen Meeresluft schnuppern würde ihnen guttun, sagte Aoi. Deshalb würde sie zum Frühstücken in ein Café in Zaimoku-za gehen.

Als sie ans Meer kamen, war es ruhig, hinter der Insel Enoshima, jenseits der Bergkette, die die Bucht von Sagamihara begrenzte, zeichnete sich das Profil des Fuji ab.

»Hier bin ich oft mit meiner Mutter hergekommen, um Sehübungen zu machen«, sagte Aoi. »Ich fragte sie, welche Farbe Dinge hatten, und sie stellte mir die gleiche Frage. Es war, als gäbe es eine doppelte Version der Welt. Aber manchmal schien es, als ob keiner von uns beiden recht hatte, ja, dass es gar kein Richtig oder Falsch gab.«

Mio dachte an die Episode zurück, die eine Frau an der Universität von Waseda erzählt hatte: Sie hatte sich eine Tasche gekauft und geglaubt, sie sei braun, aber sie war violett. »Weißt du, ich habe viel über deine Farbenblindheit nachgedacht«, murmelte sie.

Das schien Aoi zu verblüffen. »Und was dachtest du?«

»Dass für manche Menschen Farbe an sich gar nicht wichtig ist, sondern nur hinderlich. Und manchmal ist es nur ein Wort.«

»Warum sagst du das?«, fragte Aoi. »So herunterspielen würde ich es nicht.«

»Weil ich glaube, dass du darunter gelitten hast.«

»In Wirklichkeit war es meine Mutter, die sich schlecht fühlte, weil sie fürchtete, ich könnte deshalb später diskriminiert werden.«

»Und ist das nicht passiert?«

»Nein, ich kann nicht sagen, dass es mich besonders beeinflusst hat.«

Als er erfuhr, dass sein Neffe unter dem gleichen Sehfehler litt wie er, war der Onkel auf Aoi zugegangen, als bildeten sie auf einmal eine besondere Gruppe innerhalb ihrer sowieso schon begrenzten Verwandtschaft. »Hör nicht auf deine Mutter«, hatte er zu ihm gesagt, »sie begreift nicht, dass es gar kein Problem damit gibt, wenn man die Welt so sieht. Auch unser Vater hatte eine Rotgrünschwäche, und leider war das für deine Mutter traumatisierend. Die Wahrheit ist, dass er sehr gern Polizist geworden wäre, und dass man ihm dies verwehrte, war sehr schmerzlich für ihn.«

»Sicher«, fuhr Aoi fort, »ich sage nicht, dass es nicht manchmal nervig war, wenn man zum Beispiel Kleidung kauft oder jemand einen bittet, ihm etwas zu reichen, was die und die Farbe hat, und man nicht genau weiß, was er meint. Vielleicht war es jedoch gerade der Gedanke an dich und wie du wohl reagieren würdest, dass ich zum ersten Mal meine Sehschwäche für ein Problem gehalten habe.«

»Das tut mir leid.«

»Das muss dir nicht leidtun. Es ist etwas Schönes, denn es hat mich begreifen lassen, wie viel du mir bedeutest.« Er zögerte einen Moment, betrachtete das Meer vor ihm. »Vielmehr frage ich mich, ob du jemals akzeptieren kannst, dass jemand wie ich, der über Farben rein gar nichts weiß, dich so sehr liebt.«

Mio fühlte sich wie benommen. Sie dachte über das nach, was sie gerade gehört hatte. War es eine Liebeserklärung gewesen? Auf einmal überkam sie ein Schwall jener Farbe, die sie als kleines Mädchen so lustig gefunden hatte: *kamenozoko-iro* 瓶覗色. So wie sie es immer tat, wenn sie fürchtete, die Kontrolle zu verlieren, konzentrierte sie sich auf die Farbe und ging sie akribisch durch, wie wenn sie bei *Pigment* unterrichtete. Das blasse Blau – wörtlich die Farbe »eines heimlichen Blickes auf einen Krug« – entstand laut der typischen Ironie der Menschen der Edo-Zeit bei einem raschen und oberflächlichen Eintauchen von Stoff in eine Schüssel mit Indigo.

War das vielleicht die Farbe der Liebe? Konnte es denn sein, dass sie so zart war?

Aufgewühlt versuchte Mio, das Thema zu wechseln und fragte ihn nach seiner Kindheit.

»Ich bin hier aufgewachsen, in Zaimoku-za. Wir haben genau hier hinter dem Hōmyō-ji-Tempel gewohnt. Meine Schwester wohnt immer noch dort, aber ich hoffe, sie entschließt sich bald dazu, an einen weniger erinnerungsträchtigen Ort zu ziehen.«

Mit den Augen der Kindheit sah sich Aoi in den Gassen, in denen er aufgewachsen war, er sah das Meer, das alles rosten ließ, spürte den Sand in seinen Taschen. Und vor allem die Luft, die das Haar mit einer Salzschicht überzog.

Während Aoi immer noch über seine Farbenblindheit sprach, leckte Mio an einem Eis, konnte seinen Geschmack jedoch nur schwer ausmachen. Sie dachte daran, wie wichtig es war, ambivalente Gefühle anzunehmen, sie dachte an die Freude, Aoi an ihrer Seite zu haben, und an die Furcht, jenes obsessive und unkontrollierte Gefühl könne wieder von vorn beginnen.

»Zum Beispiel«, sagte er auf einmal, »isst du meines Erachtens gerade Gelb, Grün und Braun.«

»Was meinst du?«

»Dein Eis. Was für eine Farbe hat es?«

»Diese Mischung aus Milch und Erdbeeren nennt man *tokiiro,* 鴇色, das Blassrosa des japanischen Ibis, der im Jahre 2003 ausgestorben ist. Das ist eine Farbe, die auf den Kimonos von jungen Frauen nicht fehlen darf.«

»Und die andere Farbe?«

»Das Cremefarbene nennt man Neapel-Gelb. Von 1728 bis 1738 nannte man es *giallolino.* Den Namen hat es von der Stadt Neapel, weil man glaubte, es stamme aus Mineralien vom Vesuv, dem nahen Vulkan.«

Aoi zeigte auf die letzte Kugel Eis.

»Schokolade hat die Farbe schwarzen Tees, mit kleinen Einsprengseln von Elfenbein in den geraspelten Haselnüssen.«

»Wie wundervoll«, sagte er begeistert. »Nicht einmal, wenn ich normal sähe, könnte ich so sehen wie du. So habe ich wenigstens eine Ausrede: Ich frage dich, was für eine Farbe die Welt hat, und genieße deine Antworten. Denk nur, das ist doch ein Vorteil.«

Mio dachte daran zurück, dass auch ihre Mutter ihr immer diese Frage gestellt hatte, und dass sie ihr nichts weiterreichte –

ein Buch, ein Kleid, ein Geschirrtuch –, wenn sie ihr nicht sagte, was für eine Farbe der Gegenstand hatte. Und sie erinnerte sich an die strengen Strafen, wenn sie die Dinge mit seltsamen Ausdrücken umschrieb, wie es ihre Art war.

»Wie war Okada-san?«, fragte sie unvermittelt.

Aoi war über die Frage erstaunt, versuchte aber, es sich nicht anmerken zu lassen. »Als junger Mann surfte er, genau dort hinten auf dem Meer.« Er zeigte auf eine Stelle in der Bucht, wo ein Dutzend schwarz gewandete Gestalten die bescheidenen Wellen zu bezwingen suchte. »Er liebte abgöttisch Krimis, die verschlang er einen nach dem anderen. Er reiste nicht gern, erst recht nicht mit dem Flugzeug. Ich glaube, als jüngerer Mann hätte er sich gern Amerika und Europa angeschaut, aber die Großeltern verdienten nicht genug mit dem Fahrradgeschäft, um den Sohn ins Ausland zu schicken. Er ist dann auf die Uni gegangen, meine Mutter nicht. … Wenn er in Gedanken war, kritzelte er seltsame Zeichnungen auf die Rückseite von Kassenzetteln, lauter Spiralen. Manche davon hat meine Schwester aufgehoben, hat sie in Bücher oder Schubladen geschoben. Und die kommen immer wieder zum Vorschein!«

Mio lächelte beim Gedanken an diese Kritzeleien.

»Der Onkel war immer sehr ordentlich, deshalb gab es oft Streit mit meiner Mutter. Sayaka ist wie sie, ziemlich schlampig.«

Aoi türmte weitere denkwürdige Episoden vor ihr auf, Banalitäten, die vom Alltag des Mannes erzählten, Erinnerungen, die Mio zum Lachen brachten. Er hatte begriffen, dass für sie jene Wochen des Wartens wichtig gewesen waren, dass sie ihren Vater stückchenweise zurückbekommen musste, mit raschen Bildern, ohne allzu sehr in die Tiefe zu gehen.

Sie gingen langsam, mit unregelmäßigen Schritten. Ihre Köpfe waren leicht zueinander geneigt, um bei dem Wind kein

Wort zu verpassen. Sie gingen mit dem Rücken zum Ozean, auf die Kreuzung von Geba zu, wo man früher vom Pferd gestiegen war, um zum Schrein von Tsurugoaka Hachimangū zu gelangen.

Man würde Monate, sogar Jahre von Geschichten brauchen, ehe Mio ganz natürlich an Okada-san denken konnte. Und sogar von ihm zu erzählen, wenn sie von sich selbst sprach, und ihn ganz natürlich in ihre Familie einschließen konnte.

Wenn sie Aoi gelegentlich von der Seite betrachtete, während er ungezwungen Erinnerungen und Anekdoten zum Besten gab, fragte sich Mio bestürzt erneut, was sie denn glücklich gemacht hatte, bevor sie ihn kennenlernte.

Am darauffolgenden Tag würden vor dem Haus, das an den geheimen Garten von Aoi grenzte, aus einem Lieferwagen mit der Aufschrift Kawai & Co. vier Männer in weißem Overall und Schutzhelm steigen. Eine halbe Stunde nach dem Ortstermin waren sie schon wieder weg.

Im Verlauf eines Monats würde der Bagger auftauchen, außerdem Bretter und Planen, um den Bauschutt aufzufangen. Fünf Wochen später sollte mit dem Abriss begonnen werden.

Fünf

Seit dem Begräbnis von Izumi-san waren zwei Wochen vergangen, und Mio und Aoi schickten sich kurze SMS.

Er hatte ihr geschrieben, Ikeda-sans Restaurant würde seinen vierzigsten Jahrestag feiern, und sagte, ohne sie explizit einzuladen, er würde anlässlich der Feier dort zum Essen gehen. Er fügte hinzu, gegen Ende des Monats käme er bei *Pigment* vorbei, um die Beratung zu bezahlen, und bei dieser Gelegenheit bitte er sie um einen Tipp, wo man essen gehen könne.

Mio antwortete, vierzig Jahre ein Restaurant zu führen sei eine außergewöhnliche Leistung. Dass auch sie wieder in Feierlaune sei, seit sie – und hier benutzte sie drei Ausrufezeichen, gefolgt von einem kleinen Gesicht, das Sternchen versprühte – bei einer Auktion das Pigment aus Spänen des brasilianischen Pernambukholzes aus dem Museum von Katalonien gewonnen hatten. In einer weiteren Nachricht fügte sie hinzu, sie habe ein kleines Vermögen ausgegeben, um eine alte lackierte Holzschachtel mit Seidenfutter zu kaufen, in der sie die Briefe ihrer Mutter aufbewahren würde. Sie schrieb ihm, sie habe von ihrer Cousine gehört, die in Italien lebte, und ihr gegenüber Okada-san erwähnt und erklärt, wer er sei. Und dass sie sich, als sie über ihn sprach, erleichtert gefühlt habe.

Am Samstagmorgen, bevor er in die Arbeit ging, rief Aoi sie an. Er wollte ihr von der Bestattung eines Mannes erzählen, der in der Stadt sehr bekannt war. Es sei eine besondere Zeremonie mit jeder Menge Familie gewesen.

Am Dienstag war es Mio, die Aoi anrief. Sie vertraute ihm an, dass sie traurig sei, weil sie in der darauffolgenden Woche Alma und Rui zum letzten Mal unterrichten würde. Sie sagte ihm, bei dem Unterricht sei es auch um ihn gegangen, als sie über Farbenblindheit sprachen, weil in der Schule ein Klassenkamerad von Rui der Klasse erzählt hatte, dass er kein Blau sehen könne. Und so hatten sie herausgefunden, dass man bis heute das Auge von John Dalton, dem englischen Chemiker, nach dem man die Rotgrünschwäche benannt hatte, in der Stadt Manchester in einem Reagenzglas aufbewahrte. Mit Hilfe eines illustrierten Buches hatte Mio den Mädchen erklärt, wie ein Pferd seine Umgebung mit einer grauen und gelblichen Dominante wahrnehme und dass seine Augen, so wie bei der Kuh, im Zustand von Stress oder Angst leicht seitlich blickten. Und dass Rot für Hunde, Katzen und Kühe unsichtbar sei, während Kolibris diese Farbe liebten; Regenwürmer wiederum nahmen nur Licht wahr. Aoi lachte, als er diese Fülle von Beschreibungen hörte, in denen Mio sich keinen Augenblick Pause gönnte.

Ihre Beziehung hätte noch wer weiß wie lange so weitergehen können, wenn nicht Mio irgendwann – nachdem sie bei *Pigment* die letzte Unterrichtsstunde für Alma und Rui gehalten hatte – statt den gewohnten Zug nach Hause zu nehmen, und fast ohne es überhaupt zu merken, in die Yokosuka-Linie eingestiegen und in Kamakura ausgestiegen wäre.

Als Aoi nach Hause kam und, mit einem Chupa Chups im Mund, sein Fahrrad die Gasse entlangschob, fand er Mio vor. Sie saß vor der Tür und hatte das Gesicht auf die Knie gelegt.

Überrascht lehnte er das Rad an die Mauer und lächelte sie an. Dann zog er die Schlüssel aus der Tasche und schloss die Tür auf. Er ließ sie herein, und dann endlich küsste er sie.

Aoi fehlte das Vokabular für diese ganz besonderen Momente, doch er drückte ihr fest die Hände, und als ihm die nicht genügten, tastete er sich weiter vor. Er sagte ihr, dass er sie liebe, und das schlichte Wort brachte die ganze Bedeutung dieses Gefühls auf seine Schultern.

Er führte sie durch den Eingangsbereich und zu seinem Zimmer, und das Haus nahm die beiden in sich auf.

Der Titel des Buches, aus dem Mio so viel Neues über die Sehweise von Tieren gelernt hatte, was sie dann an Alma und Rui weitergab

Guillaume Duprat, *Was sieht eigentlich der Regenwurm? Die Welt mit den Augen der Tiere sehen.* Knesebeck, 2014

»Ich wünschte, wir könnten eine Farbe gemeinsam bewohnen«, murmelte Aoi und streckte den Arm unter Mios Hals hindurch. »Eine Farbe, in die wir uns flüchten können, wenn die Dinge schieflaufen.«

Sie drehte den Kopf, streckte die Beine unter den Laken aus. Der Sommer ging zu Ende, und wenn es Abend wurde, waren die Temperaturen endlich angenehm.

»Es muss eine Farbe sein, die wir beide gleich sehen, du und ich«, fuhr er fort.

Zum zigsten Mal sah Mio sich selbst und Aoi an einem Fenster stehend, wie sie zwei leicht verschiedene Landschaften betrachteten. Als wäre ihr etwas durch den Kopf gegangen, das sie vergessen hatte und ihr dann wieder in den Sinn kam, als sie gerade gar nicht daran dachte, hatte Mio auf einmal die Antwort auf die Frage, die sie von Beginn an gequält hatte.

Welche Farbe war die von Aoi?

Sie bemerkte, dass sie die Frage vollkommen vergessen hatte, weil diese in der Zwischenzeit ihre Dringlichkeit verloren hatte. Es war ihr nicht wichtig gewesen, weil ihr gar nichts mehr wichtig war. So wie sie ihre eigene Farbe nicht kannte, würde sie auch die von Aoi niemals herausfinden. Das Einzige, was zählte, war das, was durch die Summierung entstehen würde: ihre gemeinsame Farbe.

Sie fühlte sich pathetisch und fröhlich: *ihre* Farbe. Mio lachte und sagte sich, dass sie sich diese Entdeckung unbedingt in ihrem Notizbüchlein aufschreiben müsse: Manchmal muss man die Ausgangsfarbe gar nicht wissen.

»Überzeugt es dich nicht?« unterbrach sich Aoi. Er war jetzt aus dem Bett aufgestanden und schaute auf sie hinunter.

»Wovon redest du?«, wollte Mio wissen.

»Von unserer Farbe! Ich spreche seit mindestens zehn Minuten über nichts anderes«, erwiderte er lachend. »Hab schon kapiert: Ich sollte besser nicht über abstrakte Themen reden, sonst langweile ich dich.«

Sie lächelte ihn an, schob das Betttuch beiseite. »Ich war in Gedanken versunken, und außerdem habe ich einen furchtbaren Hunger.«

»Oyakodon?«, schlug er vor.

»Kannst du das kochen?«

»Gib mir eine halbe Stunde«, murmelte Aoi gut gelaunt und ging in die Küche.

Hai-zakura 灰桜, das aschige Kirschrot des Tuches, in das Mio bei ihrer Geburt gewickelt wurde, begleitete sie noch immer. In Aois geheimem Garten schien ihr der Schatten eines Sperlings, der von einer Laterne beleuchtet wurde, genau diese Schattierung zu haben. Der Abend sank über sie herab, und sie versank in Aoi.

Der Mond, der die Schatten des Hauses verschob, verwandelte das Zimmer in einen Garten.

Sie aßen, doch sie taten es mit einem Hunger, der nur in den Augen lag. Die Lust zerteilte alles, was sie taten, unterbrach sie.

Nach dem Abendessen sagte Mio: »Während ich auf dich gewartet habe, habe ich das Schild an dem Haus gegenüber gelesen. Was geschieht da?«

Aoi schaute sie still an. »Es wird abgerissen, so wie es auch richtig ist.« Er legte die Handfläche auf ihren Bauch. Er fragte sich, woher Mios Lust kam, den Kopf in den Nacken zu legen.

»Ich finde es hingegen nicht richtig.«

»Bist du traurig?«, wollte Aoi wissen.

»Dein Garten … so schön, so gepflegt …«

»Ich lege mir anderswo einen an. Mit den Jahren habe ich von jeder Pflanze Samen aufgehoben, denn ich wusste, früher oder später würde das passieren.«

Von jenem Moment an erwähnten sie das Thema nie mehr. Es war wie eine stillschweigende Übereinkunft.

Aoi würde sich wieder über Mios Körper beugen, die die Arme nach hinten ausstreckte, er würde sie auf den ungeschütztesten Teil des Halses küssen und mit den Lippen die Geschwindigkeit ihres Herzschlages prüfen, dieses laut pochenden Herzens.

Er würde mit der Zunge über die Vene fahren, um zu prüfen, wie eilig sie es hatte. Und um zu wissen, ob sie wieder bereit war.

Woher Mios Lust kam, den Kopf in den Nacken zu legen, und wie Aoi es entdeckte

Eines Tages, als er in einem Fotoalbum von Mio als Kind blätterte, würde Aoi begreifen, dass es mit Verlust zu tun hatte, und dass dieser seit ihrer Geburt ein Teil von ihr war.

Als Neugeborene liebte sie es, den Rücken weit durchzudrücken und nach hinten zu schauen, sodass ihr das Blut in den Kopf stieg. Die Erwachsenen wunderten sich über diese Verdrehungen, sie hatten Angst, sie könnte ihnen aus den Händen gleiten. Nach einem kurzen Moment der Verwirrung schimpften sie dann: »Hör auf, das ist gefährlich! Ich nehme dich nicht mehr auf den Arm, wenn du das machst!« Doch für Mio war es eine instinktive Geste, die sie ihr ganzes Leben lang immer wieder machen würde.

Als Heranwachsende auf der Schaukel bog sie den Kopf nach hinten, um sich den Park umgekehrt anzuschauen – die Baumstämme über den Wipfeln, die Dachterrassen am Fuß der Häuser, die rund um sie immer höher wurden. Sie erinnerte sich an die Gesichter der anderen Kinder, die über sie und ihre Manie lachten, während sie darauf warteten, dass sie dran waren, auf die Schaukel zu steigen und ihrerseits zu probieren, was sie daran so faszinierte. Ihre Augenbrauen in Mundhöhe und ihre Nasen direkt vor sich machte sich Mio über sie lustig. Die Schaukel überließ sie keinem von ihnen, zumindest nicht, bis sie zum Abendessen gerufen wurde.

Mio bereitete sich darauf vor, das Wochenende bei Aoi zu verbringen, und hatte sich bei dieser Gelegenheit auch vorgenommen, ihren Schrank umzuräumen. So kam es, dass sie auf den Stuhl stieg und den großen Karton herunterholte, der ihre gesamte Kindheit enthielt, und unter seinem Gewicht ins Schwanken kam.

In dem Karton lagen der Stoff, auf dem sie geboren worden war, ihr erstes Kleidchen, ihre ersten Schuhe, ein Schulheft aus der Grundschule, eine Ehrennadel, die sie für eine Recherche zum Thema Milchproduktion erhalten hatte, eine Puppe mit strohigem Haar, ein lilafarbenes Kleid und Dutzende anderer kleiner Gegenstände, von denen nur sie selbst wusste, was sie bedeuteten. Doch vor allem war da der Zettel, den ihr vor vielen Jahren ihr Vater geschenkt hatte: *Nur weil du ein Gegengift hast, musst du nicht abhängig vom Gift werden.*

Sie fiel vom Stuhl, und es war ein Wunder, das sie sich nicht das Rückgrat brach.

Sie stürzte auf die wohlgeordneten Stapel von Klamotten, die sie gefaltet und auf dem Boden abgelegt hatte, um sie für den nächsten Sommer in den Schrank zu räumen. Und jetzt lag sie auf dem Boden wie ein Kimono, der darauf wartet, angezogen zu werden, die Arme ausgestreckt, die Beine nur leicht gespreizt, einen erstaunten Ausdruck auf dem Gesicht, und der Inhalt des Kartons war rund um sie verteilt: ein Stapel Polaroids, eine Spieluhr aus Holz, Dutzende von Zeitungsausschnitten, in denen das Atelier Yoshida erwähnt wurde, ein winziger Ventilator, der sie nur knapp verfehlt hatte.

Während sie wieder aufstand, ergoss sich ein dichter, elfenbeinfarbener Regen über sie.

Eine Mappe, die jahrelang friedlich am Boden des Schrankes gelegen hatte, hatte sich wer weiß wie geöffnet und viele, viele Briefumschläge freigegeben. Sie flatterten überall im Zimmer umher, sie lagen zwischen den Kleidern, den Utensilien, und der ganze Boden war voller Dinge, die nach Jahren der Reglosigkeit aufgeschreckt worden waren.

Nachdem das große Flattern sich gelegt hatte, griff Mio wahllos nach einem der Umschläge, die auf ihr liegen geblieben waren. Sie ahnte es bereits, doch verspürte sie so etwas wie eine Explosion, als sie Okada-sans Schrift erkannte, die Genauigkeit sah, mit der er den Namen und die Adresse von Kaneko auf den Umschlag geschrieben hatte.

Sie öffnete den Brief nicht, sie las keinen von ihnen.

Stattdessen stand sie auf und begann die Briefe sorgfältig aufzusammeln und unter dem Fenster zu stapeln. Als sie sich sicher war, keinen von ihnen übersehen zu haben, stellte sie den Stuhl wieder auf, holte die Mappe, aus der sie herausgefallen waren, und steckte sie wieder hinein.

In genau diesem Moment las sie das, was auf dem Etikett der Mappe stand: *Für Mio, wenn ich tot bin.*

Auf Line drückte sie auf das Icon, das für Aoi stand. *Ich habe sie gefunden,* schrieb sie einfach.

Und es war klar, dass sie auch diese Sache gemeinsam tun würden.

Okada-sans Briefe gab sie am darauffolgenden Tag Aoi. Sie ließ sich Zeit: Sie wusste, dass sie aufgrund des Strebens nach Absolutem, das in ihrer Natur lag, das Leben am besten in kleinen Dosen genoss. Damit das Gegengift wirkte, musste sie es sich in der richtigen Menge verschreiben lassen.

Und so kam es, dass Aoi an manchen Tagen, vor dem Abendessen, einen Brief für sie auf den Tisch legte, neben ihr Gedeck, oder aufs Bett, aufs Kopfkissen. Und sie würde dann diesen Brief so lange in ihrer Handtasche oder ihrer Jackentasche aufbewahren, bis sie bereit war, den Umschlag zu öffnen. Danach würde sie ihm das Schreiben zurückgeben, ohne ein Wort zu sagen, und dann würde er ihr ein paar Tage später wieder einen Brief verabreichen, so, wie man einem kranken Kind Hustensaft gibt.

Nur für ihre Leidenschaft Aoi gegenüber fand sie keine Linderung, was dazu führte, dass sie über Tag, wenn sie sich besonders schlecht konzentrieren konnte, in den Zimmern umherstreifte in der Hoffnung, irgendetwas – ein Stück Obst, ein Buch, ein Pigment, ein Bonbon – würde ihr dabei helfen, wieder ruhiger zu werden.

Wenn sie zusammen waren, drehte sich Aoi manchmal zu ihr und fragte sie wie aus heiterem Himmel: »Wo bist du?« Er wollte begreifen, an welchem Punkt der Geschichte Mio angekommen war: Mio, wo bist du? Macht es Fortschritte, dein Herz? Und in welcher Richtung ist es unterwegs?

Es kam sogar vor, dass er davon träumte, sie zu bitten, auf ihn zu warten, weil er nicht nachkam. Was Aoi empfand, war das, was alle Männer empfunden hatten, die sie vor ihm gekannt hatte: Mio rannte wie eine Wahnsinnige, und sie versuchten, mit ihr mitzuhalten. Doch sosehr sie den Kometenschweif auch bewunderten, den Mio hinter sich herzog, früher oder später gaben es alle auf, ihr zu folgen. Sie war einfach zu schnell.

Doch im Gegensatz zu den anderen gab Aoi nicht auf.

»Mio, wo bist du?«

Er fragte sie das mit seinen großen, ruhigen Augen, blieb ihr auf den Fersen. Manchmal fand er sie dann auch, genau dort in seinen Armen, und merkte, dass sie sich gar nicht entfernt hatte. Andere Male betrachtete er eine Farbe, und auch wenn er sie nicht begriff, stellte er sich vor, was sich wohl dahinter verbarg. Wie diese ganz besondere Nuance von Blau, von der sie ihm eines Tages erzählt hatte, die genauso hieß wie die Dunkelheit in einer Abstellkammer oder am Grunde eines Schrankes.

Oft traf Aoi sie am selben Punkt seiner Erinnerung wieder: mitten auf dem Schotterplatz, wo an jenem Abend ihres ersten Sommers eine Holzbühne gestanden hatte, wo die schaukelnden roten *chōchin*-Lampen wie Bougainvillea leuchteten. Als sie bei jenem *matsuri* zusammen die Leute im Kreis beobachtet hatten, die sich den ausgelassenen Tanz der alten Damen im *yukata* ansahen, während die *taiko*-Trommel des Gemeindeverwalters die Erde zum Beben brachte und die ausgebreiteten Fächer voller Insekten waren. Jenem Abend, an dem Mio ihm ins Ohr geflüstert hatte: »Aber denkst du denn jemals an das Leben der anderen? Daran, dass wir nichts über sie wissen, und sie nichts über uns? Schau dir doch diese Menschen an, sie tanzen im Gleichtakt, wissen aber rein gar nichts voneinander.«

Auf Mios Gesicht pulsierten die Lichter des Festes, er hörte auf zu fächeln und schaute sie an.

»Sie sind wie das verborgene Leben der Farben, weißt du?«, hatte sie gesagt.

»Das Leben?«

»Ja«, hatte sie geflüstert und die Lippen übertrieben nah an sein Ohrläppchen gebracht. »Auch Kandinsky hat behauptet, dass jede Farbe ihr eigenes, geheimnisvolles Leben lebt.« Das hatte Mio mehrfach wiederholt und war dabei immer lauter geworden, weil das Trommeln ihre Stimme übertönte.

Vielleicht, dachte Aoi, vielleicht war das der Moment, in dem ich mich in sie verliebt habe.

Epilog

Es gab da einen ganz genauen Moment, den die Gärtner der Firma Kawai & Co. noch lange in Erinnerung behalten würden.

Kaum waren sie aus dem Lieferwagen ausgestiegen, blickten sie auf das, was sie da ausrupfen sollten, und schauten einander verwirrt ins Gesicht.

»Aber ist das wirklich hier? Sind wir sicher?«

Einer von ihnen wollte Fotos machen; ein anderer schlug vor, eine letzte Bestätigung von oben einzuholen, man weiß ja nie, vielleicht war ein Fehler passiert. Wieder ein anderer, dem die Härte seines Berufes bewusst war, hatte wortlos damit begonnen, das Handwerkszeug aus dem Auto zu holen: die Sägen, die Sicheln, die großen Tüten, in denen man Äste, Zweige und Blätter unterbringen konnte. Und auch die Blumen, ja auch diesen kleinen Berg Blumen.

Wenig oder nichts war geschehen, seit Aoi am Abend zuvor durch den Garten gegangen war, um zu schneiden und zu gießen. Er hatte die Schildchen abgenommen, auf denen die Spezies stand, damit sie nicht auch weggeworfen wurden. Er kannte die Pflanzen, seit sie noch in der Erde geschlummert hatten. Er wusste sogar auswendig, wie die Zweige sich entwickelten, wie viel Licht und Wasser eine jede Pflanze brauchte, erinnerte sich an all die Krankheiten, die sie sich im Laufe der Jahre zugezogen, welche Veredelung jede einzelne erfahren hatte.

Auch wenn er sich dessen nahendem Ende gewiss war, hatte Aoi dem Garten die übliche Pflege angedeihen lassen, weil es ihm unmöglich war, ihn leiden zu lassen. Tatsächlich hatte er sogar, wo er konnte, einige Pflanzen in circa dreißig Töpfe der unterschiedlichsten Größen gepflanzt, die jetzt bei ihm zu Hause standen. Es waren fieberhafte Stunden gewesen, durchtränkt von der Hoffnung, alles retten zu können, was der Platz, den er zur Verfügung hatte, erlaubte: Er hoffte, die Pflanzen könnten sogar bis zu einem weiteren Umzug durchhalten. Doch für die Bäume, den Rosenhain und die Azaleenbüsche hatte er nichts tun können.

Und so kam es, dass sich dem verblüfften Blick der Gärtner ein Treibhaus darbot, eine perfekte Oase, die zu vernichten größte Mühe machen würde.

Drei Wochen später, hinter der Glasscheibe der Veranda, in dem Garten, in dem die Sägen die allerletzten Rosenbüsche dem Erdboden gleichmachten, erst die Äste und dann auch die Baumstämme in Scheiben schnitten, nachdem die Bagger und andere Maschinen, deren Namen nur kleine Jungen kennen, die Wände des Hauses eingerissen hatten, stand ein Mann da und starrte reglos auf das Schauspiel.

Er hieß Tanaka Yukio und hatte eine Kamera um den Hals. Er war seit einigen Monaten ein leidenschaftlicher Fotograf. Gerade war er auf dem Weg zum Haus seiner Schwester gewesen, um seinen Sohn abzuholen, der in letzter Zeit so gern mit dem kleinen Cousin spielte, als ihn der Anblick des Desasters stehen bleiben ließ.

Sein Blick wanderte nach oben, verlor sich im Nichts der Zweige, Knospen, die jeden Moment herabfallen würden.

Er hob die Kamera und knipste.

Mio und Aoi würden erst viele Jahre später davon erfahren, als sie in einer Ausstellung ihre eigenen Gesichter entdeckten, die einander angesichts jener Zerstörung eines Fleckchens Natur ansahen. Ihre Profile waren eingerahmt von den zerborstenen Zweigen eines Kirschbaumes, der nie wieder knospen würde, von der verschwundenen Anmut eines Gartens, der längst nicht mehr geheim war.

In genau jenem Moment, an den sie sich später voller Nostalgie erinnern würden, sprachen sie gerade davon, in ein Häuschen inmitten von Grün umzuziehen, vielleicht eines, das sich an einen der vielen Hänge von Kamakura klammerte. Mit fester Stimme erklärte Mio, sie wolle *Pigment* bitten, ihr eine Teilzeitstelle zu geben: Um Aois Sorgen auszuräumen – der nicht wollte, dass sie auf irgendetwas verzichtete –, erklärte sie ihm, sie würde gern ein eigenes Farbberatungsstudio eröffnen, möglichst an einem lichtdurchfluteten Ort, von dem aus man das Meer sehen konnte.

In den zehn Minuten, die zwischen jenen Worten und dem Knipsen jenes Bildes lagen, hatten Mio und Aoi ihre Farbe gefunden.

Dank

Mein Schwiegervater wurde mit einem Vor- und einem Nachnamen geboren, ist mit einem anderen Nachnamen aufgewachsen und mit einem anderen Vornamen alt geworden.

Bei seiner Geburt hieß er Okada Takenori. Jetzt nennt er sich Imai Yōsuke.

Er wurde in einer Zeit geboren, in der man sich scheiden lassen musste, wenn man den Klang seiner eigenen Familie wiederhaben wollte: So hat es seine Mutter getan. Sie wollte den Namen an ihre eigenen Kinder weitergeben, um nicht die Linie jenes Namens zu unterbrechen, der ihr so viel bedeutete: »Imai«. Und so ging sie, obwohl sie ihren Mann liebte und bis zum letzten Tag an seiner Seite blieb, eines Tages zur Gemeinde und kehrte als offiziell Ledige zurück. »Sie war eine sehr starke Frau, ich erinnere mich an ihre gewaltigen Wutausbrüche«, erzählte mir manchmal lachend mein Schwiegervater. Jetzt sehe ich ihre gestrenge Gestalt auf einem Schwarzweißfoto, das auf dem *butsudan* steht, dem Hausaltar im *tatami*-Zimmer, wo er jeden Abend für die Seele seiner Mutter, seines Vaters und anderer Vorfahren betet.

Da in Japan jeder Name nicht nur einen Klang hat, sondern auch eine kleine Ansammlung von Schriftzeichen ist, doppelt oder dreifach gebündelte *Kanji,* die von Mal zu Mal verschiedene Bedeutungen annehmen, und angesichts der Tatsache, dass »Takenori« ein recht komplizierter Name ist, den die Leute immer falsch aussprechen, und weil mein Schwiegervater es leid war, immer seine Gesprächspartner zu korrigieren, hat mein Schwiegervater schließlich noch einmal einen anderen Namen angenommen.

Und so ist das Ändern des Namens eine Familientradition geworden. Vielleicht auch ein Vergnügen. So sehr, dass nun sein Sohn, Ryōsuke, meinen Nachnamen angenommen hat, als Geschenk für meinen Vater, und ihn an seinen anhängte: Imai Messina 今井メッシーナ.

Und genau diese Angelegenheit, zugleich mit der tiefen Überzeugung, dass die Liebe nichts ist, was auf unseren besten Eigenschaften basiert – wir können sehr wohl für etwas geliebt werden, das wir keineswegs in der Art und Weise ausdrücken, die wir für die beste halten –, war einer der Ausgangspunkte für diese Geschichte. Die Liebe ist niemals etwas, was man verdient. Das habe ich erst vor kurzem begriffen, aber mit dem definitiven Gefühl, das man empfindet, wenn etwas für einen wesentlich ist.

Ich habe immer geglaubt, es sei das Schreiben, in dem die intensivste Laura zum Ausdruck kam, die, für die es sich lohnt, auch meine Faulheit zu ertragen, meine Wutausbrüche, die Launen eines verwöhnten Kindes, die plötzlich auftretende Traurigkeit, die mich manchmal einen ganzen Tag weinen lässt. Und doch – Ryōsuke hat niemals eines meiner Bücher gelesen und liebt mich dennoch. Und das war jahrelang ein verwirrender Gedanke, bis ich irgendwann begriffen habe, dass er mich nicht wegen meiner schriftstellerischen Ausdruckskraft liebt, mich aber für immer lieben wird. Auch wenn ich nicht mehr schreiben kann, wenn ich nichts mehr vorzuzeigen habe. Denn Ryōsuke liebt mich für das, was ich bin und was ich selbst nicht sehen kann. Genau wie Aoi Mio liebt. Es ist nicht die Farbe, sondern sie, die wichtig ist.

Dank an Cristina Banella und an Mario De Santis. Ihr beide seid meine Grundmauern. Ihr habt mich immer fest an der Hand gehalten, als ich mir diesen Roman ausgedacht habe, als ich die Quellen studierte, um meinen Vater weinte, mich mit seinem Tod auseinandersetzte und am Ende dieses Buch schrieb, eine Heimat dafür fand und es in einem der kürzesten Sommer meines Lebens zu Ende schrieb.

Viel verdanke ich dir, Francesco Marocco, jener ersten Erzählung, die du mir laut vorlasest, den Überlegungen zur Leidenschaft, die du anregtest, den langen, langen Gesprächen, deinem kleinen Jack Russell, von dem ich alle Purzelbäume kenne, den Dingen, die ich für dich geschrieben habe und die dann ganz natürlich in dieses wichtige Buch eingeflossen sind. Erbaccio, in diesem Jahr der Pandemie – obwohl wir an zwei verschiedenen Enden der Welt leben, in unterschiedlichen Zeitzonen – bist du für mich ein Mensch geworden, der für immer bleiben soll.

Dank an Maria Cristina Guerra, Freundin, Geheimagentin, eine Frau, deren verletzbare Stellen voller Gold und Schönheit sind.

Dank an Paola Gallo, an Marco Peano und an Ernesto Franco, dafür, dass ihr mich in die Familie aufgenommen habt. Marco, danke für deine Geduld und deine grauenhaften Emoticons. Wir alle stehen zusammen, in Trauer und in Schönheit. Das ist etwas Kostbares.

Dank an Tommaso, dafür, dass du in mein Leben gekommen bist.

Dank an Ryōsuke, der mich unterstützt hat, wie es nur die Liebe kann, die wahre Liebe, auch die unperfekte Liebe, die zwar nicht das Leben rettet, dich aber jederzeit fest an der Hand nimmt, überall dort, wo du auch allein hinkommst. In dieser letzten Phase war es das allergrößte Geschenk, die Leidenschaft wiederaufblühen zu sehen.

Und ja, danke diesem schrecklichen Jahr der Pandemie, dem ich zu gern zwei Ohrfeigen und einen Tritt verpassen würde, doch auch ihm danke ich. Ohne die Unbeweglichkeit, die Leere, die Einsamkeit und die Traurigkeit hätte ich dieses Buch nie geschrieben. Ich wäre viel zu sehr damit beschäftigt gewesen, das Leben zu genießen. Stattdessen bin ich gewachsen.

Denn ich war wie Mio, die die Leidenschaft unerträglich fand, wie alles, was nicht perfekt war.

Und nach anderthalb Jahren bin ich wie Mio, die lernt, sie zu akzeptieren, ihr mühsam den besten Platz freiräumt und wieder beginnt, sie zu hegen und zu pflegen. Ich bin wie sie, die sogar weiß, dass sie trotz ihrer Fehler schön ist.

L. I. M.

Glossar

akikusa Wörtlich: »Herbstkraut«

azuki Rötlich-braune Bohnenart. Grundzutat der japanischen Patisserie, aus der man auch die rote Bohnenpaste *an* herstellt.

bentō Eine Art Lunchpaket in einer Box, das entweder zu Hause zubereitet oder gekauft wird. Für die Schule, die Arbeit, auf Reisen.

bunraku Traditionelles japanisches Puppentheater, begleitet vom *joruri*-Gesang.

butsudan Buddhistischer Hausaltar.

chōchin Japanische Laterne; auch: Lampenpapier

dagashi Einfache Süßigkeiten.

daimyō Feudalherr.

dango-mushi Gemeine Rollassel mit dem lateinischen Namen *Armadillidium vulgare*. Sie lebt in feuchter Umgebung und rollt sich bei Gefahr zu einer Kugel zusammen.

dashi Brühe.

dohyō Ring für den *sumō*-Kampf.

donburi Schale, Schüssel.

furikake Mischung aus getrocknetem Fisch, Seetang, Sesam und Salz, die es in kleinen Tüten oder Gläsern zu kaufen gibt, und mit denen man weißen Reis würzt.

gomennasai Japanisch für »Tut mir leid« oder »Entschuldigung«.

goshoguruma Von Ochsen gezogener Karren, vom Adel als Transportmittel genutzt.

hato-sabure Butterkekse in Taubenform, typisch für die Stadt Kamakura.

hiragana Silbenschrift, die zusammen mit dem *katakana* und den *kanji* das japanische Schriftsystem bildet. Ihre Zeichen sind weich und abgerundet.

hozuki Lampionblume (*Physalis alkekengi)*.

jūnihitoe Die zwölf Schichten des Kimonos für Frauen, die dem Kaiserhof angehören.

kaminari Blitz.

kan'i jūnikai Altjapanisches Rangsystem, das seit Beginn des achten Jahrhunderts galt; gemäß der Farbabstufungen der getragenen »Mützen«.

kanji Schriftzeichen chinesischen Ursprungs, die zusammen mit dem *hiragana* und dem *katagana* das japanische Schriftsystem bilden.

kannushi Zeremonienmeister bei der shintoistischen Bestattung.

katsudon Schweinekotelett, das auf einer Schale Reis serviert wird.

kaze no denwa Das Telefon des Windes.

kiridōshi Alte Wege in die Stadt Kamakura, die von den umliegenden Bergen und Hügeln ausgehen.

kōban Kleines Polizeirevier im Viertel.

konbini Laden für den täglichen Bedarf, der rund um die Uhr und das ganze Jahr über geöffnet ist.

maccha Grüner Tee in Pulverform.

makura-kazari Wörtlich: »Dekoration des Kissens«; Teil des buddhistischen und shintoistischen Bestattungsrituals.

matsuri Typische Feste der japanischen Tradition.

mochi Reispaste, die in Dampf gegart und solange gestampft wird, bis sie elastisch ist. Beilage und Grundlage vieler

Gerichte der japanischen Küche und traditioneller Süßspeisen.

mōshiwakearimasen deshita Formel, mit der man in Japan um Verzeihung bittet.

noren Traditioneller japanischer Vorhang.

obi Breites Band aus steifem Stoff, das auf Taillenhöhe um den Kimono geschlungen wird.

obi-ita Teil des Kimonos, mit dem der *obi* gehalten wird.

o-bon Sommerliches Fest buddhistischer Tradition, bei dem der Verstorbenen gedacht wird.

ofuro (feierlicher) oder auch *furo:* Ein wichtiger Brauch der japanischen Kultur, bei dem man in eine mit heißem Wasser gefüllte Badewanne steigt, nachdem man sich gewaschen hat, und der der Entspannung dient. *Ofuro* bezeichnet oft auch die Wanne selbst.

okura Abelmoschus, eine Art Okra; viel verwendete Zutat in der japanischen Küche.

omiai Organisiertes Treffen, bei dem eine Eheschließung vereinbart wird.

onigiri Gekochter und in Form von Bällchen oder Dreiecken gepresster Reis, mit Salzpflaumen, Lachsstückchen oder anderen Zutaten gefüllt, oft in Seetang gewickelt.

oshibori Kleines feuchtes Handtuch, je nach Jahreszeit warm oder kalt, mit dem man sich im Restaurant die Finger säubert.

oshiire Wandschrank; typisch für japanische Häuser.

oyakodon Gericht mit Hühnerfleisch und Ei.

rāmen Nudeln aus Weizenmehl, die in Brühe serviert werden. Ursprünglich aus China stammend, ist diese Suppe auch in Japan weit verbreitet.

sakasa-mizu Bestattungsritual, bei dem der Leichnam mit in umgekehrter Reihenfolge gewärmtem Wasser gewaschen wird.

sakura-mochi Typische traditionelle Süßspeise, bestehend aus einem *mochi* mit Bohnenpastenfüllung, in ein Kirschbaumblatt gewickelt.

sekihan Reis, mit roten Bohnen gekocht; wird oft an Festtagen gegessen.

senbei Reiscracker von verschiedener Form, Größe und Geschmack. *Senbei* sind gewöhnlich salzig, doch es gibt auch süße Varianten.

shibori Batikähnliche manuelle Färbetechnik für Stoffe.

shichi-go-san Fest, das am 15. November in Shintoschreinen gefeiert wird, um das Heranwachsen von Jungen zwischen drei und fünf Jahren und das von Mädchen zwischen drei und sieben Jahren zu zelebrieren.

shiromuku Hochzeitskimono.

shoji Schiebetür, die aus einem leichten Holzrahmen und einer Bespannung aus durchscheinendem, weißlichem Papier besteht; man findet sie in traditionell eingerichteten Häusern, wo sie der Unterteilung von Räumen dient.

shōtengai Handelsviertel.

soba-cha Buchweizentee.

sora-mame Bohne.

sumimasen »Entschuldigung!«

taiko Trommel.

taiyaki Süßspeisen, die wie ein Fisch geformt und mit Bohnenpaste gefüllt sind.

tanabata Fest, das jedes Jahr am 7. Juli oder am 7. August begangen wird.

tanzaku Papierstreifen, auf die man entweder ein *haiku* oder *tanka* schreibt oder einen persönlichen Wunsch. Der Streifen wird dann während des *tanabata*-Festes im Juli-August an einen Bambuszweig gehängt.

tendon Reisgericht mit *tenpura*.

tenpura Frittierter Fisch oder Gemüse.

tomo-biki Abgeleitet von *tomo,* was »Freunde« bedeutet, und *hiki, hiku* für »ziehen«, das heißt an sich ziehen. Laut Überlieferung würde es für ein Bestattungsinstitut, wenn es am *tomo-biki*-Tag arbeitet, bedeuten, dass man die eigenen Freunde und Bekannten ins Grab zieht; daher Ruhetag für die Bestatter.

torii Großes Portal am Eingang von Shinto-Schreinen.

tsuno-kakushi Weißer Kopfschmuck in Form eines Diadems, der den oberen Scheitel der Braut bei einer shintoistischen Hochzeit freilässt.

uchiwa Fächer.

umeshu Pflaumenlikör.

wagashi Traditionelle japanische Süßigkeiten.

yōkai Übernatürliche Wesen aus der Mythologie.

yoshi yoshi Lautmalerischer Ausdruck, der auf Japanisch »Bravo!«, »Gut gemacht!« oder auch »Auf geht's!« bedeutet.

yukata Leichte und lässigere Version des Kimonos aus Baumwolle.

yūyake-chaimu Abendmusik, die in manchen japanischen Städten bei Sonnenuntergang ertönt.

yuzu Japanische Frucht, eine Art Bergamotte.

Mios Farbennotizbuch

akabeni-iro 赤紅色 Das Geranienrot der vornehmen Damen von Kyoto.

ankokushoku 暗黒色 Vollständiges Schwarz, das nicht einmal einen Hauch von Licht hereinlässt. Es ist die Farbe der Blindheit.

benifuji 紅藤 Blasse Glyzinie mit karmesinroten Reflexen, ein Violett mit leichten Rottönen; sehr beliebt in der Edo-Zeit, wo es für die Kleider junger Leute verwendet wurde.

enpaku 鉛白 Uraltes Bleiweiß, das man lange Zeit als Bleichcreme benutzte, bevor man entdeckte, dass es giftig ist.

gofun-iro 胡粉色 Variante von Weiß, das aus zermahlenen Austernschalen gewonnen wird.

hai-zakura 灰桜 Aschgrau und Kirschrosa.

hatoba-nezumi 鳩羽鼠 Helles Lila, Glyzinie vermischt mit einem Hauch Grau, das wiederum eine Spur Rot enthält.

kamenozoki-iro 瓶覗色 Blassblau; wörtlich »die Farbe eines heimlichen Blickes auf einen Krug«, das gemäß der Ironie der Menschen der Edo-Zeit beim schnellen und oberflächlichen Eintauchen von Stoff in einen Bottich mit Indigo entsteht.

kinari-iro 生成色 Grobes Weiß.

kogecha 焦茶 Das Braun von verbrannten Teeblättern.

kuri-iro 栗色 Kastanienbraun

kyōshiki 凶色 Eine Unglücksfarbe voller Trauer, die nichts Gutes bringt.

moegi 萌黄 Das Grün der ersten Triebe im Frühjahr; traditionelle Farbe, die auf die Heian-Zeit zurückgeht.

murasaki 紫 Veilchenblau.

nando-iro 納戸色 Mios Lieblingsblau, das Blau der Abstellkammer.

neri-iro 練色 Cremeweiß, ein Weiß mit einem Hauch von Blassgelb.

nibi-iro 鈍色 Intensives Grau, das ursprünglich für Trauerkleidung verwandt wurde. Man gewinnt es aus der Rinde verschiedener japanischer Eichen wie *kashiwa* oder *kunugi*. Es handelt sich um einen düsteren Farbton, den man als Synonym aller dunklen Farben verstand.

nise-murasaki 偽紫 Dunkles Violett auf bläulicher Basis, wörtlich »falsches Violett«, ein Trick aus der Edo-Zeit, in der die Verwendung des »echten« Violetts dem Hochadel vorbehalten war.

nōkon 濃紺 Sehr dunkles Blau.

oitake-iro 老竹色 Farbe von altem Bambus; ein dunkleres Grün, das an den ascheartigen Ton von gealtertem Bambus erinnert.

ryūryoku 柳緑 Weidengrün.

sabi-shu 錆朱 Rotbraun, rostfarben, nicht weit entfernt von Kastanienbraun.

sakura-nezumi 桜鼠 Asche mit einem schwachen Schimmer von Kirschrosa.

seitai 青袋 Nüchternes und tiefes Blau, mit kohlschwarzen und kastanienbraunen Einsprengseln.

shikkoku 漆黒 Tiefes und leuchtendes Lackschwarz.

shinbashi-iro 新橋色 Strahlendes Meergrün aus der Meiji-

Zeit, als aus dem Ausland die ersten chemisch hergestellten Farben importiert wurden.

shinryoku 新緑 Neues, frisches Grün, das leuchtendste des Jahres.

sumi-iro 墨色 Tintenschwarz.

sunezumi 素鼠 Nuance von Grau.

tanpopo-iro 蒲公英色 Löwenzahngelb.

tobi-iro 鳶色 Farbe des rötlichen Gefieders des Milan.

toki-iro 鴇色 Blassrosa; Farbe des Gefieders des Ibis.

unohana-iro 卯の花色 Deutzienweiß.

urayanagi 裏柳 »Farbe der Rückseite von Trauerweideblättern«.

usu-kōbai 薄紅梅 Rosaton, heller als Pflaumenfarben.

yamabuki-iro 山吹色 Gelb der »Japanrose« oder *Kerria japonica.*

zōge-iro 象牙色 Elfenbeinfarben.

Schlussbemerkung

Handlung und Figuren dieses Romans entspringen der Vorstellungskraft der Autorin, und jeder Bezug zu tatsächlich vorgefallenen Ereignissen oder real existierenden Personen ist als rein zufällig zu betrachten (es sei denn, es wäre deutlich gekennzeichnet). Kleine Änderungen in der Topografie der erzählten Orte und in der Chronologie historischer oder überlieferter Ereignisse ergeben sich gelegentlich aus dramaturgischen Gesichtspunkten.

Die italienische Ausgabe erschien unter dem Titel
»Le vite nascoste dei colori« bei Einaudi, Mailand.

MIX
Papier | Fördert gute Waldnutzung
FSC® C014496
FSC
www.fsc.org

Penguin Random House Verlagsgruppe FSC® N001967

1. Auflage

Published in arrangement with Grandi & Associati
Umschlaggestaltung: semper smile, München
nach einem Entwurf von Bianco unter Verwendung
eines Fotos © Barbara Baldi
Satz: GGP Media GmbH, Pößneck
Druck und Einband: GGP Media GmbH, Pößneck
Printed in Germany
ISBN 978-3-442-76265-1

www.btb-verlag.de
www.facebook.com/penguinbuecher